Todo el amor y casi toda la muerte

Esta obra ha obtenido el **Premio Primavera 2010**,
convocado por Espasa y Ámbito Cultural
y concedido por el siguiente jurado:

Ana María Matute
Ángel Basanta
Antonio Soler
Ramón Pernas
Ana Rosa Semprún

Fernando Marías

Todo el amor y casi toda la muerte

ESPASA

ESPASA NARRATIVA

Imagen de cubierta: © Gustavo Doré, *Andrómeda,*
Chimei Museum, Taiwán
Diseño de cubierta: más!gráfica

Depósito legal: M. 11.416-2010
ISBN: 978-84-670-3323-6

Espasa, en su deseo de mejorar sus publicaciones, agradecerá cualquier sugerencia que los lectores hagan al departamento editorial por correo electrónico: sugerencias@espasa.es

Impreso en España/Printed in Spain
Impresión: Unigraf, S. L.

Espasa Libros, S. L. U.
Paseo de Recoletos, 4
28001 Madrid
www.espasa.com

El papel utilizado para la impresión de este libro es cien por cien libre de cloro
y está calificado como **papel ecológico**

Para Silvia Pérez Trejo,
que desencadenó el huracán
y, de paso, esta novela.

TODO ES NADA, TODO ES A LO SUMO TIEMPO QUE FLUYE.

Juan Bastian siente que estas once palabras, garabateadas en mayúsculas rojas sobre un papel ajado con la firma de Vera al pie, dirigen su viaje hacia el pasado igual que en los cuatro últimos años han simbolizado su terror por el presente y por el futuro, esa exclusiva mazmorra intangible de incertidumbre sin horizontes de remisión entre cuyos muros ha sobrevivido acongojado e impotente, resignado al castigo como un mártir de sí mismo. Las once palabras han sido sus compañeras fieles, perennes, durante cada uno de los días de cada una de las semanas de cada uno de los meses de cada uno de los años que ya han rebasado la cifra de cuatro. Respiran con él, laten en él, se nutren de él. Incluso podrían ser ellas las que lo han mantenido con vida, si puede llamarse así a su fuga sin fin de los hombres de Humberto, esos sicarios del serrucho y el alfiler aterradoramente invisibles que nunca han dejado de perseguir su rastro.

Números, números, números.

Once. Cuatro.

Palabras. Años.

También horas, ciento ochenta y siete consumidas junto a Vera. Arrebatado, traicionado y muerto por Vera en el pasado. Y hoy, cuatro años más tarde, resucitado por causa de ella.

Mientras conduce junto al borde del acantilado se figura que la sentencia de once palabras flota en el aire como un cometa de sangre seca, iluminado de tanto en tanto por los relámpagos que desgarran desde la lejanía el cielo matinal de la carretera sobre el mar, y en cada curva sobre el abismo siente que las diecisiete sílabas que la componen, otro número, borbotean jubilosas y lacerantes por sus venas como malvados niños felices, recordándole que han despertado y no piensan regresar al pozo de olvido donde tal vez habría logrado llegar a enterrarlas, de no ser porque unos días atrás chocó de frente con la imagen en apariencia trivial e inocente, aunque para él demoledora, de una solitaria mujer ciega que tomaba el menú del día en el restaurante económico donde entró por fatídico azar. Aniquilación y resurrección en el mismo latido. Juan Bastian casi se había acostumbrado a sobrevivir acomodado en el interior de su propia muerte. Y de pronto, aquella ciega...

Las olas espumean contra las rocas, mucho más abajo. A lo lejos yacen ocasionales bancos aislados de arena, diminutos como playitas de juguete olvidadas a merced de la lluvia. Cada color se difumina y desvanece, empastado por los tonos opacos de la atmósfera. Todo es gris o casi gris. Bastian podría creerse dentro de una película en blanco y negro de no ser por la intensidad luminosa del GPS que, parpadeando como un corazón digital de amarillos y azules saturados, lo guía sin error ni remedio hacia el destino tantas veces eludido. Ha conectado el aparato por simple capricho, pues conoce de sobra el camino. Quedan veintitrés kilómetros hasta el punto de su pasado en que todo cambió: el tiroteo, dos cadáveres. El de Vera, uno de ellos. El de Vera, el principal.

Números. Más números. Veintitrés. Dos. Uno. Kilómetros y cadáveres que amontonar sobre las palabras y los años, sobre las sílabas. Tentáculos de las ciento ochenta y siete horas debatiéndose en el aire debilitados e inofensivos, pero todavía dolorosos y cargados de peligros.

¿Hace cuánto no pronuncio tu nombre?

Y osa entonces susurrarlo muy quedo entre los labios, como si temiera que ella, aunque esté muerta, pudiera escucharlo y acudir a él:

—Vera...

Una curva cerrada surge inesperada, y Bastian piensa que tal vez las dos sílabas, mágicamente, han convocado ante el morro del coche al súbito recodo de piedra cubierta de musgo. Roza el freno, rebasa con limpieza la curva, vuelve a acelerar embrujado por la profusión de números que lo envuelven en cábala azarosa, imposible de interpretar: veintidós kilómetros para el lugar donde ella cayó, veintiuno, veinte kilómetros para el instante en que comenzó su exilio en el desierto de los no vivos... Se pregunta cómo señalaría el GPS una repentina resolución suicida, un volantazo brusco de su voluntad hacia el acantilado. ¿Enloquecerían los microchips durante la caída al mar, quedaría registrado su pánico a la profundidad submarina? Hace un esfuerzo por imaginar el coche sumergido, se visualiza muerto dentro de él. Silencio y quietud en el fondo, excepto por el parpadeo agónico amarillo y azul del número último, el único que de verdad importa: cero kilómetros hasta el propio final. Y después, ¿cuánto sobreviviría el GPS al impacto contra el mar? Tiempo que fluye, todo es nada. No obstante, su biografía congelada durante cuatro años exige ya el desenlace que legítimamente le corresponde, y no es éste el suicidio. Al menos de momento. Porque es aquí, Bastian sabe que sólo puede ser aquí, en este escenario de aire varado sobre sí mismo bajo la tormenta hacia el que se aproxima, donde por fuerza han de habitar los espectros de los dos viejos cadáveres que decidieron su salto al abismo. Por supuesto, el de Vera el más importante. *Tu fantasma, amado amor odiado.* Va a enfrentarse con muertos, únicamente con muertos. Entonces, ¿por qué ha traído consigo el revólver? Aunque nunca ha llegado a usarlo, lo lleva consigo desde aquel día de cuatro años atrás como si fuera el antídoto contra todo mal. Echa un rápido vistazo a la guantera y se tranquiliza al verificar que el arma, como ya ha comprobado supersticiosamente varias veces a lo largo del viaje, sigue allí, inmóvil y en cierto modo viva. Una vez leyó en un artículo especializado que cuando un arma aparece dentro de cualquier forma de ficción, una novela o una película, el lector o el espectador saben que antes o después va a ser disparada. *¿Cuándo dispararé la mía? ¿O la regla sólo vale para el cine?* Los dedos se aferran al volante, la voluntad acata sumisa las indicaciones del GPS: «Continúe en línea recta, faltan dieciséis kilómetros para su destino». Once palabras escritas por una mujer muerta años atrás, caligrafía frágil nacida para solidificarse alrededor de él como una mortaja con memoria propia y obcecación inquisidora.

Tiempo que fluye. Nada más.

El GPS enfila el tramo recto previo a la entrada del pueblo. Al pisar instintivamente el acelerador, Bastian desata también el bombeo de su corazón. Nunca, lo comprende de repente y la revelación tiene un matiz de alivio inexplicable, ha existido forma de evitar este encuentro, a lo sumo cabía aplazarlo. Pero es ahora cuando deja por fin de huir, éste el instante en que repta hacia la guarida de sus alimañas interiores, incorpóreas e invisibles, pero al acecho.

Los pueblos de veraneo suelen ser cadáveres en noviembre, y Padrós no es una excepción. El aire fantasmal de la calle ancha escenifica el recibimiento idóneo para un visitante que, como Bastian, no se siente vivo. A causa de la lluvia las calles se encuentran desiertas, aunque podría interpretarse que los lugareños, percatados del duelo entre espectros que va a tener lugar, se han ocultado temerosos. Un niño cruza con una barra de pan bajo el brazo y corre acera arriba, hacia la casa donde su madre, en el zaguán, le urge a refugiarse del aguacero. Apenas el niño lo atraviesa, la mujer cierra la puerta con un golpe seco tras mirar de reojo hacia el coche de Bastian, eso le ha parecido a él. Siente que la población entera de Padrós lo rechaza, que son sus tres mil y pico habitantes quienes pegan este portazo.

Desconecta el GPS para que los recuerdos propios tomen el relevo de las gélidas indicaciones digitales. Lo traía conectado para no confundirse en los nuevos tramos de carretera, para concentrar toda su atención en evocar el pasado, pero no imaginó que se inquietaría al apagarlo. *Es desconectar la realidad.* Su memoria sale a escena para protagonizar el siguiente acto, y lo encamina en línea recta hacia la plaza del pueblo. Por esta misma calle, cuatro años atrás, Bastian, que entonces aún no era Bastian ni imaginaba que llegaría a serlo, condujo el coche, también un coche distinto, hacia la plaza donde tenía su parada el autobús que desde la ciudad traía a Vera, amparada entre turistas y viajeros, clandestina tras sus gafas oscuras. Era la víspera del tiroteo. El corazón de Bastian, entonces feliz, galopaba excitado ante el reencuentro tras casi día y medio sin verla, con el enamoramiento y el deseo entrechocando sus respectivas intensidades y rebotando de pura felicidad bruta contra las paredes de carne y sangre de su cuerpo. Los latidos de hoy son igualmente vigorosos, pero crueles y desolados, desdichados por el pánico al hueco infinito que para Bastian sigue entrañando el mundo de los vivos. Brincan en su pecho al borde de la nada, sin afectos reales a los que aferrarse, abandonados a la deriva sobre el abismo sin fondo de su ser vaciado.

Aparca ante la estación de autobuses y busca elementos que distingan este escenario auténtico del que custodian sus recuerdos, como en aquel viejo pasatiempo consistente en encontrar diferencias mínimas entre dos dibujos aparentemente idénticos. La primera que salta a la vista es la lluvia gris de hoy, tan distinta a la luminosidad veraniega de cuatro años atrás, que parecía convocada para resaltar el oro de la piel de Vera. Llevaba aquel vestido azul celeste con el que él la veía infinitamente desnuda. Puede que entonces aparcara él en este mismo lugar, puede que unos metros más allá. En los pueblos, los autobuses no suelen cumplir los horarios con exactitud, pero aquel día el retraso de varios minutos, lejos de irritarlo, fue un acicate para la excitación del deseo. Era, como es hoy, la hora del mediodía, porque hoy Bastian ha querido llegar a la misma hora del mediodía que entonces.

Saca de la guantera la carpeta que reposa bajo el revólver, rebusca entre los papeles del interior y extrae el croquis de la plaza que hace poco, cuando supo que no tenía otro remedio que enfrentarse a su pasado, se obligó a dibujar lo más detalladamente que pudo, como un calentamiento de las funciones de la memoria: la forma rectangular de la plaza, el área de la estación y las dos calles principales, una a la izquierda y otra, por la que acaba de acceder al pueblo, a la derecha. Reflejó únicamente lo principal, descartando detalles como la panadería del extremo, el quiosco de prensa, la heladería ahora cerrada porque es otoño, el estanco de toda la vida, la callejuela empinada que sube hacia la iglesia y el ayuntamiento, los dos restaurantes de servicio familiar, el hostal o las escalinatas de piedra que conducen hacia la carretera del único escenario que merece el nombre de protagonista en su vida: el viejo caserón del acantilado. Por alguno de estos accesos, ignora cuál, irrumpió agonizante en la plaza Amir o Amin y desbarató con su profusión de sangre la paz del aperitivo estival. Nunca llegó a saber el nombre exacto del pistolero. *¿Lo mataste tú, Vera? ¿O cuando ocurrió estabas muerta porque Amir o Amin te había matado antes a ti?* Esa pregunta sin respuesta, que se ha repetido hasta el delirio, le suena flamante y recién inventada cuando se la formula en el lugar de los hechos.

Saca de la carpeta el recorte de periódico provincial que narra lo que pasó aquel día. Lo ha leído y releído docenas de veces, hasta memorizarlo, y sin embargo ahora vuelve a estudiarlo como si, al encontrarse donde todo aconteció, el texto impreso pudiera alterarse milagrosamente para contar una versión distinta: una versión, por ejemplo, en la que Vera hubiera sobrevivido; entonces él, se lo ha repetido siempre con tesón masoquista, no habría sido destruido por la carcoma de la culpa ni por el pánico físico; sobre todo, por el puro pánico físico. Pero las letras y las palabras son las mismas, inalterables como la realidad que aconteció: «Ajuste de cuentas entre delincuentes en pueblo turístico de la costa», dice, como siempre ha dicho, el titular impreso en papel amarillento. Salta la vista hasta el párrafo noveno donde, también como siempre, se lee lo que siempre se ha leído: «... A. G. R., de veintiséis años, sembró el pánico entre los viandantes al aparecer, cubierto de sangre, en mitad de la plaza». Tampoco el periódico ha aclarado nunca si era Amir o Amin. Por el transcurso perverso del tiempo que fluye, los hechos acontecidos en el pasado permanecen difusos, y ello sólo en el caso de que alguien se empeñe en recordarlos, como Bastian ahora. De lo contrario se deshilachan y desintegran, dejan de existir. Y como primera y más clara prueba de su decadencia inevitable, de su importancia esencialmente desprovista de importancia, se desordenan. ¿Quién podría saber ahora si en el orden real de los hechos tuvo lugar primero la llegada en autobús de Vera a esta plaza donde él la esperaba enamorado o la irrupción de Amir o Amin bañado en sangre? Aparte de Bastian y de su obsesión, nadie sabe ni puede saber que la llegada de Vera fue primero, un jueves de junio, y la irrupción de Amir o Amin tuvo lugar al día siguiente, viernes. Tampoco sabrá nadie dentro de unos años, o dentro de unos meses, o dentro de unas semanas, acaso tampoco sabe nadie hoy el lugar que ocupa en ese orden impreciso él mismo: un hombre que un día de noviembre espía su propio pasado, escondido tras los cristales de un coche desdibujados por la lluvia.

¿Por dónde empezar su pesquisa?, se pregunta. ¿Y cuál es con exactitud esa pesquisa? No hay respuestas, pero sí sabe que únicamente aquí puede llegar a resolver la cuestión que lo ha martirizado durante estos cuatro años que lleva muerto a su manera, y que el impacto de la ciega en el restaurante ha reactivado con tanto apremio:

¿Me traicionaste, me abandonaste a mi suerte? ¿Nada fue verdad? ¿Ni una sola de tus palabras y tus actos de amor?

Un sonido de motor irrumpe en sus pensamientos. Al mirar, su estómago no puede reprimir el alboroto del vértigo: el autobús llega como entonces, y Bastian, igual que un niño perdido, se aferra por un instante a la idea de que Vera se apeará de él, volverá a apearse, luminosa de vida, en el vestido azul celeste que hacía más infinita su desnudez. Ese latido, tan ínfimo que casi carece de duración, resulta sin embargo suficiente para evocar la vieja intensidad perdida del deseo y hacerle añorar sus garras arañando las paredes del estómago. ¿Es posible desear a una mujer muerta? Bastian traga saliva al aceptar que la respuesta podría ser positiva. Vera todavía existe, Vera todavía es. Muerta, odiada y maldita. Pero ¿y deseada? Al principio él, con toda ingenuidad, llamó amor eterno a su ansiedad febril. Dentro de Vera se sentía a salvo de todo mal, y eyacular en ella lo convertía en amo y señor del universo durante unos pocos segundos que lo sostenían sobrevolando la eternidad. ¿Cómo renunciar a ello? Creía muerto ese deseo cruel, pero permanecía agazapado en la tumba de profundidad insuficiente que cavó él en su propia memoria. Deseo vivo e imposible de matar… Bastó la mujer ciega para resucitarlo.

Del autobús se apea, sorpresivamente, otra inesperada fiera de la jungla del pasado: Julián, muy envejecido y todavía más delgado que entonces, desciende parsimonioso, mirando hacia un lado y hacia otro con el ceño fruncido por el tesón irreversible de quienes ya no pueden volver a ser inocentes, airado o temeroso como si su olfato de viejo policía le hiciera sospechar que alguna presencia amenazadora acecha en cualquiera de los coches estacionados en la plaza. Bastian se encoge por instinto en el asiento, y piensa que tal vez no es el único a merced de los propios recuerdos. Julián, para ayudarse a descender, se agarra al soporte del gran espejo retrovisor de la puerta del autobús. Lleva en la diestra un bastón sobre el que reposa el peso del cuerpo al caminar. La cojera resulta un elemento nuevo, Julián no la tenía cuando cuatro años atrás era un oficial de la policía municipal a punto de jubilarse. Cojera nueva en hombre viejo: la vida no escatima sorpresas negras ni cuchilladas imprevistas. Julián enfila renqueando la empinada callejuela, solitario y probablemente próximo a su propio final, y, al alejarse, su silueta logra parecer la de un anciano bondadoso y entrañable. Es un impulso, y no la razón, quien dicta a Bastian sacar el revólver de la guantera y echárselo al bolsillo de la gabardina. Aquí nadie lo amenaza, pero lo mueve la costumbre de cuatro años de clandestinidad, un vicio adquirido al saberse en el punto de mira de los sicarios de Humberto, armados con el serrucho y el alfiler.

Se apea y cierra el coche. Acaba de apoyar el pie sobre las calles de Padrós, e intenta, como si fuera un juego, ubicar con exactitud cuándo pisó estas piedras por última vez. Sí, tuvo que ser en la mañana del domingo siguiente al viernes mortal, cuando tras dos días en estado de ansiedad extrema esperando noticias de Vera que nunca llegaron, sonó en la casa el disparo preciso, uno solo, que lo aterrorizó, lanzándolo a su fuga interminable. De un salto abandonó el sofá donde permanecía hundido a merced de negros pensamientos y sin mirar atrás subió a su coche de entonces, acomodó a los pies del asiento del conductor la bolsa con el botín, seis millones largos de euros en efectivo que abultaban poco y pesaban menos, y condujo hacia el pueblo tratando de mantener la calma, repitiéndose en voz baja, como una cinta sin fin, que todavía era, y por tanto podía parecer, un apacible vecino camino de la panadería un domingo por la mañana. El eco del disparo revivía una y otra vez en su cabeza, instándole a huir. Ya en la plaza, y antes de enfilar la carretera de Madrid, se apeó y corrió hacia el quiosco de prensa aprovechando un semáforo para comprar el periódico y buscar entre los resultados del fútbol y la actualidad política alguna referencia a la muerte de Amir o Amin acontecida en ese mismo lugar dos días antes. Pero no la encontró. Sí, ésa fue la última vez que pisó Padrós. Luego inició la fuga, en compañía del regalo del diablo: todo el botín para él debido a la muerte de Vera, la verdadera ladrona. Seis millones de euros con pasado de sangre y futuro de muerte, el número de la bestia reducido de tríada a individualidad: la de su desvalida persona.

Suspira antes de tirar tras Julián calle arriba. No es el frío otoñal ni el viento inhóspito cargado de lluvia lo que le obliga a alzar el cuello de la gabardina y encoger los hombros, sino los recuerdos, que parecen caer sobre él como dardos líquidos desprendidos acusadoramente desde las nubes. Sigue deseando a la mujer que murió cuatro años atrás, no tiene otro remedio que admitirlo.

Si no, ¿por qué estoy aquí?

Todo es nada, todo es a lo sumo tiempo que fluye. Y en trazos rojos al pie de las once palabras, como un relámpago de sangre congelado en el cielo del espacio geográfico que llamamos pasado, la firma de quien escribió la sentencia.

Vera.

El mar de este acantilado vive una maldición de amor... Clara rememora estas palabras desde el corazón de su alma derramada. Su cuerpo, exhausto por el insomnio del dolor, se asoma resuelto al borde de la pared de roca. La caída traería sin duda la liberación, el alivio de la muerte.

Bajo ella yace la cala estrecha y alargada entre paredes de piedra, como el fondo de un desfiladero que estuviera vivo y dotado de astucia, porque queda oculto bajo las aguas en cada subida de la marea. El paisaje es como lo describió Eloy por teléfono. Fue la última vez que hablaron, aunque por supuesto no pudieran sospecharlo en ese diálogo cotidiano de apenas cinco minutos. ¿Qué le dirías a la persona más importante de tu vida si tuvieras cinco minutos de reloj antes de que desapareciera para siempre?

La cala de arena amarillenta salpicada de piedras negras está desierta, sin otros intrusos que ella misma. El mar, ese mar supuestamente maldito de amor, es del color de la lluvia que le empapa la cara y la ropa. Se estremece, puede ser de frío o por las sacudidas de la emoción, pero también por los nervios. Se estremece porque está viva. Ella, lamentablemente, sí.

El mar de este acantilado vive una maldición de amor..., repite aún más despacio dentro de su cabeza. Y, porque tiene una trascendental tarea que cumplir, renuncia a la insistente tentación del abismo. Da un paso atrás, y luego otro y otro. Retrocede hasta hallarse ante los peldaños tallados en piedra que descienden hacia la playa. Descalza, pisa el primero de ellos. Son dieciséis en total, burdos y desiguales como mordiscos de gigante en la roca. Los cuenta mientras desciende. Han debido de servir para bajar hasta la arena durante años, puede que siglos. Todas las víctimas de esa supuesta maldición de amor del acantilado, quiere suponer, debieron de recurrir a ellos para descender hacia su destino. También Eloy.

Posa el pie sobre la playa y se detiene intentando percibir en la planta desnuda el vestigio de las huellas que apenas unos días atrás imprimió Eloy muy cerca, tal vez a centímetros, tal vez milímetros, de donde ahora pisa ella. Pero sólo siente un frescor suave e inhóspito. Avanza hacia el mar sorteando las piedras enterradas en la playa. ¿Qué profundidad tendrá el agua? Si el titán que construyó la escalera a dentelladas soplara con todas sus fuerzas y arrojara hacia el interior la arena de la playa entera, desbaratada en incontables millones de granos, tal vez ella se hallara posada de repente, como un pájaro sin alas, sobre una cima de piedra a cuyos pies, muy abajo, se viera penar a las víctimas de la maldición. Pero nada se mueve. Las piedras yacen inofensivas, calladas ante el paso de los siglos. No son negras como le pareció desde la altura, sino pardas, o verdosas, o grisáceas, y sus irregulares superficies cubiertas de musgo se ven salpicadas por conchitas de distintas formas y matices de color, todas igualmente mudas y pacientes. Al mirar la línea del horizonte, es consciente de que ansía un imposible: desea, más aún que seguir viviendo, que sea cierta la maldición de amor de este acantilado. Ése es su objetivo, y ciertamente le va la vida en él.

Otro estremecimiento. Éste no de frío o emoción, sino de inquietud. *Adelante, ha llegado el momento.*

Inspira, espira. Inspira, espira. Inspira y tras espirar otra vez se atreve a decir, por fin, en voz alta:

—El mar de este acantilado vive una maldición de amor.

Su voz, un temblor acobardado ante la muerte, es capaz, sin embargo, de transformar el silencio en un vértigo que le acaricia el vientre con delicadeza de amante intuitivo. Una presencia viva, al acecho, parece revolverse y rodearla, lista para atacar. Y las palabras lanzadas al aire logran, por su simple sonido real, hacer todavía más inverosímil lo inverosímil: que el mar, este mar, el mar de este acantilado salvaje, puede estar verdaderamente maldito.

No se deja vencer, y saca del bolsillo del pantalón un sobre abierto doblado en dos con la carta de Eloy dentro: su posesión más preciada, el objeto más importante de su vida.

El tacto del papel arrugado le da fuerza para desnudarse y lanzar la ropa lo más lejos que puede. Luego se despoja de los pendientes, del collar de bisutería y de los anillos, del reloj. Los arroja lejos, muy lejos, cuanto más lejos, mejor. Lejos todo cuanto no sea su desnudez purificadora y todo cuanto no sea la carta de él: ése era el trato consigo misma, el motivo de venir a Padrós.

Cuando va a mojar los pies un impulso repentino la hace retroceder, asustarse de repente por el brío espumeante de las olas. ¿Y si la maldición fuese cierta, aunque sea imposible? ¿Y si es cierta y arrastró a Eloy? Al saltar hacia atrás ha debido de parecer una niña asustada, piensa. *Pero sólo soy una mujer asustada*. Se fuerza a perderle el respeto a su propio miedo. En realidad es fácil de vencer, basta cumplir la promesa que se hizo antes de venir: leer por primera vez la carta de Eloy en el mismo lugar donde él la escribió. Otro paso hacia delante, éste resuelto y animoso, sin posible vuelta atrás.

Entra en contacto con el agua, aguarda con el corazón latiendo en el pecho. No está tan fría como cabría imaginar en este desapacible día, incluso la siente tibia. ¿Será el primer síntoma del maleficio?

Intenta creer en su existencia real desde que recibió la carta. Y por supuesto, no lo ha conseguido a pesar de sus esfuerzos, a pesar de que este trozo de papel traía consigo el regalo extraordinario de devolverle con vida a Eloy, el lapso de una ilusión imposible que durará lo que tarde ella en leerlo. Por los laberintos del azar o del servicio de correos el sobre llegó días después de que él se hubiese matado con el coche, justamente cuando regresaba de este acantilado que sólo por ello no precisaría de sortilegio alguno para que ella lo considerara por siempre maldito. El cartero se lo entregó jovial, medio ausente, apartando de su oreja el auricular en miniatura del iPod que le asomaba del bolsillo mientras bromeaba sobre las vueltas que había dado la dichosa carta.

Clara se aferró al sobre, portándolo encima día y noche sin decidirse a abrirlo. Hacía ya días que, voluntariamente a solas, había desperdigado las cenizas por la colina cercana a la casa de la sierra de Madrid. Para ella, la carta contenía la última esencia de Eloy vivo, y temía que apenas la abriese el vestigio se evaporase al contacto con el aire, como un instante de felicidad que al consumirse transita del presente al pasado y del pasado al olvido. Por eso, el sobre cerrado fue templo, cámara acorazada y temblor de posible milagro durante unos días que alargó cuanto pudo. También contenía un enigma que no habría ido más allá de lo casi infantil si no llega a concederle trascendencia la mismísima muerte: ¿por qué Eloy, tan aficionado al móvil y a las tecnologías modernas, tan habilidoso redactando sms y manejando su BlackBerry, quiso usar lápiz y papel para escribirle, y se tomó la molestia luego de comprar un sobre, sellarlo y echarlo al correo? Ella conocía el motivo de su viaje, y quiso suponer que tal vez no había pretendido otra cosa que dar relieve y solemnidad a ese instante especialísimo de su vida haciendo algo que nunca antes había hecho: relajarse frente al mar como seguramente solía hacer a menudo Gabriel Ortueño Gil, el poeta asesino al que Eloy seguía la pista cuando la muerte lo sorprendió, y redactar en esa paz la carta para ella, que la muerte convertiría en única y última.

Una noche la abrió por fin, incapaz de resistir por más tiempo la tentación de devorar el aliento de él que pudiera contener, y leyó las primeras líneas, escritas también insólitamente a mano.

> Salgo en coche mañana por la mañana, muy pronto. Tengo que estar en Madrid por la tarde. Por eso me apetece escribirte con calma, sobre la arena de la playa, frente al mar maldito, eso dicen, de este acantilado donde ha pasado todo. Quiero que luego releamos juntos la carta en el jardín, que me escuches con toda tu atención cuando me detenga en cada palabra y te cuente los detalles de cómo ha sido cada paso. ¡Qué excitación! ¡Por fin voy a tener el libro en las manos! Para seguir escribiendo, hago como el personaje de

aquel poema de Ortueño Gil... Busco las palabras en este horizonte azul que tengo delante. O mejor aún, pienso en las palabras de aquella escritora que te gustaba tanto, la que contaba lo de absorber la luz. La frase me emocionó cuando la dijiste, pero ahora soy incapaz de recordarla. Te propongo un trato, o un juego, como quieras llamarlo. Cuando vayamos a leer juntos esta carta, me repites la frase antes. ¿De acuerdo?

«Sí, Eloy, de acuerdo», había respondido ella iniciando sin percatarse un diálogo con el texto, con toda la respiración concentrada inútilmente en contener las lágrimas arrancadas por las palabras manuscritas, por la idea de pronto insoportable de que esas letras irregulares las había trazado, aunque fuera en las inmediaciones de la propia muerte, la mano todavía viva de Eloy. Y aunque se sentía arrastrada por la impaciencia por saber más, interrumpió en ese punto la lectura y decidió trasladarse hasta el lugar donde él había escrito la carta para concluirla allí, y llorar a gusto sobre sus palabras últimas.

Por eso es aquí, por fin aquí, donde carraspea para aclararse la garganta, consciente de que le asalta cierto pudor cuando recita en voz muy baja, conmovida, sólo para ellos dos, para ella y para lo que reste de él, la frase que una vez, mucho tiempo atrás, escribió Simone Weil sin imaginar que en la lejanía de un futuro difuso una mujer quebrada la recitaría para un muerto ante el mar solitario bajo la lluvia, aun a sabiendas de que quienes perdieron la vida no pueden retornar por la magia de palabra alguna que pueda ser pronunciada sobre la tierra.

—El único pecado consiste en la incapacidad de absorber la luz —dice Clara, y aunque no cree en oraciones de ningún tipo se regala el instante de una duda, una pausa de silencio a la que finalmente, antes de que la disuelvan el crepitar de la lluvia o el rumor breve del oleaje, prefiere poner ella misma conclusión regresando a la carta.

El horizonte era azul mientras Eloy escribía, así lo dejó escrito, y es gris ahora, cuando, desnuda sobre la playa, relee ella hasta donde interrumpió la lectura. Antes de continuar, mira a su alrededor: todo es aire gris, todo es arena silenciosamente empapada por la llovizna que presagia tormenta. ¿Se sentaría aquí mismo Eloy para escribir, o sería unos metros más allá? ¿Junto a la escalera de la roca o con las piernas colgando desde lo alto de la pared de piedra? No, en la carta se describe instalado sobre la arena, como ella ahora... El paralelismo le estremece la piel.

> ... El mar de este acantilado vive un maldición de amor, no puede haber otra explicación. Me obligué a comenzar a creerlo... y acabé por lograrlo. Ahora lo creo, ahora sé que es verdad. Pero ¿es que acaso no tuve las pruebas delante de mis propios ojos?

Clara desea fervientemente que resulte más fácil dejarse influir aquí, en el corazón palpitante del supuesto prodigio, que en la seguridad rutinaria de la casa en Madrid. Desea que le resulte posible llegar a creer. Lo necesita. Si logra creer, se repite, tal vez encuentre el mensaje que Eloy podría haberle mandado desde el otro lado de la muerte. Y si no logra creer...

Si no logro creer, avanzaré mar adentro. Hasta que la corriente me arrastre. Hasta que no haya posible retorno.

El bar Pedrín ha sido desde siempre uno de esos lugares que parecen a salvo del tiempo que todo lo pudre, y el propio Pedrín, al que Bastian observa faenar tras la barra limpiando vasos bajo el chorro del grifo, resulta idéntico al Pedrín que hace cuatro años otro Bastian, un Bastian que entonces aún no se llamaba Bastian ni era Bastian, un Bastian que todavía se llamaba y era Sebastián Díaz, observaba faenar tras la barra limpiando vasos bajo el chorro del grifo.

Ha llegado hasta aquí sin darse cuenta de que también era el destino del renqueante Julián, quien después de que Pedrín le sirviera un caldo caliente y un vino tinto ha ido a instalarse en una de las mesas del fondo del local, casi a oscuras, como si la luz del día tuviera ojos para verle y pudiera mofarse de su vejez o descubrir los desgarros secretos que tallaron su rostro de piedra entristecida. Bastian, con el codo derecho apoyado sobre el ángulo recto de madera de la barra en forma de ele, lo observa sin haber pedido aún su consumición. Sus ojos husmean por cada rincón, en cada detalle, ávidos de reconocer y recordar ese espacio geográfico que fue habitual en su pasado, y trascendental porque en él conoció a Vera. Grande y desangelado, el local languidece mortecino por la luz sin vida de la mañana lluviosa, que lo invade con desgana a través de los ventanales de la fachada, en la calle principal de Padrós. No hay clientes en la sala colmada de mesas con tableros cuarteados que imitan al mármol, sólo algunos parroquianos junto al palo largo de la ele de la barra, todos con un vaso de vino en la mano y una conversación vacua en los labios. Junto a la cafetera, un transistor viejo, que se diría robado de algún museo, emite noticias sobre las fiestas patronales y publicidad de algún restaurante cercano;

luego suena una canción de Jennifer Lopez que un tal Mario dedica a Jennifer Cifuentes, «su tocaya», en el día de su decimosexto cumpleaños. Jennifer Cifuentes, calcula Bastian, debía de tener doce años el día que Vera murió. ¿Se enteraría del tiroteo? ¿Qué le explicarían sus padres sobre el estallido de sangre y muerte que vino a desgarrar su paz de adolescente? ¿Y qué recordará o querrá recordar Julián de todo ello?

—¿Me pone un café solo, por favor? —Bastian habla por fin en dirección a Pedrín. Procura aparentar indiferencia, pero en realidad es un momento importante. Bastian no ha camuflado su voz, ni piensa tampoco bajar los ojos cuando Pedrín le traiga el café. Si el camarero lo reconoce, actuará de una manera; si no lo reconoce, de otra.

Pedrín, sin mirarlo siquiera, asiente y se gira hacia la cafetera.

Acodado sobre la barra como otro parroquiano más o un inocente viajero de paso, Bastian desplaza la mirada por las mesas vacías hacia la situada junto al ventanal. Para él tiene protagonismo sobre las demás, casi vida propia. En esa mesa circular y más pequeña que las demás vio a Vera por primera vez cuando, apoyado sobre la barra tras pedir a Pedrín un café solo como acaba de hacer ahora, desplazó distraídamente la mirada sobre las mesas vacías, sin imaginar que en la de la ventana aguardaba, bajo forma humana de mujer, el punto de inflexión que acechaba a su vida. El minuto uno de la hora uno de las ciento ochenta y siete horas. En esa mesa circular y más pequeña que las demás, junto a la cual Vera ocupaba la silla ahora desocupada, hablaron por primera vez; en esa mesa circular y más pequeña que las demás la deseó por primera vez y en esa mesa circular y más pequeña que las demás fue incapaz de sospechar que nunca llegaría a librarse de ese deseo ponzoñoso, que esa obsesión o el odio hacia esa obsesión acabarían por traerlo de vuelta a Padrós, oculto bajo su identidad forzosamente inventada de Juan Bastian, con el objeto de revivirlo todo desde el primer minuto de la primera hora, literalmente desde el principio, entrando al bar Pedrín y pidiendo un café antes de desplazar la mirada sobre las mesas vacías hasta enfocar la silla desocupada que entonces ocupaba ella, junto a esa mesa circular y más pequeña que las demás. El gran ventanal se le antoja una pantalla sobre la que diabólicos dioses del tiempo proyectan caprichosos efectos especiales que los humanos, en su ingenuidad, llaman clima: hoy toca lluvia gris, furiosa por rachas, que golpea el cristal entre remanso apaciguado y remanso apaciguado e intensifica la melancolía espectral de la silla vacía sobre la que se asientan el recuerdo de Vera o la consternación por el hecho, hasta hace muy poco cierto y desde hace muy poco estremecedoramente cuestionable, de que lleva cuatro años muerta; en cambio, tocó sol pletórico y luz de alegría amarilla y caliente el día que la vio, con la cabeza de pelo muy rubio y muy corto inclinada sobre un periódico, los dedos de la diestra llevando desde la mesa a los labios una caña de cerveza y los de la zurda sosteniendo en alto un cigarrillo que le tapaba parcialmente la cara, que tal vez por ello él sintió la curiosidad impaciente de ver. «Su café, Sebastián», dijo aquel día Pedrín depositando la taza sobre el ángulo en ele de la barra. Sebastián Díaz era un habitante más del pueblo, una de esas personas que no son ni conocidas ni desconocidas, un rostro casi anónimo y a la vez cotidiano, más identificable por el hecho de que vivía en el caserón del acantilado que por sus fracasos o éxitos personales en cualquier campo, suponiendo que hubieran existido. Y tras dejar la taza añadió, en un susurro que parecía indicar algún afán de complicidad: «Aquella muchacha junto a la ventana ha preguntado por usted». «¿Por mí?», se atragantó él, el café a punto de derramarse por la grata sorpresa. «Quiere visitar el caserón. Busca al dueño. Parece que quieren rodar allí una película». Al girarse animado por una esperanza todavía sin causa real, contento con alegría que comprendía infantil, vio cómo la desconocida alzaba los ojos y sin más protocolo, como si hubiera oído las palabras de Pedrín, se ponía en pie y venía hacia él, resuelta y sonriente. No era guapa; ya entonces, aunque rendido de antemano a ella en ese momento inmediatamente anterior al instante cero de su relación, no la habría definido como una mujer guapa. Pero la belleza es una convención necia de la inteligencia humana, un término insuficiente para contener y definir lo incontenible y lo indefinible: ¿la química, el embrujo? ¿Lo incontenible, lo indefinible? La mirada de Vera, su expresión, su olor o su voz contribuyeron a que ansiara seguir teniéndola frente a sí una vez que se hubo aproximado y comenzó a hablar, pero hubo además una percepción insólita y sin precedentes que, todavía de forma inconcreta, debía de tener que ver con su agilidad de bailarina clásica ataviada con vaqueros y zapatillas deportivas. ¿Intuida capacidad de levitar? ¿Magia verdadera, inexplicable? ¿Alas ocultas bajo la camiseta blanca? ¿Alas invisibles que por tanto no era preciso ocultar?

Tonterías así recuerda Bastian que esbozó la mente de Sebastián, ya en aquel instante. «Así que usted es el dueño del caserón del acantilado», fueron las primeras palabras que oyó pronunciar a la mujer que dinamitaría su vida para reinar luego sobre casi toda su muerte, en el segundo uno del minuto uno de la primera de las ciento ochenta y siete horas de vida pura que quemarían juntos, camino de sus respectivas muertes bifurcadas.

—Su café, señor —dice Pedrín, y su gesto al depositar la taza sobre el ángulo en ele de la barra saca a Bastian de la ensoñación del pasado.

Mira a los ojos al camarero. Pedrín, que de cerca parece haber engordado un poco, no emite la menor señal de reconocimiento, ni siquiera un chispazo de duda. *Estoy a salvo.* Aunque en su caso, estar a salvo signifique que ha sabido borrar en estos cuatro años todo vestigio de él, que logró dejar de existir con objeto de escapar de los sicarios invisibles del serrucho y el alfiler, tan resuelto en su objetivo que incluso en el último año ha buscado camuflarse tras el disfraz de rutinaria normalidad burguesa, fingiendo que formaba una familia de la única forma en que es posible fingirlo sin fisuras: formándola de verdad. ¿Qué pensarían su novia madrileña Pepa y sus ejemplares padres, que tanto lo quieren como futuro yerno, si supieran que este viaje no es un asunto laboral sino su resuelta búsqueda del reencuentro con una muerta? Dejar de existir es comenzar a existir de otra manera, es nacer como espectro. Y se pregunta si, de espectro a espectro, Vera lo estará viendo en este instante desde la silla vacía. Muchas veces, dentro de estos cuatro años, ha pensado y piensa que los muertos observan a los vivos, aunque no puedan ya actuar ni a favor ni en contra de ellos, aunque sólo puedan limitarse a mirar, a envidiarlos por no hallarse, como ellos, atrapados sin salida en el silencio de la nada.

Bastian deposita una moneda de dos euros sobre la barra, toma el platito con la taza de café y va hacia la mesa circular junto al ventanal. Se acomoda en la silla que ocupó frente a Vera al aceptar su invitación de sentarse con ella, ya en el minuto dos del huracán. ¿Sabría ella desde el principio que él aceptaría sin dudar? Tal vez lo apostó contra sí misma, o contra quienes fueran sus cómplices ocultos. «Seis millones de euros en billetes usados a que el dueño del caserón viene detrás de mí como un perrito». La lluvia repiquetea con renovada fuerza contra el cristal que atravesaban entonces pletóricos rayos de sol. Vera necesitaba, ésa fue la primera mentira explícita, ver el caserón por si servía para rodar una película en cuyo equipo de producción colaboraba. Él la miraba en silencio, rogando que no dejara de hablar. Todo era, hace tiempo que lo tiene dolorosamente asumido, una representación teatral quién sabe cuántas veces ensayada, pero entonces daba igual. Vera movía sin descanso sus manos alargadas y ágiles, como un hipnotizador pérfidamente disfrazado de muchacha inocente. Hoy y desde hace mucho él siente que aquellos dedos eran cuchillos, pero entonces los imaginó estilizados acróbatas desnudos, de piel tibia y suave, en cuya danza se atrevió a interpretar signos explícitamente seductores dedicados a él. Vera podría haber hablado hasta el infinito, él la habría escuchado siempre... Y entonces, al rememorarlo, le asalta otra vez la idea, verosímil desde la irrupción de la ciega del restaurante, de que la tragedia de cuatro años atrás fue distinta a como él creyó, memorizó, vivió... *¿Imaginas, Vera, que no hubieras muerto?* Se deja mecer un instante por la tentación de ese sueño que de ser cierto, lo sabe bien, tendría mucho de pesadilla situada más allá de lo infernal, y para no enfrentarse a ello juega a pensar que en realidad Vera y Sebastián no se levantaron de la mesa al inicio de la tarde de aquel día de verano, hace cuatro años largos, sino que siguen aquí, anclados en lo que pareció una nube inabarcable de felicidad. *Podrías haber hablado durante estos cuatro años. Aquí, sin movernos. Yo te habría escuchado sin parpadear.*

La invitó a conocer el caserón del acantilado, naturalmente. También ha supuesto siempre que eso estuvo previsto. «Seis millones a que me invita a visitar el caserón». Se pusieron en pie y juntos salieron a la calle igual que él, ahora solo, se pone en pie y sale a la calle. Fue en ese trayecto mínimo hacia el coche cuando creyó saber qué la hacía tan diferente, tan ajena al mundo y tan superior a él: Vera no caminaba, sino que volaba, parecía volar. Y quien a su lado fuera, se atrevió a decidir Bastian cuando todavía era Sebastián Díaz, podría levantar el vuelo junto a ella, planear sobre el mundo, elevarse hasta lo más alto y flotar allí indefinidamente, ajeno a vientos y tormentas. Delirar ante una mujer adecuadamente hermosa es fácil para el hombre adecuadamente proclive a ello, cómo no va a serlo para uno cuya vida parecía desde demasiado tiempo atrás el soso intermedio sin fin de un espectáculo aburrido al que había acudido solo, sin nadie al lado con quien hablar.

Subieron al coche y fueron juntos hacia el caserón.

Sube al coche y va solo hacia el caserón, fielmente escoltado por su obsesión, que ya ha resucitado por completo y campa a sus anchas alrededor y dentro de él.

Salgo en coche mañana por la mañana, muy pronto. Tengo que estar en Madrid por la tarde. Por eso me apetece escribirte con calma, sobre la arena de la playa, frente al mar maldito, eso dicen, de este acantilado donde ha pasado todo. Quiero que luego releamos juntos la carta en el jardín, que me escuches con toda tu atención cuando me detenga en cada palabra y te cuente los detalles de cómo ha sido cada paso. ¡Qué excitación! ¡Por fin voy a tener el libro en las manos! Para seguir escribiendo, hago como el personaje de aquel poema de Ortueño Gil... Busco las palabras en este horizonte azul que tengo delante. O mejor aún, pienso en las palabras de aquella escritora que te gustaba tanto, la que contaba lo de absorber la luz. La frase me emocionó cuando la dijiste, pero ahora soy incapaz de recordarla. Te propongo un trato, o un juego, como quieras llamarlo. Cuando vayamos a leer juntos esta carta, me repites la frase antes. ¿De acuerdo?

El mar de este acantilado vive una maldición de amor, no puede haber otra explicación. Me obligué a comenzar a creerlo... y acabé por lograrlo. Ahora lo creo, ahora sé que es verdad. Pero ¿es que acaso no tuve las pruebas delante? ¿O qué, si no, era la silueta humana que se mantenía erguida en el fondo del mar? La vi con mis propios ojos. Créeme, no miento. Quiero traerte a Padrós para que la busquemos juntos. Para que la encontremos. ¡Una silueta humana en el fondo del mar! ¿Lo puedes concebir? ¡Y pensar que la descubrí por azar, cuando buceaba para relajarme!

Espero convencerte para que vengas. Al principio no tomaste en serio mi investigación sobre Gabriel Ortueño Gil, reconócelo. Te parecía absurdo, o directamente inviable, buscar la pista de quien tú misma definías como un escritor menor, ínfimo, que si obtuvo alguna notoriedad no fue por sus versos o sus cuentos, sino por el espeluznante crimen que cometió, más terrible teniendo en cuenta que era un héroe de guerra. Vale, admito las dificultades, siempre las admití. Pero es en un caso tan truculento donde me puedo lucir, y eso es justo lo que necesito para mi carrera. También, y sobre todo, para salir adelante. Eso sí que lo sabemos bien los dos.

Lo que me interesa de Ortueño Gil es que de él no se sabe casi nada, precisamente ahí está la gracia; ni la menor referencia en los anales literarios de principios del siglo XX, ningún texto suyo conservado, sólo la referencia a una novelita llamada *Todo el amor y toda la muerte* que debió de escribir aunque muy poca gente la haya visto ni leído, y de la que yo, por pura suerte, he conseguido fotocopiar un ejemplar. Nada, aparte de las noticias sobre su crimen en los diarios asturianos y gallegos de 1902. Sólo periódicos locales, porque en los nacionales ni palabra, ni siquiera esa frontera espacial logró superar. ¡Fue un escritor local, casi comarcal, y también un asesino local! Tengo esas noticias en mi armario, media docena de recortes, uno de ellos bastante extenso debido a la identidad de la víctima de Ortueño Gil, nada menos que un bebé de pocos meses, el hijo del cacique de Padrós, un tal Tomás Montaña; otras tres medias páginas relatando sin más los hechos y algún otro sueltito según el asunto se fue olvidando. Fotos, ni una. Gabriel Ortueño Gil es casi un fantasma, y de no ser por mi empeño podríamos quitar el «casi».

Porque en mi búsqueda he encontrado rastros inéditos, y también por eso me gustaría que vinieras; aparte de la silueta submarina, que seguro que te ha intrigado. Rastros como Emilia, de quien te hablaré con detalle en persona. Nunca había conocido a una mujer igual, lo entenderás cuando te cuente. Nada que ver contigo o con ninguna de mis amigas, algo totalmente distinto, nuevo, que me fascina. Voy a tener que implicarla hasta el final, con todas las consecuencias. Está directamente relacionada con la historia de Ortueño Gil, aunque por simple cálculo temporal parezca imposible. Ella misma no lo sospecha, tan tranquila en su mostrador del estanco, pero he llegado a la conclusión de que tiene la clave de aquel crimen. ¿Cómo?, te estarás preguntando… ¡Si aquello pasó hace más de cien años! Y se supone que la verdad es una y única, y que el tiempo no la cambia. ¿O sí? Yo espero demostrar que puede retorcerse sobre sí misma, distorsionarse, mutar hasta volverse otra. Voy a demostrar que la verdad se mueve, igual que se mecía la silueta humana que descubrí con mis propios ojos, sentada en el fondo de esta bahía que, visto lo visto, debe de estar ciertamente embrujada. Debes creerme. A nadie he hablado aún de esa silueta, de esa figura que no sé cómo denominar. ¿Me atrevo a llamarla persona? Pensarás que es imposible. También yo lo pensé, pero como comprenderás se convirtió, de la forma más inesperada, en mi principal hallazgo, el nuevo interés de mi investigación, aunque no esté relacionada con Ortueño Gil. Pero ¿y si lo estuviera?

Te describo los detalles. Era esbelta, no sé si alta o baja, porque estaba sentada sobre una roca del fondo, como el pensador de Rodin, no sabría decir si hombre o mujer; sin rostro, o al menos sin rostro en el que tuviera yo tiempo de fijarme, porque lo que ante todo llamó mi atención fue el bulto que mantenía junto al pecho, en la postura típica de quien arrulla a un bebé, y con esa imagen decidí quedarme: un adulto, hombre o mujer, eso no lo sé, sosteniendo en brazos a un niño pequeño, a un bebé... Ascendí a toda velocidad hacia la superficie, notando los martillazos de la presión en el pecho, y sobre todo aterrorizado por la intuición, ya sé que absurda y disparatada, pero te juro que también inexplicablemente verosímil, de que el bebé era el mismo al que cien años atrás asesinó Ortueño Gil... No me preguntes cómo, simplemente lo supe, lo sé con certeza. Y la única duda que restaba era la identidad del adulto: ¿podría ser el asesino, o su espíritu en pena, la noche fatídica en que raptó al pequeño? Pero entonces, ¿por qué mi retina, durante la brevísima visión, había percibido que el abrazo buscaba otorgar al cuerpo infantil una protección infinita?

Eres la primera a quien cuento todo esto; bueno, la segunda. Hablé con Emilia también. Pero aparte de vosotras nadie más iba a creerme, aunque en este instante, al leer mis palabras, seguro que estarás suponiendo que aluciné. Seguro que temes que he recaído en mis delirios, o peor aún, en todo lo demás tan terrible. Pero no te inquietes ni sufras, y créeme. Vi lo que vi. Estoy seguro. Y lo demostraré. Te traeré hasta este lugar, tomaré tu mano para bajar a la playa desierta y juntos nos adentraremos en el mar y bucearemos en busca de la sombra patética que arrulla al bebé muerto.

Contigo sé que lograré demostrarlo, y por eso te lo pido:

Cree en mí. Ayúdame.

De aquí hui hace cuatro años, millonario y muerto.
Bastian inspira hondo ante el caserón del acantilado donde vivió tantos años de su existencia anterior, y cuando termina de liberar el aire con lentitud premeditada le parece que se ha volteado el tiempo en un retorno incontrolado hacia el pasado. ¿Qué pasaría si, como una caridad del azar que dirige y domina a los humanos, existiera la posibilidad de enmendar hechos pretéritos? ¿Qué pasaría si todo volviera a empezar? Y de nuevo es incapaz de evitar que la imagen de la ciega del restaurante tome por asalto su mente desguarnecida.

El jardín que rodea la casa está descuidado y sucio. El césped ya no brilla en su alegre verde de los tiempos pasados. Se ha transformado en una selva de hierbajos y greñas marrones, en fango donde crepitará la lluvia cuando las nubes descarguen de nuevo, pero aun así Bastian percibe un aire de posible, sólo posible, redención, una esperanza indefinida surgida de la simple contemplación de la fachada principal. *He vuelto. No pudieron atraparme, ni torturarme, ni asesinarme.* La quietud parece asentir, y Bastian siente cómo se le humedecen los ojos por un sentimiento primitivo de niño desasido de la mano materna. Lo deja fluir, se deja fluir. Hace mucho que nada lo conmueve, mucho que sus sentidos viven día y noche sometidos a dos brutales verdugos: su huida permanente, siempre inacabada, y la claustrofóbica impostura de novio a punto de casarse en la que se metió para añadir solidez a su identidad falsa; pero es justo ahora, sólo ahora, ante lo que fue su hogar, cuando tiene por primera vez plena consciencia de ello. El silencio, que podría ser de paz pero también de cripta, le estremece y a la vez le llama a dar el siguiente paso. Otra vez en guardia, empieza a rodear la casa vigilándola como si se tratara de un enemigo listo para el ataque, atento a esquivarla si se decidiese a saltar desde sus cimientos moribundos para engullirlo. Un frescor húmedo asciende a pesar de todo desde la tierra cubierta de hierba muerta, y por encima de los demás recuerdos asociados a ese olor huele a Vera, al lejano día de tormenta y lluvia tórrida en que, desnuda y frívolamente sádica, lo abandonó a la intemperie en la hora número treinta y uno de las ciento ochenta y siete, moribundo de deseo bajo el brutal aluvión de millones de gruesas gotas que vinieron a reventar sobre el bochorno asfixiante de las horas previas, cuando ella, a salvo en el caserón mientras él permanecía encerrado afuera con los relámpagos, comenzó a masturbarse frente a una de las ventanas de la planta baja sin haberle especificado previamente cuál, ahí radicaba el juego por el que hubo el frenético amante de localizarla correteando alrededor de la casa como perro rabioso. Aquí, hora tras hora de aquellos pocos días infinitos que parecieron uno solo dolorosamente corto, reinaron con mano dura las inmisericordes humedades de Vera, sus ocurrencias obscenas e irresistibles. Cuando por fin, cubierto por el manto implacable de la lluvia, la encontró tumbada sobre la mesa del salón, comenzó a aporrear el cristal para llamar su atención. Ella, calmosa, le dedicó una sonrisa amplia con los labios de la boca y del sexo, y como premio a su tesón sumiso le permitió contemplar cómo culminaba el orgasmo. Luego se levantó, caminó hasta la ventana al otro lado de la cual aguardaba él y cerró los postigos de madera abandonándolo bajo la lluvia, desconcertado y ansioso. Abrió a los pocos segundos la puerta, salió, lo tomó de la mano y en vez de refugiarse del aguacero como pretendía él, grotescamente encorvado, caminó airosa hasta el centro del jardín, con una sonrisa de poderío en el rostro capaz de ahuyentar a la mismísima lluvia. Terminaba la hora treinta y uno, y para rememorar el éxtasis devastador que vivió a continuación no precisa recurrir al guión de sus recuerdos. Bastan y sobran, como han bastado y sobrado siempre, las evocaciones de la piel y hasta de la razón, que incluso en los momentos de odio más meditado y álgido de estos cuatro años le han excitado traicioneramente, para empujarlo sin remedio a conceder una tregua a sus crispaciones y masturbarse reproduciendo en la pantalla de la memoria aquel clímax que estalló para ambos, o eso creyó él entonces, cuando entraban ya en su hora treinta y dos, bajo la lluvia más gloriosa de toda su existencia. Vera le hizo creer la mentira de que la felicidad de ambos era infinita y sería eterna. Y él la creyó. Quería creerla. «Seremos para siempre», sentenció otro amanecer soleado, de silencio tan impecable y transparente que creyeron haber muerto mientras dormían abrazados y felices, fusionadas a través de la piel las serenidades de ambos como si los dioses hubiesen olvidado desenchufarlos de esa paz inabarcable y nítida que sólo muy de vez en cuando conceden a los amantes.

La puerta principal está cerrada. Sobre ella aún se sostiene engarzada al aparatoso anclaje original, herrumbroso pero resistente al tiempo, la enorme eñe mayúscula de hierro que muchos años atrás, al parecer más de cien, ordenó instalar el primer dueño del caserón, el indiano Tomás Montaña. Es otro vestigio del pasado, tal vez el más antiguo de todos. Bastian traga saliva al aferrar en el bolsillo la llave de la que nunca se desprendió, y comprende de repente que la ha guardado todo este tiempo porque su inconsciente deseaba volver, o necesitaba volver, o incluso se desesperaba por volver. *¿Para qué, exactamente?* La llave entra con suavidad en la cerradura y el miedo crece y se regodea invicto en sus tripas. ¿Y si los sicarios del serrucho y el alfiler aguardan dentro? Nunca deja de temer que en cualquier momento, de la forma más inesperada y en el más insospechado lugar, pueda aparecer el sonriente Humberto flanqueado por sus hombres para decirle: «Aquí te quería pillar». Pero ya no hay retorno, ni tampoco quiere que lo haya. Si gira la llave hacia la derecha descorrerá el cerrojo, la puerta se abrirá y entrará en su propio pasado. Se permite creer que el tiempo no existe, y al lograr imaginarse cuatro años antes se ve a sí mismo, ve a Sebastián Díaz corriendo hacia el coche con la bolsa del dinero tras cerrar la puerta sin mirar atrás. Paró en seco, regresó a la casa y recogió su chaqueta de lino, tal vez empujado únicamente por la inercia de muchos años de vida sin sobresaltos. Qué absurda ingenuidad, regresar a por una chaqueta cuando estás condenado a la muerte más atroz... Aquel momento pareció el final y sin embargo fue el principio. ¿O el principio, el verdadero principio, ha sido el encuentro con la ciega? Dudan los dedos temerosos, congelados en el aire a un milímetro de la llave, y por último Bastian decide dar una segunda vuelta de inspección antes de abrir, sin atreverse a reconocer que en realidad es el miedo lo que le impide entrar.

Saca del coche unos prismáticos que al partir tuvo buen cuidado en cargar y tras caminar hasta el borde del acantilado enfoca con ellos el edificio de apartamentos que se yergue en el siguiente promontorio de roca, a dos o tres kilómetros, también sobre el mar. Es un edificio construido en el año 1971, una treintena de apartamentos de lujo que se planificaron cuidadosamente para que sus propietarios estuvieran a salvo de las miradas indiscretas. Sólo desde el acantilado del caserón, sólo desde donde Bastian observa ahora con los prismáticos la amplia terraza de la quinta planta del edificio, puede observarse éste. Esa decisión de la empresa constructora, tomada treinta y tres años antes de los hechos, fue en realidad el desencadenante de todo. Si el edificio no hubiera estado allí Vera jamás lo habría enamorado arteramente, si lo hubiesen construido cincuenta metros más allá, al amparo de la mirada del habitante del caserón, Sebastián Díaz nunca habría tenido que huir, ni metamorfosearse en Bastian. Treinta y tres años, cincuenta metros... Números mínimos, trascendentes, puede que mortales, distintas nomenclaturas del azar. Una vez sorprendió a Vera haciendo lo mismo que él ahora, espiar con prismáticos la terraza del quinto piso. ¿Cómo haber sospechado entonces que no miraba el paisaje, tal y como explicó candorosamente? ¿Que en realidad su único afán era disponer de un promontorio desde el cual vigilar a la cautelosa silueta masculina que, únicamente al anochecer, salía a la terraza para beber al amparo de las sombras? Espectro al que espiaba una mujer que hoy es a su vez un espectro. *¿Me espiará alguien a mí?* Bastian, tras los prismáticos, no puede contener una risita amarga al observar la terraza de la quinta planta. Muestra las persianas herméticamente clausuradas, y de la barandilla cuelga un cartelón: «Se vende o alquila». El paraíso más hermoso y el infierno más espeluznante acaban invariablemente igual, vacíos y esperando a su siguiente inquilino; antes o después, cualquier lugar, con independencia de que haya acontecido en él una sublime historia de amor o la venganza dictada por el odio más desgarrado acaba con el cartel de «Se vende o alquila». Quien regresa al pasado que no lo ha convocado puede volverse un intruso en su propia historia. Él nunca lo habría hecho de no ser por la ciega.

Enfoca los prismáticos hacia el mar, hacia la playa batida por una lluvia ahora fina que parece reponer fuerzas para el siguiente asalto. Abajo, la masa de agua azul de la bahía en marea baja reposa lejana y callada, aunque haya sido testigo de tantas cosas... *Tal vez el mar sabe lo que pasó realmente. Si fuera una persona podría contarme la verdad.*

Y exactamente entonces se sobresalta al encuadrar la silueta lejana pero nítida de un cuerpo sobre la orilla.

Una mujer desnuda boca arriba.

¿Vera?

La razón sabe que ni es ni puede ser Vera, pero le viene a la cabeza un amanecer en que, al despertar solo en la cama que compartían desde que ella se instaló en el caserón, salió a buscarla y, auxiliado como hoy de unos prismáticos, la localizó paseando solitaria y pensativa por la playa desierta que comenzaba a iluminar el amanecer. Aquella imagen lo enamoró aún más, recuerda mientras se apresura a tomar el camino que conduce hacia la playa de hoy, hacia la mujer desnuda de ahora. Hace tiempo que casi siempre es sincero consigo, es su única virtud adquirida en la muerte, y por eso admite que no es el afán de socorrer a la desconocida lo que le impulsa, sino una desazón de origen confuso aunque imaginado, una ebullición repentina que no puede definir pero tampoco dejar de atender.

Corre hacia el coche, pisa el acelerador hacia la playa.

Si todos los espectros estamos condenados a espiarnos, ¿los de quiénes me observan a mí ahora?

—El mar de este acantilado vive una maldición de amor. —Gabriel Ortueño Gil eleva los párpados y observa a su audiencia, compuesta exclusivamente por mujeres. Al verlas siente, como siempre, miedo. Antes no le invadía este sentimiento imposible de vencer. Meses antes encaraba al correspondiente grupo de oyentes femeninas desde la atalaya de ese rostro suyo clásico y viril pero, a la vez, un punto aniñado que hacía de él un hombre digno de ser mimado, protegido, tocado, acariciado, redimido y amado, un varón frágil deseado en secreto por casi todas. Pero desde la guerra de Cuba lo domina el miedo, y hoy su mirada no es altiva ni seductora, sino desarbolada y suplicante, aunque paradójicamente los temores dan un aire esquivo a sus ojos, le añaden intensidad al aura romántica gracias a la cual come cada día.

Tras pronunciar, premeditadamente suave y engolado, las palabras «maldición de amor», se demora en la pausa cien veces ensayada ante el espejo y otras tantas probada frente al público a punto de seducción, y repite el lema, alzando esta vez en arco solemne el brazo hacia el amplio ventanal desde el que se divisa la playa larga y estrecha:

—El mar de este acantilado, de este acantilado vuestro —subraya—, vive una maldición de amor...

A veces añora las ocasiones en que recitaba sus historias con verdadero ardor y las sentía vibrar en la mente y en la piel, llenas de verosimilitud y verdad. Pero lo que vivió en Cuba le arrebató casi toda la vida. Ahora es un pelele sin alma, que se caricaturiza a sí mismo para seguir caminando sin objetivo claro. La anfitriona de la velada poética, sentada a la derecha de él ante el piano, acaricia torpemente el teclado para matizar sus palabras con notas mínimas que quieren ser sugerentes pero a veces resbalan y tropiezan sobre sí mismas. Ha insistido en acompañarle musicalmente y, a pesar de su incapacidad manifiesta, Gabriel no ha podido negarse. Es ella quien dirige estas veladas literarias de Padrós que acoge en su casa y financia el rico del pueblo, el indiano Tomás Montaña, y si hoy todo sale bien podría contratarle más actuaciones en Padrós, incluso en las villas cercanas. Así que Gabriel no cuestiona el torpe trenzado musical que se esfuerza por seguirle y centra su atención en los rostros que lo observan expectantes, ocultos en algunos casos tras abanicos que se dirían elegidos por el mismo decorador que ha decidido los recargados colores de las paredes del gran salón, los manteles de las mesitas sobre las que reposan los juegos de té y las telas que tapizan los asientos donde se acomodan las mujeres, doce según su primer recuento, que poco a poco, lo capta ya en sus miradas, van dejando nacer en su interior excitados interrogantes colectivos sobre la maldición de amor de ese mar que ellas, muy probablemente, miran cada nuevo día desde sus respectivas rutinas sin brillo.

—... aunque justo es añadir que sin cada una de vosotras, sin cada uno de vuestros corazones palpitantes de sentimiento, ese mar hechizado pronto se volvería árido.

Y pasea Gabriel la mirada medidamente cálida, deteniéndose un instante en cada rostro para intentar precisar la expectativa individual que cada uno de ellos expresa ante su vacuo discurso dulzón. Él querría haber sido narrador de historias recias, creador de relatos provocadores y apocalípticos, incluso novelista, pero siempre ha carecido de talento y fuerza para ello, y su sustento diario, demasiado bien lo sabe, ha dependido siempre y depende hoy de que esas miradas, ya casi conmovidas, ya casi húmedas, traspasen la frontera de la lágrima. «Cuando lloran, ceno mejor», resumió certeramente una noche de crisis existencial compartida al calor del vino con Rufino Matamoros, otro poeta de los caminos y pueblos. «Y con esa cara y esos ojos verdes que te ha dado Dios a veces hasta desayunarás, ¿eh, mamonazo?», había sentenciado con guiño pícaro Rufino. Gabriel, bebiendo un sorbo de vino, concedió con resignado encogimiento de hombros.

Le conviene mantener su falsa leyenda de gran seductor, pues en parte vive de ella, aunque también le haya deparado momentos amargos, como esa ocasión no tan lejana en que el tosco marido de una muchacha a la que paradójicamente ni siquiera había mirado lo arrinconó contra la barra del bar del pueblo, agarrándolo por las solapas, amenazador y furibundo. ¿Cómo explicar que desde su regreso de Cuba vive aterrorizado por la maldición que atravesó el océano en pos de él? ¿Quién creería que esa fantástica historia que cada día cuenta en sus recitales como si fuera una leyenda mágica es la simple y terrible verdad? Vive a solas con su secreto y con el miedo que éste engendra, y se limita a asentir con forzada ambigüedad cada vez que alguien alude a sus proezas de seducción. «¡Para una vez que eras inocente!», se reía cariñosamente en la cara Rufino Matamoros tras aquel incidente del bar. A fuerza de veladas poéticas y miserias acumuladas, los dos poetas del camino han solidificado una camaradería que las noches mal dadas les lleva a compartir lo poco que hubieran podido conseguir: pan, algo de queso, un cuartillo de vino… «No te engañes, amigo Gabriel —suele dolerse Rufino las noches de borrachera, cuando le atenaza el miedo a morirse solo en algún camino perdido entre velada poética y velada poética—. No somos poetas, sólo mendigos. Y así nos moriremos, solos y tirados en algún recodo solitario».

—Así que sois vosotras, cada una de vosotras, la que puede deshacer esa desdicha. Pero también hay algo más… Una historia mágica real, una increíble maldición que es a la vez una aventura de amor y muerte que pervivirá más allá del tiempo y del espacio, mucho después de que todos los presentes hayamos desaparecido y seamos apenas un recuerdo para aquellos que nos conocieron y amaron por lo que somos, y no por lo que podríamos haber llegado a ser…

El lloro inesperado de un bebé, aproximándose desde alguna parte de la casa, se cuela en esta segunda pausa de la representación, arruinando el instante en que Gabriel suele detenerse a inspirar para que las mujeres asimilen toda la melancolía de su jerigonza vacua disfrazada de profundidad.

—Es esa historia, una historia de amor inmortal pero también terrible, la que me dispongo a contaros ahora —continúa sin dilación, consciente de que el chillido infantil, cada vez más cercano, le está restando protagonismo. Son ya tres las mujeres que han vuelto la cabeza hacia la puerta cerrada, dejando de atenderle a él. El poeta sube un punto el tono de su voz—. Os anuncio también que la he publicado en un bello librito que luego, si os place, podréis adquirir. Con mucho gusto os lo dedicaré individualmente, ideando un breve poema especial para cada una de vosotras, lo que lean mis ojos en los vuestros, o dejando a mi pluma describir aquellos sentimientos y sueños que perciba en vuestros pechos —a fin de imponerse sobre el lloro del bebé que sigue aproximándose, Gabriel opta por acelerar el ritmo de su verborrea—. Todos hemos oído relatos prodigiosos que les han acontecido a otros. Yo, ahora, contaré uno que me ocurrió a mí, que me está ocurriendo a mí... Muchas, prefiero decirlo de antemano, no daréis crédito a lo que voy a narrar. Y sin embargo, es tan cierto como triste, brutal e irremediablemente triste... Lleva por título *Todo el amor y toda la muerte,* y ya advierto que se trata de una odisea cuyo final aún no se ha producido, aunque podría muy bien estar acechándome en este instante, mientras os lo cuento. Porque debéis saber que soy yo, y nadie más que yo, el portador de una terrible maldición que me asaltó cuando luchaba por nuestra bandera en tierras de Cuba.

Entonces, justo entonces, como si esos dioses en los que Gabriel Ortueño Gil no cree existieran realmente y hubieran decidido gastarle la peor y más temida broma macabra, se abre la puerta y cruza el umbral una mujer joven que sostiene contra su regazo al bebé lloriqueante, aunque por fortuna algo más tranquilo que un momento atrás. Se azora la muchacha cuando todas las cabezas giran hacia ella y, con el rostro asfixiado de rubor, musita una excusa en voz tan baja que sólo las espectadoras más próximas a ella la oyen decir que se dispone a bajar al pueblo.

—Ah, Leonor... —la pianista, dando un respiro al teclado, toma las riendas de la situación—. Estamos con nuestro poeta invitado, ya lo ves... ¿Te apetece unirte a nosotras o...? —y son esos puntos suspendidos en el aire una orden más o menos amable para que entre o se vaya, pero no interrumpa por más tiempo el acto.

Entendiéndolo así, y sin ánimos para rechistar frente a la autoritaria dama, la muchacha llamada Leonor, más ruborizada si cabe, da un paso atrás y tira de la manilla para cerrar la puerta de nuevo. Y es entonces cuando eleva la vista y la posa un instante sobre los ojos de Gabriel Ortueño Gil.

Es el fin, el principio.

Los dos se miran, los dos se ven... Gabriel, por pura intuición, cree identificar en la joven lo que más teme y lo que más anhela: una mujer que sea capaz de escucharle y entender su desdicha. Y por ello le paraliza el miedo. Traga saliva, arrastra los dedos por la mesa en busca de la jarra de agua sin dejar de mirar a Leonor. Un rubor intenso incendia la cara de la tímida muchacha, que permanece quieta con la mano libre sobre el pomo de la puerta, ajena a los carraspeos impacientes que la pianista lanza en dirección a ella, y por ese simple sofoco facial se permite Gabriel elucubrar que Leonor también está sintiendo por él algo parecido a lo más temido y lo más anhelado: ¿qué será en su caso? El horror de Cuba desmoronó muchos de los pilares del hombre que antes de vivir aquello era Gabriel, pero no llegó a arrebatarle la capacidad de interpretar los rostros, y en ese instante cortísimo e infinito cree entender que esa mujer hermosa y tierna, que sostiene con amor al bebé ya plácidamente adormilado, vive injustamente arrasada por la infelicidad y la pena, y necesita un abrazo de amor sincero, protector e interminable. En los viejos tiempos ya olvidados, él, nada más terminar el recital, se las habría ingeniado para ofrecerle a solas ese abrazo, como tantas veces hizo con otras, pero lo que ahora le arrebata y conmueve es otra convicción: la revelación, nunca sentida antes con mujer alguna, de que esta desconocida sabría escucharle, entenderle. Y por tanto, podría ayudarle y darle una esperanza de salvación.

Leonor comienza a cerrar la puerta despacio, muy despacio, como si no quisiera molestar a sus conocidas con el levísimo chirrido de los goznes, pero también como si buscara disfrutar durante otra décima de segundo de esos ojos verdes que el narrador de historias de amor, febril de pronto en su respiración agitada, clava suplicante sobre ella. La puerta se angosta más y más, terrible milímetro a terrible milímetro, pero Gabriel siente que las miradas de ambos están unidas para siempre, y nada las podrá ya separar. *¿Sentirá ella lo mismo? ¿Lo estará sintiendo en este instante?*

Se cierra al fin la rendija, y el poeta debe apoyarse sobre la mesa para no desfallecer. Su mano reanuda el movimiento hacia la jarra de agua y se apaña entre temblores para llenar un vaso que, aunque no tiene sed, apura de un trago: ese instante le permite, recurriendo a toda su experiencia y sangre fría, fingir que ha logrado recomponerse. Más o menos dueño otra vez de sí, sonríe a su audiencia antes de repetir, a modo de recordatorio, sus últimas palabras:

—Todo el amor y toda la muerte... Una odisea cuyo final todavía no se ha producido, aunque podría muy bien estar acechándome en este instante, mientras os hablo...

Y, para reavivar la atmósfera romántica, gira de nuevo la vista hacia el gran ventanal.

Entonces un carruaje negro tirado por robustos corceles atraviesa el jardín camino de la reja de entrada. La propia velocidad lo sacude a un lado y a otro como si buscara volcar en cada giro de las ruedas. El mayoral sobre el pescante, de negro y embozado el rostro, espolea a los caballos con el látigo y las bestias, por el dolor o la cólera, parecen adquirir alas. ¿Y en el interior de esa diligencia infernal, se horroriza Gabriel, viajan el ángel femenino y su bebé? ¿Qué odioso demonio los ha secuestrado?

El poeta, sin respuesta posible, vuelve la vista hacia el mar y respira hondo, retornando desde el deslumbramiento hacia su lúgubre realidad... Ahí mismo, a los pies del acantilado, la gran superficie azul luce serena e inmaculadamente lisa, pero el poeta sabe que la maldición que vive bajo esas aguas, la vengativa muchacha transparente, se revuelve ya por la intromisión de Leonor en la vida de Gabriel.

La mujer yace boca arriba en la playa, sobre la frontera de espuma en ebullición que se arrastra impetuosa entre el mar y la orilla.

Permanece inmóvil, indiferente al frío oleaje que una y otra vez se lanza contra su carne, muslos arriba, y golpea su sexo como un tenaz amante líquido, fogoso a pesar de carecer de corporeidad. Parece desnuda, aunque la distancia impide precisarlo, y sin duda no es una bañista melancólica a solas con sus reflexiones: los brazos retorcidos parecen los miembros quebrados de una marioneta abandonada, y en la esencia de su dejadez podría estar reflejándose la muerte.

¿Y si no está muerta?

Bastian desvía un instante la vista del cuerpo tumbado a lo lejos y, temeroso como siempre de los espías que jamás han llegado a mostrarse, mira a un lado y a otro hasta comprobar que se halla solo al borde de la línea abrupta que corta el acantilado sobre la playa desierta. Solos él y el lejano cuerpo desnudo de la orilla.

¿Y si fuera el fantasma de Vera? Vera viva en el otro lado de la muerte, emboscada en el cuerpo de esta mujer que podría estar desnuda y podría estar muerta, la repetición en clave necrológica del juego que improvisó estando viva cuando, cuatro años atrás, envió al móvil de un Sebastián Díaz incapaz todavía de imaginar que enseguida se obcecaría en morir y renacer en otro, aquel sms que desafió a su pudor de joven educado en colegio de curas: «Estoy en la playa, tumbada en la orilla. El sol me recorre. Las olas me entran en el coño. Acabo de mearme y casi me corro al hacerlo. Ahora voy a masturbarme. Date prisa o te lo perderás». El parpadeo en la pantalla del teléfono fue un anzuelo invisible que atravesó el aire hasta el salón donde se encontraba Sebastián, se le clavó en el sexo y tiró de él forzándolo a salir del caserón, atravesar el jardín, correr hacia el mismo punto del borde del acantilado desde el que ahora observa Bastian el cuerpo lejano de otra mujer para, desde allí, avistar sobre la playa desierta el cuerpo dorado de Vera, con el sol entero reflejado en cada poro de la piel. Bajó atropelladamente, como vuelve a hacer en este instante, aunque el hilo que lo arrastre no sea como entonces el deseo primitivo y voraz, sino la incertidumbre por saber si, como parece por cuarta vez o quinta vez desde que ha llegado a Padrós, lo imposible puede en este lugar llegar a ser posible, palpable y auténtico, y esa mujer desnuda que parece muerta es de alguna manera Vera retornada de la muerte. Por mucho tiempo que haya fluido, él sigue corriendo de mujer muerta a mujer muerta, de la muerta del presente, que podría no estar muerta, a la muerta del pasado, que tras la ciega que vio en el restaurante también podría no estar muerta. Al fin y al cabo, nunca vio muerta a Vera. *Sólo supe que lo estabas. Sólo creí que lo estabas.*

Viva: una imposibilidad demoníaca y anhelada por la cual, aunque no lo desee, aunque lo odie, nota cómo se le reactiva la sangre, tanto tiempo apagada. *Desearte. ¿Será ésa todavía mi maldición?* Alguien que mirase desde otro punto del acantilado con prismáticos vería a un hombre correr en ayuda de una mujer caída. Pero él sabe que corre por sentir que repite la carrera de hace cuatro años hacia la plenitud al alcance de la mano, no para auxiliar a la mujer de la arena, sea quien sea, sino porque se está permitiendo fantasear, puede que patológicamente, con la idea de que el tiempo ha vuelto atrás, al día soleado y feliz en que, como golpeado por un rayo, se detuvo a cinco o seis metros de Vera, que se masturbaba sobre la arena y con golpes secos de pelvis recibía entre gritos de loca moribunda el impacto de cada vertiginoso ascenso de corriente salada contra su sexo abierto. El mar entero parecía pugnar consigo mismo por hacerse un hueco dentro de ella, y el oleaje que la rebasaba volvía atrás furibundo y febril, atropellándose a sí mismo, para buscar en el nuevo ascenso otra oportunidad de penetrarla entre espumarajos feroces. Bastian recuerda que Sebastián gritó, o que resopló con animalidad tal que pareció gritar, y Vera supo por ello que el chasquido de sus dedos en forma de sms había apresurado hacia ella al jubiloso perrito domesticado. Cuánto se aborrece Bastian al recordarlo, cuánto daría por vivirlo otra vez. Por eso y no por otra cosa corre hacia la mujer desnuda, aunque sepa que apenas llegue hasta ella comprobará que sus rasgos no son los de Vera, y entonces la fantasía devolverá su legítimo espacio a la realidad. Tendrá que socorrerla en vez de quitarse la ropa como se la quitó entonces, despectivo de cualquier mirada indiscreta que pudiera ver cómo se acercaba desnudo y erecto al cuerpo encabritado de placer sobre las olas. Se arrodillará junto a la desconocida vestido, solícito y auxiliador para verificar si respira, en vez de avanzar de rodillas y estupefacto de fascinación ante la hembra capaz de follar con el océano, con el mundo, con el universo, con Dios si hubiera existido. Vera tanteó por la arena con la zurda, buscándolo sin dejar de masturbarse con la diestra. Ciñó el miembro tieso no para excitarlo, sino para poseerlo y sentirse su dueña, para acercar un poco más hacia ella el cuerpo masculino que, apenas le perteneciese sin remedio, la obedecería a ciegas en el plan criminal que sin duda tenía ultimado ya. Él se aproximó disputándole el hueco al oleaje, y antes de entrar en ella se demoró en acariciar con el miembro y con la mirada el contorno hecho zumo de sus labios vaginales, sintiéndose invicto sobre el mar. La penetró, cruzó otra vez la puerta abierta a miles de puertas abiertas a miles de puertas abiertas a miles de puertas, el cielo y lo que hubiera más allá de sus confines, contenido en la precisa eternidad húmeda de esa vagina irrenunciable y por tanto invencible. Vera tensó el vientre hacia el cielo con los pies y manos asentados sobre la arena en curvatura a medias imposible, obligándolo a ponerse en pie para intentar permanecer dentro, a su merced, luchando contra sus inhumanas sacudidas. Chilló, chillaron. Un grito único, interminable, que ni concluía ni parecía que fuese a dejar de amplificarse jamás, casi inverosímil, casi aterrador, Dios y sus demonios interiores corriéndose una y otra vez, hasta quedar extenuado y escindirse en dos cuerpos, los de ellos, que se dejaron caer boca arriba sobre la arena, exhibiendo ante el sol la luminosidad de sus plenitudes saciadas. El gemido entrecortado de Vera, alargado como el estertor de una agonía feliz, y su mano buscando la de él en la arena le trajeron de vuelta a la realidad. Se mediaba ya su hora número sesenta y uno. Bastian ha sido capaz de señalarlo con absoluta precisión porque fue uno de los momentos cruciales en la vida del condenado Sebastián. Porque fue entonces cuando ella susurró:

«Necesito tu ayuda...».

Era la muerte, que ya venía.

«Lo que tú quieras, Vera. Lo que necesites».

De pronto titubeante, Vera tragó saliva como una actriz experimentada que interpreta a una niña presa de la angustia, la cara modosamente apoyada sobre el pecho de él, su entrenado oído interpretando si los latidos del pecho masculino señalaban ya el adecuado grado irreversible de sumisión.

«¿Ves las torres de apartamentos? La primera de las dos, el ático de este lado, la terraza que se ve desde el caserón...».

Sebastián continuó escuchando en silencio, pero Bastian recuerda que le costaba disimular su alegría ante la oportunidad de ayudar a la mujer adorada. Tampoco ha olvidado cómo la siguiente frase de Vera le provocó inquietud física, tal vez porque contenía, y así lo intuyó su inconsciente, una premonición exacta del futuro que le aguardaba.

«¿Has conocido alguna vez a alguien de quien puedas decir que es muy peligroso? Pues mañana llegará a Padrós un hombre que lo es. Se llama Humberto. Y necesito que me ayudes contra él».

Sebastián asintió, aunque fue un asentimiento puramente mecánico, en realidad una mentira. ¿Cómo iba él, un hombre mediocre, de vida tranquila y absolutamente convencional, plantearse en serio, por mucha pasión que sintiese, inmiscuirse en lo que pronto se reveló como una inminente guerra entre delincuentes armados? El peligro, que como un aura rodeaba la vida de Vera, añadía inconcretas dosis de excitación a su idilio, pero, por supuesto, ya se encargaría él de permanecer fuera cuando los hechos se desencadenasen.

«¿Cómo pude engañarme de esa manera, equivocarme así?», se pregunta Bastian, y para apartar de su mente esa primera vez que oyó hablar de Humberto, el hombre del que lleva cuatro años huyendo, se revuelve resueltamente hacia el presente, que lo ha traído hasta la playa junto a una desconocida desnuda. Olvidar es esconderse, y a veces tal claudicación resulta asumible.

Una respiración ínfima, tal vez de umbrales de muerte, agita el pecho de la desconocida, y viene a recordarle que, puesto que ha corrido hasta aquí, debe tomar alguna iniciativa aunque no fuera auxiliarla el motivo prioritario de su carrera. La observa, más tranquilo al comprobar que ese hilillo de aire que absorbe su boca es regular pese a la debilidad. La mujer debe de tener cuarenta y muchos años, tal vez alguno más de cincuenta. Tiene el rostro alargado, de líneas nítidas y belleza entristecida por alguna desdicha originada mucho antes de este desmayo, y un cuerpo atlético, con piernas fuertes y vientre liso. La piel se ve muy pálida, como si hubiera empalidecido de golpe por algún dolor. Por algún resquicio pudoroso, Bastian pasa la vista sobre los pechos y el pubis sin detenerse en ellos. Las manos de la mujer, largas y elegantes, parecen suaves y se ven muy cuidadas, y ni en ellas ni en ningún otro lugar de su cuerpo lleva anillos, aretes o tatuajes. *Completamente desnuda. Estrictamente desnuda.*

Bastian, que aunque revive una obsesión no está loco, sabe muy bien que este encuentro no lo ha propiciado Vera desde el más allá, pero también sabe que las casualidades difícilmente existen, y por ello siente curiosidad por la procedencia de esta mujer que no muestra una sola seña de identidad sobre su desnudez. No se ve un coche cerca, ha tenido que venir caminando. ¿Podrían ser suyas aquellas prendas de ropa dispersas que vapulea el mar?

Entonces repara en la bola de papel empapado, tal vez una carta, que la mano femenina, incluso en su extravío de inconsciencia, aprieta en el interior de la palma cerrada. Ese despojo que el mar ha convertido en informe, probablemente arrebatándole además las palabras que la tinta hubiera fijado en él, es sin embargo la única posesión de esta náufraga del mundo, lo único que arropa su desvalimiento. ¿Y si en vez de haberse desvanecido en la orilla fuera el propio mar quien la ha traído hasta aquí, tal vez desde muy lejos?

Bastian apoya una mano sobre el hombro femenino. La carne está fría pero viva, la nota palpitar bajo el hielo de la piel, y la mujer respinga por ese contacto tibio que ha debido de resultarle grato. Bastian, incorporándose, tira de ella por las axilas hacia la arena seca. La mujer emite un quejido exhausto, como si quisiera dedicar sus últimas fuerzas a seguir fusionada con el mar, y acto seguido entreabre los ojos, logrando ver sólo a esa figura desenfocada que se arrodilla ante ella, y que podría ser la de un hombre: ¿Eloy?

—¿Eres tú?... Estás vivo... —acierta a pronunciar entre dientes antes de retornar al refugio del desmayo.

Pero ha sido suficiente para que Bastian sienta un topetazo, como si de golpe el corazón se le hubiera parado o, mejor, comenzado a latir. *Estás vivo...* ¿Hay palabras que puedan impactar más intensamente a un muerto? Bastian experimenta una inesperada oleada de ternura que le lleva a quitarse la gabardina y cubrir con ella a la mujer, a la que de pronto ha visto frágil además de desnuda. Como si el cuerpo mudo hubiera sido capaz de transmitirle la enorme importancia que tiene la piltrafa de papel mojado, Bastian rescata esos restos de entre los dedos de la náufraga y los pone meticulosamente a salvo en la palma de su propia mano. Luego pasa un brazo bajo los muslos ateridos, a la altura de las rodillas, y el otro a media espalda, mientras le viene a la cabeza la otra frase que dijo, la primera: *Eres tú...* La alza y, ya sin pérdida de tiempo, comprometido con la mujer a la que de una forma u otra acaba de salvar de algo que todavía ignora, va todo lo aprisa que puede hacia el coche. *¿Con quién me habrá confundido?*

Es insólitamente ligera, no le cuesta cargarla. Tal vez, se le ocurre, el mar se ha llevado su ser y ha dejado sólo el cuerpo vacío. Tal vez lo que pesa de nosotros es el ser. La deposita con dulzura sobre el asiento trasero. Después se apresura a encender el motor y la calefacción, colocando frente al conducto de salida del aire tibio la bola de papel como si fuera un ser vivo que pudiera morir de frío. El chaparrón, renovado de pronto y otra vez poderoso, comienza a batir el techo del coche sobre su cabeza, pero ya se encuentran a cubierto. Bastian, antes de partir, mira hacia la playa. Sobre la orilla, los bregados guiñapos retorcidos que tal vez fueron la ropa de la mujer van y vienen en poder del vaivén caprichoso de la espuma, a merced por completo del furioso castigo de la lluvia. Un impulso absurdo le hace correr a toda prisa hacia la playa para recoger las prendas de ropa chorreante y las zapatillas empapadas, que rescata y lleva hasta el coche en brazos, apretándolas estrechamente contra su cuerpo como si protegiera así alguna esencia crucial de la mujer. Entra al coche jadeando, él mismo calado, y arroja las ropas que ha salvado del mar sobre el asiento del copiloto. El vaquero y la camiseta de la mujer están inservibles, como las zapatillas. *¿Por qué he vuelto a por ellas?* Cae entonces en la cuenta de que ayudar a la mujer es el primer acto que ha realizado en cuatro años cuya motivación ha ido más allá de la propia supervivencia.

—No te engañes, Gabriel. Pon los pies en la tierra, amigo mío, que es donde estamos, por muy cabrona que sea. ¡Muertos de hambre, mendigos y nada más que mendigos! ¡Eso somos tú y yo! —Rufino Matamoros, de pie sobre la arena en dificultoso equilibrio beodo, desata su vehemencia tras dar otro largo trago de la botella—. ¡Malditos, como el héroe de tu novela!

Gabriel le dedica una resignada mirada de reojo antes de volver a posar la vista sobre el mar tan temido, que, sin embargo, lleva toda esta noche arrullándolos con su silenciosa cadencia, tal vez compadecido de que deban dormir en la playa a falta de mejor albergue. Piensa el poeta en Leonor, como lleva pensando sin descanso toda la noche y todo el día anterior, desde que la conoció. Esa mujer puede ser su salvación... A ella podría decirle, está plenamente seguro de ello, que su libro *Todo el amor y toda la muerte* no es una novela, sino la pura verdad de su vida. *Que el muerto en vida que la protagoniza no es un personaje de ficción, sino yo mismo...* Pero si osa hacerlo, desatará la ira de la muchacha transparente del fondo del mar, como ya ocurrió tiempo atrás en la aldea vasca. Gabriel, ansioso del amor verdadero pero aterrorizado ante él porque cuando se enamora convoca a la muerte, es un peregrino sentenciado a no amar jamás. Y sin embargo sueña con hablarle a Leonor. Sólo eso, hablarle... *Si lo logro, sé que me ayudará.*

—¿Es que no existe la piedad para los poetas? ¡Di, Gabriel, amigo! ¿Es que no llevamos con nuestros versos alegría al alma femenina? ¡Al alma y al cuerpo, qué coño! ¿Quién sino nosotros les dice cosas bonitas mientras las montamos en descampados y veredas? Que sus ojos verdes son como Selene, que sus tetas de miel... —Matamoros congela en el aire el alzamiento de su brazo derecho, solemne y teatral sin saberlo remediar, hacia la luna menguante, y se desconcierta ante su natural color amarillo, que contradice su perorata borracha. Calla un instante y bebe otro trago para permitir a su mente rehacerse antes de continuar, renovadamente iracundo y trágico—: ¿Y el mar? ¿Este mar al que cantamos no podría llevarnos en volandas hasta América, tierra plena de hombres ricos y en consecuencia plena también de insatisfechas esposas de ricos?

Pero si me acerco a Leonor me arriesgo a verla morir por mi culpa, como pasó con la mujer de la aldea vasca...

—Ricos y millonarios, Gabriel. Porque también hay millonarios, que son esos ricos mucho más ricos que los ricos. Y sus esposas e hijas, todas también millonarias. ¡Sólo hay que cruzar este mar de mierda! ¡Voy a mandar un mensaje a los dioses! —decide de pronto Matamoros. Y, tras verificar que la botella está vacía, encuentra a pesar del delirio voluntad y ánimo para sacar del zurrón el tintero y la pluma. Toma al azar uno cualquiera de los poemas manuscritos propios o ajenos que, como Gabriel, siempre porta consigo y, alumbrado por la luna escasa, escribe trabajosamente al dorso las palabras de su mensaje—: Mi-llo-na-rias-de-A-mé-ri-ca-dos-pun-tos-a-rro-jo-al-mar-es-te-men-sa-je-en-u-na-bo-te-lla...

Gabriel lo mira con cariño. El infeliz Matamoros cree, y así lo proclama a derechas e izquierdas, contribuyendo a alimentar cierta leyenda local, que el poeta Gabriel Ortueño ha amado a todas las mujeres de la región, y aquellas a las que no ha amado aún está a punto de amarlas. *¡Si conociera la verdad...!* A veces piensa el desdichado poeta que la maldición que lo encarcela podría remitir algún día, como mueren las fiebres y las infecciones o se componen los huesos rotos. Se imagina entonces a salvo, en la piel y el alma de un hombre normal, un hombre que pudiera buscar un amor y vivirlo, luchar por Leonor caso de sentirse correspondido, amarla siempre, toda la vida, hasta que los separara la sana muerte natural que aguarda a todos los humanos excepto a él. *¿Y si* *al amarla le traigo la muerte? ¿Dónde me refugiaré entonces?* ¿Arriesgar de esa manera la vida de la desconocida no es lo mismo que asesinarla? *¿Cómo huiré de mí mismo si sucede?*

—No te he olvidado, mi querido amigo. Soy pobre pero leal. Mira. —Matamoros saca a Gabriel de su ensimismamiento sacudiéndole con apremio el brazo—. También les he dicho al mar y a los americanos que te lleven a ti, que nos lleven a los dos.

Matamoros muestra el papel que ha envuelto en forma de cigarro y con resolución torpe lo sitúa en la boca de la botella vacía, reclamando la atención de su compañero, como un mago a punto de realizar el mayor de los prodigios, y lo empuja hacia el interior con el índice. Luego sella la botella con el tapón de corcho y la eleva triunfal hacia el cielo.

—¡Allá vamos, América! —grita hacia la luz pastosa del amanecer que comienza a desperezarse, y arroja la botella hacia el mar tras tomar el escaso impulso que su estado le permite—. ¡Rufino Matamoros y Gabriel Ortueño Gil, poetas y amantes!

La botella se eleva como un pájaro sin vida y vuela camuflada a medias entre los rescoldos de la noche, antes de iniciar a plomo el descenso hacia las olas indiferentes. Matamoros, con los ojos y la boca muy abiertos y la lengua grotescamente colgada en rictus infantil de felicidad, ha seguido extasiado el dibujo completo del vidrio en el aire, pero el corazón se le congela en el rostro cuando se escucha el sonido inconfundible de un cristal rompiéndose en pedazos. No es necesario hallarse sobrio para entender que la marea estaba más baja de lo que él había calculado. La botella ha estallado contra una de las piedras planas de la orilla, dejando a la intemperie, desvalida sobre la arena fría del amanecer, la patética súplica de piedad que transportaba. Matamoros se deja caer sobre la playa como un saco vaciado de golpe y comienza a sollozar con la cabeza oculta entre las manos. El nimio revés ha sido la gota que desborda el vaso, el hilo último de resistencia que lo sostenía. Tal es la angustia de Matamoros que Gabriel abandona su propia desesperanza para darle un poco de consuelo.

—Venga, Rufino, venga... —recita mecánicamente, como tantas veces ha hecho cuando las borracheras de Matamoros desembocan en percepción negra del futuro.

Pero esta vez el cántico sombrío de la pena arrecia en lugar de apaciguarse, y Gabriel, aburrido de dar palmaditas en la espalda y susurrar absurdas fórmulas de optimismo falso, se aparta a un lado y vuelve a sentarse ante el mar, fijando la vista en la bola roja del sol que se anuncia en el horizonte. Está decidido: aun considerando los graves riesgos, no puede abandonar la comarca sin ver de nuevo a la mujer que tanto lo ha perturbado y colmado a la vez de bullicio vital, de esperanza ante el futuro.

—Voy a aceptar la oferta del Diablo —pronuncia entonces Matamoros, repentina e inauditamente sobrio.

Gabriel se vuelve. Matamoros ha dejado de gimotear, y se ve cabezonería rabiosa en la mirada que hasta hace un momento temblaba extraviada.

—Desde joven le puse ese nombre a la tentación de sentar la cabeza, buscar un trabajo como todos y dejar este deambular de poeta sin rumbo... ¡La oferta del Diablo! Pero claro, era un chaval... No se me abrían llagas en los pies por caminar y caminar sin fin, ni me martirizaban los huesos de tanto dormir al raso... —ahora hace una pausa llena de gravedad y toma aire antes de volverse y mirar muy serio a Gabriel—. Me rindo, amigo. Voy a dejarte aquí solo. Lo siento. Lo siento mucho.

Gabriel no ha sido consciente hasta este inesperado instante de la importancia de Matamoros en su vida. Este adiós va en serio, lo distingue de otros ataques previos de desesperanza. Este adiós es la inminencia del fin. Aunque nunca han sido amigos íntimos y a veces maldecía al borracho por sus dislates y cabezonerías, Rufino era la frontera final que lo separaba de la soledad. *Ya no «es», desde ahora tendré que decir «era»*. Traga saliva al comprenderlo, y se gira por completo hacia su compañero para escucharle con atención y también, acaso, con la tímida intención de hacerle renunciar a esa oferta del Diablo, sea cual sea.

—Un periódico nuevo ha abierto oficina en la ciudad. Necesitan un pinche, alguien que haga un poco de todo, ya sabes...

—No. No sé —se irrita Gabriel, sorprendiéndose a sí mismo de su agresividad; es por causa del miedo a la soledad, que se expande dentro de él como una boca dentada—. ¿Tú, pinche de un periodicucho? ¿Tú? ¿«El primer poeta del Cantábrico»?

—¡Gabriel, por favor…! Sabes que tengo tanto de escritor como de fraile… Mira, soy mucho más viejo que tú. ¿Crees que con cuarenta y ocho años me apetece empezar de recadero? Pero es un sueldo, amigo. Me lo ofreció el señor aquél gallego, el de la fiesta de cumpleaños donde fui a recitar el mes pasado. Le hizo gracia la poesía que le compuse a su hijo, y ya ves, el hombre se ve que es buena persona… ¡Dormiré en una cama de pensión, Gabriel! ¡Todas las noches! Y comeré caliente. Platos de lentejas, sopa, carne… ¿Hace cuánto no comes carne? Además, tengo planes de futuro. En un periódico que empieza siempre vendrá bien alguien que sepa hacer frases más o menos apañadas. Y yo eso lo sé hacer, ¿no?

—¿No quedamos en que no sabes escribir? —estalla Gabriel sin poder evitarlo. Matamoros, en vez de enfadarse por el exabrupto, entiende tristemente que la ira de su amigo no es sino miedo a quedarse solo en los caminos. Y va a ocurrir hoy, ahora, en este amanecer que se perfila ya en el cielo sobre el horizonte del mar.

Se abre un inmenso silencio de dolor entre los dos hombres. Matamoros se pone en pie, recoge todo lo deprisa que puede sus mínimas posesiones repartidas sobre la arena y se dispone a partir. Gabriel, por su parte, se levanta también, apartándose unos pasos para dejarle hacer. Matamoros carga el zurrón al hombro, mira de nuevo a su amigo. Ambos notan que el corazón les late con fuerza, ambos saben que al otro le late también.

—Claro que no sé escribir, amigo mío… —dice Matamoros con ternura inesperada—. Por eso mismo, porque voy a necesitar que el azar y si me apuras hasta Dios y la Virgen María se pongan de mi lado, lo que me hace falta no es que maldigas por dejarte, sino que me desees suerte. Mucha suerte.

Gabriel observa el rostro envejecido de quien en los dos últimos años, antes y después de Cuba, ha sido su compañero en el camino y en la vida, su aliado contra el mundo. Tal vez no volverán a verse, seguro que no volverán a verse.

—Suerte, amigo. Mucha suerte —susurra Gabriel. Y luego lo abraza, sintiendo cómo el otro le corresponde con toda su fuerza de borracho noqueado por la resaca. Los dos huelen a sudor y a polvo del camino. Matamoros, además, a vino malo.

Al separarnos no volveremos a vernos.

Cuando nos separemos, estaremos solos.

Suerte, amigo.

Suerte, amigo.

Es un abrazo intenso y mudo. Ambos son demasiado pudorosos, les acobarda o avergüenza confesar sus verdaderos sentimientos.

—Tengo algo para ti, Matamoros —rompe Gabriel el silencio y se aparta del otro para buscar en su zurrón. Matamoros no ha tenido tiempo de preguntarse a qué puede referirse su amigo cuando éste ya se halla de nuevo ante él, agitando un puñado de hojas toscamente cosidas. Matamoros, comprendiendo de qué se trata, rehúsa en el acto a aceptar, con tajantes aspavientos de la cabeza y las manos. Pero su corazón se ha conmovido y, en el fondo, tiembla de agradecimiento.

—¡No, Gabriel, de ninguna manera! ¡El original de *Todo el amor y toda la muerte* nunca! ¡Es tuyo! ¡Jamás!

—¡Venga, Rufino, coño! Que estas hojas no valen nada.

—¿Tu novela no vale nada? ¿Y cuando vendas los ejemplares que te quedan, cómo imprimirás más?

—Llevo treinta o cuarenta ahí guardados. Al paso que me los compran, tengo para los próximos quince años. De verdad, quiero que lo tengas tú.

Matamoros calla, y su silencio es una aceptación en el fondo orgullosa. Inspira hondo y mira fijamente a los ojos de Gabriel antes de pronunciar en tono trascendente:

—Gabriel... Yo te juro que cuando me vaya bien me encargaré de que se haga justicia a este manuscrito y al gran poeta que lo escribió —y, tal vez por los rescoldos del vino, no puede evitar Matamoros que le ilumine la mirada el brillo de una lágrima. ¿Cómo podrá nunca saber nadie si el hombrecillo miente o dice la verdad al proclamar su juramento?—. Te lo juro por mi vida, que no vale nada pero es lo único que tengo.

—Rufino… —Gabriel piensa si debe ser ahora el momento siempre eludido de compartir parte de su verdad con Matamoros. Y, sabiendo que tal vez no se dé otra oportunidad, se lanza—: Rufino, amigo, hay algo muy importante que debes saber de mí. Nadie lo sabe, y puede que nadie lo sepa nunca. Por eso quiero que lo sepas tú. Si me pasa algo, al menos quedará alguien que conozca quién fui…

La borrachera desaparece por completo de la mirada de Matamoros ante el tono insólitamente serio de Gabriel. Pone toda su atención en memorizar cada palabra, cada sílaba. Algo le dice que van a hacerle partícipe de un secreto vital, y quiere corresponder con toda la lealtad de que sea capaz.

—Lo que se cuenta en *Todo el amor y toda la muerte* —continúa Gabriel— no es un cuento fantástico, amigo. Todo lo que se cuenta es verdad, ocurrió. Me ocurrió a mí. Sé que es increíble. Sé que no tiene explicación. Y sé que me arriesgo a que pienses que estoy loco. Pero te juro por mi vida, que también es lo único que yo tengo, aunque valga menos que la tuya, que es la pura verdad.

Matamoros calla sin saber qué decir. Ha intuido en los ojos de Gabriel la tremenda importancia de lo que acaba de confesar, pero también ha leído con anterioridad el manuscrito que le ha sido cedido. Y sabe que lo que se cuenta en él es un puro delirio. Quien lo pretenda cierto sólo puede ser calificado de loco. Matamoros se inquieta, horrorizado ante la intensa gravedad de Gabriel. Es obvio que no miente. Pero entonces, está rematadamente loco.

Al apartarse uno del otro no se miran a los ojos, esta vez ya no. Matamoros parte hacia la carretera que casi alumbra el nuevo día sin volver la vista atrás, sin saber contener las lágrimas, por fin a salvo de la mirada de su amigo. Matamoros, que siempre pensó que vagabundeaba con un hombre más fuerte que él, comprende ahora que el infeliz al que abandona a la deriva de la soledad no es más que un pobre demente. ¿Qué será de él?, se aflige mientras acelera el paso. ¿Qué será de él?

Por su parte, Gabriel, que lucha siempre contra los sentimientos porque si le vencen siente que estaría perdido, se vuelve hacia el mar para no ver a su amigo alejarse. Matamoros, que no era nada, lo era en realidad casi todo. Por salvarse de la pesadumbre que un vagabundo no se puede permitir, busca refugio pensando en Leonor. A esa hora seguramente está ya despertándose o alimentando al bebé. Está decidido: la verá otra vez más, y luego todas las veces que esa primera vez traiga consigo. Hasta que logre explicarle en detalle esa verdad que acaba de adelantar a Matamoros. Hasta que Leonor le escuche y decida si quiere ampararlo de los miedos que le acechan. El primer paso, decide animado por su determinación, es aceptar la propuesta de la pianista, que tras el éxito de la velada quiso contratarlo para la fiesta local, tres días después. Envalentonado, comienza a dar zancadas por la orilla, dispuesto a ensayar su representación a fin de que sea lo más brillante posible. Leonor lo merece.

Entonces, ve cómo el mar comienza a encabritarse en una transformación veloz, irritada, como si la masa de agua hubiera sido sacada a empellones del apacible sueño nocturno. Gabriel se planta en la orilla, firme ante la virulenta efusión marina que tan bien conoce. El mar de este acantilado vive una maldición de amor, de sobra lo sabe. Pero esta vez hay una diferencia.

Esta vez, Gabriel Ortueño Gil va a enfrentarse a la muchacha transparente del fondo del mar aunque le cueste la vida.

Clara abre los ojos en la negrura nítida.
¡Estoy muerta! ¡Estoy ciega!

Más que la primera posibilidad, muchas veces anhelada en los momentos inmediatos a la muerte de Eloy, es la segunda la que le paraliza. Evoca su miedo más hondo desde la infancia, tal vez el único jamás superado del todo: despertarse cualquier día sin visión, ciega en un mundo hostil construido a base de luz. Pero su innata frialdad acude para ayudarla. Se atreve a palparse el cuerpo, primero el vientre y los brazos, y deduce por la relativa calidez de la piel desnuda que no debe de estar muerta, que mantiene al menos la corporeidad física. Y entonces, en medio de la asfixiante ausencia de referencias terrenales, surge inesperadamente un olor reconocible. *Huele a mar. Si puedo oler, no estoy muerta.* Animada por la aparente evidencia, concentra de nuevo la voluntad en la oscuridad envolvente y comprende que ésta no puede ser tan perfecta si su olfato le ha permitido, así podría decirse, ver el mar. Sin embargo, el aire negro que la rodea se resiste a ceder terreno y logra parecer por completo estático, casi arrogante en su rigor de silencio, invencible en su solidez intangible. Inspira muy despacio y consigue percibir el susurro de sus propios pulmones... *Respiro, estoy respirando...* Es entonces cuando, de pronto, cree ver frente a ella, más bien intuye, el desplazamiento casi imperceptible de una sombra o de la sombra de una sombra, y se tensa ante la idea de no estar sola en ese lugar que remeda a la muerte.

—Eloy... —no puede evitar pronunciar sin saber si pregunta o afirma, si desea o teme.

El sonido de la propia voz es una frontera repentinamente transitada hacia la realidad. *Me oigo. Estoy viva.* Alza el torso apoyándose sobre los codos, que se hunden levemente en una superficie blanda y suave: ¿un colchón cubierto por una sábana? Se toca otra vez, los pechos y las piernas ahora, el cuello y los antebrazos. Está completamente desnuda, pero no hay dolor en su cuerpo ni magulladuras o desgarramientos en su carne. Sin embargo, sí reconoce el olor a salitre que emana de su piel. *Huelo a sal porque me adentré en el mar para reunirme contigo. ¿Lo habré logrado?* Posa un pie en el suelo y siente la frialdad de una superficie plana, probablemente piedra o pizarra; la asalta de nuevo la evocación de mausoleos subterráneos, de féretros insonorizados, de criptas mudas habitadas por almas en pena. Para exorcizar al miedo da un paso sobre la gelidez, y luego otro; si la han enterrado en vida, al menos no lo han hecho en un ataúd ajustado a sus formas y tamaño. Extiende la diestra, aventurándola hacia el interior de la noche hermética limitada bajo sus pies, y acaba por topar con un objeto inanimado, sólido y perfectamente liso... *¿Mesa..., cómoda...?* Entonces, justo cuando ese elemento cotidiano logra tranquilizarla un instante, sus dedos rozan una masa informe, inmóvil y peluda. Respinga, salta hacia atrás, pierde el equilibrio y cae, su omoplato derecho siente la punzada de un pico afilado, de madera o hierro, a la vez que escucha el golpe de un objeto cayendo a plomo contra el suelo frente a ella. ¿Qué ha sido eso? ¿Y la cosa peluda? Otra vez se niega a respirar para no delatarse. Le asalta la imagen de un grupo de hombres obscenos y silenciosos, provistos de gafas infrarrojas, que la rodean y observan mientras tratan de contener la risa por su torpeza, y ante ella sólo puede oponer la razón. *No hay nadie. Estoy sola. ¿Y la cosa peluda?* Palpa de nuevo el suelo, avanza ahora a cuatro patas mientras bate cautelosamente el aire con el brazo extendido, hasta que tropieza con un obstáculo que reconoce por el tacto: una silla caída. La comprensión de que es el objeto que ella misma derribó hace un instante le devuelve entereza. Se trata de otro triunfo de la razón. Alza la silla, la coloca con firmeza sobre el suelo y se sienta en ella, victoriosa. Ahora tiene una referencia, como un náufrago que inesperadamente encuentra entre sus harapos una brújula en funcionamiento. Pero no se detiene ahí. Inspira y se lanza a abandonar la protección de la balsa de cuatro patas. Se pone en pie. Da un paso de un metro y luego otro y luego otro, sintiendo en cada uno que la seguridad de la silla queda cada vez más atrás, a riesgo de que se la lleve de pronto alguna corriente oculta de la oscuridad. Cuando ha contado siete pasos y extiende la pierna para ejecutar el octavo, los dedos del pie topan con una pared. También es de piedra, también está fría como el suelo a cuya temperatura ya se ha acostumbrado. Alarga ambos brazos a la vez, con las palmas abiertas, y las pega contra la superficie plana como si ésta fuera la forma máxima de salvación, más que la costa tras la travesía, benefactora como la propia vida recuperada... Se pregunta si será así la muerte, un almacén infinito de celdas individuales donde cada muerto palpa en la oscuridad buscando una salida. ¿Dirigirá el puro azar el orden de las celdas, o habrá sido estipulado que cada uno languidezca junto a sus muertos queridos, aunque ni unos ni otros puedan estar seguros de la proximidad de tal consuelo? *Tal vez estás al otro lado de la pared.* Y los dedos no pueden evitar acariciar la piedra, ni puede el corazón dejar de sentir un estremecimiento al asomarse a ese vértigo que sabe espejismo. Pero la razón regresa, y ordena al cuerpo que inicie el desplazamiento en paralelo a la pared para reconocer la geografía de la piedra. Extiende hacia su izquierda la pierna, en amplitud que procura acercar lo más posible a la medida de un metro calculado a ciegas. A mitad del cuarto paso surge una segunda pared formando ángulo con la primera. No se deja amilanar por el temor de que la exploración pudiese revelarse absurda, no conducir a parte alguna, o peor aún, acabar por confirmarle que se halla en el interior de un cajón oscuro cuya llave han arrojado al mar demonios desconocidos. Sigue adelante, ubicando mentalmente la silla a su espalda, y esta vez resulta ser su barbilla la que de forma inesperada roza con un objeto metálico que se balancea en el aire. Tras el primer sobresalto, se obliga a tocarlo, y cuando logra identificarlo se aferra a él como si fuera la llave del paraíso: es una mínima cadenita enroscada al pasador de una ventana que, por lógica, tiene que hallarse exactamente ante ella. No se abandona a la tentación de la euforia. Si está encerrada, lo previsible es que la ventana de su celda se halle clausurada, que sea incluso otro elemento para hacer más desesperante la tortura. Asumiéndolo así, desliza los dedos por la contraventana de madera hasta hallar el mecanismo de cierre, que por su forma parece un pomo, también de madera. Traga saliva y tira de él con todas sus fuerzas, sin pensarlo dos veces. Se produce una resistencia inicial, pero enseguida la ventana cede y los batientes, al abrirse, provocan ante sus ojos un estallido pletórico de luz detrás del cual adquieren forma y se asientan, como el paisaje tras el terremoto, un turbulento día de tormenta inminente y una encrespada superficie de turbio mar verdoso. Sus pulmones, por instinto, respiran a borbotones, tanto oxígeno la llena que siente un amago de lipotimia. Disfruta el instante, y oye, muy cerca, una risita pletórica; comprende que ha salido de su propia garganta, feliz por recuperar la libertad: la vida, piensa, que nunca ni por nada se detiene. No llueve, pero el cielo, rigurosamente uniformado de gris, parece una gran bolsa transparente en cuyo interior se hincha, a punto de reventar, la masa de gotas de agua. Ante ella ve barrotes. Todavía aturdida por el salto desde el vacío a la realidad, teme hallarse efectivamente presa, y la asalta el pensamiento delirante de que alguien ha puesto rejas a la tempestad. Pero se trata de un simple enrejado de protección. Casi le brotan lágrimas ante el reconocimiento de ese elemento, también cotidiano, que la razón es capaz de catalogar y definir. Sólo un enrejado… Está de nuevo en el mundo, ya es una evidencia. En el acto recela de lo que acaba de vivir y querido creer, y se avergüenza de haber llegado a pensar, por los avales únicos de la oscuridad y el silencio, que Eloy estaba realmente ahí, oculto bajo el disfraz de una sombra intuida. Desde la ventana ve a sus pies, más allá del enrejado, un manto decrépito de hierbajos sucios que en el pasado pudo haber sido un jardín. Está en un segundo piso, el segundo piso de una casa grande, tipo palacete, que se yergue solitaria sobre el acantilado que ahora bate el brioso oleaje. Por un instante le embruja la fascinación de la naturaleza desatada, carente por completo de vestigios humanos.

No le costaría imaginar que ha volado en el tiempo hasta cien, hasta mil años atrás. Aparte de la casa y aparte del enrejado, aparte de ella desnuda y aparte de su piel desprovista del más mínimo adorno fabricado por mano humana, todo es acantilado, cielo, tormenta y mar: naturaleza sin relojes ni adjetivos. Ni una colilla, ni un trozo de papel, ni un poste eléctrico a lo lejos para contradecir el esplendor salvaje que de pronto la conmueve. Aquí, encaramada a la atalaya que podría ser el pasado, cien o mil años atrás, resuelve que es verosímil cualquier prodigio, y entonces, de repente, se le revela que Eloy podría estar diciendo la verdad. ¿Por qué no, si él jamás mentía? *Si dices que viste esa figura en el fondo del mar, es que la viste.* Al rememorar a Eloy rememora también su carta, y vuelve a verse entrando en el mar tras leerla. Recuerda el frío que encogió sus miembros y cómo pugnaban las olas por arrastrarla hacia el fondo. Recuerda haber tragado agua, haberse dejado mecer y llevar. También recuerda el final de la carta… *Cree en mí. Ayúdame.* Y entonces, con la tormenta por testigo, resuelve hacerlo sin posible marcha atrás, con la convicción de saber que se halla ante el mayor compromiso de toda su vida, también el más deseado.

Te creo, Eloy. He venido para ayudarte a demostrar que lo que viste bajo el mar es verdad.

¿Y la carta? ¿La arrastró el mar? Aterrada, regresa para buscarla. La primera obviedad es que todo el tiempo ha estado sola, sin fantasmas ni hombres de gafas infrarrojas, sin la menor sombra de sombras en movimiento. Nada, nadie. Sola. Su mirada pronto localiza la bola de papel empapado que alguna mano misteriosa ha depositado con mimo desconcertante sobre una toalla extendida en el centro de la mesa con la que antes tropezó. La bola de papel es Eloy, la carta es Eloy. Casi la roza con los dedos, pero opta previsoramente por no moverla del lecho de toalla donde convalece, y explora la habitación bajo la perspectiva nueva que le da la luz del día. Lejos de parecer una celda, recuerda más bien a la *suite* de algún hotel pomposo abandonado a la devastación del tiempo. La cama de la que se acaba de incorporar es antigua, con dosel de madera noble acribillada por la carcoma, y hay sobre el colchón una sábana revuelta y otra hecha un ovillo en el suelo; al parecer, quien la acostó tuvo la delicadeza de cubrir su cuerpo con esa segunda sábana que ella, en la agitación del desmayo, debió de tirar al suelo. ¿Quién será el samaritano invisible? Sea quien sea, también previó que ella, si despertaba, podía sentirse incómoda por su desnudez, y por ello dejó sobre la mesa un grueso jersey de lana: el monstruo peludo cuyo tacto amorfo la estremeció un momento antes. Acaricia el jersey agradecida, remotamente emocionada por la ternura que parece implicar, y lo despliega ante sí, alzándolo. Es demasiado grande para ella, pero entonces suenan a su espalda golpes de nudillos contra la madera y sin dudarlo introduce la cabeza por el cuello del jersey y los brazos en las mangas, cubriéndose justo cuando la puerta se abre y aparece bajo el dintel un hombre que la mira dubitativo, tal vez incómodo por haber irrumpido sin esperar el permiso explícito de ella. *Ha debido de pensar que aún dormía.*

La situación, piensa, tiene algo de ridícula: ella protegiéndose instintivamente con las manos a la altura del pecho, como una novicia pudorosa sacada a la fuerza del convento, y él con una palabra a medio formar en la boca, bloqueada por la sorpresa de encontrar despierta a la mujer desnuda que recogió en la playa. Entonces, Clara se inquieta. *¿Y si después de todo quiere hacerme daño?* Pero Bastian se limita a observar sus ojos, que por primera vez ve abiertos y lúcidos. Con tenacidad absurda, puede que delirante, los estudia para analizar su expresión, busca en ellos una señal que le permita creer lo increíble, que la desconocida procede de algún lugar del más allá, que ha surgido inexplicablemente del mar para traerle, aunque parezca imposible, un mensaje de Vera.

—Leonor...

Por fin pronuncia Gabriel en voz alta y cara a cara ante la mujer elegida el nombre que por ocho veces le ha sido imposible pronunciar. Lo sabe bien porque después del éxito de la velada poética fue invitado a quedarse unos días en Padrós, y desde entonces ha contado una por una, moribundo de impaciencia, las ocasiones en que teniendo cerca a Leonor no ha podido dirigirse a ella, pues se había prometido que la primera vez que pronunciara su nombre sería cuando ambos se hallasen a solas. Ocho veces. Una, el mismo día del recital, al concluir éste y durante la merienda posterior ofrecida por los anfitriones, mientras alrededor del artista revoloteaban las asistentes, extasiadas por el trágico cuento de amor y muerte que creían inventado, y Gabriel sólo tuvo ojos para la tímida muchacha, quien se ruborizó entrañablemente cuando, casi a la fuerza, sus alborotadas amigas la trajeron para presentarlos y el roce de los labios de él sobre el dorso de la mano de ella fue su único contacto físico. Dos, esa misma noche, tras haber caído ya la oscuridad, cuando salía camino de la pensión a bordo del carruaje del marido de Leonor y señor de la casa, el indiano Tomás Montaña, y vio recortada contra la luz del dormitorio principal del segundo piso la anhelada figura femenina, ante cuya visión se permitió Gabriel recrearse hasta que con fiereza súbita irrumpió en su ángulo de visión una negra forma masculina, corpulenta y tosca que se pegó a la frágil nitidez de la silueta en la ventana, emborronándola, y luego, al aferrarla posesivamente por detrás, la absorbió en el interior de su contorno como engullida por un bocado brutal de monstruo devorador de sombras. Tres, cuando compareció Leonor como involuntaria convidada en los sueños siniestros que cada noche estremecen al poeta, y él la soñó aterrada, llorosa como una niña perdida ante el conocimiento de esa puntual pesadilla nocturna, plagada de mares en cólera, vertiginosos orgasmos submarinos y cadáveres de mujeres ahogadas por una inimaginable fiera invisible. La cuarta, de venturoso y sanador contraste, al despertar el siguiente día e imaginar vívidamente, con los párpados aún cerrados, la presencia de Leonor en la estancia, pero no desnuda e impúdica entre las sábanas, como antaño evocaba Gabriel a sus amantes en los amaneceres del pasado, sino sentada sobre la cama junto a él, maternal y protectora en el gesto simple, pero vencedor sobre la ponzoña de oscuridad, de enjugarle el sudor de la frente con un pañuelo empapado en agua recién extraída del pozo mientras él, por fin, comenzaba a contarle cuál era la horrible esclavitud de su vida. La quinta, otra vez de retorno a la realidad, cuando después de ocupar la mañana y parte de la tarde en deambular por las calles de Padrós saludando a una y otra espectadora de sus exitosas actuaciones optó por apostarse a la salida del pueblo, al pie del cruce donde desemboca el camino del caserón, fingiendo que alumbraba un poema nuevo cuando en realidad asumía que esa espera bajo el sol era la prueba de que su urgencia de hablar con Leonor había adquirido categoría de obsesión. Sin embargo, no bastó ese presagio enfermizo que le instaba a huir para imponerse sobre la excitación ante la llegada de la carroza negra, que se desvió hacia el pueblo sin prisas, permitiéndole correr detrás a tiempo de ver cómo el cochero detenía el carruaje en la plaza y la joven, acompañada en esta ocasión por una mucama que la ayudaba cargando al bebé, se apeaba y entraba a dos o tres comercios de los que salió al poco para iniciar de inmediato el camino de regreso sin haber dejado un solo instante de mirar empecinadamente al suelo, enrojecida de perturbación como si hubiera intuido la mirada de quien parecía un pretendiente osado que anunciara tormentas para su tranquila vida, y quisiera esquivarlo, correr despavorida para refugiarse de él. Devastado entre los soportales quedó Gabriel por el terremoto de la duda: tal vez Leonor, en contra del espasmo místico que él había sentido al besarle la mano, no era sino una mujer normal, incapacitada como todas las demás para entender y aceptar su terrible, su anormal biografía. La sexta vez no vio a la joven, sólo la olió, pero tan física y palpable resultó para su olfato la presencia de esa ausencia que multiplicó su ansiedad, enloqueciéndolo cuando, tras ver la carroza parada frente a la iglesia del pueblo el siguiente domingo por la mañana, atravesó el sagrado umbral aun a sabiendas de que Dios, caso de existir, difícilmente podría ponerse de su lado en contienda alguna. Localizó a Leonor arrodillada ante el confesionario, caminó de puntillas hasta acomodarse en la bancada más cercana fingiendo actitud piadosa y, así apostado, inspiró hondo y fue desechando uno por uno los efluvios de incienso, velas ardiendo y santidad al acecho que llegaban hasta su nariz, hasta que logró aislar el aroma de ella, aroma de mujer llena de vida entre el laberinto rancio de olores sacros a sotana, crucificados resecos y cera derritiéndose. La séptima vez tampoco la vio, pero oyó su voz nunca escuchada antes, aparte del vago suspiro que había emitido cuando los presentaron. Su voz... Insólita desnudez, bella y brutal, la de descubrir con el oído el sonido real creado por las cuerdas vocales bajo el cuello de la incertidumbre hecha mujer. Oyó esa voz justo en la décima de segundo posterior a la captura del olor femenino, cuando tras hincarse Gabriel de rodillas sobre la piedra del templo para arrimarse otros pocos milímetros a ella, Leonor susurró hacia el hombre sin rostro agazapado en el confesionario un compungido discurso casi inaudible en el que, sin embargo, por dos veces refulgió nítida, o creyó Gabriel que refulgía nítida, la última palabra del diccionario que él habría querido escuchar en esos labios, la terrible palabra «locura»... ¿Locura referida a él? El significado colmado de abismos del simple vocablo lo mareó, y lo arrasó y aterrorizó, y le forzó a buscar la salida entre náuseas que le ahogaron, aunque no lo suficiente para impedirle percibir de reojo cómo un hombretón con ojos de fuego y mandíbulas prietas, transmutación en hostil carne viva de la sombra caníbal que tres noches atrás había devorado tras la ventana a la sombra de Leonor, abandonaba la fila de comulgantes para perseguirlo con la mirada durante su huida hacia la calle. La octava fue ensoñación turbulenta, al intuir, empapado en sudores espasmódicos entre las sábanas bajo las que hubo de buscar cobijo tras vomitar a la salida del templo y comenzar a sentir frío y enseguida calor y enseguida más frío y enseguida más calor, que Leonor podía no ser la mujer tanto tiempo esperada, y en un destello lúcido que le alumbró como un faro en el mar de fiebre donde flotaba náufrago, razonó que no tenía más que dos opciones: huir sin saber o quedarse y averiguar, sabiendo que esta segunda opción podía despertar a la muerte que yacía en el fondo del mar. Las dos ideas ardieron en su cabeza durante las largas horas de la noche, enfrentadas como ejércitos implacables empecinados en vencer o sucumbir, hasta que al amanecer, desbaratado por el sueño o por la vigilia, la imaginó a ella, salvadora en medio de ese campo de batalla segregado por la fiebre, etéreamente inmóvil entre los muertos ficticios y la sangre inexistente, luminosa, sencilla y eterna en el gesto simple de alzar la mano, invitándole a dejar la cama para enfrentarse junto a ella a lo que hubiera de venir. Y lo hizo, esa octava vez desató la decisión y la valentía, también la rabia por sufrimientos pasados. Milagrosamente curado o todavía enfermo sin percatarse, se vistió y salió a la calle, recorrió a pie el camino del caserón desviándose hacia la playa bajo el acantilado, entró retadoramente en el mar helado del amanecer para rematar así a la fiebre y a los miedos o matarse él, y luego, como si siguiera con fidelidad absoluta un rito que no había existido hasta ese instante y del que, sin embargo, conocía con seguridad cada paso, se plantó en pie sobre la arena sin apartar la vista del lejano caserón y de su balcón principal, donde una vez había visto la silueta de Leonor, y se atrevió a pensar o supo con certeza que ella le devolvía la mirada. Por esa convicción permaneció allí horas y horas y horas, retando a la muchacha transparente del fondo del mar que podía estar revolviéndose ya a su espalda, pero amparado a la vez en la seguridad de que en algún momento se asomaría la mujer soñada al balcón y entonces, apenas lo viese, sabría, tendría que saber, que esa figura plantada en la arena era la de él, pidiendo ser escuchado. Y allí permaneció sin flaquear ni contar el tiempo detenido hasta que, de pronto, vio bajar por el camino a una diminuta figura que parecía correr hacia él, y pronto la figura pareció ser de mujer, y enseguida resultó efectivamente serlo, y luego pareció tener el rostro de ella y enseguida resultó efectivamente tenerlo. Leonor llegó hasta él y Gabriel permaneció callado, inmóvil aunque con un pie resignadamente adelantado sobre el abismo sin fondo del No que tal vez ella se disponía a pronunciar, expectante ante el silencio de esos ojos femeninos que escrutó sin imaginar que, si le escrutaban a él en silencio riguroso y solemne era porque ilustraban la magnitud que el decisivo instante contenía para la muchacha. Y entonces sí, por fin pronunció, por fin pronuncia, por fin ha pronunciado el poeta ese nombre mágico por el que vivirá o morirá:

—Leonor...

Calla la mujer, paralizada por el temblor de lo desconocido, que no expresa rechazo sino incertidumbre al rememorar las ocho veces que tampoco pudo ella, porque no se encontraban a solas, acercarse a este hombre venido de lejos para intentar averiguar si, como intuyó nada más verlo, podía ser él quien la ayudaría a escapar de su encierro. Una, durante la merienda posterior al recital que tanto había conmovido a las asistentes, cuando permaneció cautelosamente apartada del círculo de mujeres arracimadas alrededor del conferenciante, y alguna de sus amigas más cercanas, al interpretar como timidez lo que en realidad era pánico por despertar el iracundo temperamento celoso de su marido Tomás, que debía de hallarse trabajando en su despacho en el otro extremo de la planta baja, vino y la tomó de la mano para llevarla hasta el poeta, y entonces los presentó. Cuando besó su mano, había sentido irracionalmente Leonor que él podía sacarla del reinado de la locura que es Padrós, ayudarla a escapar con su hijo de este diminuto universo sometido a la férrea tiranía del demente Montaña. Siempre percibe Leonor que cada ser vivo de Padrós es un ojo espía a sueldo de Tomás, en permanente acecho sobre sus movimientos temerosos de mujer aplastada por una rutina inexorable que la consume y la seca en vida. Por ello implicó riesgos su segundo contacto visual, todavía mudo, con el poeta, cuando esa jornada, tras haber partido todas las invitadas del recital, vio ella desde su ventana cómo el cochero de la casa llevaba a Gabriel hasta su lugar de hospedaje en el pueblo, y sintió cómo retornaba la convicción de que ese hombre delicado y dulce, hecho para el sentimiento y la palabra, escucharía su urgente petición de ayuda contra el todopoderoso que había trastocado a su antojo la realidad en este pueblo aparentemente acogedor y normal. Apoyada contra el cristal del dormitorio, su cuerpo oculto a medias tras los visillos, se dejaba arrastrar por los excitados latidos de la salvación entrevista cuando otros latidos también virulentos pero detestados se apretaron contra su espalda para anunciar el inminente abrazo, familiarmente inmisericorde, del señor de la casa. Se olvidó por el momento del mundo de promesas hermosas que se alejaba a bordo del carruaje y hubo de abandonarse dócil y crispada a los brazos que la arrebataban hacia el lecho donde, como cada día, habría de encastillarse en su perpetua languidez impostada para mostrar ternura donde sólo surgía rechazo hacia la peor de las agresiones del hombretón, infinitamente más angustiosa que sus embestidas físicas: la exigencia, a veces expresada con lágrimas de gigantesco niño extraviado en el mundo, a veces sacudida por la ira del torturador contrariado, de una muestra de cariño por parte de su esposa que él pudiese sentir real, palpable y evidente; la necesidad, en suma, de ver correspondido el amor sin límites que afirmaba profesar por ella. Y como cada noche, también esa noche el alma de Leonor se las apañó para flotar hasta el techo, adhiriéndose con la imaginación al dosel de la cama hasta que concluyeron las convulsiones físicas del hombre que la poseía, y sólo cuando él, también como todas las noches, hubo abandonado el dormitorio para rumiar a solas sus frustraciones y su rabia, descendió sigilosamente desde las alturas, volvió a entrar en su ser de carne y, tras verificar que el bebé dormía en paz y no había por tanto percibido las vibraciones de la agresión contra ella, se arropó oculta bajo las mantas para retomar el temor a su porvenir, tan bien definido por la aterradora palabra que había pronunciado su madre poco después de la boda y pronunciaban hoy las pocas amigas a las que dejaba entrever su infelicidad, o el párroco cuando la recibía cada domingo en confesión: resignación, resignación, resignación... Todos son cómplices cobardes del delirio de Montaña, todos le dan sumisamente la razón, codiciosos del dinero que a cambio de su pleitesía continuamente suministra al pueblo y a sus habitantes. ¿Es que quieren verla morir asfixiada? Esa palabra hedionda, resignación, la penetra y posee con violencia intangible, más intensa que el vigor inagotable de su marido, y la hunde en una desolación que siente crecer día a día. Menos esta vez en que, por atreverse a evocar desde el lecho al poeta, logró su primera victoria contra la vida sumisa en una escaramuza mínima pero esclarecedora y euforizante. Sintió que es posible vencer a la piedra que la enclaustra, y merced a esa alegría lanzó la mente al vuelo tras la carroza en la que había partido Gabriel, y llegó volando hasta el pueblo y hasta el hostal. En esta tercera ocasión, su mente dibujó desde la distancia al poeta, insomne y sudoroso sobre la cama, entregado a musitar febriles incoherencias que, vistos sus sufrimientos, sólo en el infierno pudieron haberse adquirido. Tormentos del alma que ella se atrevería a enfrentar y desbaratar. Por eso su cuarta unión con Gabriel, todavía incumplida, fue la resolución de alinearse junto a él para ampararlo y protegerlo con su vida si así fuera necesario, para refrescar con paños mimosamente empapados en agua fresca su mente alucinada. A medida que los caminos de la fantasía se volvían más tentadores e intensos, más altos y sólidos fueron los diques que contra ellos alzaba la previsora realidad, y en consecuencia también crecía la fuerza con que la voluntariosa Leonor trataba de derrumbarlos, a pesar de lo cual la quinta vez vino para ella presidida de nuevo por los viejos miedos enraizados, que la llevaron a estremecerse cuando, camino del pueblo en la carroza, al atardecer de cualquiera de los días posteriores, atisbó al poeta en una vuelta del camino, aparentemente enfrascado en la lectura o composición de unos versos, y aunque supo que era su deber pedir al cochero que lo rebasase y dejase atrás, le ordenó por el contrario aminorar la carrera de los caballos y enfilar el último tramo todo lo despacio que fuera posible, a fin de permitir a Gabriel ir tras ellos y llegar a la plaza del pueblo a tiempo de ver cómo, precedida por su señorita de compañía con el bebé en brazos, descendía ella de la carroza y entraba en uno de los comercios bajo los soportales, donde se aturulló de repente al suponer que su querencia por el poeta podía estar resultando demasiado notoria, obvia para cualquiera que quisiera verlo, y por ello, al concluir sus gestiones, regresó azorada a la carroza, con el fuego del miedo en el rostro y la mirada fijamente clavada en el suelo, como si quisiera demostrar al mundo su rechazo repentino hacia la incipiente necesidad que la invadía, hacia la infidelidad que implicaba, hacia el escándalo que podría desatarse y, por supuesto, hacia el consiguiente castigo que por todo ello la aguardaría. Y a cambio de todo ese riesgo, ¿qué compromiso por parte del poeta tenía? El domingo siguiente, en la iglesia, decidió confiarse al párroco. Esa sexta oportunidad adquirió inquietantes tintes de prodigio turbio cuando al llegar en la carroza a los aledaños de la iglesia en compañía de su esposo vio a Gabriel sin llegar realmente a verlo. Una intuición insistente e imposible de verificar le dijo que rondaba por la plaza, moribundo por ella, y por esa convicción se dejó llevar mientras descendía del vehículo y caminaba del brazo del gigante Montaña hacia el portalón de madera del templo, y también cuando avanzó hacia el banco de madera que por deferencia de la autoridad religiosa les estaba reservado. Al poco se puso en pie para dirigirse hacia el confesionario, y entonces la atravesó como un relámpago la seguridad de que Gabriel acababa de acceder a la iglesia y la buscaba con la mirada con la misma fiereza con que le habría gustado a ella buscarlo a él. Pero si había un lugar peligroso era la iglesia, llena de feligreses contagiados por la epidemia de demencia instaurada por Montaña en Padrós. Casi al borde del desmayo alcanzó el confesionario y, más que arrodillarse, se dejó caer contra su estructura para apoyarse en ella. El confesor era el mismo de siempre, ese hombre silencioso y severo ante el que había enumerado Leonor las decepciones de su vida matrimonial hasta que entendió que se trataba de otro sicario de Montaña, uno de los más astutos y malvados. Pero esta vez, por una osadía loca que no pudo y acaso no quiso evitar, se lanzó a abrir su corazón con ritmo más veloz y resuelto a medida que desgranaba las infelicidades, sinsabores y desprecios que entrañaba la vida de esposa del señor del caserón. No quería seguir sumida en la locura, dijo atreviéndose a levantar la voz. No quería seguir sumida en la locura... Latía tanto en su pecho la intuición materializada en la plaza sobre la cercanía de Gabriel, sentía tanto su apoyo invisible, que alzó los ojos para buscarlo, convencida de que iba a localizarlo al primer golpe de vista, como efectivamente ocurrió. Desencajado y pálido esta séptima vez, la escrutaba el poeta desde el banco más próximo al confesionario, arrodillado a tan poca distancia de ella que de haber extendido ambos las manos sus dedos se habrían rozado. Pero Gabriel, en vez de darle el apoyo que ella esperaba para seguir cargando contra la condena a resignación perpetua, se puso en pie y huyó a toda prisa en busca de la salida, como si de repente le hubiese faltado el aire. Su carrera, frenética y titubeante, resultó ofensivamente ruidosa en un lugar consagrado al silencio y convocó todas las miradas y alzó a su paso rumores de reproche, acallados al unísono cuando Tomás Montaña puso en pie su corpulencia entera y, estático en el centro de la iglesia, usurpó la autoridad de los curas y hasta de Dios para clavar sin prisas sus ojos de acero sobre la figura que escapaba. Fue un derrumbamiento doble en el alma de Leonor; el primero, al suponer que Gabriel huía del compromiso de ayudarla, y el segundo, porque supo que Montaña se había puesto en el acto a atar cabos, sosteniendo con la mano de la inteligencia un extremo de la cuerda y con el de la extrema paranoia celosa, el otro. Resultó inútil, e implicó a la vez un presagio negro, tratar de volver, temerosa y descarriada, al redil del confesionario. El rencoroso cura, otra vez dueño de su poder, le cerró la trampilla del confesionario en la cara, dejándola de rodillas a merced del mundo. No cruzó Leonor una palabra con su marido de regreso a casa, o más bien fue él quien no le dedicó una sílaba o una mirada siquiera de reproche, probablemente concentrado en rumiar los posibles significados del lamentable espectáculo ofrecido por el titiritero poeta, como con desprecio había llamado a Gabriel alguna vez que se había referido a él. Esa noche no buscó su marido abrazarla, y ello resultó a Leonor inquietante, premonitorio de inminentes tormentas originadas en los celos. Sumida en la oscuridad del dormitorio, la ahogó la angustia de quien viviendo acompañado se siente irrevocablemente solo, y no resultó suficiente la presencia tierna y amorosa del bebé dormido en la cuna a pocos metros de ella para desbaratar la desolación. La noche jugó a su antojo con el fluir del tiempo. El insomnio acabó por hipnotizar a Leonor, desbarató su razón para arrojarla a pozos de alucinación cuyas paredes parecían susurrarle el peor futuro concebible... Su vida, toda su vida, consistiría en envejecer sin pausa junto al hombre que la aplastaba física y moralmente, sin más aliciente que volcarse, también toda entera, en el cuidado y educación de ese niño al que adoraba. Pero ¿cómo crecería en ese mundo hecho a medida y semejanza de Montaña? A veces le aterraba pensar que ese bebé se iría transformando sucesivamente en un niño Montaña, un adolescente Montaña, un joven Montaña y por último un adulto Montaña. ¿Y ella? ¿Qué sería entonces de ella? Respingó con el corazón detenido un instante por la presión de la zozobra, y ese choque alzó su cuerpo sobre el lecho, como un resorte. Quiso respirar, pero el aire se había evaporado o tornado sólido, y no podían los pulmones absorberlo. A tientas, cada vez más asfixiada en la oscuridad que se le antojaba creciente y en movimiento, buscó una ventana al exterior y acabó por encontrarla, palpando la pared mientras creía morir mil veces. La abrió, bebió el aire fresco hasta hartarse, lo escupió entre toses y lo volvió a beber. Los miedos de la noche huían desplazados por las pálidas luces del alba, que con trazo calmoso comenzaban a dibujar el horizonte del mar, la inmovilidad infalible del acantilado, la playa en marea baja... Un ser vivo diminuto y frágil reclamaba valientemente la atención de Leonor sobre la inmensidad de la naturaleza. Volvió a sentir que se ahogaba, pero ahora por la presión incontrolable de la euforia. Era él. ¿Qué hacer? Algunas vidas se deciden en unos pocos segundos, y Leonor pensó que ése era el momento que le había correspondido a ella. Fue inútil que buscara en la tentación de paz y resignación que representaba su hijo plácidamente dormido en la cuna razones que la retornaran al odiado sentido común, la hicieran olvidarse de la figura de la playa, pues supo al vislumbrarla sobre la orilla, retadora y poderosa en su insignificancia, que moriría si no intentaba, si al menos no intentaba, la aventura intuida junto al poeta de los caminos. Fue, pues, un asunto de vida o muerte, y no inobservancia de las protocolarias formas sociales, lo que la lanzó escaleras abajo hasta la planta baja y, desde allí, hacia la sala principal y la puerta para atravesarlas y correr por el jardín dejando atrás la casa y a las madrugadoras mucamas, estupefactas cuando la vieron pasar como el aire furioso que precede a la tempestad, e incluso a la sempiterna vigilancia del marido que, encerrado en el despacho, no supo de la turbulencia emocional que acababa de sacudir los cimientos de su casa. Y así, presa de un delirio lúcido, fue Leonor descendiendo por el camino del acantilado hacia la playa, atrapada en un impulso sin retorno que la llevó en volandas hasta la octava vez, la definitiva, el momento de atreverse a poner todo su corazón y todo su futuro en la pronunciación del nombre mágico de quien había venido para desmontar su resignación y, tal vez, hacer hermosamente peligrosa su vida:

—Gabriel...

—¿Cómo llegaste hasta la playa? —se lanza por fin Bastian a preguntar tras haber enunciado y rechazado mentalmente otras formas de abordar la conversación con la desconocida que, frente a él, trata de aparentar calma y seguridad. Pero la delatan los pies descalzos, cuyas plantas restriega contra las baldosas en señal apenas perceptible de crispación interna, y las manos, que sin poderlo remediar tiran nerviosamente hacia abajo del borde del jersey de lana para cubrir unos milímetros más las piernas desnudas. Ha optado por el tuteo porque piensa que es lo natural tras haberla recogido de la playa, llevado hasta el caserón y acostado y arropado, sin contar con que durante todo ese tiempo ha tenido delante su cuerpo sin ropa. Por supuesto, la lógica de Bastian ha descartado durante las horas de convalecencia que se trate de Vera retornada, pero la insólita irrupción en su vida de la náufraga de la orilla le fascina irremediablemente. No es Vera rediviva. Pero podrían ser, de alguna manera, las turbulencias desatadas por Vera en la playa y en el acantilado las que hubieran succionado desde quién sabe dónde a la desconocida para depositarla sobre la arena con el objeto de que él, y sólo él, la descubriera y rescatara. No es Vera rediviva. *Pero quién sabe.*

Clara se toma su tiempo para responder, también ensaya y desecha fórmulas y estrategias hasta que comprende, con inesperado alivio, que lo mejor es la simple verdad. *¿Para qué mentir? Si quiere hacerme daño, me lo hará igual, y si no, ¿qué sentido tiene no decirle la verdad?* Tal conclusión la relaja, sus pies dejan de frotar el suelo como si quisieran excavar una vía de escape. Siempre ha pensado que lo que tiene que ser, será.

—Vine buscando a Eloy —dice al fin, muy despacio. Su propia voz le suena un punto ronca, casi desconocida; un cálculo apresurado le permite precisar que éstas son las primeras palabras que dirige a una persona viva desde que partió de Madrid hacia Padrós hace cinco días, exceptuando el breve intercambio de frases con la recepcionista del hotel y las indicaciones que pidió a distintos viandantes hasta que le aclararon el camino de la playa; también ha hablado con Eloy, bastante, mucho... Pero eso no cuenta: el cálculo se refiere a personas vivas. Carraspea buscando suavizar la garganta y luego, para probar el ajuste vocal o porque es consciente de que la información que ha dado al desconocido es insuficiente, añade—: Murió hace diez días aquí, en Padrós. Un accidente de coche. Cuando volvía a Madrid, a nuestra casa.

El corazón de Bastian se encoge. *También la ha traído un muerto. ¿Lo amaría? Seguro. Si no, no estaría aquí. ¿Otro amor traicionero, o de qué tipo?* Ahora es él quien asienta los pies sobre el suelo, tenso y expectante, curioso.

—¿Tu marido?

Ante la pregunta, Clara siente cómo sus músculos flaquean otra vez. Verbalizar una desgracia reciente es volver a traerla hasta primer plano, sacarla sin miramientos del camino de olvido o reposo que había iniciado, si ello es posible. *Hundir uno mismo el cuchillo en la herida que cicatriza. Abrir los puntos de sutura.* Pero sabe que explicarlo ahora es necesario, y puede que resulte además liberador. Traga saliva, cierra los ojos, los vuelve a abrir para clavarlos sobre el desconocido que aguarda.

—No. Eloy es mi hijo. Era mi hijo —pronuncia al fin, notando cómo la corrección del tiempo verbal le abre la carne.

Y calla, expectante sin saber qué espera, quieta como si el menor movimiento pudiera matarla de dolor. Bastian percibe la intensidad del silencio, el suyo propio desconcertado, y el de ella, tozudo y ensimismado. Bastian no es padre, pero sabe que la muerte de un hijo constituye un impacto emocional mayor que la muerte de cualquier otra persona, sea cual sea la relación que se mantenga con ella, y mira a Clara con respeto nuevo, recién nacido en ese instante. También ha captado y memorizado el tiempo verbal utilizado inicialmente por la mujer. *Ha dicho «es». Ha hablado de su muerto en presente.* Ese paralelismo con su propia obsesión le conmueve, es una marea repentina de solidaridad con la desconocida.

—Lo siento —dice sin mentir ni exagerar, con todo el humilde sentimiento verdadero de que es capaz. La mujer, acaso remotamente relajada, desplaza unos milímetros el pie izquierdo, luego acomoda de igual forma el derecho e inspira hasta el fondo de sus pulmones. Bastian cree percibir que sus labios quieren comenzar a dibujar una sonrisa de cortesía, aunque por último renuncien a ello.

Clara mira al hombre, midiendo el grado de autenticidad de su pésame. *No miente. También él sabe lo que es sufrir una pérdida brutal.*

—Gracias —replica con agradecimiento sincero.

Bastian se permite entonces relajar los hombros, que mantenía encogidos y crispados, y carraspea e intenta sonreír con naturalidad, pero su boca sólo descarga una mueca torpe.

—He puesto tu ropa a secar, pero temo... —comienza a explicar, y en el acto, al recordar que ella ha hablado de su hijo muerto, se arrepiente de su frívolo comentario. Carraspea otra vez, y cambia de conversación señalando la bola informe sobre la toalla—. También puse ese papel al calor. Me pareció que era importante. Lo que no sé es si se podrá recuperar.

—Muy importante, sí. Es una carta. Pero no importa. Me la sé de memoria.

Clara da dos pasos hacia la mesa donde reposa la carta de Eloy. Bastian ve las huellas de sus pies desnudos, brevemente silueteadas por la temperatura corporal sobre el suelo donde permanecía parada, como los pasos de un fantasma o una alucinación mínima, alargada lo que un guiño antes de desvanecerse.

La mujer tiene piernas firmes y bien formadas, bonitas y sensuales, constata Bastian fríamente, sin matiz erótico alguno. El esmalte rojo de las uñas de los pies aparece impecable, aunque resalta, desvalida entre las demás, una única uña sin pintar, descuido extraño en una mujer que parece gustar de arreglarse. Bastian siente un escalofrío al comprender lo que significa esa uña. Antes del mazazo, la desconocida tenía vida, sueños y ambiciones, proyectos a largo plazo y planes concretos, probablemente se pintaba las uñas en ese momento, tal vez para salir a cenar, y le faltaba sólo esa cuando la noticia de la muerte llamó a la puerta. La uña sin pintar representa la frontera entre el antes y el después, entre la vida y la vida sacudida por la muerte.

—El mar la ha hecho papilla. Voy a extenderla, a ver si no se han borrado las letras —Clara se ha atrevido a examinar en la mano la bola de papel, y habla para sí, sin dirigirse a Bastian. *Suerte que memoricé tus palabras y tu último deseo...*

Entonces, con convicción mayor que la experimentada ante las olas que casi se la llevan, cierra el puño alrededor de la bola de papel, lo único que le queda ya en el mundo, y la aprieta con toda la fuerza de su corazón. Se jura que aunque sea lo último que haga encontrará a la figura humana que parecía abrazar a un bebé en el fondo del mar. Y tan absurdo le suena a ella misma su juramento, acaso tan ridículo, que ni siquiera ha terminado de formularlo cuando ya siente su voluntad la tentación de resquebrajarse.

—¿Qué decías de mi ropa? —pregunta, girándose hacia Bastian para eludir la desazón. Una prisa irracional la empuja a comenzar de inmediato sus pesquisas, aunque no supiera por dónde. Pero sí lo sabe. *Emilia trabaja en un estanco. No habrá muchos en el pueblo*—. ¿Dónde está mi ropa? Tengo que irme ahora mismo...

—La puse a secar... —Bastian señala con gesto inconcreto hacia el balcón, inesperadamente estremecido por la idea de que Clara se vaya.

¿Por qué desea que no lo haga? Sin poderlo remediar, mira embrujado a la mujer a quien ya vio desnuda en la playa, y durante el trayecto hacia la casa, y al meterla en la cama y arroparla. Sigue sin ser una mirada sexual, se compone más bien de intuición admirativa, de apoyo incomprensiblemente incondicional a los motivos desconocidos que la animan. Es imposible que Bastian sepa la decisión de Clara, pero su seguridad la muestra beligerante ante sus ojos, tan indiscutiblemente viva y envidiable... La mujer atraviesa la estancia y sale al balcón. Él no evita el impulso de seguirla. La encuentra examinando, contrariada, las prendas puestas a secar sobre la barandilla de piedra, el pantalón vaquero, todavía multiplicado su peso por el agua de mar y la lluvia absorbidas, la camiseta, tan empapada que parece una copia transparente de sí misma, y las zapatillas playeras, también caladas e inservibles. Sin que Bastian entienda por qué ni para qué, Clara extrae resueltamente los cordones de ambas y, obedeciendo lo que aparenta ser una ocurrencia súbita, une los dos extremos con un nudo que fija con media docena de tirones secos. Antes, cuando Clara dijo que Eloy era su hijo, Bastian se hizo preguntas sobre el padre del chico, por qué no ha venido con ella o simplemente quién es, pero la actitud física y mental de Clara, y hasta cada uno de sus movimientos, explican sin verbalizarlo, con misteriosa contundencia, que siempre ha sido una mujer esencialmente solitaria, que ese padre se fue un día, o nunca estuvo. Sola ella. Sola ella con su hijo. Y otra vez ella sola, más sola, desde la muerte de Eloy.

—¿Me dejas algo de ropa para llegar al hotel? —reclama sin apartar la vista de su tarea.

Por causa de esa pregunta irreprochablemente ingenua, Bastian nota cómo el corazón comienza a golpearle en el pecho. Unas horas atrás, cuando acostó en la cama a la mujer, pensó que sería correcto, y un gesto que sin duda la tranquilizaría al despertar, dejarle alguna ropa seca sobre la mesa, como el jersey suyo que ella lleva puesto. Estaba pensando que sus ropas masculinas obviamente no servían, cuando de repente recobró vida un recuerdo borrado que se abalanzó sobre él desde el armario de roble situado a su espalda. Retornó un instante de su vida con Vera que evidentemente había olvidado por nimio e intrascendente, y por tanto no venía recogido en el meticuloso guión donde había reconstruido sus ciento ochenta y siete horas. En una de las primeras, quién sabe si la número veintisiete, o la diecinueve, o la veintidós, Vera depositó en el fondo del armario una bolsa verde con ropa por si se quedaba a dormir alguna noche y, que él supiese, nadie la había movido de allí. Avanzó hacia el armario con cautela y miedo, con excitada incertidumbre, y tras una primera duda tiró con determinación de la manilla metálica, guardando en la retina la constatación de su propio desasosiego reflejado en el espejo de la puerta del armario. La llave estaba echada, pero una ansiedad creciente, enfermiza, no le concedió la calma necesaria para ponerse a buscarla. Con el atizador de la chimenea había forzado sin miramientos la puerta, como si tras la plancha de madera se hallase la solución jamás entrevista a cuatro años de vigilia y desvalidez. La cerradura saltó... Y allí estaba la bolsa verde. Un impulso le ordenó cerrar de nuevo sin tocarla, sin dedicarle más que esa primera mirada estupefacta y asustada que no le había sido posible evitar. Se prometió no abrir la bolsa ni fisgar en su interior, pues la imagen le resultaba patética además de grotesca, pero ahora las palabras de Clara han roto su plan, le dan bula para romper su promesa. *Ahora es el destino quien quiere que abra la bolsa.*

—¿Tienes ropa, sí o no? —apremia Clara, que por un instante ha visto rebrotar su desconfianza ante la crispación dubitativa de su salvador.

—En el armario... —dice por fin Bastian en un hilo de voz.

Clara, con el cordón anudado aferrado a la diestra, entra de nuevo en la estancia. Bastian escucha el chirrido de la puerta del armario al abrirse, y el levísimo roce de tela contra tela que se oye a continuación le indica que la mujer ha depositado la bolsa sobre la cama. El sonido de la cremallera rasga el aire como un latigazo; si algún retazo del espíritu de Vera permanecía atrapado en la bolsa verde, ahora, ya liberado, debe de estar revoloteando furioso por la habitación, como una avispa lúcida dentro de un tarro de cristal.

—No me has dicho tu nombre —levanta la voz Bastian hacia el interior. En realidad, nada le importa el nombre de la desconocida, pero siente la necesidad de comprobar que no es Vera resucitada o reencarnada, Vera la que ahora está desplegando las prendas de ropa sobre la cama.

—Me llamo Clara —dice la voz felizmente reconocible de la desconocida.

Bastian, relajado por esa pueril constatación, se apoya sobre la barandilla de piedra, mirando hacia el mar. Lo importante es que no se ha transformado en el espectro de ella, piensa cuando le sobresalta otro ruido seco, duplicado, que sólo puede ser el de alguno de los pares de zapatos de tacón de Vera que dormían encerrados en la bolsa verde y Clara ha dejado caer al suelo, primero uno y luego el otro. *Se está calzando tus zapatos.*

—¿Y tú? ¿Cómo te llamas? —resuena otra vez la voz de Clara.

Bastian se toma su tiempo para responder, la mirada clavada en el cielo lluvioso que, sorpresivamente, comienza a mostrar zonas azules, sin rastro de oscuridad ni vestigio de la tormenta, lagunas de luz que destacan sobre el gris como manchas de humedad en una pared inmaculada. *El cielo de noviembre se está convirtiendo en el cielo de verano de hace cuatro años. Cambio de decorado, como las elipsis del cine.*

—Juan Bastian —miente entre labios, con temeroso tono inaudible. Pero ¿realmente miente?

En el interior, Clara no ha escuchado la respuesta. Está ocupada en vestirse con la ropa de verano que ha encontrado. Ha optado por un vestido azul corto, sin mangas, y un par de sandalias de tacón muy alto también azules que destacan el contraste entre las nueve uñas esmaltadas y la única sin pintar. La mira como si reparase en ella por primera vez, pero no se permite caer en la trampa tendida por la lástima de sí misma. La ropa es por completo inadecuada para este día de noviembre, y el calzado, imposible para regresar caminando hasta el hotel, pero no hay nada más apropiado en la bolsa, y le pedirá a su salvador que la acerque en coche. *Tal vez también conozca a la estanquera, la tal Emilia.*

Tras vestirse, Clara toma el cordón de las zapatillas y se acerca a la mesa donde, sobre la toalla, sigue reposando el cadáver de la carta de Eloy.

—¿Cómo dices que te llamas? —repite hacia el exterior. Mientras, repentinamente resuelta, introduce uno de los puntiagudos remaches metálicos en la bola pastosa en que se ha convertido la carta, atravesándola con la mitad del cordón y uniendo ambos cabos con un nuevo nudo.

Afuera, Bastian sigue callando su nombre verdadero, hipnotizado por el cambio del tiempo, que parece querer convertirse en el de cuatro años atrás. Casi inverosímiles de puro veloces, rayos de sol atraviesan el gris opaco del cielo tormentoso como espadas en la caja mágica de un prestidigitador. *Luce el sol, como cuando hui.* Y siente que si ahora mirase hacia el jardín frente al caserón con la apropiada concentración, se vería a sí mismo cuatro años atrás, subiendo frenético al coche y pisando el acelerador hacia la nada y hacia el miedo, escapando segundos después de que el disparo, el disparo único pero suficiente para precipitarlo todo, el verdadero pistoletazo de salida de su odisea, hubiese resonado al amanecer rasgando la falsa paz silenciosa del caserón donde Sebastián Díaz se ocultaba.

—Me llamo Sebastián. Sebastián Díaz —dice entonces en tono un poco más audible y resuelto, y por el mágico concurso de tan simple matiz siente fluir por su espíritu una fortaleza nueva. Es la primera vez en cuatro años que ha pronunciado su verdadero nombre. Y de repente comprende, casi conmovido, por qué no quiere que la desconocida caída del cielo se aparte de su lado. *Con ella puedo volver a ser yo.*

En la habitación, frente al espejo del armario, Clara se cuelga del cuello el improvisado collar de cordón de zapatilla que ha fabricado con sus manos desnudas. La joya más fea, barata e importante del mundo: un diamante de papel hecho con las palabras de su hijo muerto. La fuente de fe por la que apostarlo todo.

Aquí estoy, Eloy. He venido para creerte.

Al amanecer, un disparo rasga el silencio interior del caserón.

Estalla en Sebastián Díaz el pánico, que no había comparecido durante las casi cuarenta y ocho horas transcurridas desde el tiroteo en el pueblo. Ha consumido todo ese tiempo hundido en un sofá mirando hacia la puerta, empecinadamente inmóvil a lo largo de un día y una noche y de otro día y otra noche. Pero el disparo lo pone en marcha, lo conecta, lo activa. Un disparo. Único. Suficiente. El pistoletazo de salida para una carrera sin fin: la suya.

¿Quién ha disparado? No hay nadie, aparte de mí.

Sin respuestas, la mente exhausta de Sebastián, que rebosa terrores imaginados, ordena a su también rendido cuerpo ponerse en pie de un salto y abandonar la casa. Por instinto aferra la bolsa del dinero como si fuera el único salvoconducto posible contra males todavía difusos, pero siniestramente presagiados por ese disparo iniciático.

Cierra de un portazo, sin detenerse a meditar que ésta podría ser la última vez que tire del pomo metálico de la puerta del caserón donde ha vivido durante años, y corre hacia el automóvil. Su zurda rebusca en el bolsillo las llaves del contacto. El sol matinal le golpea el rostro como la luz a un vampiro y la sangre de la cabeza, tal vez por la carrera, le cae hacia los talones. La realidad se disuelve, y los elementos que la componen se vuelven transparentes, blancuzcos ante sus ojos al borde del desmayo. Comprende que es la repentina conciencia de incertidumbre la que le asalta, la súbita verbalización, con precisas palabras negras, del hecho principal:

¡Vera no ha dado señales de vida en dos días!

Llevaba las cuarenta y ocho horas de angustia logrando difuminarlo a base de creerse, o de intentarlo, esperanzas que sabía falsas. *Pero ¿y el disparo? ¿Quién acaba de disparar? ¿Humberto, alguno de sus hombres? ¿Quién ha podido disparar?* Esta cuestión se agiganta y gana puestos en el escalafón de sus inquietudes.

Absurdamente, frena en seco la carrera a cinco metros escasos del coche, perdiendo casi el equilibrio por el impulso descontrolado. Echa a correr de nuevo hacia la casa, abre la puerta con la llave, atraviesa el descansillo hasta el salón, coge su chaqueta de lino color crema, y sólo cuando tras salir de nuevo tira del pomo para cerrar comprende, aferrado a la bola metálica, lo demencial que resulta su gesto de perder tiempo buscando una chaqueta cuando acaba de verse involucrado en un crimen, en una carnicería, cuando es posible que los mercenarios que custodiaban el botín arrebatado a Humberto estén en ese momento enfilando la penúltima curva de la carretera en dirección hacia el caserón, cuando el fantasma que acaba de disparar no se sabe a quién, tal vez a él, podría estar apuntándole de nuevo. Y sin embargo se detiene, toma aire, mira hacia la puerta y permanece así, callado y grave durante un segundo que desea infinito, porque sabe que cuando inevitablemente transcurra se habrá cerrado para siempre la puerta tras la cual tuvieron lugar muchos de los años de su larga vida gris, monótona y aburrida, pero también toda, toda entera, la salvaje felicidad falsa que vivió junto a Vera en ese puñado de encuentros salpicados a lo largo de casi tres semanas de relación, que tal vez siempre estuvieron predestinadas a esta frontera final, el instante en que él desprende los dedos del pomo metálico, el instante en que Sebastián Díaz acaba de perder para siempre el destino legítimo que le correspondía.

La puerta de la casa es la tapa de mi ataúd. La cierro. Me quedo ahí adentro, haciendo compañía al fantasma que ha disparado.

Se sienta al volante y, cuando enciende el motor tras acomodar la bolsa a los pies del asiento del copiloto, siente estupefacción por su abulia de las últimas cuarenta y ocho horas. ¿Cómo ha coqueteado así con su suerte? Es raro que nadie, ni la policía ni los hombres de Humberto, hayan subido hasta el caserón. *¿O no lo es tanto? A Vera y a mí sólo nos han visto juntos dos o tres veces, en el Pedrín cuando nos conocimos, en la estación de autobuses cuando la recogí, ¿qué más?* Y eso sólo los vecinos. Vera puso buen cuidado en que ni Humberto ni sus hombres la vieran merodear por Padrós. Puede que nadie haya reparado en ellos, que nadie haya unido los hilos que lo relacionan a él con el tiroteo, y a esa posibilidad decide jugárselo todo. *Calma, todavía soy el apacible Sebastián Díaz...* Un tipo normal al que, simplemente, las cosas no fueron bien en Madrid y hace meses regresó fracasado a su pueblo, eso es todo. Sebastián, el hombre de vida mediocre que conduce parsimoniosamente y saluda a los conocidos que se cruza en la plaza y comenta los lunes la jornada de liga para intentar romper su soledad agregándose a los grupos de vecinos. Oculto bajo la máscara perfecta de Sebastián Díaz, el hombre que pronto va a dejar de ser Sebastián Díaz conduce camino de Padrós muy despacio, como hace siempre, aunque lleve consigo el botín arrebatado a una brutal banda mafiosa, aunque el miedo pugne por desgarrarle las tripas, aunque la mujer por la que se ha convertido en criminal esté casi con seguridad muerta y lo haya abandonado en la incertidumbre.

El coche desemboca en la plaza. *Despacio, despacio, todavía más despacio, que no noten mis nervios...* Una bocina insistente, irritada, rasga el aire a su espalda y le hace botar en el asiento. Se gira. Si los ocupantes del coche que viene detrás resultan ser dos siluetas masculinas teme que lo fulmine un infarto, pero quien va al volante es una mujer madura, con un adolescente a su lado, que vuelve a tocar la bocina y alza los brazos en señal de impaciencia. Sebastián, a causa paradójicamente de la prisa, venía conduciendo con tanta lentitud que ha taponado el tráfico. Se aparta y aparca a un lado, en un hueco junto al quiosco de prensa, para recuperar el aliento. Le arde la garganta, siente que si la apretara se quebraría como un barquillo. ¿Y ahora qué? ¿No sería lo mejor apearse con tranquilidad, dar una vuelta por la plaza, husmear como un vecino curioso más entre los rescoldos del suceso de cuarenta y ocho horas atrás para tratar de aclarar la oscuridad sobre él? Pero lleva seis millones en efectivo y tiene que cargar con ellos, no puede dejarlos solos en el coche ni por un instante, tampoco en ningún otro lugar, y no se atreve a pasear por la plaza con tanto dinero a cuestas, teme delatarse, o no sabe en realidad qué teme. Los seis millones ya son parte de él, ya son él, ya son lo principal de su vida y puede que lo único. *Soy seis millones de euros.* Ese dinero, con sus dos cadáveres a cuestas, uno seguro, el de Amir o Amin desangrado en la plaza, y otro posible, el de la desaparecida Vera en el que le da vértigo pensar, se ha adherido a Sebastián sin remedio ni retorno, unidos para siempre su futuro de hombre sin futuro con la bolsa de billetes, igual que se funde el asfalto con la carretera por la que se dispone a iniciar la huida de sí mismo. Descartada la opción de apearse, se limita a observar. La tranquilidad casi le agravia: ¿cómo es posible que en tan pocas horas no quede vestigio alguno de la muerte y de la sangre? El quiosquero apila suplementos dominicales sobre el mostrador, y la precisión de sus movimientos evidencia que sólo piensa en lo que está haciendo, que los hechos que contempló no le impresionaron más allá del estupor pasajero o la curiosidad. Tampoco los turistas en camiseta y chanclas que van hacia la playa, unos cargados de bolsas o tirando de los niños, otros riendo desenfadados, parecen conscientes de que pisan restos de sangre apresuradamente lavada por los funcionarios del ayuntamiento. *Las ciudades olvidan antes que las personas, todavía antes.* Quiere interpretar como buena señal que no haya policías a la vista, que lo más cercano a la noción de autoridad sea un agente de tráfico que ayuda a un conductor a interpretar un mapa, cuando gira la mirada y vuelve a encenderse el terror interior: a veinticinco metros, Julián, con su uniforme de guardia municipal, fuma apoyado contra la base de uno de los arcos de la plaza con parsimonia intranquilizadora. En el pueblo siempre se ha dicho de Julián que es observador, listo y receloso. *No está fumando tranquilamente, ni hablar. Está meditando. Está investigando lo que ha pasado, seguro. Está buscando.*

Enciende el motor con sigilo absurdo, como si temiera que Julián pudiera oírlo desde el otro lado de la plaza y al hacerlo dedujera que él es cómplice de lo ocurrido. Pero el coche atraviesa la plaza en paz, sin que lo intercepten ululantes coches policiales surgidos de repente de las callejuelas adyacentes, y pronto se encuentra Sebastián acelerando por la carretera general.

¿Y si todo, duda de pronto, ha sido o está siendo un comportamiento paranoico por su parte? *Nos vieron juntos dos veces, puede que tres...* Pero enseguida se aproxima al primer peaje y, con ello, a la primera decisión: regresar o seguir siendo el hombre que acaba de comenzar a huir. Al buscar la cartera para tener a mano la tarjeta de crédito descubre en el bolsillo lateral de la americana el revólver que Vera dejó allí, argumentando medio en serio medio en broma que era mejor que estuviese armado. Se sobresalta. Le parece una señal del infierno, o una condena a la irreversibilidad de su huida. Tal vez su inconsciente, cuando le dictó regresar por la chaqueta, sabía que el arma estaba allí. Un hombre con un arma, aunque como él no la sepa manejar, siempre es más culpable que un hombre desarmado.

Es más fácil pasar inadvertido en una ciudad grande. Cuanto más grande, mejor. Y esa lógica, unida al peso simbólico del arma en su bolsillo, le lleva a tomar de forma instintiva el carril que conduce hacia la autopista de Madrid, la ciudad que abandonó meses atrás jurándose que jamás volvería a pisarla.

Sin embargo, el hombre que se fue no es el mismo que horas más tarde, cuando comienza ya a perder intensidad la luz de ese día interminable, se adentra en el tráfico de Madrid. En rigor, piensa, sigue intacta su promesa de no volver, porque él ya no es Sebastián Díaz.

Ahora soy nadie. Nadie con un arma en el bolsillo. Nadie con seis millones de euros en una bolsa de tela manchada de sangre.

—Sebastián... —reclama la voz de Clara.

Bastian traga saliva, sus sentidos se erizan y descuidan un instante la atención sobre las curvas de la carretera del pueblo. Es la primera vez en cuatro años que escucha pronunciar su nombre en boca de un ser vivo. Nadie lo hizo después de Vera, ella fue la última, con la mirada fija sobre él, intensísima, y la palma de la mano cariñosamente posada sobre su mejilla, eso pareció entonces, como si quisiera quedarse allí para siempre. «Cuando todo haya pasado, dentro de dos horas, tendremos nuestra oportunidad, Sebastián». Se giró y fue hacia el edificio de apartamentos, resuelta a matar a quien se interpusiera entre ella y los seis millones de euros. Nunca volvió a verla. Pero ésa fue la última palabra que le oyó decir: Sebastián.

La mujer que por primera vez en cuatro años acaba de pronunciar su nombre verdadero lleva el vestido veraniego azul y las sandalias de tacón también azules de la otra mujer que, hace cuatro años, se dirigió a él por última vez con ese nombre verdadero. Las prendas son las mismas. Las mujeres, no. El espectro se asoma inesperadamente a la realidad, como una niña pizpireta que saluda con la mano, al otro extremo del pasillo.

—Dime —responde tras volver a fijar los ojos sobre la carretera.

—¿Sabes cuántos estancos hay en el pueblo?

—No, ni idea, no fumo... —se encoge de hombros Bastian—. ¿Por?

—Tengo que encontrar a una chica llamada Emilia. Tiene un estanco. O trabaja en uno. Era amiga de Eloy —explica Clara con naturalidad. Ha resuelto eliminar de sus palabras el tono sombrío al referirse a su hijo, persuadida de que conviene a la índole fuertemente emocional de la tarea que se ha impuesto. *Ya volveré a llorar después*. No obstante, le ha producido cierto cosquilleo haber pronunciado el nombre de Emilia. Conoció a varias amigas de su hijo, aunque de ninguna le constase que hubiese sido su novia; ninguna, que ella supiese, fue más allá del breve idilio pasajero. Sin embargo, el tono de su carta sugería mayor intimidad con Emilia y, aunque se haya propuesto lo contrario, Clara no puede evitar sentir de nuevo la ausencia. Busca a una muchacha que fue novia de su hijo muerto. *Voy a conocer a su viuda.*

—El centro del pueblo es pequeño, no puede haber muchos estancos, no creo que más de dos o tres. Preguntamos en el hotel mientras subes a cambiarte —Bastian quiere, antes de nada, llegar al hotel para que Clara se cambie de ropa. El vestido de Vera y sus tacones son una intromisión impúdica del pasado en el presente, usurpan a sus recuerdos la identidad que les da el tiempo transcurrido.

—¿Sabes bucear? —cambia de tercio inesperadamente Clara.

Ha logrado, o eso piensa, definir por fin el ensimismamiento de Bastian. Hasta ahora lo ha interpretado como timidez extrema. *Lo que ocurre es que tiene miedo. Y por eso vive de puntillas.*

—Sé flotar —responde Bastian amagando una sonrisa escueta, aunque trascendente: *¡Vaya! ¿Hace cuánto que no sonreía espontáneamente?*—. En una piscina, en la orilla del mar, en un tramo de río que cubra poco. Fuera de eso, poco. ¿Por?

—Yo fui una gran buceadora, hace años. He buceado por todo el mundo. Enseñé a Eloy. Muchas veces nos sumergimos juntos. Hasta que lo dejé, hace tres años. Ya no sentía la misma seguridad bajo el agua, tuve un problema de corazón y no he vuelto a sumergirme...

—Mmm —asiente vagamente Bastian, preguntándose adónde quiere ir Clara con esa conversación.

—Eloy me dijo que buceó aquí, en la bahía de Padrós. Dime algo, cuando me encontraste en la playa... ¿Imaginaste por qué me había desmayado?

—Pues le di varias vueltas, no creas. Podía ser que quisieras suicidarte, pero parecía una forma un poco estúpida, y lo descarté. Luego pensé también que eras alguna melancólica empedernida, un poco chiflada, que te habías desmayado por algún exceso de amor. También —y aquí se vuelve Bastian un instante— pensé que eras una mujer de mi pasado. Una muerta que volvía. Pero eso no, ya veo que no lo eres, ya veo que estás bien viva —opta por terminar con cierto tono de broma.

Clara sonríe brevemente y deja transcurrir una mínima pausa. Luego da su explicación tajante:

—Me desmayé de impotencia.

—¿Impotencia?

—Por comprender que tenía mucho miedo a sumergirme de nuevo, por lo del corazón.

—Pero nada te obligaba a sumergirte, ¿no?

—¿Cómo que no? He venido a Padrós para bucear en este mar, a los pies del acantilado. Eloy lo hizo, supongo que por puro placer, buceaba en cuanto había medio metro de agua. Pero aquí vio una cosa extraña bajo el agua. Algo increíble que me gustaría comprobar con mis propios ojos, pero…

—¿Una cosa extraña bajo el agua?

—No lo creerías. Ya te he dicho, es increíble —remata Clara en tono frívolo. No quiere contar lo del hombre y el bebé sumergidos, porque Bastian pensará que está loca—. Oye, tú que has vivido aquí tantos años… ¿Has oído hablar de Gabriel Ortueño Gil, un poeta de principios de siglo?

Bastian desvía un instante la mirada, por primera vez recelosa más allá de la simple sorpresa, hacia Clara.

—Creí que habías venido a Padrós por tu hijo.

—Y así es.

Bastian sigue desviando la mirada desde las curvas de la carretera hacia Clara, intermitentemente. La mujer ha respondido con absoluta naturalidad, pero él dejó hace mucho de creer en las casualidades, y le parece bastante curioso que le haya preguntado por Gabriel Ortueño Gil.

—El poeta asesino —deja caer con suavidad, y observa de reojo la reacción de Clara.

—Justo. Eloy estaba investigando sobre él. Para su tesis. ¿Qué sabes de él?

Bastian, acostumbrado a sospechar de todo y de todos, a temer a todo el mundo, a cerrar sus sentimientos a cualquier ser viviente que se le acerque, se dice de pronto que tal vez está exagerando su recelo hacia la desconocida. *Voy a probar. ¿Por qué no?* Respira hondo una vez y otra, asentándose en su decisión. *Sí, voy a probar a confiar en ella.*

—Pasó todo hace algo más de un siglo —comienza a explicar.

—En 1902, sí.

—Este hombre era poeta, o actor, iba por los pueblos recitando, viviendo de lo que podía. Era bastante popular, porque además de ser por lo visto un tío muy guapo, con fama de don Juan, fue un héroe en la guerra de Cuba. Pero aquí, en Padrós, cometió un crimen horrible.

—Mató a un bebé de pocos meses, lo sé —y de nuevo le viene a Clara a la cabeza la imagen submarina descrita por Eloy... *un adulto, hombre o mujer, eso no lo sé, sosteniendo en brazos a un niño pequeño, a un bebé...*

—Todavía peor, más cruel, más monstruoso. Sí, ésa es la palabra, monstruoso. El niño era hijo de su amante. Debió de ser una venganza, o algo así, una cosa de odio salvaje, demencial. Pero ahora sí que te voy a sorprender. Dime, ¿crees en las casualidades?

—No, no creo en las casualidades —afirma Clara, contundente. *No creo en nada. Sólo quiero creer en Eloy.*

—¿Sabes quién era la madre del bebé? —Bastian alarga un poco la pausa, inesperadamente divertido por la intensa curiosidad que ha logrado despertar en Clara. Pero no es sólo eso, se demora también en el aprecio de esta conversación relajada, interesante, llena de estímulo, con una mujer que nada sabe de sus turbulencias pasadas, una mujer que leal y apaciblemente lo ha aceptado como Sebastián, el hombre que, simplemente, la ha ayudado tras su desmayo. *Tras cuatro años, la primera vez que soy el que fui*—. Pues la madre era una mujer que vivía con su marido en mi casa, en la casa donde has estado hace cinco minutos. ¿Qué te parece? Mis padres la compraron en los años sesenta, cuando llevaba ya un tiempo deshabitada. La dueña se llamaba Leonor, y el marido, Montaña, Tomás Montaña. Fue a América de joven y volvió muy rico. Era el amo de Padrós, aunque lo cierto es que hizo mucho por el pueblo, todo el mundo lo quería. Esa letra eñe enorme que cuelga de la entrada de mi casa la puso él, por eso en el pueblo a Leonor se la llamaba Leonor la de la Eñe. La habitación donde has estado era la suya. Has dormido en su cama.

Clara, que no cree en las casualidades, siente un estremecimiento en todo su cuerpo y en toda su razón. La mente trata de definir la causa exacta de su crispación sin conseguirlo. Mira a Bastian en silencio, vapuleada por emociones indescifrables. El azar, o quien se oculte bajo ese disfraz, la ha depositado, literalmente, sobre la cama de la mujer cuya historia investigaba su hijo. Clara siente que su vínculo con los pasos que dio Eloy en Padrós es ahora de una solidez inquebrantable, y sólo puede conducirla hasta el último aliento del espíritu de su hijo. El vértigo la invade. Hace un instante estaba ante un abismo desconocido. Ahora se ha lanzado de cabeza a él.

—¿Qué fue de Leonor?

—Murió.

—Hombre, ya... Obvio, ha pasado un siglo.

—Obvio, sí, aunque bueno, no tanto... También surgieron leyendas sobre su fantasma, que erraba buscando a su hijo. Un chaval que llevaba los bueyes de regreso al establo vio a su fantasma en los años cincuenta. Todo esto lo sé bien, en detalle, hasta lo de los bueyes, porque ya te imaginas que en Padrós lo he hablado mil veces con los vecinos. En los pueblos, este tipo de leyendas son comunes. Si ahora hay poco en qué entretenerse, imagínate en 1900. Leonor debió de morir a finales de los años cuarenta o principios de los cincuenta, creo. Todo el mundo piensa que cuando el chaval de los bueyes la vio ya era un fantasma.

—¿Entonces no es seguro cuándo murió? ¿Ni cómo?

—No, ni cuándo ni cómo. Estaba muy trastornada, loca desde la muerte del hijo. Cuarenta años loca, ¿te imaginas? El marido la llevó a un sanatorio mental no muy lejos de aquí, todavía quedan restos del edificio. Pero un día Leonor, ya anciana, desapareció del sanatorio, escapó. Y no se supo más de ella. A mí, de joven, me daba cierto morbo vivir en una casa con esta historia tan dramática dentro.

Mientras habla, recuerda el día en que Vera, tras conocer alrededor de la hora ciento diez la historia que acaba él ahora de contar a Clara, sintió el obsceno apremio de hacer el amor sobre la cama de dosel de Leonor, por si se avenía el espectro de la desdichada a formar un trío con ellos. Lo hicieron entre risas, sin que por supuesto acudiera fantasma alguno. Pero hoy, tras fluir sin prisas ni aspavientos el tiempo inexorable, también son sombras transparentes aquellos Sebastián y Vera que se abrazaron sobre la cama arrebatada al espíritu de una loca que murió de pena, y de pronto aquel acto le parece lo que no le pareció entonces: la vejación indigna de la intimidad del espectro.

—¿Y el marido, el tal Tomás Montaña?

—También chiflado, supongo que por la muerte del bebé. Tomás Montaña, a pesar de todo su dinero y de todo el cariño y respeto de la gente, murió también con la cabeza perdida. De muerte natural, sobre mil novecientos cincuenta y poco. Se dice que en sus últimos tiempos se paseaba por el caserón con los revólveres que trajo de América al cinto, pegando tiros. Si quieres, luego volvemos y te enseño algunos balazos en las paredes.

Clara apenas escucha los detalles biográficos de Tomás Montaña. Una imagen del relato ha adquirido protagonismo, pegándosele al corazón encogido: *Leonor erraba buscando a su hijo...*

—El mar de este acantilado vive una maldición de amor —dice Clara en voz baja, y la frase que sustentaba la carta de Eloy les hace callar como si el mar que bordea la carretera por la que avanza el coche tuviera efectivamente poderes sobrenaturales. Con la vista en el camino de curvas y la emoción fijada sobre sus respectivos muertos, Bastian y Clara llegan hasta las callejuelas del centro y, tras un laberíntico recorrido, Bastian frena con suavidad en una placita en medio del pueblo, ante un antiguo palacete convertido en apacible hotel familiar.

—Aquí está tu hotel. Aparco en ese hueco mientras subes. Te acompaño a buscar el estanco y ya te dejo. ¿Te basta una hora?

—Me sobran quince minutos —corrige Clara. Pero en vez de apearse permanece mirando a su compañero, con la sensación de que éste desea añadir algo.

A Bastian le gustaría que Clara no se moviera del coche, que durante el resto del día siguieran hablando como acaban de hacerlo ahora, que sus respectivos pasados les concedieran la tregua de un día agradable, paseando bajo la lluvia de noviembre. Pero sabe que no puede ser.

—Vale. Quince minutos —dice tan sólo.

Cuando Clara desciende por fin y rodea el coche camino de la entrada del hotel, Bastian ve alejarse a una mujer que por una décima de segundo, *el vestido y las sandalias, mi imaginación, mi delirio,* le vuelve a parecer Vera, saturando de plenitud emponzoñada su vida, en cualquiera de sus ciento ochenta y siete horas inmortales.

También él se apea, y cierra de un portazo furioso, como si el coche tuviera la culpa de los picos de su obsesión. ¿Por qué entraría a aquel restaurante y miraría hacia la esquina donde la ciega comía solitaria?

Ya estaba acostumbrado a la rutina de mi muerte en vida...

En una de las terracitas que ofrecen las habitaciones del hotel, una del segundo piso, cuelga de una percha metálica, parcialmente visible desde la posición de Bastian, un traje de buceo negro mecido suavemente por el aire. Bastian comprende que es la habitación de Clara, y siente renovado respeto, casi emoción, hacia la mujer. La salud le impide sumergirse, pero por su hijo ha traído el traje de buceo. Y buceará, acabará por bucear en busca de esa cosa extraña que parece hallarse bajo el agua. *Qué suerte tienes, Eloy. Te aman.* El traje negro vacío, desvalido ante el viento, representa bien a su propietaria, esta Clara solitaria, rota y valiente. *¿Quién eres, Clara? ¿Por qué has aparecido?* Hay movimiento repentino en el segundo piso del hotel. El ruido de la puerta de la terraza al abrirse rasga un instante la paz de la placita. Un antebrazo, obviamente el de Clara, aparece un instante para colgar junto al traje de buceo el vestido azul que perteneció a Vera. Desaparece el antebrazo, se rasga otro instante la paz de la placita al cerrarse la puerta de la terraza, y Bastian queda a solas con su propia inquietud, fascinado por el inimaginable significado de la visión: dos vestidos de mujer sostenidos en la nada, danzando huecos ante él.

—¡Oye, chaval! —grita como si buscara huir del hilo de sus pensamientos, llamando a un chico de trece o catorce años que pasa junto a él con un cigarrillo encendido entre los dedos—. ¿Sabes dónde puedo comprar tabaco? ¿Un estanco por aquí?

El chico lo mira con recelo, rascándose la barbilla como si buscase rastros del primer asomo de barba. Está harto de que los adultos le repitan que fumar mata, pero éste no parece un pelmazo, sino alguien extraviado que ni siquiera ha reparado en que el estanco está ahí mismo, a cinco metros de donde ha aparcado el coche, y por eso le cae simpático. Se lo señala agitando con suavidad el índice arriba y abajo, muy despacio, recreándose en la arrogante indolencia de su gesto, que le hace sentirse superior al adulto, y luego se aleja, regalándose, retador con el mundo, una calada profunda.

Bastian lo mira y se ve a sí mismo de adolescente. Optó por no fumar porque pensó que la imagen del cigarrillo en la mano desacreditaba su vocación de buen chico conservador y cabal, siempre con las mejores notas escolares. Su sólido acatamiento a toda forma de orden, calcado del acatamiento previo de sus padres, no le había permitido eludir el fracaso profesional ni vital, ni tampoco ser inmune a la seducción letal de Vera; tal vez fue incluso determinante para que ésta se produjera, hasta puede que ella lo considerara al elaborar su plan: «Busco hombre de cuarenta-cuarenta y tantos, vida gris y mediocre, a ser posible educado en colegio de curas. Imprescindible no haber vivido jamás una salvaje pasión sexual». Bastian se pregunta, cuando el chico fumador ha girado en la esquina desapareciendo de su vista, si el desparpajo que ha exhibido ante él se desarrollará en el futuro, evolucionará hacia una personalidad segura de sí, pletórica, dominadora de su entorno. *¿Qué habrías hecho si el dueño del caserón llega a ser un vividor experimentado? ¿Con qué recursos me habrías seducido entonces?*

—Buenos días. ¿Trabaja aquí una chica llamada Emilia? —nada más entrar al estanco vacío de clientes, se dirige al sesentón calvo y alto, de gafas de gruesos cristales apoyadas sobre la punta de la nariz, que anota cifras en un papel inclinado sobre el mostrador. *Si éste hubiera sido el dueño del caserón, ¿también te habrías apañado para hacerlo enloquecer?*

El hombre alza la vista a la vez que se ajusta las gafas con un instintivo golpe seco. Inspira gravemente antes de contestar. Bastian piensa que algunas personas inspiran gravemente antes de contestar hasta la pregunta más simple. El estanquero es una de ellas.

—No, aquí no.

—¿Y en algún otro estanco del pueblo? ¿Le suena?

El hombre inspira de nuevo.

—No.

Bastian se fuerza a sonreír:

—Y... ¿hay algún estanco más por aquí cerca?

Tras inspirar, esta vez largamente, el hombre extiende el brazo derecho hacia la puerta. Bastian cree que lo está expulsando de su local.

—En la plaza Indiano Sánchez, por ahí a la derecha.

—Sé dónde está la plaza, gracias. Y ahora caigo en que también me suena el estanco. Un millón de gracias —agradece a la vez que retrocede hacia el exterior. El hombre inspira y vuelve a enfrascarse en sus cuentas antes de que Bastian llegue a salir.

Sí, ¿qué habría pasado si éste llega a ser el dueño del caserón?

A Clara le han sobrado algunos de los quince minutos para encontrarse lista junto al coche. Ataviada a su estilo, el que debe de ser el verdadero, con pantalón vaquero, jersey verde, botas negras y una cazadora de cuero también negra, genera en Bastian una insólita desazón: le alivia que ya no vista como Vera, le decepciona que ya no vista como Vera.

—Emilia trabaja en el estanco de la plaza del pueblo, me lo han dicho en recepción. ¿Sabes llegar?

Se le ha adelantado para conseguir, rápida y efectiva, la información que buscaban. Es lista, resuelta, imparable. Le gusta, y por ello le dedica una sonrisa mientras se pone a su lado para descender por una calle a la izquierda, y luego otras dos a la derecha, antes de desembocar en la plaza. En el trayecto le pregunta:

—¿Has colgado el vestido azul junto al tuyo de buzo por alguna razón?

—Manías de orden —lo mira Clara con naturalidad que desarma cualquier recelo—. Lo puse en el lavabo mientras me duchaba. Con el gel del hotel. No es lo mejor, pero olía a humedad, seguramente por llevar tanto en esa bolsa. Y luego lo tendí.

—Mmm... Oye, discúlpame, es una simple curiosidad. ¿A qué te dedicas?

Durante las horas en que Clara permaneció desmayada, Bastian elucubró, entre otras cosas, sobre el oficio de esta mujer surgida de las aguas, y su fantasía había sugerido que podía ser artista, tal vez pintora o escultora o, más pragmático pero también dentro de lo creativo, ejecutiva de una casa discográfica o una productora de televisión, tal vez editora o galerista de arte, galerista especializada en arte africano, o centroamericano, o algo así.

—Soy economista. Trabajo para una firma holandesa especializada en auditorías. ¿Por?

—No, por nada. Curiosidad —zanja Bastian el tema, remotamente decepcionado.

La plaza, entre el tiempo desapacible y la hora laboral, se encuentra desierta. A Bastian le parece el negativo triste, apagado, de la colorida foto de años atrás, cuando Vera y él aparecieron desde otra de las callejuelas buscando, a pesar de la temprana hora, un lugar para desayunar. Habían pasado juntos la noche, abrazados, y por la mañana, tras el sexo implacable, fueron a desayunar en el pueblo y resurgieron las preocupaciones de Vera, que Sebastián quiso hacer suyas para demostrarle la sinceridad de su amor. A pocos metros del estanco hacia el que se dirige ahora con Clara, y en el que ni siquiera reparó entonces, quedaban sin desmontar algunas mesas de las cenas al aire libre de la víspera, y entre los dos despejaron la superficie de una de ellas y se sentaron, imaginando que algún camarero acabaría por aparecer antes o después. Vera permaneció en silencio con gesto solemne, concentrada en problemas que su rostro nunca había exteriorizado así. Medio minuto, tal vez un minuto. Él la observaba, contagiándose de la gravedad. Era la hora noventa, o la hora noventa y cinco. El tiempo, aunque él lo ignorase entonces, apremiaba ya a Vera, y a pesar de que le urgía solicitarle ayuda, debía también mostrarse cautelosa a la hora de exponer un plan criminal a un hombre normal y corriente. Podía asustarse, huir. Contárselo debía ser necesariamente un movimiento de alta precisión, como el primer golpe del joyero sobre el diamante en bruto: la precipitación no tendría vuelta atrás. «Estoy metida en un lío muy gordo, necesito tu ayuda», le había adelantado horas antes a modo de preámbulo para que las palabras comenzasen a operar sobre él, predisponiendo su mente enamorada. «Y supongo que para contártelo bien es necesario que empiece por hablarte de Humberto», continuó apenas se hallaron con sendos cafés frente a sí, tras pedírselos por señas a un camarero somnoliento que había asomado desde la puerta del bar. Ahí había vuelto a escuchar el nombre de Humberto ya escuchado antes una vez, pero ahora le pareció que Vera lo pronunciaba con un matiz más complejo que el simple miedo, y más perturbador que la lineal inquietud. La frase siguiente, tal vez por toda esa ambigüedad significativa, se le quedó pegada a la memoria. La recuerda aún, la revive hoy, y por supuesto la entiende en su totalidad ahora, mientras entra detrás de Clara al estanco, fascinado por la idea de que ahí al lado, apenas a unos metros de donde está pisando en este instante, Vera lo miró a los ojos y habló muy despacio, esmerándose en dotar de dramatismo a sus palabras: «Humberto, si se lo propone, puede parecer cualquiera de todas las cosas buenas que no es».

Bastian recuerda cómo Sebastián sintió que las tres sílabas que componían el nombre de Humberto venían teñidas de algo parecido a la admiración, y por ello alentaron un imperceptible viento frío sobre su amor sin fisuras ni límites. La paz salvaje de la posesión exclusiva se descolocó, levemente estremecida por el temblor de lo que, quisiera él o no, parecía razonable denominar celos.

¡El timbre del móvil!

Los pitidos rasgan la soledad de la habitación barata en Madrid, y se aterran al unísono los dos hombres que habitan el mismo cuerpo, crispados como siameses pugnando por desgajarse sin asistencia quirúrgica: el que siempre ha sido pero sabe que debe dejar de ser Sebastián Díaz y el otro, todavía sin nombre, que para que sobreviva físicamente el primero no tiene más remedio que nacer de golpe, irrumpiendo sin gestación ni parto en ese cuerpo ya adulto que está, y lo sabe, en el punto de mira de los sicarios de Humberto, condenado a la muerte del serrucho y el alfiler.

El teléfono es el único y acuciante sonido en el cuarto a oscuras de la pensión situada en la calle Fuencarral, frente a un neón vertical verde con la mitad de las letras apagadas que señala un bar de copas al otro lado de la calle. Pero Sebastián no atiende la llamada. Se limita a tragar saliva, progresivamente inquieto por la insistencia del timbre, y elige seguir mirando a través del cristal hacia el bullicio enmudecido por la ventana cerrada de la cercana zona de Chueca, como si el simple hecho de observar la generalizada alegría nocturna constituyera una guarida donde refugiarse de los verdugos que acaban de marcar su número, tal vez desde mucho más cerca de lo que él imagina. Es la primera llamada en varios días, la única desde el tiroteo, la única desde que hace unas horas llegó a Madrid huyendo de Padrós.

Aguanta la respiración, aferrándose a la idea que constituye la columna vertebral de su frágil serenidad: *No saben que estoy aquí, he recorrido quinientos kilómetros, nadie me ha seguido…* Aun así sólo expulsa el aire cuando cesan los pitidos tras saltar el contestador, pero la tregua apenas dura lo que tarda en vibrar el aviso del buzón de voz, y sólo cuando éste calla osa Sebastián volverse hacia el teléfono, que resulta visible en la oscuridad gracias al parpadeo luminoso del mensaje entrante. *Tienen que ser ellos. Ellos, los hombres de Humberto, porque Vera está muerta.* ¿O no?, prueba a mentirse… En realidad, nada es palpable, científico, irrefutable, excepto la bolsa con el dinero y el arma en su mano, nada excepto el disparo que escuchó dentro del caserón y la paranoia de la fuga. Pero ¿cómo han logrado el número si sólo Vera y él lo conocían? Juntos, plenos de alegría física compartida en fase de esplendor, compraron tres teléfonos nuevos de numeración correlativa: uno que Vera necesitaba para asuntos de trabajo y los otros dos dedicados a comunicarse exclusivamente entre ellos. Fue otro de los juegos eróticos que inventaron sobre la marcha, muy al principio de su relación, en la primera salida a la calle tras el primer y determinante encuentro sexual. «Cuando vibre —le había susurrado Vera al oído mientras el vendedor, ajeno a las osadas palabras de sus clientes al otro lado del mostrador, desplegaba un catálogo ante ellos —querrá decir que mi boca y mi coño están pensando en tu polla». Esa frase, pronunciada en realidad tan cerca en el tiempo que Sebastián casi cree oírla rebotar viva contra las paredes de su memoria, es ahora el pasado remoto y sólo sirve para estimular el miedo, porque la llamada que le acaba de azorar se ha realizado desde un número sin identificar, y porque los muertos no llaman por teléfono. ¿Tendrá voz aguardentosa el verdugo que acaba de dejarle el mensaje, o habrá querido que entrevea él mismo los espantos que le aguardan mediante inflexiones sádicas en tono sedoso? ¿Qué se escuchará de fondo, el motor del coche que los trae hacia Madrid aunque él pensase que era imposible localizar su rastro o el ambiente del bar de la esquina, donde hace un rato se ha comido un pincho de tortilla para taponar el repentino agujero del hambre? ¿Y el alfiler? ¿Lo torturarán con el alfiler? Ese suplicio que Vera le presentó como la especialidad de Humberto resulta lo peor de todo. Un alfiler, un solo alfiler en manos del sádico Humberto. «¿Para qué más, si un solo alfiler le basta para traerte el peor de los infiernos?», había explicado ella en voz alta. Sebastián busca con la mirada su coche, que aparcó en la calle Infantas tras comprobar que resultaría bien visible desde la pensión; una estratagema de seguridad que ahora se le antoja disparatada y altamente peligrosa: usar de cebo el coche, como una cabrita atada en un claro del bosque de Chueca para atraer a los invisibles tigres de la noche. Un enemigo con rostro es más débil que un enemigo sin rostro, y por esa razón había puesto en práctica ese absurdo plan: una estratagema de seguridad ideada por un hombre que nada sabe de estratagemas de seguridad. *¿Y si han visto ya el coche y están esperando a que sea yo el que aparezca?* Sebastián se deja derrumbar sobre la cama, sobresaltándose por el gemido de muelles que provoca su peso, y cuando queda sentado y, todavía estremecido, alza la vista, le asusta verse sin verse en el espejo frente a él: una silueta negra sentada sobre la cama, que escruta a la silueta negra sentada sobre la cama que mira hacia el espejo. Nada en ella, ni la desvalidez identificable en la oscuridad por el encorvamiento de hombros caídos, ni el temblor de las manos refugiadas como cachorros ateridos entre los muslos, ni el contagio febril a todo el cuerpo de la respiración agitada, le resulta tan desasosegante como el contorno de su cabeza calva, vislumbrada por primera vez desde que hace dos horas escasas, al poco de llegar a Madrid, antes incluso de buscar dónde pasar la noche, entró en una barbería de barrio para que le raparan su abundante y siempre impecable cabellera, única y burda operación de camuflaje personal que su imaginación fue capaz de planear. Encogido en el sillón giratorio y ajeno a la trivial conversación del peluquero, con los ojos clavados sobre la bolsa del dinero de la que bajo ningún concepto se separa encajada entre los pies, y ceñida a la cintura el arma que ni siquiera sabe amartillar, intentaba decidir cuál debía ser su siguiente paso cuando la realidad, inopinadamente, había lanzado la primera ofensiva surgiendo como una revelación traidora desde su propio cerebro:

Vera está muerta. No desaparecida, ni perdida, ni huida. Muerta.

Hasta este instante su mente había bloqueado la información que ahora le parece tan fatídicamente obvia. La implicación de Vera en el breve tiroteo había pasado por distintas fases dentro de su cabeza: primera, la convicción irracional de que los muertos habían sido otros, de que los muertos *tenían* que haber sido otros; luego la duda, una ansiedad intensa, muscularmente fatigosa, ramificándose dentro de él a medida que pasaban las horas sin noticias. *¿Y si la han herido? ¿Y si se está desangrando en algún descampado?* Incertidumbre sólida y racional, progresivamente verosímil desde el instante en que el pánico le forzó a huir de Padrós sin mirar atrás. Y por último, esta brutal comprensión sin retorno en el sillón giratorio mientras el peluquero rasuraba con la maquinilla su nuca desnuda, como el verdugo que prepara al condenado para la silla eléctrica... *Está muerta...* Hasta este momento, se había defendido contra esa revelación a sablazos de pura cabezonería: *algo le impide llamar, pero tiene que estar viva. Antes o después llamará, pero tiene que estar viva.* El miedo a la verdad avalaba las mentiras. Al salir de la barbería a toda prisa, sin recoger el cambio y tropezando con el siguiente cliente, le sorprendió en la calle el alivio mínimo, puramente físico, del aura de frescor que parecía masajearle la cabeza, liberada de repente del sudor pegajoso de los últimos días, y aferrado al vestigio húmedo del agua de colonia como si constituyera un presagio venturoso, pudo pensar con un poco de calma.

Los treinta y tantos euros sueltos que llevaba en el bolsillo, los últimos legítimamente suyos, fueron los que decidieron el hotel en que se hospedó. Se resistía a abrir en público la bolsa, y al iniciar la huida no había tenido la previsión de coger dinero en efectivo. Temía a esa masa de billetes, a todos y cada uno de ellos, como si pudieran hablar y delatarle. Todos podían traerle la muerte lenta. Todos y cada uno de ellos. *Llevo conmigo seis millones de traidores.* Tras preguntar en distintas pensiones, eligió la única que podía pagar por adelantado con el billete de veinte, el billete de diez y las monedas sueltas, y en la recepción, el gesto mínimo de mostrar su carné de identidad, tantas veces realizado en su ahora casi extinta vida anterior, desencadenó un terremoto interior. *No puedo usar mi nombre auténtico.* Ahí, en ese instante, resolvió que nunca más lo volvería a hacer. Y por ello, cuando entró en la humilde habitación y echó el pestillo, y probó a trabar la puerta encajando una silla inclinada bajo la cerradura, y la volvió a quitar sintiéndose ridículo por haberla colocado allí o tal vez porque el gesto contenía una aceptación física, real, de que lo estaban persiguiendo, y cuando se desnudó y entró en la ducha tras depositar la bolsa con el dinero junto a la bañera y bien a la vista, y puso sobre el lavabo, lo más cerca posible de su mano, el arma que ignoraba cómo utilizar caso de tener que hacerlo, y se abandonó por un instante al placer del agua caliente, dedicó el primer pensamiento a buscar el nombre nuevo que había de adoptar cuanto antes. El cuerpo comienza en el nombre. *Es lo primero que tenemos tras nacer, fuera del cuerpo desnudo cubierto de sangre.* Y por ello había dedicado las horas siguientes a buscar un nombre nuevo para él, para ese fugitivo que nacía adulto en el baño de una pensión de Madrid. Cada poco, la tarea en apariencia sencilla adquiría una dimensión descomunal, que lo derrumbaba. ¿Era todo este desorden verdad?, se preguntaba cada poco. ¿En serio él, un hombre que hasta sólo dos semanas antes se hallaba deprimido por el monótono fracaso de su vida, estaba efectivamente empeñado en buscar un nombre nuevo para burlar a los hombres del serrucho y el alfiler? Fue entonces, mientras miraba por la ventana hacia la calle, hipnotizado por el neón verde de letras muertas, cuando lo había sorprendido, repentino y feroz, el pitido del móvil.

Ante su latido mudo de parpadeos rojos sigue ahora ensimismado, paralizado, aterrorizado. *Tienen mi número. Vera se lo dio. ¿Cómo la habrán obligado?* Esa opción implica que ella lo ha traicionado, pero también que sigue viva. *¿Y si es ella?* Extiende la mano hacia el móvil. *¿Y si son ellos? Tal vez sea una llamada del banco, o de publicidad, alguna nimiedad semejante... Pero ¿y si son ellos?*

Vuelve a parar la mano en el aire, y cuando cae en la cuenta de que ha realizado por tercera vez el gesto, comprende también que la única manera de no desquiciarse es escuchar el mensaje. Se vuelve a ver a sí mismo en el espejo, un hombre calvo que pulsa la tecla del buzón y se lleva ansiosamente el aparato al oído. Debe hacer un esfuerzo para que los latidos del corazón no se impongan sobre la voz metálica de mujer que anuncia con amabilidad excesiva el mensaje nuevo. La pausa, eterna, forma en su mente un interrogante absurdo que no llega a formular, aunque tampoco sea capaz de dejar de pensarlo: *¿Estás ahí? ¿Podrías ser tú?* En el silencio sucio que anuncia el comienzo del mensaje flota por un momento el rumor casi inaudible de lo que podría ser una garganta absorbiendo aire. *Estás ahí…* La respiración del otro lado de la línea crece, abarca espacio sonoro como si buscara valor para decidirse a hablar, y por fin suena la voz. Pertenece a un hombre. Humberto, deduce en el acto. *¿Quién si no?* Sebastián traga saliva al imaginarlo jugueteando con un alfiler en la mano, mientras, hace apenas unos segundos, grababa el mensaje que él escucha ahora.

—Sebastián Díaz —comienza pausadamente, pero su parsimonia tiene cuchillas entre las sílabas. Así que ésta es la voz de Humberto—. De Padrós se llevó usted algo que no le pertenece. Sería conveniente que lo devolviera. Llamaré hasta que me atienda. Le conviene hacerlo. Porque también… También quiero que hablemos de Vera.

Y al pronunciar ese nombre la voz del verdugo se ha vuelto insegura, casi rota, humana. *¿Amorosa… a punto de echarse a llorar?* En la primera mitad de una décima de segundo, el inconsciente de Sebastián vislumbra una idea que su razón, en la segunda mitad del mismo segundo, emborrona y arroja al olvido: la posibilidad de que Humberto siga todavía enamorado de Vera, a pesar de todo. Ella había olvidado su vieja relación hacía mucho, y lo odiaba, según explicó mil veces. Pero ¿y él? ¿Quién dijo nunca que había dejado de amarla? Fin del mensaje. El silencio de la habitación, de nuevo protagonista, parece un ser vivo que repta sobre la moqueta sucia, al acecho, volviendo a dibujar en el aire la cuestión acuciante. *¿Cómo es que Humberto tiene mi móvil?* El silencio se convulsiona de repente, removido por algún sonido cotidiano de la habitación contigua, y Sebastián se apresura a empuñar el revólver. No hay amenaza definida, pero sostener con la diestra sudada el arma que no sabe manejar le otorga protección y seguridad, y poco le importa que sean falsas. *Tiene el número porque se lo dio Vera...* Del móvil que aún sostiene en la zurda, a la altura del muslo, surge otra vez el susurro metálico femenino. Sebastián se acerca el aparato al oído.

—... siete mensajes de voz guardados... —termina de informar la voz. Y cae de pronto en la cuenta de que tienen que ser los mensajes de Vera. Él no los borró en ningún momento, seducido por la tentación de atesorar esas fetichistas cápsulas, pero la posibilidad de que ahora surjan literalmente desde el más allá lo sitúa con los pies sobre el abismo. Le atrae la idea de escucharlos. *Tu voz, tu risa, un instante de paz falsa...* Para eludir el impulso, corta la comunicación a toda prisa y arroja el móvil sobre el colchón, al otro extremo de la cama. *¿Cómo pudiste darles mi número, Vera? ¿Es que te torturaron? ¿Es que estás en sus manos? ¿Viva?* La angustia, como si fuera una dolorosa estructura mecánica adherida a su esqueleto, le obliga a ponerse en pie, a dar zancadas absurdas aquí y allá, repitiéndose mientras se frota las manos que debe ordenar los pasos a seguir. Huir sigue siendo la prioridad y la única ley, y la lucidez que ha sido necesario convocar para constatarlo le regala inesperadamente ese nombre nuevo que está buscando. Porque ve justo entonces, al recalar ante la ventana en su epiléptico deambular, el neón que al otro lado de la calle anuncia un local de copas. Sus dos primeras letras están apagadas, definitivamente muertas, y las demás parpadean a intervalos agónicos, anunciando el chispazo que las arrojará sin retorno a la oscuridad. Sebastián siente una ternura histérica por esas moribundas letras de neón. También a mí me queda poco, piensa que le gustaría decirles. Y las letras le hablan, al menos las dos letras apagadas; son ellas, con su muerte eléctrica a cuestas, las que le sugieren el camuflaje mínimo, pero acaso efectivo, de cercenar la primera sílaba de su nombre.

Sebastián sin la ese y la e... Bastian.

¿Por qué no? Parece un nombre francés. *Mejor como apellido. Bastian, cuando ellos buscan a Díaz... Sí, ¿por qué no?*

Decide que Bastian está bien, que no va a darle más vueltas. Pensar más en ese asunto se le antoja traicionar a las generosas letras moribundas de neón, y adopta el nombre con irresponsabilidad casi alegre, infantil. Todavía hay zonas de su cerebro a salvo del trauma de la irreversible realidad acontecida, apacibles lagunas neuronales no anegadas por el maremoto que representa la bolsa de billetes. Bastian... Y por nombre de pila el más simple y antiguo de todos, tan masivamente utilizado que su misma vulgaridad será el más tupido camuflaje: Juan. *Sí, ¿por qué no? Juan Bastian...*

En el exterior la luz del neón se extingue de pronto en ese instante, como cortada por un hachazo seco. El dueño está cerrando ya el local, o las letras han muerto definitivamente, pero él lo entiende y acepta como un bautismo simbólico: Sebastián Díaz agarra el tirador de la persiana, la cierra de un solo golpe que suena con chasquido de tabla al partirse, y echa luego las cortinas para sentir que refuerza su aislamiento del exterior. Jadea como si se hubiera castigado con un número abusivo de flexiones y se concentra en recuperar el sosiego de los pulmones. En la oscuridad hermética, decide ingenuamente que esa respiración serena es el último acto consciente de Sebastián Díaz, y se quiere convencer de que quien percibe cómo el aire va recuperando poco a poco fluidez por los conductos de su cuerpo es ya su artificial gemelo repentino Juan Bastian, un bebé adulto sin destino ni esperanza, alumbrándose a sí mismo desde un lúgubre útero materno enmoquetado, con papel pintado en vez de humedades amorosas sobre las paredes. Bastian, un condenado a muerte de ochenta kilos al nacer, se desplaza hacia la cama sin ruido, temeroso de que el rumor de su movimiento por el cuarto pudiera ser un confidente a sueldo de sus verdugos y, como si la oscuridad absoluta le resultara refugio insuficiente, cubre completamente su cuerpo con la sábana, cierra con fuerza los ojos y de forma inconsciente adopta la postura fetal alrededor de la bolsa del dinero, que iza desde el suelo como si cualquier ser invisible al acecho pudiera robársela y dejarlo sin nada, a solas con el arma que ni siquiera sabría cómo amartillar para poner fin a la existencia prestada que en estos instantes comienza a vivir. El miedo, al asentarse en sus tripas transcurridos minutos u horas, parece remitir, y le concede valor para abrir los ojos y enfrentarse, podría decirse que por primera vez, al nuevo mundo exterior que le aguarda: tiniebla sin geografía, significativamente negra y uniforme, en cuyo centro late una luz roja con regularidad tal que él imagina un corazón humano, puede que el suyo propio, que casi al alcance de su mano pide auxilio, como un náufrago a la deriva entre las sombras de la cama. La intermitencia roja, al acostumbrarse sus ojos ansiosos a la oscuridad, se expande y parece iluminar la habitación, pero también adquiere su sentido simple y terrible: es el aviso de mensaje del móvil, que no borró antes de lanzar el teléfono sobre la cama. Y sin embargo, no es el miedo a las amenazantes palabras masculinas todavía agazapadas dentro del aparato lo que le lleva a recuperar el móvil y aproximarse la pantalla a los ojos, sino la conciencia de que ahí dentro sobrevive también, aunque sea en un tiempo pasado y muerto, aunque sea así de paupérrimamente archivada, la voz de Vera: «Vamos a probar los teléfonos nuevos», anunció ella mirando a Sebastián a los ojos apenas regresaron al caserón a mitad de la primera tarde, justo después de haber comprado los tres móviles. En el salón, Vera marcó el número de él y se llevó luego el móvil al oído, con alguna ocurrencia lasciva nítidamente señalizada en su sonrisa. Sebastián sintió en el acto la vibración en el bolsillo del pantalón, y sonrió sin hacer ademán de responder. Cuando saltó el buzón, Vera le miró a los ojos, luminosa y sucia: «¿Alguna vez has visto follar a dos teléfonos?». Y sin cortar la comunicación dejó sobre la mesa su móvil antes de comenzar a desnudarse. Sebastián, obediente y excitado, sacó su teléfono, abrió la línea, lo puso junto al otro y luego Vera y él se abrazaron... *No hace ni dos semanas de ese momento.* La rememoración de la escena de sexo, que ambos interpretaron exagerando al máximo, caricaturizando casi el despliegue sonoro de jadeos y obscenidades ante el público único de los micrófonos de los móviles, le resulta doliente bajo la sábana, y un sentimiento de repulsión le empuja a lanzar el teléfono hacia el otro lado de la cama; es un rechazo débil además de ficticio o impostado, porque sus ojos abiertos continúan hipnotizados por la intermitencia roja, anclados sin poderlo remediar en el invisible universo sonoro, ahora necrofílico, que representa, y que él, aunque se opone con todas sus fuerzas, es incapaz de negarse a escuchar. Temblorosamente, como un atemorizado *voyeur* de su felicidad muerta y enterrada, se pega el móvil al oído a tiempo de escuchar con pudor doloroso su propio orgasmo. Luego, silencio. Luego, la voz de Vera. Poderosa, salvaje, también jocosa, inofensivamente frívola, llena de luces de amor y de vida que entonces parecieron verdaderas y por lo tanto lo fueron:

Cuidado… ¡Mira que si entras en mí ya no podrás salir!

Leonor.
Gabriel.

Han pronunciado los nombres y ahora callan, agitados los pechos como los de peregrinos exhaustos ante el recodo último del camino. Encontrarse a solas era el afán máximo, la primera puerta de un universo que ambos, aunque por distintas razones, intuyen sin límites, y ahora que lo sienten cumplido se quedan paralizados, a merced por completo cada uno del siguiente gesto del otro. Se temen a sí mismos, se temen más que al ser anhelado y anhelante que tienen enfrente.

Es Leonor quien toma la iniciativa. Su mano cautelosa osa estirar los dedos hasta rozar con las yemas el pecho de Gabriel. Da un respingo: el torso masculino es de carne real, y respira, y responde a sus dedos con latidos de ritmo creciente. Ese roce simple y a la vez complejo resulta inauditamente acogedor y constituye la primera experiencia sensual verdadera de su vida. ¿Dónde está el rechazo rotundo que experimenta en cada acercamiento del hombre con quien la casaron en transacción casi comercial, hasta llegar a considerar que ese rechazo es el natural prolegómeno del doloroso sexo seco? Su cuerpo y su alma querrían agolparse en las yemas que le arden en los dedos, infiltrarse enteras dentro de ese torso y expandirse en él. Intuye Leonor que contiene ternura y fuerza, y que es un río por el que fluyen preguntas nunca enunciadas ni sospechadas antes, y aunque teme las consecuencias de esa entrega que la reclama con urgencia rabiosa, se ampara en la convicción de que los latidos que palpan sus dedos sólo pueden deberse al deseo del poeta por corresponder a su dichosa perturbación. Si en ese instante le pidiera

Gabriel que huyera con él, raptaría a su propio hijo y aceptaría en el acto. ¿Cómo podría sospechar Leonor, aun cuando fuera la amante más experimentada del mundo, que el bombeo en apariencia jubiloso de Gabriel se debe al puro terror?

Inmóvil y acobardado por sus propias razones, el poeta se imagina a sí mismo acercándose a Leonor, y en su fantasía la rodea con los brazos y comienza a contarle sin adornos ni temores la verdad sobre la maldición que, inicialmente disfrazada de amor eterno, le ha perseguido desde Cuba hasta Padrós. Es tal su prisa por exteriorizar la verdad que antepondría su relato al abrazo, al primer beso. Pero sus brazos, a pesar de esa premura, permanecen muertos a los costados, y sus labios sólo logran temblar por el deseo de pronunciar la primera sílaba, tras la que no habrá vuelta atrás. ¿Y si ella no le cree? ¿Y si lo toma por loco? El poeta mira hacia el mar que tanto teme pero sin el cual, literalmente, no puede respirar. Si la muchacha transparente que acecha en el agua ya mató a la aldeana vasca con la que osó mantener un apresurado romance de pajar, ¿con qué represalias no será capaz de castigar esta paz infinita que siente ante Leonor?

Lejanos relámpagos iluminan desde el horizonte de este atardecer la balsa apacible del mar. Al poco, un trueno es la señal para que la lluvia comience a descargar sobre los indecisos Gabriel y Leonor que, todavía tímidamente, se miden en la playa sin osar tocarse. La lluvia pronto es feroz, inmisericorde, y como una celestina incorpórea los cubre con su manto líquido, empujándolos a buscar cobijo al pie del acantilado, donde en tiempo inmemorial, y tal vez para que hoy ellos puedan aislarse del mundo sin temor, tallaron las caprichosas formas de la roca un hueco rectangular casi perfecto, con lecho de arena y techo de piedra, a salvo de las inclemencias atmosféricas y de las miradas humanas, donde resultaría natural despojarse de las ropas mojadas. Pero ellos no sabrían qué hacer con la propia desnudez ni con la del otro, y optan por la solución, también acuciante, de mirarse fijamente a los ojos, la única lumbre de que disponen para combatir la tiritona que asalta sus carnes desde los vestidos empapados. En Leonor pugna contra el pudor inculcado a lo largo de sus veintidós años de existencia la tentación de vivir, hasta apurarlo, este instante sin fin. Ha surgido en ella, previo a cualquier plan de fuga, el deseo instintivo de abrazar el cuerpo desnudo del poeta, y resulta tan desconocido y acuciante que se le agolpa en el cuello y la garganta, amenazando con ahogarla, instándola a tomar la iniciativa de quitarse las ropas si no es Gabriel quien lo hace. Él, convencido de que si la abraza despertará a la muerte que duerme en el fondo del mar, opta por parecer tan indeciso y asustado como realmente se siente, aunque en esa sinceridad encuentra a la vez valor para pegarse a Leonor en un abrazo que, lejos de querer ser posesivo o dominante, sólo demanda protección y auxilio, el simple y total amparo de los brazos femeninos. Ella, aunque desconcertada por el aplazamiento de lo sexual, le regala ese amparo sin asomo de duda, resuelta a averiguar si, como sospecha, la verdad se encuentra en las pieles desnudas que aguardan bajo los ropajes húmedos.

Poco a poco encuentran acoplamiento los ritmos de las dos respiraciones, y se estiran los cuerpos abrazados sobre la arena a pesar de los molestos vestidos. Leonor no sabe cómo quitarse o quitar al otro la primera prenda. Gabriel no se atreve a decir la primera palabra de su temida verdad. Tal vez, susurra para ganar tiempo al oído de Leonor, la cueva que han hallado es una oquedad en la roca de cuya existencia no se ha percatado el tiempo, que por ello no ha podido invadirla. Sonríe Leonor ante la idea que se le antoja tan bella como cualquier otra que pudiese pronunciar en ese momento Gabriel, y se aprieta más contra él. Es sedoso el reacomodamiento de los cuerpos, como si la arena fuese de aire y ellos flotasen a pesar del lastre de los ropajes. El sexo en cualquiera de sus formas sigue ausente, al menos por parte de Gabriel, en la intensidad de este abrazo, y piensa el poeta que se debe a ello la aparente tranquilidad de la muchacha transparente, que permanece quieta en el fondo del mar. Calla entonces la lluvia, y no relampaguea ya la línea del horizonte. Sobre esa lejanía en calma comienza a dibujarse la noche, y se apagan hasta el siguiente día los colores de la tarde. Pegado contra Leonor, percibe Gabriel el olor sagrado de la naturaleza húmeda, fundido en la atmósfera con los aromas cálidos de la mujer que late entre sus brazos. Leonor, impaciente, da el primer beso, un beso veloz y por sorpresa que se esfuerza en expandir y alargar como si sus labios y su lengua hubieran comprendido que las bocas de ambos son el único resquicio hacia la ansiada desnudez que las ropas olvidaron proteger. Ha sido sin embargo un beso inoportuno, pues ha saltado sobre los labios de Gabriel justo cuando él se disponía a decir la primera palabra, ahora otra vez aplazada. Pero es también un beso largo y cargado de respuestas mudas, un beso instructivo por el que verifican ambos que cuanto esperaban hallar en el otro existe, es real y les será donado. Un beso que los dos querrían infinito.

Y es entonces, en ese epicentro de verdad buscada y encontrada, cuando, inesperadamente, ruge el mar con un bramido de inmensidad líquida que se alza hacia el cielo como un torbellino dispuesto a arrasarlo todo y cae, desbaratado en un estallido de espuma furiosa que sólo Gabriel escucha.

Ya está aquí…

Gabriel desanuda su boca de la de Leonor, sobrecogido por el espectáculo, a pesar de todo grandioso, cuyo significado lamentablemente sólo él conoce. Se pone en pie muy despacio y sale del rectángulo de piedra donde hasta este instante no transcurría el tiempo para plantarse sobre la playa cara al mar, resignado como un cebo nacido para el sacrificio.

—¿Qué pasa? —quiere saber Leonor. Ha corrido tras él y se pregunta, alarmada, qué ha podido Gabriel creer que veía en el mar de hoy, sereno como pocas veces, para que su rostro, hasta hace un instante dichoso y en paz, se haya contraído ahora por el miedo en estado puro.

Traga saliva el poeta. Por un instante piensa en fingir desconcierto, tomar de la mano a Leonor para alejarla de la playa y del peligro como si nada hubiera pasado, seguir huyendo, otra vez huyendo, seguir huyendo como siempre de la muchacha transparente… Pero, con la magia del beso de Leonor todavía en los labios, resuelve enfrentarse a sí mismo. Ha llegado el instante de la verdad. Se vuelve hacia Leonor. Ve en ella preocupación verdadera, amoroso afán de protección hacia él.

—Si el otro día te hubieras quedado cuando hablé a las señoras —comienza muy despacio, sin quitar la vista del mar que sabe al acecho aunque se muestre de nuevo engañosamente apaciguado—, habrías escuchado la historia que les conté... Parece un cuento fantástico, un cuento de miedo... Todo el mundo cree que lo es. Pero por desgracia es cierto. En mi libro, ese que vendo al acabar la charla, explico la maldición que me persigue. Escribirla me alivió. Hablar de ella en público, aunque sea ocultando que es verdad, me hace sentir libre.

—¿Maldición? —se asusta Leonor. ¿Por qué tan fea palabra viene a enturbiar este momento? No es la palabra, sino lo que entraña: manía persecutoria, delirio, locura... Otra vez la locura... ¿Es posible que el destino haya inventado tan cruel castigo para ella? ¿La locura del hombre que podría llegar a amar?

—Ven conmigo, ha llegado el momento de que lo sepas.

Gabriel presiona levemente con los dedos la mano de ella, invitándola a seguirlo fuera de la playa. Cada poco, echa una mirada temerosa hacia el mar, cuya tranquila superficie parece somnolienta por la calidez del sol que acaba de asomar en el cielo. Leonor exige, aunque sea mediante la dulzura, esa historia de maldición que ahora tiene más derecho que nadie a conocer. Gabriel saca del zurrón un ejemplar de *Todo el amor y toda la muerte* y lo pone en sus manos. A ella el título la estremece. Convoca miedos donde había limpieza, turbulencias donde reinaba la paz. Trae oscuridad a la luz.

—Quiero que lo leas —susurra Gabriel, y le resulta inevitable lanzar otra mirada al mar—. Aquí se cuenta el precio que tiene nuestro abrazo.

Leonor inspira. Su mirada es firme, resuelta.

—No, Gabriel. Así no.

La negativa deja desarmado al poeta, que no sabe qué decir.

Leonor lo toma de la mano y tira de él de regreso a la cueva. Una vez dentro se planta ante él y comienza a quitarle las ropas aún mojadas hasta dejarlo desnudo. Gabriel se deja hacer. Sabe que la desnudez de sus cuerpos traerá represalias del mar, pero no es capaz de oponerse a las manos de Leonor. Ella se desnuda también, y otra vez tira de la mano de Gabriel, invitándolo a sentarse junto a ella sobre la arena húmeda.

—No voy a leerlo yo, Gabriel. Quiero que lo hagas tú. Quiero escucharlo de tus labios.

Escuchar es la palabra mágica, la mejor medicina que puede precisar el corazón extraviado de Gabriel, y al oírla en labios de Leonor se conmueve otra vez el poeta. No se ha equivocado con Leonor. Aquí está ante él.

Una mujer desnuda dispuesta a escucharme.

El billete de cinco euros contiene una historia de muerte, resurrección y vida nueva pero incierta, piensa el recién nacido Bastian.

Muerte y resurrección. Incertidumbre. Yo.

La camarera acaba de depositar el billete en un platito marrón, junto a unas pocas monedas que constituyen el resto del cambio. Él lo mira sin atreverse a tocarlo, como si el simple contacto del desvaído color azul del papel manoseado fuese venenoso. ¿Cuál será la biografía de este billete? ¿Qué caminos habrá recorrido hasta llegar a la caja registradora de donde lo ha extraído la camarera para llevarlo hasta él? Pudo llegar hasta la cafetería en el bolso de una mujer joven que convidaba a una amiga para contarle dónde viajará de luna de miel, una historia de felicidad mediana como hay millones; o tal vez, en clave más dramática, vino en la mano sudorosa de un alcohólico que lo utilizó para pagar el vaso de cerveza que enseguida llevó temblando hasta los labios, temeroso de no lograrlo; o pertenecía a cualquier extranjero llegado un rato antes al aeropuerto, que lo habría usado nada más bajar del taxi para pagar su primer café en tierra española y, tal vez, hacerse una foto del momento que luego remitiría a sus amigos y familiares desde el teléfono móvil. Las cajas registradoras contienen tantas historias como billetes, tantas como monedas... Él ha aportado la suya, seguramente la más inaudita de todas, y también la más intensa: además de contener la muerte y resurrección propias, certifica su vida en vilo. Hace un momento entró al bar, ruidoso y atestado de oficinistas a la hora del desayuno, pidió un café solo y apenas la camarera se lo sirvió extendió hacia ella el billete de diez euros que llevaba en la palma de la mano, dentro del bolsillo lateral de la americana, apretado con tal fuerza que cuando lo puso sobre la barra hubo de abrir y cerrar varias veces la mano para recuperar la circulación. La joven tomó el billete, y el acto sencillo e inocente, probablemente repetido en ese mismo instante millones de veces en todo el planeta, supuso para él una frontera trascendental, única e irreversible; sobre todo irreversible.

Unas cuantas horas antes, puede que a las dos y media de la madrugada, puede que a las cuatro, lo ignora porque desde días atrás su insomnio no mira el reloj, se hallaba sentado en la cama de la pensión con los codos sobre las rodillas, la cabeza entre las manos y los pies sobre la moqueta del suelo, uno a cada lado de la bolsa del dinero, cuando por fin tomó la decisión. La serpiente de silencio, inmóvil frente a él, lo acuciaba a ello... Y lo hizo así, de pronto. Un súbito chasquido luminoso le sacudió la mente con un golpe verbal.

¡Ya!

Sin pensarlo dos veces, aprovechó la estocada de la osadía, descorrió con un gesto seco y preciso la cremallera de la bolsa y permaneció expectante... Nada se movió en el interior, la bolsa no respingó, ni la vio luego agitarse por el ritmo de alguna respiración ominosa. Para asombro de su bulliciosa paranoia, era una bolsa normal: el objeto inanimado e inerte, sin demonios al acecho en el interior, que su razón llevaba insistentemente explicándole. Una y otra vez se había dicho a sí mismo que sus manos habían abierto ya la bolsa en Padrós, que estaba comprobado que ningún peligro le aguardaba en su interior, pero aun así esperó todavía un poco antes de separar los dos labios de la gran boca abierta de la bolsa, y cuando lo hizo se ayudó de un bolígrafo para no rozar la tela con los dedos. Miedos inverosímiles e ilógicos dirigían sus actos. Escrutó la oscuridad interior, acercó un poco más la cara y acabó por sentarse en el suelo, junto a la bolsa destripada, tras depositar el revólver sobre la cama, a su alcance. A los pocos segundos, el familiar hombre calvo del espejo, sentado en el suelo frente a él, y como él junto a una bolsa abierta, tomó la iniciativa. Lo vio meter resueltamente la mano izquierda en el estómago de la bolsa y palpar en su interior, primero la esquina derecha, luego la parte central... La bolsa respondió a la exploración con un gemido casi inaudible hecho de sonidos mínimos de papel contra papel, de papel sobre papel, de papel bajo papel. Una colmena de billetes de banco se desperezaba en infinitas formas rugosas al paso de los dedos del hombre del espejo. Cerró al azar el pulgar y el índice, como una pinza de precisión quirúrgica o de tragaperras que sortea chucherías, y tiró hacia arriba. La mano extrajo un único billete: los primeros diez euros de los seis millones que debía de contener la bolsa. Lo miró con curiosidad, le tuvo lástima al verlo bregado por la vida y envejecido, y mimosamente lo alisó y depositó sobre la cama, junto al revólver, adoptándolo en el acto como el primer amigo de su vida nueva. Luego, llevando su valor más allá que el del hombre del espejo, metió de golpe las dos manos y sacó un buen puñado de billetes, y luego otro, y luego otro. La mayoría eran billetes de cincuenta y de cien euros, también algunos de doscientos y de quinientos. Tras la octava incursión, resolvió atajar la tarea y volteó la bolsa, agregando de golpe todo su contenido al montículo de papel multicolor que había ido formando ante sus pies. La cascada de billetes arrastró en su caída fajos aislados como cadáveres en una riada. Ni su condición de aterrorizado condenado a muerte le impidió respingar con un remoto titubeo de euforia. *¿Existe tanto dinero? ¿Y está todo junto aquí, en mis manos?* Volvió a sacudir la bolsa, súbitamente impaciente, codicioso como nunca habría sospechado. Ahora, como si la primera oleada hubiese sido una nimiedad o una broma gastada por los dioses de la abundancia a su ingenuidad de nuevo rico, cayeron sobre el colchón de dinero fajos de billetes de doscientos y quinientos euros, todos ceñidos a la perfección, como recién comprados en una tienda de lujo. Una suerte de primitivo alarido de guerra surgió, incontrolable, de su garganta. Tuvo que pensar en Vera muerta, recordarse que él mismo sería muy pronto un cadáver torturado por Humberto para amedrentar su instintiva alegría. Pero es imposible sentir decepción, indiferencia o repudio ante seis millones de euros en efectivo. Haber reunido la resolución necesaria para enfrentarse al contenido de la bolsa fue una prueba de valor que exigió el salto a la siguiente etapa. Tocaba ahora contar su fortuna. Entonces sí miró el reloj: las tres y diez de la madrugada. Inspiró y se lanzó a la tarea. Primero, ordenar la informe masa de dinero. Tomó los fajos de billetes y los catalogó: a un lado los de quinientos y a otro los de doscientos, también alguno de cien. Ninguna de las tiras de papel que los ceñían mostraba el logotipo del Banco de España. Era dinero negro, aunque perfectamente contado y atado en paquetitos de cien por minuciosos contables del hampa, en algún lugar difuso entre la casilla de salida de la legalidad de la Fábrica de Moneda y la meta última de la clandestinidad, en esta habitación de una pensión barata de Madrid. Apiló y apiló, parando a veces para secarse el sudor que la excitación ponía en su frente. En ocasiones, las columnas se venían abajo cuando la acumulación apresurada rompía el equilibrio, y se veía entonces obligado a empezar de nuevo, repartiendo en cuatro columnas menores los restos de la derrumbada torre de la riqueza. Cuando hubo alfombrado con montículos de dinero una zona del suelo, tomó papel y bolígrafo y empezó a contar con técnica de náufrago o convicto: un palito por cada fajo y una línea cruzada sobre cada línea de diez palitos. Cuando hizo la suma final salía una cifra de quinientos treinta y seis mil euros, sin contar los billetes pequeños. Sintió cómo la rabia le descolocaba las neuronas. *¿Sólo quinientos treinta mil?* Por tres veces, como un usurero novato, sumó los parciales y los totales, y por tres veces salió la misma cifra: quinientos treinta y seis mil euros, más otros treinta y tantos mil en billetes sueltos. Eran las nueve y veinte de la mañana. Llevaba seis horas contando dinero, estaba hambriento y cansado, e incluso en algunos momentos había logrado olvidar la trágica aventura que lo había llevado hasta allí. Ahora, sin embargo, presidía sus emociones una colérica impotencia. Alguien, en el camino, se había quedado más de cinco millones de euros. De pronto su vida, como una desastrosa operación de bolsa, se había derrumbado hasta menos del diez por ciento de su valor de unas horas antes. Guardó los fajos en la bolsa, la cerró y la depositó junto a la puerta, consciente de que, con decepción y todo, acababa de cruzar otra frontera: no es lo mismo llevarse un saco de dinero de la mafia sin saberlo que contar ese dinero y apropiarse de él. Tomó la americana de lino, la extendió sobre la cama y arrojó encima los numerosos billetes sueltos. Y fue entonces, al disponerse a unir las mangas con un nudo para improvisar un hatillo, cuando vio, aislado sobre la cumbre de la montaña de dinero, un papelito doblado en cuatro que se diría cuidadosamente colocado allí por el inexistente y terco azar. Sus movimientos se congelaron en el aire: parecía un mensaje. ¿De quién? Pudo escuchar cómo se detenía su respiración en el interior de los pulmones. *¿Un mensaje de Vera?* Se sentó sobre el colchón, ante los billetes cuyo valor había dejado de pronto de importarle. Tras algunos largos minutos contemplando inmóvil el papelito, no halló valor para leerlo en la soledad de su reclusión, y optó por tomarlo con cuidado extremo, no fueran a volatilizarse las palabras que contenía al sentir la sacudida, para depositarlo en el bolsillo superior izquierdo de la camisa. Ocultó en el armario la americana rellena de dinero, recuperó de su soledad sobre la cama el billete amigo de diez euros, lo apretó en la mano, tomó la bolsa con el grueso del botín y salió, despreocupado por la millonaria calderilla que había dejado al alcance de la señora de la limpieza. El papelito latía junto a su corazón. Caminó hasta el primer bar cercano sin dejar de apretar en la palma de la mano el billete de diez euros, hasta que pagó con él el desayuno a la camarera y pudo liberarse de la presión. Ante el platito marrón con las monedas del cambio, supo que había dejado atrás otra frontera. *Tampoco es lo mismo apropiarse del dinero de la mafia que comenzar a gastarlo.*

La bolsa a sus pies contiene una cantidad por fin precisa, esos quinientos treinta y seis mil euros que en los últimos días se han convertido en un apósito casi físico de su cuerpo, pues teme aún más perder la bolsa que ser sorprendido por sus perseguidores con ella encima. Debe ponerla a salvo y soltar a la vez el lastre que supone para su efectividad de movimiento, y debe hacerlo aprisa, pues ha resuelto que no leerá el mensaje de Vera hasta hallarse en un lugar donde se sienta mínimamente seguro. Pero ¿dónde guarda un fugitivo tan enorme cifra de dinero sucio en efectivo? Pide otro café y se sienta a la mesita del fondo, la más discreta del local. Toma del servilletero una hoja de papel y comienza a garabatear sobre ella: líneas hacia arriba, líneas hacia abajo y ningún plan en la primera servilleta; círculos, rectángulos, trapecios y ningún plan en la segunda; triángulos y borrones, y ningún plan en la tercera. Las primeras soluciones que se le ocurren son las obvias para las personas que viven dentro de la legalidad, pero él ya no se encuentra entre ellas, no exactamente, y por ello descarta abrir una cuenta corriente o contratar una caja de seguridad, o varias, en distintos puntos de la ciudad. Tanto dinero despertaría el recelo de los empleados del banco en el primer caso, y la propia ubicación de las sucursales donde se hallasen las cajas le supondrían, en la práctica, una movilidad menor que llevar la bolsa encima. Sin contar con que formalizar cualquiera de esas dos opciones requiere la presentación de un documento de identidad. Sólo tiene su carné de identidad a nombre de Sebastián Díaz Moyano, y la constatación de este hecho le muestra su desolación desde un ángulo nuevo e inesperado. Pero por otro lado, está el acicate del papelito en su bolsillo. ¿Y si es alguna clave, y si Vera le dice en él que lo espera en un lugar concreto? El ansia de saber choca frontalmente contra sus miedos. El mensaje podría ser también un regodeo burlón de sus perseguidores; ¿cómo puede saber que no le han seguido, que no son, sin ir más lejos, esos tres hombres que charlan animadamente en la calle? Sea como sea, el vértigo de la ansiedad se convierte en una brújula que estimula su determinación y guía sus pasos.

Paga el segundo café con las mismas monedas que le entregaron antes en el cambio y sale al exterior, caminando a buen paso hasta la calle Serrano. El trío de supuestos sicarios ni siquiera le ha dedicado una mirada. El trayecto a pie, treinta o cuarenta minutos bajo el incipiente sol matinal del verano madrileño, se transforma en calor pegajoso y sudor sobre la piel, en olor corporal repentinamente intenso, revelador de los días que, cae de pronto en la cuenta, lleva sin lavarse, sin cambiarse de ropa, sin desnudarse para intentar dormir. No le importa, casi lo prefiere. La suciedad se convierte en otro motor; cuanto antes actúe, antes se liberará de ella y será de verdad un hombre nuevo. No puedo ser Bastian mientras lleve la ropa y el sudor de Sebastián, se dice en un juego que es absurdo y efectivo a la vez, pues le hace acelerar el paso, aumentar su temperatura y su excreción de sudor, revolucionar el motor de la suciedad nítidamente percibida por el olfato. Recorre las tiendas más caras de la calle Serrano. En la primera elige camisas, ocho o diez; en la segunda, varios pantalones y dos o tres pares de zapatos; en la siguiente, ropa interior y complementos, y en la última, elementos de aseo. Todo sin mirar las etiquetas con los precios, se ha limitado a abrir la bolsa en el probador de la primera de las tiendas, sacar tres billetes de quinientos euros, otros tantos de doscientos y algunos más de cien, diez o doce, y con ellos, siempre uno distinto ante las cajeras de cada tienda a fin de obtener con el cambio billetes limpios de las posibles marcas con que la banda mafiosa pudiese haber señalado los fajos, ha ido pagando las sucesivas cuentas. También se detiene en una farmacia y, llevado de una súbita inspiración que le parece brillante, adquiere cinco altavoces nocturnos para bebés. La displicente exhibición de liquidez es un salvoconducto, una magia, un milagro: su barba de días no es ya la de un vagabundo desaseado que huye sino, por ejemplo, la de un viajero cosmopolita que entre vuelo transatlántico y vuelo transatlántico no ha tenido tiempo de rasurarse. Con esa reluciente convicción cruza la puerta giratoria de un hotel de cinco estrellas de la Castellana, muestra el carné de identidad de Sebastián Díaz Moyano y contrata, argumentando ante la indiferente señorita de la recepción una reunión de abogados de alto nivel que está organizando; la cortina de humo puede parecer ingenua, pero a él se le antoja efectiva: cinco habitaciones contiguas y comunicadas que alquila para una semana y paga por adelantado. Sube en el ascensor a la cuarta planta portando las cinco llaves, abre la puerta de la habitación central, que flanquean otras dos de las habitaciones alquiladas a cada lado y, sin pérdida de tiempo, va abriendo las puertas interiores que las comunican todas. En cada una de ellas abre la puerta que comunica con el pasillo, coloca el cartel de «no molesten», cierra e instala luego sobre la mesa el altavoz infantil, sintiéndose infinitamente ridículo por ello. La operación le lleva una hora larga, y al concluirla y tratar de conectar en la habitación del centro, su cuartel general, los cinco receptores de los altavoces no es capaz de hacer que funcionen, lo que le provoca un ataque de irritación y le lleva a recorrer de nuevo las cuatro habitaciones recogiendo a tirones los altavoces, que arroja luego de mala manera a una esquina. Está en la misma situación de peligro que al principio, aunque es cierto que si los sicarios del serrucho y el alfiler hubiesen logrado seguirlo hasta el pasillo de la cuarta planta del hotel tendrían cinco puertas delante, y no sólo una. *Es algo, pero es más que nada.* Además, la renuncia a la estrategia de los altavoces infantiles le otorga una sensación de dignidad recuperada que le permite, una vez ha llenado la bañera de agua caliente y espumosa, sumergirse en ella con la sensación de que está avanzando; no sabe hacia dónde, pero avanzando. La bolsa del dinero está en el suelo del baño, con el revólver sobre ella, bien al alcance, y la camisa con el papelito en el bolsillo pende de uno de los colgadores de la puerta. La mira cada poco mientras se afeita cuidadosamente. Al rato, el agua y el jabón han despegado del cuerpo de Bastian la suciedad acumulada por Sebastián Díaz. Sale del agua así de ingenuamente renovado, se envuelve en el albornoz, toma el papelito y sosteniéndolo entre los dedos se sienta en el centro de la amplia cama, ansioso como el amante que esperase ver surgir de un momento a otro, envuelta en los vapores del baño, a la mujer de sus sueños. Como haría también ese hombre figurado, aunque por razones distintas, se quita el albornoz. Siente que es su deber emocional leer desnudo el mensaje de Vera.

El papelito está doblado en cuatro. Lo desdobla una vez, lo desdobla otra, lo mira.

Once palabras en letras mayúsculas con tinta roja:

TODO ES NADA, TODO ES A LO SUMO TIEMPO QUE FLUYE.

La tinta de algunas letras aparece emborronada por zonas, como si nada más haber sido escritas una lengua húmeda las hubiese lamido para desdibujarlas.

Y al pie, la firma.

Vera.

Una bruma de silencio frío se expande por la habitación, vaciando la mente de Bastian. Herido por el recuerdo, abate la espalda muy despacio hacia atrás, hasta estirar su cuerpo derrengado y sin aliento sobre la cama. *No hace ni… ¿Cuánto? ¿Quince días? ¿Veinte?* Tal vez ni eso. Estaba desnudo como ahora sobre su cama del caserón, esa con dosel en la que nunca volverá a dormir. Las manos de Vera escribían la frase sobre un rectángulo de papel, utilizando a modo de escritorio agitado por la respiración el vientre de Sebastián, justo encima del vello púbico. Como una caricatura premeditadamente provocativa de niña traviesa, mostraba fruncidos los ojos y dejaba que asomase la punta de la lengua por la comisura izquierda de los labios mientras dibujaba las letras. Podría representar la imagen misma de la inocencia, pensó Sebastián, si estuviese sentada a la mesa del salón, con uniforme de colegiala y un vaso de leche y galletas a su lado, junto a los deberes colegiales; pero desnuda a cuatro patas sobre las sábanas sudadas parecía la felicidad en su forma más simple y a la vez compleja: la mujer amada desnuda con apacible impudor, plena de perversidad tierna y limpia. Nada más. Nada menos. Habían descubierto la frase sobre el fluir del tiempo un rato antes, por casualidad, durante uno de los paseos de exploración que entre escena sexual y escena sexual se obstinaba ella en dar por lugares recónditos del caserón, en este caso uno de los dormitorios de la primera planta, clausurados décadas atrás. Curioseándolo todo y haciendo preguntas sobre cada detalle de la casa, de sus antiguos ocupantes, de las estancias cerradas, Vera se había empeñado en abrir un armario cerrado con llave que, según echó cuentas Sebastián, llevaba allí desde siempre, sin que ni él ni sus padres antes hubieran intentado mirar en su interior. Ese armario, junto a otros muebles viejos, se había pasado años esperando a que alguien se decidiera a llamar al anticuario del pueblo, pero por una cosa u otra nunca llegó a hacerse. Vera, igual que había explorado las estancias cerradas una por una, sin olvidar ninguna, se encaprichó en ese momento de mirar dentro del armario y él, vanidosamente henchido en su papel de amante desprendido y gran señor del castillo, no puso obstáculos a la idea de hacer saltar la cerradura, y como si fuera un juego de cazadores de fantasmas la reventaron entre los dos. El armario sólo contenía cofres de madera, cinco o seis de distintos tamaños, todos abiertos excepto uno, el más pequeño, de roble con adornos de cuero repujado, al que también había alguien echado la llave, quién sabe cuántas décadas atrás, y que por supuesto no dudaron un instante en forzar. Contenía un papel que ella tomó entre los dedos y se llevó ante los ojos. Sebastián observó con curiosidad y extrañeza el ensimismamiento, acaso un punto lúgubre, que asomó al rostro de Vera cuando leyó el texto. «Parece una sentencia de muerte», dijo tan repentinamente seria, demudada, que él le quitó el papel de las mano y leyó en un susurro... «Todo es nada, todo es a lo sumo tiempo que fluye»... La piel de Vera se estremecía aún por el escalofrío y él la estrechó entre sus brazos, consolándola con la narración de historias más o menos exageradas en ese momento sobre los amantes malditos que habían habitado en el caserón. «Seguro que follaban aquí mismo mucho antes de que mi familia comprase la casa», había relatado en tono dicharachero a pesar de que sabía bien, y por eso prefirió ocultarlo, que los dueños anteriores, el matrimonio de Tomás Montaña y su esposa Leonor habían conocido la tragedia, el asesinato de su bebé y la posterior locura de la mujer. «Podíamos convocar a sus fantasmas y hacer con ellos intercambio de parejas», bromeó Vera, plenamente recuperada de repente para la alegría. «Así que es una sentencia de amor, ¿eh? No de muerte... Espera, voy a hacerte un regalo». Y minutos después se encontraba copiando la frase en un papel apoyado sobre el vientre desnudo de Bastian, que la miraba con embeleso, demasiado enamorado para preguntarse por qué una mujer como ella había elegido a un hombre tan mediocre y apagado como él. Pero no quería saber la respuesta, nunca quiso, sólo le interesó disfrutar de la posible mentira que parecía tan inmensa verdad. Vera, que juguetonamente fingía teatral concentración en la escritura de la frase letra a letra y se detenía unos instantes en la contemplación de cada una de ellas, tomó con suavidad, casi indiferencia, el pene al alcance de su mano izquierda y se lo llevó a la boca sin apartar la vista del papel, evocando todavía la imagen de la colegiala que se aplica con el lápiz. Fue esa idea de la felación displicente, ejecutada sin prisa ni glotonería, como mero recurso para hallar mayor concentración ante el papel, la que provocó en Sebastián una erección férrea y peculiar, presidida por la morbosa sensación de que Vera despreciaba a su miembro. Se lo sacaba cada poco de la boca y lo masajeaba con la mano sin prisa ni pasión, antes de pararse de golpe para escribir, llevada de una repentina inspiración, otra letra más y retomar entonces la fría masturbación del pene que enseguida volvía a llevarse a la boca. La extrañeza de sentirse ausente en su propia erección era ajeno a ella, le provocó una excitación de violencia inexplicable, primitiva, y culminó en la eyaculación más desconcertante de toda su vida, rara, como una expulsión de semen acontecida en la lejanía de su ser. Sintió que la dejaba transcurrir sin disfrutarla, en silencio, demasiado absorto en la actuación de Vera, cuya mano aceleró la fricción casi con desdén, sin apartar la vista del papel ni mostrar reacción alguna, ni instintiva ni meditada, a los golpes de semen que le cayeron sobre los labios y la mejilla antes de que se le aflojase el miembro en la misma mano. La limpió sobre el muslo de Sebastián y luego, al fin, alzó la vista hacia él y sonrió, tal vez por constatar su expresión de entrega estupefacta. Tomó el papel donde había escrito la frase y lo usó como servilleta para limpiarse los labios y la mejilla, como una jovencita pulcra y bien educada. «No se refiere al tiempo, Sebastián. Ya lo he entendido», dijo entonces misteriosamente. Y con una expresión obscena que habría sonrojado a los demonios que inventaron la lujuria se encaramó hasta su cuello y se recostó a su lado, caricatura repentina de mujer saciada que reposa su cuerpo extenuado de placer junto al del sabio amante incansable. «Se refiere al semen». Dobló el papelito embadurnado en cuatro y lo puso sobre el pecho masculino. Luego susurró: «Todo es nada, todo es a lo sumo semen que fluye». Bastian, al rememorarlo con el recuperado papelito sobre el pecho, siente que la inexistencia de Vera, la ausencia de su cuerpo junto a él, es lo que verdaderamente llena la habitación, y se expande bajo las otras puertas como una niebla invisible y malsana, hasta ocupar por completo su patético fortín de cinco habitaciones de lujo que, en repentina inspiración pesimista, le parecen ahora no el enigma de cinco puertas que podría hacerle ganar tiempo ante sus asesinos, sino un agujero sin salida al que se puede acceder por cinco puntos distintos, en vez de por uno sólo, que a cambio sería más fácil de vigilar. No quiere vivir así ni un minuto más, se está diciendo cuando en ese instante suena de nuevo el móvil. Pero esta vez, enardecido por su resolución, lo descuelga en el acto. Desea que sean sus perseguidores. Sabe que lo son.

—Sí —se limita a decir al descolgar. Es un «sí» sin signo de interrogación ni puntos suspensivos. Un sí seco, sólido, arrogante. La respiración del otro lado capta el reto monosilábico y lo encaja con una pausa que lo mismo puede parecer calculadora, colérica o hasta conciliadora. Tal vez Humberto, al otro lado del teléfono, esté dispuesto a perdonarle la vida a cambio del dinero.

—Sigues teniendo algo que no te pertenece —se le oye decir con frialdad sin fisuras.

—Sí —se copia Bastian a sí mismo.

—Y sigues deseando hablar de Vera.

—Sí —intenta repetirse él, pero esta vez la sílaba ha temblado en un estremecimiento invisible e intangible, pero no inaudible: Humberto lo ha oído, y en el acto adquiere su voz un tono de victoria.

—¿No crees que deberíamos hablar de ello en persona? Podemos citarnos donde tú digas. Ya imagino que no me vas a dar la dirección de tu casa, así que elige un lugar público, con varias entradas y salidas, un lugar donde te sientas seguro.

Bastian siente cómo dentro de él la duda lucha y se desgarra contra sí mismo dentro: el miedo contra el afán de saber de Vera.

—De acuerdo —resuelve por fin—. En la rotonda del hotel Palace, en Cibeles. ¿Te parece en dos horas?

—Demasiado pronto para mí. Antes debo resolver cierto asunto. Pero el sitio me parece bien. El viernes a las doce en la rotonda del hotel Palace —y cuelga sin darle tiempo a replicar.

El viernes es tres días después. La demora puede esconder una estrategia para que el pánico lo ablande, o un truco para que piense que durante esa tregua se halla a salvo... En cualquier caso, el inminente encuentro con sus tres días de aplazamiento es un regalo que le acaba de hacer el enemigo, por supuesto sin imaginarlo. La conversación le hace reaccionar. Instintivamente pone en marcha una cuenta atrás de tres días. Setenta y dos horas es el tiempo del que ahora dispone para fortificar su futuro. Y no duda. Por primera vez en todo ese tiempo, no duda. Sus movimientos, por su precisión repentina, parecen una coreografía meticulosamente ensayada: salta de la cama, se viste con las ropas recién compradas poniendo buen cuidado en que su cuerpo no roce ninguna de las prendas de Sebastián, que guarda en la misma bolsa de la tienda de firma donde ha agrupado los altavoces infantiles, recoge todo rastro de sí, ¿de él, del otro?, y antes de abandonar la habitación sólo detiene su frenética actividad ante el papelito desdoblado sobre la cama sin deshacer, apenas hollada como si en ella hubiera agonizado un cuerpo etéreo o se hubiesen abrazado amantes espectrales, y duda un instante, hasta que su recién estrenada determinación le recomienda meter otra vez el papelito doblado en el bolsillo superior de la camisa sudada de Sebastián antes de introducir ésta en la bolsa de basura. Así lo hace. Sale a la calle tras devolver en recepción las cinco llaves mascullando alguna excusa sin que, de nuevo, sea en absoluto necesario hacerlo y, tras recorrer unas cuantas manzanas, arroja al primer contenedor que se cruza en su camino la bolsa con los restos de Sebastián Díaz. También el papelito. Libre de su propio cadáver, continúa su camino impulsado por el repentino envalentonamiento que de ninguna manera quiere dejar pasar porque, ciertamente, lo está iluminando con ideas que podrían funcionar.

De su anterior época en la ciudad, alguien a quien conocía de oídas a través de alguien que a su vez conocía a ese alguien de oídas, alquilaba apartamentos por semanas sin hacer demasiadas preguntas, ¿cómo no lo ha recordado antes? Localiza su número haciendo un par de llamadas previas, habla con él presentándose como Juan Bastian, alguien que lo llama de parte de un conocido común y, forzándose a olvidar las paranoias y en consecuencia más seguro de sí, es capaz de explicarle el tipo de apartamento que busca. En el acto se citan en una dirección del barrio de San Blas, él ansioso por tener casa y el otro ansioso, así le ha parecido a Bastian, por coger en mano dinero fresco. No se equivoca. Cuando, ya en el apartamento, se estrechan las manos y el otro le pide algún documento de identidad, Bastian saca a la luz, como si fuera un movimiento casual, tres mil euros en efectivo a la vez que explica que le han robado el carné, que ya ha gestionado la tramitación de uno nuevo, que entendiendo la irregularidad que ello supone se ofrece a pagar cuatro meses por adelantado en efectivo, sin recibo a cambio... El otro ni siquiera le deja acabar. Se guarda el dinero con un gesto tranquilizador y casi lo abraza antes de marcharse, encantado de su inesperado golpe de suerte. Bastian, una vez a solas, se sienta con la espalda rígida en el sofá barato del salón, empeñado en oír en el silencio los sonidos de su nueva vida.

Entonces le paraliza un terror repentino y nuevo. Le lleva unos segundos localizarlo y definirlo, y cuando lo logra salta literalmente del sofá, sale a la calle, se sube al primer taxi y le da la dirección del lujoso hotel de la Castellana. Al llegar a destino, paga al conductor sin esperar el cambio, desprecia la cortés reverencia con que el portero del hotel se apresura a abrirle la puerta y corre por las calles hasta reconocer, a la tercera intentona, la esquina donde se halla el contenedor. Con ansiedad de toxicómano en abstinencia se pone a rebuscar entre la basura y da un respingo de alivio cuando localiza la bolsa que horas antes arrojó allí. Busca hasta encontrar la camisa y, con ella ya en las manos, se sienta sobre el bordillo de la acera, tranquilizando la agitada respiración, por completo indiferente a las miradas curiosas o reprobatorias de los transeúntes. Sí, ahí sigue, en el bolsillo superior... Lo mira largamente, sin alegría, resignado al vínculo irrompible con el trozo de papel. *¿Por qué he vuelto a recuperarte?* Sin vislumbrar posibles respuestas, pero satisfecho, guarda el papelito en el interior de su flamante billetera con el gesto, no puede saberse si agotado o impaciente, del borracho que tras días sin beber siente aproximarse la hora de la recaída. La historia de amor, aparentemente todopoderosa, por la que él apostó que llegaría a ser feliz se metamorfosea en ese justo instante, transformándose en la calavera de su desvanecida ilusión. Así se ve, así se siente, así es: él, u otro que no logra dejar de ser él, atesorando con patológica determinación el resto último y único del naufragio, el papel manchado con su propio semen muerto donde la mujer soñada copió un puñado de palabras robadas a otro tiempo, acaso a otra historia de amor, once palabras falsas a las que él concede en ese momento rango de legado sincero, once palabras que ahí, sentado en la acera junto al contenedor de basura, resuelve portar consigo como si fueran el carné de identidad del alma de Juan Bastian, la memoria del extinto Sebastián, el corazón de la a pesar de todo amada y deseada Vera. El papel le conforta como el primer trago a los tejidos alcoholizados y alimenta además su obsesión, en la que se recrea para sentir renovado alivio irreal. Desde ese momento, el papel va con él. Siempre. También cuando, cumplido el plazo de setenta y dos horas, cruza la puerta del hotel Palace y, antes de adentrarse en la rotonda, finge interesarse por los escaparates de las tiendas de marca del vestíbulo y lanza desde allí miradas de reojo para tratar de identificar a los sicarios invisibles del serrucho y el alfiler. Seguramente estarán desperdigados por el vestíbulo del hotel, mientras Humberto aguarda tomando un café muy tranquilo, sabiéndose dueño absoluto de la situación. ¿Cómo será? Siempre oyó decir de él que era un hombre de enorme atractivo, de poder seductor irresistible. *¿Sabrá que he sido amante de la mujer que fue su pareja? ¿Lo habrá enfurecido eso más aún que el robo?* Bastian está casi seguro de que podrá identificar a Humberto entre los clientes del bar. Sin embargo, la rotonda del Palace está desierta a las diez de la mañana de ese viernes, a excepción de los clientes alojados en el hotel que desayunan a esa hora y de los camareros que los atienden. Ninguno imagina que ese recién llegado de cráneo rasurado y ropa de marca que se sienta a una mesa de la rotonda, bien a la vista, es un hombre que se ha matado a sí mismo, un hombre al que además van a matar quienes con él se han citado.

—Sí, soy yo —repite la sorprendida Emilia tras sus amplias gafas de concha. Comienza a preocuparle levemente la curiosidad, un poco pasmada, con que la miran desde el otro lado del mostrador del estanco la pareja de desconocidos, sobre todo la mujer. ¿Serán policías? ¿Habrá pasado algo?

—¿Emilia... seguro? —apremia Clara, y al hacerlo percibe cómo hasta su compañero accidental de pesquisa, el ensimismado dueño del caserón, se desconcierta por esta insistencia suya—. Quiero decir... ¿No hay en Padrós otra Emilia?

—Y yo cómo voy a saberlo... —se parapeta la estanquera tras un escudo de educada sumisión ante quienes pueden representar algún tipo de autoridad. No los conoce de vista, a lo mejor son policías de Gijón o de Oviedo. O de Madrid...—. Pero, vamos, seguro que habrá alguna más, no es un nombre tan raro...

—Lo siento, es que me he expresado mal. Quería decir... —se esfuerza Clara por no incomodar a la mujer ni resultarle antipática, pero no ha podido evitar sorprenderse ante su edad y apariencia física. Por las palabras de Eloy se podía deducir que la Emilia citada en la carta era una amiga especial, tal vez su medio novia o una amante, algo así... Y ciertamente, le cuesta imaginar a su hijo, un muchacho alto, guapo, centro de atención de todas las fiestas y de las chicas de su edad que hubiera en ellas, estableciendo cualquier forma de relación íntima con esta mujer de aspecto bonachón, pequeña y regordeta, de enorme papada y mirada asustadiza, que debe pasar los setenta años—. Quería decir si sabe usted de alguna otra Emilia que atienda un estanco.

—De los tres que hay en Padrós de toda la vida, los del casco viejo, yo soy la única, eso seguro. Han abierto otro en el puerto, pero no sé si trabajará en él alguna Emilia. Y bueno, luego está mi sobrina. También se llama Emilia.

—Claro, ya entiendo. —Clara ve la luz de una explicación—. Seguramente a quien buscamos es a su sobrina. ¿Está por aquí?

—A esta hora, en el instituto. Mi sobrina estudia. Tiene trece años.

Las palabras, otra vez, se niegan a subir hasta la boca de Clara. Está claro que Eloy se refería a la Emilia estanquera, a esta Emilia que ella tiene enfrente ahora, y por eso la radiografía intentando hallar en cada una de sus características físicas o incluso en sus detalles de vestuario una clave que le permita comprender la relación con su hijo. Pero cada uno de esos datos nuevos, desde el descuidado tinte rubio de la mujer, excesivo para su edad aunque resulte entrañable, tal vez por ingenuo, hasta la chaqueta de punto gris un poco dada de sí que lleva sobre el vestido estampado, atemporal de puro antiguo, provoca un interrogante desgarrador en su alma de madre rota. Sueña hace tiempo que la muerte de Eloy es un edificio alto e inaccesible plagado de ventanas cerradas a las que ella, desde el exterior, busca y buscará durante el resto del tiempo asomarse para saber algo más de él, para verlo en la oscuridad interior aunque sepa que es imposible y cada mirada le arranque a mordiscos un poco de vida. Emilia es una de esas ventanas. La primera que tiene tan cerca, al alcance de la mano. Y su mente no es capaz de convocar los pensamientos ni las palabras para acceder a ella. Cierra los ojos buscando un instante a solas. Su horizonte desolado le chupa las fuerzas, y para no caer tiene que apoyarse en el mostrador. Bastian hace ademán de sostenerla. Sin saber qué decir, coloca la mano sobre el hombro de Clara y, a modo de única explicación o disculpa, arquea las cejas en dirección a Emilia.

Pero la estanquera deja de pronto de ser la estanquera. Incrédulo, Bastian ve surgir, crecer y solidificarse en la mirada que hasta ahora era la de una asustadiza anciana de provincias la resolución de un sentimiento poderoso e indefinible. Podría ser pena, pena sincera y bondadosa por el derrumbamiento de Clara, pero hay algo más.

Despacio, sin dejar de observar a la desconocida que pugna por contener el asomo de las lágrimas, Emilia eleva la esquina del mostrador y sale hacia ella. Bastian ve las pantorrillas gruesas y muy blancas, rematadas en las zapatillas de felpa a cuadros que cubren los pies. ¿Es posible conciliar esta estampa con el portento de intensidad de sus ojos? Emilia, para no apartar la vista de la mujer que llora en su estanco, camina de espaldas, llega hasta la puerta de la calle y la abre, eleva el brazo hacia el cierre metálico y tira hacia abajo de él con fuerza insospechada. El chirrido metálico lacera el aire y trae de golpe una oscuridad repentina, incompleta debido a la luz exterior que se cuela por la franja de medio metro entre el suelo y el cierre echado a medias. Clara abre los ojos, amparada por la penumbra. De pronto se siente remotamente a salvo, aliviada como si su dolor, hasta ahora infinito, hubiera pasado a tener límites y, por tanto, posible fin. Su mirada sabe que debe buscar la de Emilia, y lo hace. No es difícil: los ojos de la estanquera son un faro en la suave tiniebla. Dan un paso una hacia la otra. Bastian se aparta, consciente de que es un intruso en este encuentro, y su papel es y debe ser el de espectador mudo.

Emilia es diminuta, y no tiene otro remedio que elevar un poco los brazos para ceñir sus manos alrededor de los hombros de Clara, que baja su rostro hacia el de esta anciana de pronto inexplicablemente necesaria en su vida. Bastian, discreto ante la intimidad casi impúdica de ese abrazo, da dos pasos hacia atrás y se pregunta si para dejarlas un poco más a solas bastará con desviar la mirada hacia los estantes repletos de cajetillas de cigarrillos. Como amantes que hubieran dispuesto de la eternidad para acomodar sus cuerpos y convertirlo en uno solo, las mujeres abrazadas se miran, sus caras y labios a punto de fundirse mucho más allá de lo físico en un beso de los corazones y de las mentes, de las almas.

—Eres la madre de Eloy... —se atreve por fin a susurrar Emilia con dulzura extrema, temerosa de que las palabras, y su sonido y significado, pudieran precipitar otra vez a Clara hacia el abismo de ausencia donde, paradójicamente, la frase que ella acaba de deslizarle en el oído es el único asidero real.

Clara intuye que es así, y aunque trata de contener su emoción ante la solidaridad inusitada de la estanquera, su llanto mudo acaba por crecer hasta liberarse. Es, súbitamente, una niña abandonada en un mundo hostil donde sólo existe el calor del abrazo de Emilia. A él se abandona, dejando que las piernas que hace un rato se niegan a sostenerla puedan doblarse por fin hacia el suelo. Cierra los ojos para ocultarse aún más del universo traidor, y por ello no ve que Emilia se agacha a la vez, acompañándola en la caída, adelantándose a ella para acogerla como un amoroso colchón de aire cuando su desmadejado cuerpo cae por fin.

—Voy a hablarte de tu hijo —musita Emilia—. Y también voy a entregarte su libro.

—¿Su... libro? —la niña en que por un instante se ha convertido Clara parece deslumbrada por el inesperado presente de la vida. Alza la cara hacia la estanquera como si quisiera escucharla también con los ojos.

—Su libro, sí... Pero ahora, llora tranquila.

A escasa distancia de la figura que componen las dos mujeres sobre el suelo del estanco, Bastian ve estupefacto cómo Clara obedece y llora con el rostro oculto contra el pecho de Emilia, momentáneamente a salvo del asedio de la tristeza y el dolor. Incapaz de apartar la vista de esa estampa, se siente de pronto sacudido por percepciones extrañas que comienzan a removerse dentro de él. ¿Los sentimientos que se extirpó a sí mismo cuatro años atrás? Todo este tiempo ha estado convencido de que su capacidad emocional quedó adherida al espíritu de Sebastián cuando se desembarazó de él. Nada había vuelto a conmoverlo. Nunca y en ninguna circunstancia, como si la vigilancia de la propia supervivencia o la obsesión por los sicarios invisibles del serrucho y el alfiler hubieran destinado toda esa energía a la crispación monolítica del miedo. Y así debió de ser como, sin fuerza que los nutriera y regenerara, se desactivaron en él mecanismos como la risa espontánea, la confianza en los demás o la ternura, la peligrosísima ternura, traicionera como una mancha de grasa sobre la curva peligrosa, que acaba de asaltarle ante la dulzura firme, militante, con que Emilia ha abrazado a Clara y ante la valentía sentimental con que Clara ha aceptado ese cobijo.

Bastian se esfuerza por respirar calladamente, por no hacer el menor ruido cuando comienza a desplazarse hacia la salida muy despacio. No quiere distraer a las mujeres. No quiere que dejen de emitir ternura, aunque le aterrorice a él atreverse a sentirla. Sus pasos le llevan hacia el aire fresco de la calle, donde espera que el ataque de los sentimientos, lejos del foco de infección amorosa, remitirá hasta disolverse, permitiéndole volver a respirar. Con todo, las mira antes de salir. La estanquera susurra en el oído de su protegida palabras inaudibles para Bastian que, sin embargo, van logrando el milagro de consolar y aliviar a Clara.

—Su libro, sí... Lo tengo ahí dentro... —le parece a Bastian que acaba de decir Emilia justo cuando él se agacha y desliza el cuerpo por el hueco del cierre metálico hacia el frío confortador de la plaza.

Permanece apoyado en la fachada, bajo el viejo cartel con la palabra «Estanco» burdamente pintada sobre él. Piensa que esta extraña estanquera, dueña al parecer de sensibilidades casi sobrenaturales, podría muy bien haber sido testigo de la entrada de Amir o Amin en esta plaza. Casi siente Bastian celos de Clara, consciente de que le gustaría tener su propio rato a solas con Emilia. *¿Podría captar mis inquietudes? ¿Podría verte, darme pistas de dónde estás?*

No hay nadie, absolutamente nadie en la plaza, excepto un mínimo vestigio humano al otro lado de la cristalera de uno de los bares: bandeja en mano, un camarero sirve al cliente que se halla sentado a una de las mesas interiores. El camarero se convierte en una silueta difusa, levemente deformada por el cristal esmerilado, cuando cruza ante el ventanal en el recorrido de ida y luego en el de regreso, y el cliente no es más que un bulto identificable sólo por el antebrazo izquierdo a la vista, que calmosamente baja hacia el vaso de vino que acaban de servirle. Fuera de esos dos candidatos a espectros nadie podría ser testigo de cómo Bastian inspira con fuerza, repeliendo aún la ofensiva de ternura que a punto ha estado de doblegarlo dentro del estanco. Casi le alivia el golpe seco que rasga el aire a su espalda. Emilia ha echado el cierre del todo, aislándolo de las amorosas vibraciones que electrifican el interior del local. Las mujeres han elegido estar a solas, no ser molestadas, y Bastian agradece ese rechazo que lo aboca de nuevo a la estable paz de sus miedos y le permite regodearse en la contemplación del lugar donde estuvo la mesa a la que se sentaron Vera y él la mañana en que comenzó a hablarle de los sucesos y personas que acabarían por arruinarle la vida... «Humberto, si se lo propone, puede parecer cualquiera de todas las cosas buenas que no es».

Le sorprende la fluidez con que surgen, precisas y casi literales desde su memoria, las frases que fueron componiendo la conversación. Tal vez aquellas palabras de Vera fueron las verdaderamente importantes, y no las frases de amor que generosa y manipuladoramente derrochó a lo largo de las ciento ochenta y siete horas. «Cualquier cosa buena que se te ocurra: un médico altruista, de esos que ayudan en África, un poeta capaz de escribir y decir cosas maravillosas, un padre bondadoso, un marido ejemplar, el premio Nobel de lo que se te ocurra. Es el seductor más seductor que ha nacido, pero también el mayor hijo de puta, un cabrón culto y simpático. Yo lo imagino desayunando cada mañana con el Diablo mientras comentan los titulares de prensa. En uno de esos ratos debieron de inventar entre los dos la tortura del alfiler. Es dueño de esa mirada que si quiere te folla, y se jacta de poseer a raudales la mayor virtud del ser humano, como él mismo la llama: la inmoralidad perfecta. Eso y su pinta de aristócrata decidieron su profesión: canalla de guante blanco», recuerda Bastian que escupió Vera sin tomar aire, inspirada por el odio y la rabia, con el cuerpo apoyado muy rígido contra el respaldo de la silla metálica y la mirada perdida sobre los trazos azarosos que la uña de su índice, esmaltada de rojo sangre, dibujaba sobre la redondez desnuda de la rodilla. Él escuchaba en silencio inquieto, pero también solidario con la mujer de la que se había enamorado, y para transmitírselo desplazó la diestra y le apretó la rodilla con ternura protectora. No eran capaces el hombre y sus manos de estar separados de esa piel y esa carne de mujer. «¿Cómo es que entraste en la vida de un personaje así?», quiso saber, y al formular la pregunta fue consciente de que estaba eludiendo la verdadera cuestión que la ansiedad de enamorado le empujaba precipitadamente hacia los labios: si era cierto o no que, pese al tono irritado, la descripción de Humberto había estado presidida por un fondo de fascinación. «Lo conocí por mi padre, que era aparejador y trabajó algunas veces para Humberto, en sus negocios inmobiliarios. Empecé a trabajar para él, de esto hace ya diez años. En mala hora». Asomó en los labios de Vera el soplo de una sonrisa plena, de cariñosos recuerdos limpios, al referirse a su padre. «Era el colmo de la honradez, mi pobre padre. Así le fue. Murió ya. El pilar que me sostenía, mi referencia. Al perderlo me metí en negocios feos, errores que se cometen y se pagan. El dinero fácil tienta, sobre todo si no lo tienes. Parecían simples operaciones de compraventa de casas, aunque a nivel muy alto. Tardé bastante en comprender que se blanqueaba dinero del narcotráfico, y cuando lo supe ya estaba implicada». Bastian recuerda cómo escuchaba Sebastián, por una parte con la lógica preocupación esmerada y sincera, pero también invadido por fascinación teñida, incluso, de cierta euforia sin duda infantil. Esa narración de hechos delictivos, al ser inconcreta y ambigua y pertenecer además a un pasado que parecía superado, había adquirido un tono casi inocente. Pero, de paso, confería a la mujer que lo tenía deslumbrado un aura romántica, de frontera con la aventura extrema, que le permitía a él dejarse llevar, sin riesgos reales, por la fantasía de estar viviendo un salvaje idilio con una transgresora de los límites de la sociedad. Asomado al abismo del crimen sin peligro de caer en él, el deseo puramente sexual bullía como agua al fuego. Su mano renunció al cariño protector con que acariciaba la rodilla femenina y descendió con ansiedad por la pantorrilla de carne dorada y prieta, hasta ceñir el tobillo y desde ahí deslizar los dedos hacia el pie desnudo mientras su mirada expresaba el interés de saber más, de seguir sabiendo para poder alimentar la trepidante aventura de la imaginación sin dar nada a cambio. Vera, intuyéndolo así aunque él no lo captara entonces, alzó un poco el pie, que pendió así más cerca de la mano masculina, aparentemente a su merced. Fue un gesto de aproximación física que buscó subrayar la reciprocidad del deseo, seguramente para amortiguar el probable impacto de la siguiente frase: «Me impliqué hasta el fondo. Mucho... Mucho... Entre otras cosas, porque al poco de conocer a Humberto me casé con él». En aquella décima de segundo sostuvo Vera una pausa alargada, y Bastian sabe ahora que lo hizo para observar la reacción de Sebastián. Sus ojos, le parece recordar, lograron disfrazar de sorpresa la inquietud desatada en las tripas por ese súbito protagonismo de Humberto. «El muy cabrón puso casi todos sus chanchullos a mi nombre. Por eso quiso casarse, para blindarse con una esposa. Que las cosas estén a nombre de otro no te salva de la cárcel, pero puede darte tiempo para escapar, eso debió de calcular. Cuando vi dónde me estaba metiendo, me largué. Hace dos años. Dos años de tranquilidad, pero dos años también de retorno a la miseria». Vera se estiró en la silla como si esas palabras contuviesen alguna fórmula secreta de relajación y alargó a la vez ambas piernas hasta colocarlas sobre los muslos de Sebastián. No brotaron en la mente masculina recelos ni interrogantes sobre la pasión excesiva con que esa mujer más joven se estaba entregando a él, y si hubieran surgido los habría enterrado bajo tierra. Pero incluso desde su seguridad temeraria, que hoy no dudaría en definir como suicida, quiso saber para qué había venido Vera a Padrós, y se lo preguntó. A Bastian, ahora, le irrita rememorar la facilidad con que se dejó embelesar por aquella sonrisa que exhibió ella como prólogo de la pregunta con que respondió a su pregunta. «¿Por qué he venido a Padrós o por qué he venido hasta ti? No, espera, deja que conteste a las dos», suspiró hondamente Vera durante unos segundos con la mirada clavada al otro lado de la plaza, como si allí se encontrara alguien que pudiera ayudarla, hasta que habló muy despacio, como si hubiese elegido con rigor absoluto las palabras que pronunció: «He venido para vengarme de Humberto. Hacerle pagar de una sola vez todas las putadas que me hizo. Voy a robarle un dinero que va a traer a Padrós en los próximos días. Dinero negro, mucho. Ésa es la primera respuesta. La segunda es que, aunque no estaba previsto, aunque seguramente sería mejor que no hubiese ocurrido, me he enamorado de ti». Ante esta frase, vertida por Vera con seriedad que pareció afligida de puro intensa, Sebastián sintió cómo un brutal impacto de alegría le convulsionaba el cuerpo entero. Un cañonazo de felicidad que hizo estallar en mil pedazos el fracaso de su vida previa. Incluso sabiendo la verdad como la sabe hoy, debe reconocerlo: si Sebastián hubiera sospechado entonces que todo era mentira, no le habría importado. Pero no lo sospechó. Incluso fue necesario que transcurrieran unos instantes para que bajase de las nubes y recordase que Vera también había hablado de cometer un robo. «Seis millones de euros, amor. Mil y pico de los millones antiguos. Para eso he venido a Padrós. Para eso quise alquilar el caserón, sin suponer que iba a pasar entre nosotros lo que ha pasado. Por eso conté el cuento del rodaje de la película. Todo formaba parte de mi plan. De ese plan para el que necesito tu ayuda». *Mi ayuda...* El pasado y el presente giran alrededor de esa idea que la razón y la lógica acumuladas a lo largo de su existencia gris le instaron a rechazar de forma tajante. Sin embargo, pesó más el deseo fiero y pleno que ella había traído a su vida, y dijo sí a todo.

Ha dejado de llover y Bastian avanza hacia el centro de la solitaria plaza. El olor de humedad que sube desde los adoquines mojados le conforta, como un certificado de que ha logrado regresar invicto sobre aquel obsesivo deseo que se empeñó en lanzarlo a los brazos de la muerte cuatro años atrás. Hay movimiento en el bar de los espectros aburridos tras el cristal esmerilado. El antebrazo izquierdo que parecía animado por vida propia apura el vaso de vino, deja unas monedas y se pone en pie con el resto del cuerpo oculto por la pared. Bastian identifica el objeto que la mano del antebrazo recoge de la superficie de la mesa. Es un bastón, que con su simple presencia pone rostro y nombre a su propietario. ¿Habrá estado Julián observándole durante todo el tiempo que él ha dedicado a rememorar? *¿Debo inquietarme?* Un jubilado difícilmente puede resultar amenazador, pero éste fue policía; municipal, pero policía. *Me reconoció apenas llegué a Padrós ayer, seguramente en el mismo bar Pedrín. ¿Y qué? Reconoció a un viejo vecino del pueblo donde siempre ha vivido.*

Julián sale del bar mirándole directamente a los ojos. Sin dudarlo comienza a caminar hacia él muy despacio, para exhibir seguridad y ponerlo nervioso o, tal vez, a causa de la cojera, que impone a sus pasos un insoslayable ritmo de parsimonia. Bastian podría escapar, hacerlo incluso sin evidenciar que se trata de una huida, de otra etapa de la misma fuga sin fin. Bastaría con que caminase sin prisa en la dirección opuesta para poner distancia entre el tullido y él. Pero la resolución de Julián y su mirada de acero le dicen que esa huida sólo retrasaría las cosas, y decide no moverse de donde está. Bastian lanza una mirada hacia el cierre echado del estanco. Echa de menos la protección de las mujeres, seres reales y dolientes, pero ajenos a su obsesivo drama.

Julián tarda casi un minuto en llegar y pararse frente a él, cara a cara. La barba de dos o tres días, descuidada por simple dejadez de viejo desgajado del mundo, es el primer signo de vida que se observa en el rostro pétreo, grisáceo y apagado como si llevara años sin pronunciar una palabra ni dignarse escucharla. La voz rasposa que sale de sus labios casi inmóviles, que hacen pensar a Bastian en la presencia de un ventrílocuo invisible, parece arañar el aire:

—Has tardado cuatro años en volver.

Bastian siente una inesperada corriente de terror raspándole la columna vertebral.

¡Esta voz...!

Nunca, mientras vivió en Padrós, cruzó una sola palabra con el policía. Pero ahora ha reconocido su voz. Se mantiene tenso, sin decir nada, aguardando a que el otro vuelva a hablar para verificarlo.

—¿Te tomas un vino conmigo, ahí mismo, en el bar del que acabo de salir? He cruzado la plaza para invitarte.

—¿Por alguna razón especial? —Bastian, a pesar de todo, acierta a recuperar una mínima iniciativa. No cabe duda: es la voz del teléfono móvil, la voz que en los primeros días de su fuga le llamó incesantemente, la voz que le preguntó por Vera con preocupación sincera, intensa, dolorosa, la voz con la que se citó en el hotel Palace, a donde nunca acudió nadie. Julián era su perseguidor tenaz, aquel que desapareció de pronto sin dejar rastro.

—¿Por qué? —Julián suelta una risita corta antes de iniciar el camino hacia el bar, convencido de que el otro va a ir tras él—. Porque en esta misma plaza mataste gente y yo fui testigo de ello. Por eso.

La estrategia funciona. Bastian lo sigue resueltamente.

El miedo no importa. Ha llegado el momento de desnudar a la verdad.

¿Les surgen imprevistos a los asesinos a sueldo? ¿Son impuntuales los torturadores?

Bastian se impaciencia ante su cuarto café en el hotel Palace. No, se responde a sí mismo. Hay demasiado dinero en juego.

Pero ¿y si se hubieran matado entre ellos?

Esa esperanza ha ido cobrando verosimilitud a medida que los minutos goteaban uno tras otro sin rastro de los verdugos.

Se habrán matado entre ellos, podría ser... Ya empezaron en Padrós, al fin y al cabo.

A pesar de haber transcurrido por entero en el marco del horario diurno, con el sol abrasando las calles de Madrid en el exterior del hotel, las horas consumidas esperando a Humberto han conformado para él una suerte de exclusiva noche imaginaria, con su crepúsculo angustioso, su travesía en silencio a lo largo de las solitarias horas de oscuridad y, por último, su alba vivificadora gracias a la súbita convicción.

¡Se han matado entre ellos, seguro! ¡Estoy a salvo!

Y en ese instante, envalentonado por la súbita sensación de libertad, resuelve tomar la iniciativa. En pie de un salto, cruza el amplio vestíbulo del hotel hasta la puerta giratoria y sale a la calle. Le golpea el retorno a la realidad encarnado en el bochorno de las siete de la tarde. El grato frescor del interior era ficticio como su repentina euforia. Parado en la esquina, entre turistas afables que entran y salen del hotel, se pregunta cuántas personas en la ciudad querrían cambiar su identidad, desgajarse del pasado, desaparecer y reaparecer en otro lugar. Bastantes, más de los que crees, se figura que le responde Madrid, aunque lo que realmente abunda es la gente a la que le disgusta su vida pero no puede hacer nada para cambiarla. En ese sentido, le susurra la ciudad, eres un privilegiado, aunque te acosen tipos con un serrucho y un alfiler. Calle arriba, hacia la Puerta del Sol, se cruza con los leones de hierro que vigilan la fachada del Congreso. Una placa explica que fueron fundidos con metal de cañones arrebatados al enemigo. Así que han sido sucesivamente mineral bajo la tierra, y hierro, y cañones, y luego otra vez hierro al que se dio forma de leones; pero lo que nunca han sido estos que todo el mundo llama «los leones del congreso» es, precisamente, leones. Toda impostura es posible. Cualquier resurrección puede abordarse, siempre que sea una resurrección falsa: la muerte no puede maquillarse de vida, ahí está el límite.

Decide que el kilómetro cero de la Puerta del Sol ha de ser también el kilómetro cero de Juan Bastian, su cara a cara con el miedo. Y, aún cargando a la espalda el lastre de la ausencia de Vera, logra poner su inteligencia en movimiento. El primer afán es borrar de la mente a los sicarios de Humberto, extirpar las imágenes aterradoras de los serruchos y, sobre todo, del alfiler. *No me buscan. No me acechan. No me esperan. Ya no.*

Toma un taxi que lo lleva de regreso al piso de San Blas. Ocasionalmente, le sacuden durante el trayecto temores nuevos: Humberto lo ha retenido como a un imbécil en el Palace para entrar con impunidad en el piso y recuperar el dinero, y ahora lo estará esperando cómodamente instalado en el salón. También teme que en la portería pueda hallarse aguardando la policía, hasta ahora no convocada entre sus fantasmas, con una simple y terrible orden de detención como sospechoso del tiroteo de Padrós, de la muerte de Amir o Amin, del robo del dinero y de quién sabe cuántas cosas más... Ser acusado de la muerte de Vera sería el peor de los castigos, y prefiere no detenerse a analizar esa posibilidad no menos plausible que las otras. Acobardado por sus fantasías, pide al taxista que lo deje en el cruce próximo a su nueva casa, y desde allí camina cauteloso y rígido como un absurdo aprendiz de guerrillero urbano, hasta que se encuentra frente al portal y comprende que sus opciones son permanecer allí indefinidamente o entrar.

Sube por las estrechas escaleras que, caso de una celada, se le antojan más seguras que el ascensor, y ante la puerta de madera del piso consume casi una hora entera, dubitativa y tensa, antes de decidirse a meter la llave en la cerradura. Abre. Hay oscuridad. *Lo lógico en una emboscada.* Pero recuerda que apagó las luces antes de salir, y esa certeza, paradójicamente, incrementa la incertidumbre. Sin cerrar la puerta de la calle, acerca la mano al interruptor y enciende la bombilla del techo que ilumina el mínimo recibidor. Ve el pasillo, con su horrenda cómoda de imitación madera, la puerta entreabierta de la cocina y la de su habitación, cerrada como él la dejó pero también como pueden haberla vuelto a dejar los verdugos para que él no sospeche nada. La inmovilidad que reina en la casa, al ser absoluta y silenciosa, hace más exasperante el sonido de un partido de fútbol televisado que llega desde una de las viviendas contiguas. *Al lado hay gente, podría gritar pidiendo ayuda. ¿Y si no me oyen por el fútbol?* Grotescamente, como un actor de vodevil en una escena de alcoba, carraspea de la forma más ruidosa que puede con la idea de sorprender a los asesinos y hacerles realizar algún movimiento delator de su presencia. Cuando transcurran unos meses y la nueva identidad de Juan Bastian sea una realidad endeble pero relativamente cierta, hará un día recuento de todos los gestos ridículos que ha hecho por culpa del miedo a Humberto, y esta engolada tos falsa puntuará como uno de los más humillantes para su dignidad. Dado que nadie reacciona, decide aventurarse en el pasillo a pesar de las imágenes inconcretas, transferidas desde la memoria cinéfila, de curtidos pistoleros que aguardan tras la puerta revólver en mano. Pero encuentra vacías la cocina y su habitación, y también la habitación de invitados y el baño y la sala, y cuando siente que se tranquiliza le asalta un nuevo terror y corre otra vez por el pasillo, ahora en sentido inverso, para cerrar de un golpe la puerta que dejó abierta y echar los pestillos. Atrincherado por fin, se cree a salvo y con ánimos para volver a la habitación, encaramarse sobre una silla y rescatar del altillo del armario la bolsa con el dinero. La abre, comienza a contarlo. Cuando lleva doscientos ochenta y cinco mil euros comprende que si un intruso hubiera entrado en la casa se habría llevado todo el contenido de la bolsa, y no sólo una parte. La cantidad de dinero, su volumen físico, es ciertamente el primer problema que debe sacudirse de encima. Ya le hartan la esclavitud de cargar con la bolsa para el menor desplazamiento y la opción, aún peor, de ocultarla en la casa temiendo todo el tiempo que puedan llevársela. Pero ahora tiene una idea de camuflaje que considera genial. Se le ha ocurrido en la pastelería a la que entró la víspera para comprar una botella de agua. Detrás del mostrador, una señora mayor, maternal y aristocrática, que envolvía en papel satinado una tarta de cumpleaños para otro cliente, interrumpió la tarea para sacar la botella de agua del gran refrigerador que tenía a su espalda. Ante la apacible dama sintió una paz infinita, debido a que su paranoia había decidido considerarla la primera persona de las que se cruzó desde su llegada a Madrid de apariencia suficientemente inocente para descartar su relación con los sicarios, y ese breve amago de felicidad, al que siguió aferrado mientras ella, tras atenderle, continuaba doblando mimosamente las puntas del papel de regalo, le había sugerido la idea que ahora pone en práctica en el piso.

Envuelve uno por uno los fajos de billetes enrollados en papel de aluminio bien prieto, y luego los va amontonando ordenadamente en el congelador de la nevera. Su botín adquiere así la apariencia inocente de solomillos o rodajas de merluza, a los que coloca delante, como sacos terreros de una barricada, dos cajas de polos de chocolate y una bandeja con langostinos. Apostaría su vida, y de hecho en parte lo está haciendo, a que ni el más sagaz profesional imaginaría que tras el marisco en oferta se esconde una pequeña fortuna. Aun así, y para redondear la estrategia, deja casi desperdigados dos mil y pico euros en billetes diversos bien a la vista en el cajón de la cómoda. Le parece rentable apostar esa cantidad a cambio de que cualquier posible ladrón se dé por satisfecho al encontrarla y no se arriesgue a buscar más. Sin reparar en la esencia demente de la faena que acaba de concluir, contempla con satisfacción el congelador abierto, que entre alientos de vaho muestra el primer hecho ordenado de su nueva vida.

La iniciativa tan endeblemente retomada le concede sin embargo un punto de serenidad y otro de valor, y se anima a sumarlos ambos para comenzar el siguiente día dirigiéndose muy de mañana, cuando apenas ha amanecido, hacia el barrio donde durante años vivió Sebastián Díaz. La plaza del Carmen, a pesar de la proximidad con la Puerta del Sol, habitualmente plagada de turistas, se muestra a esta hora casi vacía, a excepción del vehículo del ayuntamiento que riega con parsimonia ruidosa las aceras. En el centro de la plaza se alza una curiosidad arquitectónica sobre el aparcamiento subterráneo: un puente curvado que siempre se le antojó triste, pues no corre cauce alguno bajo él. Se acoda en la baranda de piedra, de cara al viejo teatro que ha estado allí desde siempre, y ve la ventana de su antiguo piso. Está entreabierta, con la persiana bajada casi por completo, lo que indica que tiene inquilinos nuevos esa casa donde él... ¿vivió? Se esfuerza por buscar un verbo de sentido más veraz. La gente suele decir «en esta casa fui feliz» o «en esta casa estudié la carrera» o «en esta casa se rompió mi matrimonio»... Bastian tarda en hallar el verbo. Dubitativo, inquieto, se sienta en el banco de piedra junto al puente, y allí, poco a poco, con una valentía que jamás tuvo Sebastián, se atreve a formar en la mente la frase: «En esta casa perdí dieciséis años de mi vida». Le pasma su repentina y cruel precisión. ¿Acaso Bastian es más inteligente que Sebastián, más lúcido, más libre? Entonces, como un psicoanalista en la primera sesión con el paciente nuevo, comienza a hacerse más preguntas, que para su sorpresa surgen con nitidez inmisericorde:

—¿Por qué viniste a Madrid desde Padrós? —formula en voz alta. El sonido de su voz da solidez a la verdad rigurosa con la que se responde a sí mismo:

—Quería triunfar en el mundo del espectáculo, o en los medios de comunicación. No sé si como actor, director o hasta productor, la verdad es que no lo recuerdo. Productor de cine, de televisión, me daba igual. Quería la fama, y tenía la herencia de mis padres para intentarlo. Pero todo salió mal.

—¿Por qué?

Traga saliva, duda. No por miedo, o no sólo por miedo, sino sobre todo porque le gustaría hallar los términos exactos. Definir su pasado merece ese esfuerzo. A pocos metros de él, un mendigo de larga barba sucia y gris que acaba de desperezarse en un banco cercano lo observa mientras abre un cartón de vino.

Calla como si meditase sobre la pregunta que acaba de escuchar y también pronunciar. Ahora la pausa sí está hecha de miedo.

—Porque no me lo tomé en serio. Ni pensé bien los pasos que daba. Iba a ciegas. Produje una obrita de teatro con un grupo de amigos. Alquilé un sitio para ensayar, empezamos a hacerlo, pero no nos entendíamos y lo dejamos. Produje un corto porque me gustaba la actriz que lo iba a protagonizar, ése sí llegamos a hacerlo, me costó bastante dinero y pasó sin pena ni gloria. Nunca supe más de la actriz después de aquello. Monté una revista de cine, y tuvimos que cerrar en el tercer número. Yo era muy simpático, salía todas las noches, tenía dinero y amigos. El dinero se iba acabando y los amigos se fueron detrás. Tuve que volver al caserón de Padrós, que por suerte habían comprado mis padres hacía mucho, en los años sesenta, y seguía siendo mío.

—Resumiendo...

—Resumiendo... fracasé.

—¿Por culpa de quién?

—Por mi culpa.

Se queda mudo, pensando si es posible ampliar la respuesta y culpabilizar a alguien más, pero sabe que no. Tampoco encuentra otra pregunta. *Tal vez tengo que plantarme en ésta, y meditar largamente la respuesta... Mi culpa.*

Y lo hace. Se queda inmóvil, en silencio, ahondando, ahora sin verbalizaciones, en la sima de una autobiografía que súbitamente reconoce vacua e inútil. La desgarradora inmersión le permite por un instante olvidar que es un hombre perseguido. Sin embargo, sigue presente en primer plano el dolor por la muerte de Vera. *Has sido lo mejor de mi vida. Lo único bueno.* Contra esa revelación, nítida como las letras gigantes que en la fachada del teatro anuncian la comedia que se representa, no hay defensa ni refugio, porque es la transparente verdad. Lo mejor de su vida, como se empeña en llamarlo sin hallar motivos para la duda razonable, duró apenas dos semanas divididas en compartimentos estancos de un puñado de horas, a veces algún día entero. Todo lo demás es nada. *O a lo sumo tiempo que fluye.* Fuera de Vera, todo es cero.

El mendigo se ha aproximado hasta él, avivada inevitablemente la curiosidad por alguien que lleva un rato hablando solo.

—¿Te sobra un euro? —le pregunta con gravedad. Posee una mirada de ojos intensos y limpios, extrañamente sinceros. Bastian piensa que esa mirada debe de ser su único patrimonio, lo mejor que tiene, y por eso se esfuerza el barbudo en exhibirla.

—¿De dónde eres? —quiere saber antes de entregarle el euro.

—No recuerdo.

—¿No recuerdas? —se sorprende Bastian. Y casi lo envidia.

—No —sentencia el otro. Y se ve que habla muy en serio. Bastian siente hacia el mendigo simpatía inmediata. Es un extraviado del mundo de los vivos, como él. Echa la mano al bolsillo donde guarda el dinero.

—Si no te acuerdas del sitio, no debe de merecer mucho la pena —dice, y deposita en la mano del mendigo unos cuantos billetes desordenados. Hay varios de cien y uno o dos de doscientos. Siente un escalofrío de euforia al hacer la entrega.

El barbudo mira el dinero y alza la vista hacia él, grave como antes pero además con el ceño fruncido, molesto.

—Este dinero no vale... —ahora su mirada parece dura, retadora, incluso irritada. Se pregunta Bastian qué ha desatado este repentino enfado. ¿Y si es uno de ellos?, piensa de pronto.

—¿Qué quieres decir? —mira atemorizado por encima del hombro del mendigo. No hay nadie a la vista. Se tranquiliza.

—Yo no puedo entrar a ninguna tienda con esto. Llamarán a la pasma y los maderos se repartirán la pasta. Dármela a mí es como dársela a ellos. Y además me costará alguna hostia.

Bastian acepta la lógica del mendigo. Es la lógica contraria a la de la gente normal, lógica ilógica.

—Espérame aquí.

Recupera los billetes y entra al banco de la esquina. El mendigo, que ha ido tras él, permanece fuera, junto a la puerta, como un perro bien adiestrado. Bastian, mientras pide cambio al cajero, lo observa a través de la cristalera. Imposible elucubrar sobre su edad o lugar de procedencia. ¿Sería alguna vez un hombre con sueños, un hombre feliz, enamorado? ¿En qué momento una gota desbordó el vaso y lo arrojó a las calles? ¿Cuál sería esa gota? *¿Y la mía, cuál fue?* El cajero, con indiferencia perfecta, cuenta los billetes con los dedos, verificando que no se ha equivocado la máquina que previamente acaba de contarlos. *El disparo que resonó en casa mientras te esperaba, ésa fue mi gota.* Esa verificación, pronunciada sílaba a sílaba por la mente, contiene un impacto traumático. ¿Y si no hubiera huido? En todos estos días no se ha planteado esa cuestión, y por tanto tampoco ha podido estudiar sus posibles respuestas. El cajero le entrega el cuantioso cambio, y Bastian se aferra a ello para no pensar más. Pero en el fondo de la mente continúa vibrando la segunda parte de la pregunta: *¿Quién hizo el disparo? ¿Y contra quién iba dirigido?*

Sale a la calle con un sobre grande del que asoman billetes de cinco, de diez y de veinte, más una bolsa de plástico repleta de cartuchos de monedas de euro y de dos euros. Hay, lo sabe porque se lo ha especificado el meticuloso cajero, mil trescientos cincuenta euros. Los pone en manos del barbudo, que de pronto es el mendigo más rico del mundo.

—Ahora sí —le dice intentando ser afable.

—Ahora sí —acepta el mendigo sin sonreír ni alterar su expresión. Esa mirada poderosa no es su patrimonio, observa

Bastian, sino lo último que le queda. Hay un gran matiz de diferencia.

Se aparta, dejándolo a solas con su nueva fortuna, y se adentra sin rumbo fijo en las callejuelas de su antigua vida, donde cada rincón, y cada bar y cada comercio, y cada esquina contienen recuerdos y formulan preguntas. Quien no se conoce está en peligro de muerte, incluso cuando no lo persiguen sicarios invisibles. Y Sebastián Díaz, osa decirse Bastian hoy, jamás se conoció a sí mismo, ni le interesó demasiado hacerlo. Ese callejear va goteando reflexiones cada vez más sinceras, algunas perturbadoras pero la mayoría simplemente decepcionantes, y cuando emprende el regreso a su nueva casa de San Blas, comprende que tampoco es un hogar, sino una guarida, una caverna. Amasó con sus propias manos, voluntariamente y a veces hasta con euforia ciega, una vida que no ha sido otra cosa que consumir horas, y días, y semanas, y meses, y años. La desolación cerca su espíritu y amenaza con invadirlo y adueñarse de él para arrojarlo al pozo depresivo a cuyo borde se siente asomado de puntillas.

A esa hora del atardecer, su nuevo barrio se apresta para el comienzo de alguna fiesta popular con verbena de música pachanguera y olores a fritanga, entramado de iluminación todavía apagado y gentío que comienza a concretarse. Tal vez por el simple cansancio físico del largo día caminando, o porque rechaza la idea de volver a esa casa donde todo es mortecino y gélido, ocupa una mesa de uno de los chiringuitos y se dedica a observar. Casi en el acto, veloz como un gato ansioso por posarse en sus muslos, salta sobre él la pregunta, matizada por horas girando en su cabeza.

¿Y si en vez de huir me hubiese atrevido a investigar quién disparó?

La amplitud de respuestas es inabarcable, pero sí está claro que ahí nació o comenzó a nacer, a correr, Bastian. Y ahí murió, o más bien fue metafóricamente herido de muerte, Sebastián Díaz. Nunca antes lo había visto de esta manera. *El disparo mató a Sebastián. ¿Y el gatillo? ¿Quién lo apretó?* Tal vez porque se siente a salvo en medio de la indiferente multitud, encuentra valor para adentrarse en el análisis del crucial momento, que hasta ahora ha rehuido rigurosamente. La razón toma las riendas del instinto, que se limitó a escuchar el pistoletazo de salida, como lo ha definido siempre, y echó a correr. La razón recupera la respiración, la razón mira, la razón quiere saber y pregunta. La razón acosa. Absorbida toda su atención por la fuga, la mente bloqueada de Sebastián fue incapaz en ese momento, y lo siguió siendo hasta que se metamorfoseó en Bastian, de ver la escena con frialdad, a cámara lenta, hacia atrás, imagen a imagen como está haciendo ahora. Entonces, el instinto le dijo que quien había apretado el gatillo era una amenaza y no pensó más. Eso tenía lógica. Pero ¿no es también cierto que si alguien oye un tiro en el interior de su casa se levanta para saber qué ha ocurrido? Mientras él se consumía de ansiedad en el salón tenía que haber dos personas en otra zona de la casa: una, la que disparó, y otra, la que recibió el disparo. Una de las dos pudo muy bien ser Vera. ¿Y la otra? Ambos papeles, el de víctima o el de verdugo, encajaban en la trayectoria criminal que voluntariamente había elegido para su vida, y de eso él tampoco era responsable. Si Vera fue verdugo, disparara contra quien disparara lo mató también a él, al traicionarlo, al abandonarlo. Pero si fue víctima... *Si Vera fue víctima, quien la abandonó fui yo. Puede que muerta, puede que desangrándose, puede que suplicándome que la salvara.* Sin embargo, lo natural, fuera la víctima o fuera el verdugo, es que hubiese llegado antes del disparo a la casa. Y si fue así, ¿por qué no vino de inmediato a reunirse con él? ¿No repetía hasta la saciedad que el amor de ambos era el acicate máximo para cualquiera de sus movimientos, el motor último de todo? ¿O era mentira? Humberto debe de tener respuesta para algunas de sus preguntas. ¿Qué habrá sido de él? ¿Por qué no ha venido a la cita?

La feria va llenándose de luz artificial a medida que llega la noche. Potentes altavoces informan del inminente comienzo de un concierto pop y unos adolescentes intentan entre risas, en una mesa cercana, trocear con los dedos una enorme pizza que se les desparrama entre las manos. Por ese gesto inocente, Bastian se siente inexplicablemente el último hombre desdichado sobre la tierra, abandonado a su suerte en la masa humana que se desplaza hacia la carpa del concierto. Los adolescentes, de pronto, salen en estampida hacia la carpa, apresurados como si hubiera una bomba bajo la mesa. Sobre ella, además de unos cuantos vasos de plástico con cerveza sin espuma y refresco recalentado, queda la destrozada pizza. Bastian, al verla a su alcance, siente el mordisco del hambre, natural en quien apenas ha comido desordenadamente en los últimos días, y se atreve a hacer algo que el pulcro Sebastián nunca habría hecho: tomar un trozo y comérselo tranquilamente. Hay cierto placer arrogante en ese acto, cierta ruptura del orden que le satisface aunque sea nimia, y se aventura a picotear también los restos de patatas fritas que asoman de un recipiente de cartón.

Normalidad, se dice de pronto como si hubiera descubierto una clave mágica.

Pasar inadvertido, confundirme con la gente, ser anónimo para que Humberto me pierda la pista.

Convertirme en uno más de los habitantes del barrio, partir de cero para ir no se sabe adónde. Ser normal.

Mira a su alrededor. Las familias normales con niños normales inician la retirada hacia sus normales casas respectivas, igual que las parejas maduras normales y algún anciano normal. ¿Ocultarán todos secretos como el suyo, inimaginables imposturas? Tal vez ser normal consiste en aparentar lo que uno no es verdaderamente, parecerse lo más posible a la multitud de impostores, que únicamente por la noche, en sus dormitorios a oscuras, duermen solos o acompañados, liberan sus verdaderas pulsiones. Podría ser que esas dos señoras que se alejan cogidas del brazo estén conversando, ahora que nadie las oye, para planificar su próxima maldad moral, una más de su larga lista. Podría ser que esa niña modosita aferrada a la mano de su padre mientras él se despide cordialmente de otro hombre estuviera cargándose de irritación e incluso odio contra los adultos porque no le dejan quedarse al concierto. Podría ser que el camarero del puesto de perritos calientes, tan simpático con las tres chicas a las que entrega el cambio, fuera un maltratador que apenas cierre el negocio se disponga a desencadenar el infierno en su hogar una noche más.

Ser normal. ¿Hay escondite más perfecto para él que la mediocre, aburrida, oscura normalidad? Sigue con la vista a una pareja de mediana edad que camina sin prisas con los dedos distraídamente entrelazados. El hombre, con algún kilo de más bajo la amplia camisa a cuadros de manga corta, es tan anónimo en su legítima vulgaridad que resulta imposible memorizar sus rasgos, recordarlo dos minutos después de haberse cruzado con él. Pero lo realmente interesante de la escena no es el hombre, sino la mujer. Es algo más alta que su compañero, lleva el pelo rubio discretamente corto a media altura del cuello y tiene un rostro de rasgos bonitos pero anodinos; si algo en ella llama la atención es el color rojo de su vestido de domingo por la tarde. Si él tuviera una novia como ella le pediría que usara ropa más discreta, y tendría entonces un escudo perfecto. *Caminar solo es peligroso. Así es como caminaría un tipo que ha robado a la mafia.* La repentina ocurrencia se agarra a él con tesón paranoico. Sería más fácil pasar inadvertido con una mujer al lado, una como la chica de rojo. Humberto, que tal vez no tiene demasiada información sobre él, busca a un hombre solo. Solo como está él en ese instante, solo y a tiro de cualquier asesino mínimamente eficaz, que podría acuchillarlo o tirotearlo sin que nadie se percatara; solo y a merced de posibles secuestradores que, pistola en mano, lo llevarían hasta el maletero de un coche próximo camino del serrucho y el alfiler. Se pone en pie, urgido por un impulso, y va hacia la carpa justo cuando una voz eufórica anuncia el nombre del grupo invitado. Bracea para abrirse paso entre el mar de gente apretada, camino de las primeras filas donde siente que la seguridad será mayor, como si los decibelios de las guitarras trenzaran en el aire las paredes de una cueva infranqueable para sus enemigos. Huir de la soledad, caminar acompañado... Desde la mañana siguiente ésa será su estrategia de camuflaje y su pulso con los verdugos: relacionarse con la gente del barrio, rodearse de ellos, hacer amigos mientras las aguas se van estabilizando, amigarse con una mujer como la de rojo. Una chica buena y discreta que no llame la atención, sin ambiciones ni excesiva personalidad, eso es lo que necesita. La primera canción es un cañonazo que dispara rock electrificado contra la audiencia expectante. Se erige alrededor de Bastian una muralla de gritos enfervorizados, saltos frenéticos y manos rítmicamente alzadas hacia el aire. Sonríe para sí, eufórico por su astuto hallazgo.

Amigos alrededor, conocidos. Una chica formal del barrio.

Ser normal.

Parecerlo.

—¿Éste es el libro? ¿El libro de Eloy? —pregunta Clara con sílabas desalentadas, incapaz de ocultar la decepción.

Emilia la ha invitado a pasar hasta su vivienda contigua al local del estanco, el piso bajo con salida a la calle donde ha vivido desde que nació hace más de setenta años. Es pequeño, acogedor, convencional en su decoración de muebles imitación madera, mesa camilla con mantel de hule y platos de cerámica decorando las paredes. Es pequeño e insignificante, y sin embargo para Clara representa la gran catedral del mundo, porque según han establecido las dos mujeres rememorando el día y la hora del accidente, en esta casa pasó Eloy los últimos minutos antes de subirse al coche que conduciría hacia su propia muerte. Emilia fue la última persona que lo vio con vida, la última con la que habló. Por eso es única, insustituible, sagrada. Y por eso Clara permanece callada en esta estancia del piso, mientras absorbe con la mirada las paredes, los huecos, las sombras que podrían contener vestigios de su hijo. La estanquera, comprendiéndolo, se ha limitado a permanecer discretamente apartada, en silencio respetuoso, y sólo cuando Clara ha lanzado un breve respingo, indicando que su recogimiento ha terminado, se ha acercado ella a la cómoda. De su interior ha extraído el libro de Eloy, llevándolo con las dos manos, como una ofrenda, hacia Clara.

—Es tuyo —ha subrayado antes de entregárselo con solemnidad, persuadida de estar traspasando un objeto que contiene vida frágil e inmortal—. Sabía que vendrías a por él. Eloy me contó cosas de ti, y sabía que antes o después vendrías. —Clara ha sostenido la mirada de Emilia sin atreverse a bajar la vista hacia el libro de su hijo muerto. Nada le han dicho el tacto áspero del papel ni de la portada, cartón basto o cartulina gruesa, que protege el breve volumen. ¿Tan poco escribió Eloy? ¿O tanto? Un número superior de páginas, quinientas o mil, le habría resultado menos desasosegante. En un libro extenso los sentimientos pueden camuflarse, extraviados en el bosque de papel. Sin embargo, un librito como éste sólo contiene lo esencial, la vida y la muerte sin hueco para adjetivos, anécdotas o elucubraciones. Un libro corto, una de dos: o contiene la verdad o no contiene nada. *¿Qué dirá de mí? ¿Y de sus dos años malos? ¿Cómo contará el horror de su cumpleaños?* Todas esas palabras escasas e intensas están ahí, a su alcance, y constituyen por ello un temible, aunque también irrenunciable, salto al vacío. Antes de lanzarse a él, Clara ha buscado en los ojos de Emilia una última bocanada de aliento. Y luego, por fin, ha mirado el libro. La sorpresa y el desencanto han desmantelado su vuelo cuando estaba lista para iniciarlo. Es entonces cuando no ha podido evitar preguntarlo:

—¿Éste es el libro? ¿El libro de Eloy?

El libro que tiene entre las manos es un volumen antiguo, puede que adquirido en alguna librería de viejo. Se titula *Todo el amor y toda la muerte.* Ese nombre nada le dice, pero sí el de su autor:

—Gabriel Ortueño Gil —repite, casi para sí, el nombre de aquel oscuro escritor de principios del siglo veinte al que tanta importancia daba Eloy en su carta. No se trata de un libro que hubiera escrito Eloy para ella, comprende recriminándose su propia ingenuidad. Es sólo que Emilia, con toda su buena voluntad, lo ha bautizado así, «el libro de Eloy», porque debe considerarlo un objeto propiedad de su hijo. *¿Por qué te obsesionaste tanto por Gabriel? Sin él no habrías venido a Padrós. Estarías vivo.* Y no puede evitar que una corriente de odio, no del todo involuntario, se transmita desde su corazón hacia el nombre maldito.

—Gabriel Ortueño Gil, sí... —asiente Emilia mientras deposita sobre la mesa camilla, al lado de Clara, una bandeja que ha traído de la cocina. De un cazo de aluminio sirve agua hirviendo sobre tazas distintas, una redonda y blanca y otra alargada y verde, con publicidad de un periódico local, y añade luego sendas cucharadas de un preparado casero de hierbas y flores que conserva en un tarro de cristal. No hay protocolo en Emilia, sólo naturalidad a la vista y verdad intuida, invitación a la confianza—. Estas hierbas son muy relajantes, las recojo yo y las mezclo con manzanilla. Bueno, las recogía. Ahora ya no puedo subir hasta el acantilado. Es allí donde crecen. Con estas pobres piernas mías... Es triste hacerse viejo, se tiene más tiempo para verlo todo peor. Últimamente me las trae mi sobrina Emilia, cuando sube por allí. A Eloy esta infusión le gustó mucho —concluye la estanquera, y con esa frase da sentido a toda la explicación previa—. Gabriel Ortueño Gil, sí. Murió hace más de cien años, al menos eso se pensó siempre. Pero ahí está, dando todavía guerra a los vivos. ¿Sabes por qué tengo su libro? Son los caprichos que tiene la vida. Ábrelo, mira la primera página. Ahí, donde viene la fecha.

Clara obedece. El libro tiene unos créditos escuetos, sólo la dirección del impresor en Oviedo y la fecha de edición: 17 de febrero de 1936.

—¿Has visto? Es la misma fecha que viene al final del prólogo, que por cierto, lo escribió un periodista de aquí, de Padrós. Por esa fecha tengo yo el libro, no por otra cosa. Un día de hace muchos años, yo tendría veintitantos, imagínate el tiempo, lo trajo mi pobre padre que en paz descanse. Venía muy ilusionado. Lo había comprado para mí en la feria del libro de Gijón. En mi casa no comprábamos muchos libros, fue una casualidad que mi padre viera la fecha de éste, o que alguien se la mostrara. Resulta que yo nací ese mismo día, el 17 de febrero de 1936. Aquí, en Padrós. ¿Qué te parece? Cuando pienso que mientras ese señor escribía su prólogo en algún sitio del pueblo, a lo mejor aquí al lado, yo nacía en esta casa... A lo mejor hasta a la misma hora. Por eso lo he guardado siempre como un misal. De una religión sólo mía. Y por eso, cuando apareció Eloy, únicamente pude dejarle hacer fotocopias. Él entendió que no podía dárselo. Ahora es tuyo, quiero que lo tengas. Pensé que si venías merecías que te lo diera.

—No tan rápido, por favor —interrumpe delicadamente Clara—. Entiende, me vienen mil preguntas a la cabeza. ¿Cuándo apareció Eloy en tu casa, en tu vida? Dime de qué manera vino.

Continúa sin poder figurarse cómo llegaron a intimar su hijo y la estanquera casi inválida, prácticamente recluida entre su mostrador y su casa, lo suficiente para que él llegara a sentarse donde ella se encuentra ahora, tomando la misma infusión casera y con el mismo libro de Gabriel Ortueño Gil en las manos.

—Mi sobrina me trajo su anuncio —explica Emilia como si eso aclarara algo.

—¿Su anuncio?

—Eloy estaba interesado en Gabriel.

—Lo sé. Había oído hablar de él no sé dónde y quiso hacer un reportaje. Le gustó eso del «poeta asesino» —asiente Clara—. Y es verdad, ¿no? Era asesino. Le asesinó a él, al atraerle hasta este lugar.

—Puso un anuncio en la panadería —aclara Emilia pasando por alto el resquemor de Clara—. Y supongo que en más sitios del pueblo. Mi sobrina lo vio en la panadería. En el anuncio pedía información sobre Gabriel, cualquier tipo de información, y a mí me pareció que debía enseñarle el libro. ¿Por qué no? Pensé que era importante para él. Hasta me parece que todavía debe de estar ahí, dentro del libro.

—¿El anuncio? —pregunta Clara, y de inmediato se lanza a buscarlo. Un objeto que tocó Eloy es de alguna manera Eloy. Puede llevar adheridos rastros de su espíritu, sombras de su tacto. Las páginas, rugosas y apelmazadas por la convivencia con el tiempo, no se deslizan con facilidad entre los dedos. Hay entre las dos primeras un sobre azul claro con algunos papeles doblados, que aparta y deja sobre la mesa al ver que no son el anuncio de Eloy. Por tres veces tiene Clara que volver a comenzar la revisión, hasta que la ansiedad le lleva a sacudir el libro boca abajo aunque a la vez con suavidad, para que no sienta Emilia que ha perdido el respeto a ese objeto que la estanquera siente su hermano de papel y tinta. Entonces, meciéndose con una calma que parece querer retar a la paciencia de Clara, sí se desliza hacia el suelo una hoja de papel cuadriculado con barbas en uno de los lados. La observa mecerse en el aire y, así hipnotizada, casi logra visualizar a su hijo arrancando de un tirón una hoja de su cuaderno de espiral metálica en el lomo, esos que maniáticamente usaba siempre porque le traían recuerdos del colegio, para redactar el anuncio. La hoja con el regalo inesperado, palabras que Eloy eligió con su mente y rotuló con su mano, se posa al fin sobre el suelo. Clara la recoge sabiendo que el acto traerá desgarros emocionales. «Periodista de Madrid busca datos sobre el escritor de principios de siglo Gabriel Ortueño Gil, llamado "el poeta asesino". Cuestión de vital importancia». Y debajo, el nombre y teléfono.

—Periodista...

Clara se emociona intensamente ante esta palabra. Le produce un remoto orgullo, ya estéril, que su hijo se considerara a sí mismo profesional de un oficio que en realidad nunca llegó a ejercer. *Pero pensaba hacerlo. Iba en serio. La cuestión de vital importancia era él, su futuro...* Y esta reflexión, a la que desde su legitimidad de madre otorga rango de evidencia, le hace alzar la vista para verbalizarlo. Emilia no necesita escuchar explicaciones, pero ella sí necesita decirlas.

—Mi hijo no llegó a ejercer el oficio. Pasó una época deprimido... Dos años muy largos, terribles. No es fácil de explicar —casi se disculpa Clara, dubitativa y algo avergonzada. Siente inexplicablemente desbaratada la seguridad que ha presidido toda su vida ante la bondad simple y sabia, todo poderosa, de la anciana estanquera—. Le daban accesos de agresividad...

—Eloy me lo contó todo —zanja con ternura rotunda Emilia, y para dar calor a sus palabras apoya su mano sobre la de Clara.

—¿Todo? —se inquieta Clara. Entiende que cuando Emilia dice todo puede querer decir todo, incluido el cumpleaños último, que estuvo a punto de ser, o en realidad fue, escisión traumática entre ella y Eloy, la frontera salvaje con la puerta del fin de su relación.

—Todo —asiente, apaciguadora, Emilia.

Clara no dice nada; no puede.

—Me contó lo de las drogas —continúa Emilia, y la palabra levanta entre las dos mujeres un largo momento de silencio—. Me contó que empezó a tomar muchas, y que teníais broncas tremendas por eso. Me contó cómo pensaba que no era adicto. Y me contó que decidió dejarlo el día de ese cumpleaños, hace unos meses. Cuando empezasteis a discutir. Y él, fuera de sí, te pegó. Me lo contó todo, sí.

Clara mira sin respirar. Siempre ha creído que las existencias, muchas existencias, pueden definirse por uno solo de sus instantes, resumirse en él, incluso ser él y nada más que él. Siente o sabe que nacemos como carne desnuda, inadvertidos sobre los sentimientos y virtudes de quienes nos preceden y traen, también sobre sus taras y terrores, y morimos igual pero envejecidos, carne desnuda que se reseca en contacto con el aire, preguntándonos en muchos casos quiénes fuimos y para qué. Sin embargo, esos dos momentos del nacimiento y la muerte, intrascendentes para todos excepto para quien los vive, no son sino los límites del camino, la esfera que contiene nuestro pequeño mar de minutos en medio de los cuales, llegado el recuento final, siempre recordamos uno: la hora cero y el minuto cero y el segundo cero que marcó un antes y un después en nuestro devenir. El eje de nuestra alma, marcado a cuchillo sobre nuestro corazón, un relámpago que rasga de repente el lánguido atardecer. El de Clara está ahí, justo donde acaba de pulsar Emilia con habilidad quirúrgica y exactitud matemática. *Eloy se lo contó... A una desconocida...* Tiene que forzarse a respirar de nuevo. No sabe cómo responder, qué frase o qué simple palabra podría decir a continuación. Pero Emilia sí.

—Quería ser periodista, vi muy claro que lo decía de verdad. Da igual que no llegase a serlo. Lo importante es que cuando murió quería serlo. Eso es lo que debe contar, aunque sólo tú y yo lo sepamos. Yo lo tuve enfrente, ahí, donde estás sentada tú. Y sentí que era una persona salvada. Porque antes de morir ya se había puesto a salvo de sí mismo. Y el que logra eso, ya está a salvo de todo lo demás.

Clara escucha sumisa, con estupefacción serena, casi desconcertante de puro placentera. Ya no se hace preguntas sobre esta extraña anciana, ya no quiere ponerla en duda ni cuestionarla con su implacable razón de hierro. Sólo quiere confiar en ella.

—¿Por qué, Emilia?

—¿Por qué qué?

—Por qué todo... ¿Por qué llegó hasta aquí? O mejor, qué le trajo... Hasta aquí, hasta ti, hasta este libro. ¿Quién era Gabriel? ¿Por qué se cuentan esas cosas absurdas de este acantilado? Eloy las creyó. Me dijo no sé qué disparate de un hombre sumergido en el fondo del mar, acunando a un bebé. Temí que hubiera vuelto a caer, que su desintoxicación se hubiera roto otra vez, una vez más, aquí, en Padrós. El hombre sentado en el fondo del mar es un delirio de drogadicto, ¿cómo no va a serlo?

—Me lo contó a mí también, cierto.

—Y el accidente... Me atormenta que se estrellara por culpa de estar drogado. Es la pregunta de mi vida, Emilia. Mientras no la conteste, no podré volver a estar viva. ¿Eloy había recaído y seguía enganchado a la muerte o estaba curado y tenía un proyecto? Hay indicios de que podía haber vuelto a drogarse. Pero sus últimas palabras fueron para pedirme que le creyera.

—Lo sé, también me lo dijo. Él quería reparar todo lo malo que había hecho. Reparar su cumpleaños. Reparar que te pegó, que pegó a su madre. Pero ya no puede darte respuestas. Te toca buscarlas a ti. Podrías empezar por aquí —concluye la estanquera señalando el libro.

Clara inspira, impaciente y nerviosa. Quiere saber de Eloy, no leer una novelucha antigua. Pero confía en Emilia. No tiene otra opción que confiar en ella. Abre el libro, y para no saltarse ningún paso comienza por ese prólogo fechado el 17 de febrero de 1936. Si su autor lo hubiera escrito un día antes o un día después, el padre de Emilia no habría adquirido el libro, divertido por la coincidencia con el nacimiento de su hija. Y en tal caso, ni Eloy ni ella habrían llegado jamás a tenerlo entre las manos.

Todo el amor y toda la muerte
Novela de Gabriel Ortueño Gil
Prólogo de Rufino Matamoros

Al escribir este prólogo estoy firmando mi propia sentencia de muerte.

Sí. Me matará el Diablo al que me vendí hace muchos años.

Pero no importa. Es más, lo merezco. Porque fui traidor a lo más sagrado.

Traicioné una amistad verdadera, viva y única.

Y de todas formas estoy condenado. Si no me matan las turbulencias políticas que, Dios ampare a España, se avecinan tras el triunfo del Frente Popular en las elecciones de ayer, me matará la naturaleza, que es la muerte más infalible de todas y la única que no se ha encontrado todavía manera de eludir: tengo ochenta y dos años, casi ochenta y tres, y la bebida ha sido la única compañera de mi vida; eso sí, fiel y siempre a mi lado. Cada día desde que la conocí.

Por tanto, sé muy bien lo que hago cuando me pongo a escribir, que nadie piense lo contrario. Se lo debo a un hombre que tal vez lo lea y tal vez no, un hombre del que ignoro si vive o murió hace años, puede que décadas. Ignoro si fue bueno y honesto, aunque pienso que sí, y porque lo pienso así, así lo afirmo, o fue el más vil asesino, como defienden casi todos. Por razones que sólo conocemos el Diablo y yo, debo a ese hombre que tal vez fue bueno este prólogo, y quiero pagar mi deuda. Aunque escribiéndolo firme mi sentencia de muerte.

Primero hablaré como periodista, si merece tal apelativo alguien que hace demasiado tiempo, acorralado por el hambre y la más rigurosa miseria, accedió por dinero a mentir. Asesiné a la verdad, sí. Y no es sino ahora, sin duda demasiado tarde, cuando intento remediarlo.

Es igual, ahí va:

Hoy, 17 de febrero de 1936, se cumplen treinta y tres años, ocho meses y cuatro días del terrible asesinato que conmocionó a los habitantes de la villa de Padrós y de todos sus alrededores, allí hasta donde pudieron llegar los incipientes periódicos del principio del siglo XX y también las voces, espantadas voces, que lo narraron a todo el que las quisiera escuchar por colmados, casinos y pórticos de iglesia. Exactamente el día 13 de junio del año 1902 desapareció sin dejar rastro el hijo, a la sazón un bebé de apenas un año, del rico industrial y famoso indiano local Tomás Montaña y de su esposa, Leonor. Nunca se volvió a saber de él, pero al no hallarse el cuerpo tampoco se pudo probar que se tratara de un secuestro por motivos económicos, o por otros de índole más aberrante y monstruosa.

No pasó mucho hasta que los dedos acusadores comenzaron a señalar al poeta y aventurero Gabriel Ortueño Gil, el autor de este libro. Gabriel, el amigo al que traicioné. En 1897 había regresado de Cuba convertido en héroe de guerra, y hasta la fecha del crimen se dedicaba a recorrer los caminos de esta cornisa cantábrica nuestra, malviviendo del recitado de versos, actividad que, aseguraban las malas lenguas, no constituía sino el umbral más o menos encubierto para sus amoríos con mujeres de la zona, lo que le habría granjeado la lógica animadversión, y hasta la hostilidad abierta, de la población masculina de los lugares que frecuentaba, así como de las autoridades religiosas y civiles. Gabriel Ortueño Gil se hallaba en la zona cuando tuvo lugar la desaparición del pequeño, y aunque la Guardia Civil lo buscó para interrogarlo (es preciso señalar aquí, aunque resulte doloroso por el respeto que a todos nos merece la venerable figura del hoy anciano empresario Tomás Montaña, que hubo insistentes rumores sobre la relación amorosa que Gabriel mantenía por esas fechas con Leonor, esposa del empresario y madre del niño, algo muy verosímil dado el talante y fama del apuesto poeta aventurero) no pudo darse con su paradero, ni con rastro alguno que pudiera conducir a él. La prensa de entonces dio amplia cobertura a todo ello, en realidad de forma tremendista e irresponsable, y en la imaginación y posterior memoria de todos quedó fijada, sin pruebas, la idea de que el culpable de la muerte nunca probada del infante fue Gabriel Ortueño Gil, el anatematizado desde entonces como «poeta asesino».

Hasta aquí los hechos, como digo nunca demostrados aunque comúnmente aceptados como ciertos, que he narrado en mi condición de periodista.

Ahora hablaré como el ser humano que trató a Gabriel a lo largo de meses, durante los que pude considerarme compañero de fatigas y hasta amigo del supuesto asesino.

Por eso, además de redactar este prólogo que me matará, he financiado también la exigua tirada de esta humilde edición de *Todo el amor y toda la muerte,* la única novela de Gabriel, cuyo manuscrito me entregó para su custodia el día que nos vimos por última vez, unas semanas antes del fatídico 13 de junio de 1902, y precisamente en este mismo lugar donde ahora he tenido el capricho de escribir mi prólogo, sobre la playa de Padrós que tantas veces nos acogió sobre su ancha cama de arena sin pedir nada a cambio. Como aquel día, el mar, «el mar de este acantilado que vive una maldición de amor», está encapotado, y desde el oeste nubes oscuras presagian lluvia. Entonces yo era un hombre vencido que pedía clemencia a la vida. Hoy soy un viejo que, por recuperar un poco de la dignidad que vendió, escribe sentado sobre la misma arena, con un paraguas abierto apoyado en la espalda y una hoja blanca de papel entre las piernas. Han pasado treinta y cuatro años. Pero hoy no pido clemencia. Ni para mí ni para Gabriel.

Ignoro, y no me importa saberlo, si *Todo el amor y toda la muerte* es una buena o una mala novela. Probablemente no es buena, aunque si en los años venideros las modas literarias, que van y vienen como las mareas, deciden que los relatos fantásticos o terroríficos como éste son dignos de ser leídos y alabados, acaso hallará Gabriel Ortueño Gil hueco para acomodar su nombre en algún Olimpo de nuestras letras. Sí quiero señalar algo sobresaliente, incluso excepcional, que distingue a este librito. Gabriel defendió siempre, y en varias ocasiones lo hizo delante de quien esto firma, que por tanto fue testigo de primera línea, que cuanto se cuenta en su novela es rigurosamente cierto, que no hay invención alguna en la prodigiosa historia de la muchacha transparente. ¿Estrategia de escritor para forjarse un aura de misterio y fascinación? ¿O prueba irrefutable de que, como tantas veces oí decir en el pasado, Gabriel Ortueño Gil no era sino un pobre demente cuyo hogar natural debiera de haber sido el hospital provincial de los locos? En todo caso, ¿no estamos todos locos, cada uno a su manera?

No leas *Todo el amor y toda la muerte,* amigo lector, si estás entre quienes, sumisos ante la opinión de la mayoría, aceptan de buen grado que un hombre pueda ser condenado sin juicio, hallado culpable sin pruebas, condenado porque sí. Léela sólo si te interesa acercarte a la peripecia vital de un ser desgraciado que quiso... ¡Bah! ¿Acaso importa? Todos somos humanos. Todos tenemos derecho a cometer errores. Y todos merecemos aspirar al perdón, hasta los peores de nosotros.

Yo te traicioné hace muchos años, Gabriel, vendiéndote al Diablo en la tierra, el Diablo con nombre y apellidos que amañó tu perdición eterna con mi desgraciada complicidad... Ese mismo Diablo que ahora, sólo por haberme atrevido a contar todo esto, acabará conmigo cualquier noche de luna llena, similar a aquella otra en la que, abordándome en un camino desierto, me tentó. No me preocupa. Los viejos a los que ya no nos queda nada, ni siquiera tiempo, podemos permitirnos la dignidad última de escupir a los malvados. ¿Qué pueden hacer en revancha? ¿Matarnos?

Este prólogo y esta edición son para ti, Gabriel. Jugarme la vida por tu novela es un acto de lealtad y amor que te debo hace demasiados años. Te lo debo a ti y me lo debo a mí. Como aquel mensaje en una botella que quisimos enviar a América (¿cómo nos habría ido allí, amigo? ¿Cuánta felicidad que nos estaba reservada no fuimos a recoger?), de nada servirá. O tal vez sí. Tal vez alguien, en alguna parte, lea algún día *Todo el amor y toda la muerte*, y crea en tu inocencia.

Y quiero terminar con una frase de un libro que supongo que no llegarías a leer, pues fue escrito en el año 1900, cuando tú y yo éramos tan pobres que no podíamos comprar libros, sólo escribirlos. Se llama *Lord Jim*, y una de sus frases, cuando mucho después lo leí, me hizo pensar en ti, y también en mí:

«Es necesario contemplar una tormenta en alta mar para hacerse una idea de la magnitud del universo, pero ¿cuántas tormentas en alta mar son necesarias para describir el sentimiento que atraviesa por un instante el corazón de un hombre?».

Un abrazo donde quieras que estés, amigo.

Rufino Matamoros
Padrós, 17 de febrero de 1936

—Rufino Matamoros... ¿Existe? Quiero decir, ¿es un personaje real de Padrós? —pregunta Clara.

—Un antiguo periodista de aquí, poco conocido. Lo poco que sé de él es por Eloy, que se molestó en seguirle el rastro. En el periódico, en las bibliotecas, preguntando a los más viejos, no sé decirte. Hasta encontró un par de fotos suyas. Matamoros era un tipo corriente, bajo, gordito, con aire simpático y un poco cara de ratón. Eloy me contó que trabajaba en un periódico comarcal desde principios de siglo, y que fue siempre un segundón. Pero hay dos cosas que llamaron la atención de tu hijo. La primera, que Rufino fue el firmante de casi todos los artículos que en 1902 atacaban, y con mucha rabia, a Gabriel Ortueño Gil y lo señalaban como el asesino del bebé.

—Pero en el prólogo es su gran defensor. Raro, ¿no? Tendría mala conciencia. ¿Y la segunda cosa?

—Que Matamoros adivinó su propia muerte.

—¿Lo mataron en la guerra? —igual que por instinto odia a Gabriel, Clara tiene simpatía por el viejo periodista. Tal vez por esa imagen que él da de sí mismo, escribiendo a solas con el mar en la playa de Padrós, igual que hizo Eloy cuando escribió la carta, igual que ella misma al leerla. *¿Será ésta la maldición de este acantilado? ¿Su capacidad de atraer a la gente para que cuenten ante él su dolor y su soledad?*

—No, él no llegó a verla. Murió sin saber que hubo guerra civil. Tuvo un accidente poco antes, en junio de 1936. Tu hijo decía que fue el Diablo, porque los viejos no vamos dando saltos de roca en roca, y Rufino Matamoros se despeñó por el acantilado, muy cerca de aquí. Así murió. Y del libro de Gabriel... Eloy hizo fotocopias, pero primero lo leyó como loco, entusiasmado, ahí mismo, en esa silla donde estás tú ahora. Decía que era verdad.

—¿Verdad? ¿Lo que cuenta Gabriel en la novela? —suspira Clara, atragantándose con la pregunta porque siente cómo sus temores, los peores, van a comenzar a volverse realidad. Y mira casi de reojo, como si fuera un ser vivo y peligroso, al librito que sostiene entre las manos. Sabe que debe leerlo, y hacerlo en el mismo lugar, en la misma silla donde lo leyó Eloy, posee un enorme sentido simbólico y real—. ¿Te molesto mucho si me quedo aquí y lo leo en un rato? No es muy largo...

—Has venido a eso, ¿no? —pregunta Emilia con dulzura. Sagaz como siempre, se ha adelantado a la petición de Clara y ha sacado del armario una almohada y unas mantas que deposita en el sofá junto a ella—. A buscar a Eloy, a conocer todos los pasos que dio antes de irse. Te dejo sola, estarás mejor. Aquí tienes esta manta por si tienes frío. Ponte cómoda.

—Sí, he venido a eso —asiente Clara. Y con una sonrisa agradece a Emilia su hospitalidad infinita.

La estanquera sale y apaga la luz del techo. Clara continúa sentada, renunciando a recostarse aunque se desplaza hacia la lamparita de la mesilla a su derecha. Abre el libro tras acariciar con las yemas de los dedos, junto a su cuello, la masa de papel seco que fue la carta de Eloy y comienza a leer. Pero por dos veces tiene que abandonar. El antiguo reloj de pared, verdadera reliquia del pasado que Emilia mantiene en funcionamiento, le impide concentrarse con su preciso tic tac metálico. Clara se aproxima a él y detiene el mecanismo que le da movimiento. Sabe que la estanquera aprobaría su gesto.

Ahora sí hay silencio absoluto en la estancia, el silencio del tiempo parado. Y de pronto, piensa que Eloy pudo hacer lo mismo cuando se dispuso a leer *Todo el amor y toda la muerte* apenas un puñado de días antes. Así lo quiere creer Clara, y así lo cree.

Sólo entonces, aferrada a uno de los extremos de ese hilo invisible que su imaginación acaba de extender hacia el otro lado de la muerte para que su hijo agarre la otra punta, se siente lista para comenzar a leer.

—Y sin embargo, aún me queda esa esperanza... —templa el tono Gabriel para enfilar el último párrafo de *Todo el amor y toda la muerte*. Ha leído a Leonor en voz alta su libro, y la lectura ha sido la narración más precisa de su desdicha que se puede concebir, pues no en vano ha dedicado largas noches a redactarla y matizarla. No necesita Gabriel mirar el texto para recitar el desenlace. Lo conoce de memoria, y por ello tiende la mano hacia Leonor. Ella la toma mientras ambos se miran a los ojos—. Una mujer de carne y hueso que aparezca un día para romper con su sola presencia, con su amor sin límites, el terrible hechizo que me arrasa. Una mujer real que sea capaz de burlar a la muchacha transparente y sepa vencerla. Una mujer de generosidad humilde y verdadera que pueda, mediante sus besos hondos y sus palabras ciertas, insuflarme el aire que hoy me arrebata el mal del mar que vive, maldito, en este acantilado vuestro.

Finaliza y calla, exhausto por la verdad, cuya exposición ha supuesto un esfuerzo titánico, físico y moral. Leonor prometió escucharle y ha cumplido su palabra. Escruta los ojos enrojecidos del poeta tras la lectura, la súplica implícita en el jadeo de su respiración agitada. Parece temer su juicio, y no sospecha que en realidad es ella la que siente miedo y vacío inmensos.

Mientras escuchaba, han venido a la cabeza de Leonor los muchos rumores que corren sobre Gabriel Ortueño Gil. Unos lo presentan como seductor insaciable y desalmado. Otros afirman que vino de Cuba convertido en loco incurable, tal vez peligroso, que a veces había sido sorprendido abroncando al mar en playas solitarias, o implorándole. Acercarse al poeta, se dice, es adentrarse irresponsablemente en torbellinos desconocidos. Pero ya es tarde para plantearse eso. Ya es tarde para ella, comprende estremecida Leonor. Nunca ha concedido importancia a las voces de las mujeres anónimas que, al repetir esos bulos en voz baja y alborotadas por el rubor, echaban leña al fuego del mito romántico y bohemio del poeta. Seductor y amante lo acepto, pero loco... Aplastada por la realidad, posa Leonor su mano sobre la mejilla del poeta. Lo ve tan a su merced, tan pendiente de la palabra que ella vaya a pronunciar, del matiz que exprese su mirada o su sonrisa, hasta de las señales que puedan extraerse de la parsimonia o excitación con que respire. *Pobre Gabriel... Solo y loco en este mundo terrible...* Pero al compadecerlo, al acariciar su rostro y profundizar en la desvalidez que expresan sus ojos no puede evitar que la remueva por dentro un vértigo tierno. La razón le dice que lo aparte de sí. Pero ella no quiere hacerlo. O no puede. O no sabe.

—Entonces —quiere asegurarse y por ello pregunta con suavidad infinita—, ¿todo lo que acabas de leerme es verdad?

La voz de Leonor, su simple sonido más allá del significado de las palabras, es un bálsamo para Gabriel, el salvoconducto que le permite seguir manteniendo esperanzas sobre objetivos que no está seguro de saber definir: futuro, libertad, paz... Hablan desnudos, como deben hablar los amantes, aunque ellos todavía no lo sean del todo. Pero esa desnudez, aunque inocente, sigue conteniendo para ambos luminosidad en sí misma, y los blinda contra las dificultades y el dolor. A pesar de la locura de Gabriel, que sólo puede separarlos para siempre, Leonor siente que así unidos están a salvo del mundo exterior, sobrevuelan por encima de cotilleos malintencionados o realidades inhóspitas.

—Todo —susurra Gabriel tras unirse al cuerpo de Leonor y refugiar la cabeza sobre la carne del hombro femenino.

—¿Existe la muchacha transparente?

—Existe. Yo he convivido con ella bajo el mar.

—Y ahora te acosa y te persigue...

—Y ahora me acosa y persigue...

—Te ahoga cuando te alejas de ella...

—Me falta el aire apenas pierdo de vista el mar. Tan cierto como que te estoy viendo.

Leonor alza los ojos hacia el techo de la cueva. Querría dejar la mirada ahí, prendida en la quietud desigual de la roca, a salvo de los vaivenes del corazón. Gabriel se ha liberado de sus miedos, pero éstos se han trasladado a ella. Piensa en el pequeño Damián. Soñó en huir con él, rescatarlo de la tiránica demencia instaurada en Padrós por su padre Tomás Montaña y darle un padre nuevo en la figura de este Gabriel bondadoso y lleno de ternura. ¿Cómo imaginar que es un pobre demente, un infeliz sin futuro al que no le queda otra cosa que el abrazo que ella le regala ahora? Se pregunta qué horrores debió de vivir el soldado Gabriel Ortueño Gil en Cuba para que su mente se haya refugiado en tal abismo de fantasía y delirio. Y sin embargo, este loco ha despertado en su interior sentimientos desconocidos a los que se siente incapaz de renunciar. *¿Y si al hacerlo pongo en peligro a Damián?* Mira al techo de la cueva mientras acaricia el cabello de Gabriel. La piedra, unos metros más arriba, calla. La piedra, sin respuestas, está a salvo del amor y de los sueños de libertad. Pero su mutismo es en realidad una afirmación, solemne e irrevocable como los juicios de Dios: no habrá huida ni vida nueva. Leonor siente cómo la resignación regresa invicta, dispuesta a vengarse por su atrevimiento de retarla. Es hora de regresar a la rutina. Deshace con toda la dulzura que puede el abrazo que la entrelaza con el poeta. Él casi se había dormido, plácidamente entregado al calor de la primera mujer que le ha escuchado. Leonor lo mira con ternura, a pesar de todo. Pase lo que pase, su deuda con este infeliz será siempre inmensa. Gabriel le ha permitido saber que es posible mover lo inmóvil, agitar la vida paralizada, mirar cara a cara al espejo.

Se visten en silencio. Leonor se siente derrotada y, sin embargo, ve al poeta risueño como un niño feliz, tan eufórico por haberse liberado de la carga de la demencia que él cree confesión que ni siquiera ha intentado el acercamiento sexual a ella. ¿Y éste es el letal seductor, éste el amante que se torna imprescindible?

—Toma, esto es para ti. —Gabriel pone un papel en las manos de Leonor, rescatándola del hilo de sus pensamientos—. No lo leas ahora. Cuando te conocí quise hacerte un poema. No me salió, pero te regalo lo que escribí, sólo el principio. Pero lo lees luego, en tu casa.

Una congoja súbita arremete contra Leonor y está a punto de transformarse en lágrimas. Pero por muchas razones no quiere que Gabriel la vea llorar, y apresuradamente abandona la cueva, de retorno a la realidad. En la mano aprieta el frustrado poema como si fuera un pájaro caído que estuviera resuelta a curar y devolver al aire.

Ya en la playa, se detiene al ver cómo el poeta, en vez de seguirla hacia el camino, ha dado dos pasos hacia el agua y mira, clavado en la arena, la inmensidad del mar, que se va oscureciendo a medida que cae el crepúsculo.

—¿Qué miras, Gabriel? —y en el acto se arrepiente de haber hecho esa pregunta, que el poeta, ensimismado, no responde. No es necesario, por desgracia Leonor sabe muy bien lo que la mirada de Gabriel rastrea entre las olas. ¿Y ella? ¿Qué mira ella? Sus ojos permanecen sobre la silueta desdibujada por el anochecer, quieren memorizar sus contornos, retenerla a toda costa porque de pronto siente que esta primera vez que se han visto y abrazado será también la última.

Pobre loco, tan solo en este mundo sin piedad.

Y pobre de mí, que lo daría todo por alargar este día.

Lo toma de la mano y tira dulcemente de él. Gabriel se resiste un instante, y la mira a los ojos.

—Contigo me siento con fuerzas para vencerla, para hacer que se vaya.

Leonor sonríe para no desbaratar la felicidad del loco, pero también calla, porque sabe que decir una sola palabra es seguirle el juego, exponerse a ser absorbida por el torbellino.

Emprenden el ascenso, de regreso a la normalidad detestada. Las sombras de la noche los custodian como carceleros que vigilaran el puntual regreso de los presos a su celda, tras el breve paseo diario al aire libre.

—A partir de mañana podremos abrazarnos más tiempo, dos días enteros. Tomás tiene previsto un viaje de negocios a la ciudad, y va a llevarse consigo al niño —propone Leonor, asombrada de sí misma, de su valor. Su corazón se ha adelantado a la razón. Simplemente, quiere volver a ver a Gabriel. Tal vez el torbellino la ha arrastrado ya.

—Te esperaré en la playa al amanecer de pasado mañana —susurra él, pletórico y tentador. Y en su voz envolvente, y en su evocadora mirada fundida con las sombras, y en su frágil respiración anhelante de ella encuentra Leonor las causas que hacen a este hombre infinitamente deseable para las mujeres que ignoran el extravío de su mente.

—Vendré a la playa al amanecer de pasado mañana —dice, mirando a los ojos del torbellino. Y luego lo mira largamente cuando por fin se aparta de ella y emprende el camino del pueblo: una figura alta y desgarbada, portadora de engañosa felicidad transitoria y de desgracia segura, que eleva a modo de despedida el brazo antes de desaparecer, tragado por la oscuridad. Un nuevo presagio negro impulsa a Leonor a apretar entre las manos el papel que Gabriel acaba de darle. «Aférralo —parece sugerirle—, tal vez sea lo único que tendrás».

Ya en la casa, y apenas concluye con sus obligaciones de esposa, las gratas de atender a Damián y abrazarlo y las ingratas de explicar al celoso Tomás dónde ha estado y de recibirlo luego en el lecho, se refugia en la soledad protectora de su dormitorio y desdobla entonces el papel, cuyo contenido lee y se dice a sí misma en voz alta, tratando de evocar, al otro lado de las sílabas, lo mejor de la mirada del poeta, lo que en él está a salvo de su propia locura, si es que hay algo:

—Todo es nada, todo es a lo sumo tiempo que fluye.

Pero la frase, que ella esperaba cargada de sentimiento amoroso, la desconcierta por su oscuro pesimismo, por su fatalidad imposible de casar con las expectativas que ella había dejado fluir. Siente que ha descrito Gabriel las tristezas de su vida, intuidas por su sensibilidad de poeta. Probablemente es incapaz de adentrarse más allá en el terrible mundo de mentiras donde a ella la han coronado reina contra su voluntad. Tomás Montaña asegura que la ama sin límites, y que ella es lo más importante de su vida. Sin embargo, percibe desde hace tiempo su rechazo permanente, el asco que crece día a día dentro de su cuerpo y de su espíritu, y por ello se ha aprovechado de su inmenso poder en Padrós para armar alrededor del matrimonio un gigantesco entramado teatral. Allí donde va, glosa en voz alta y arrogante el gran amor que siente por su esposa, y cómo ella le corresponde. Y los sumisos habitantes del pueblo, a fin de agasajarle la imaginación, representan pegajosamente la pantomima de que envidian su felicidad, la perfección de su matrimonio y el amor inabarcable que se profesan. Leonor, violada cada noche por el hombre que dice morir de amor por ella, sale cada día al balcón de este reino de la mentira y saluda a sus súbditos porque no tiene otro lugar al que ir, y teme represalias que podrían acabar por hacer daño al pequeño Damián. Tal vez Gabriel, con su frase, ha querido mandar unas palabras en su auxilio, una idea al rescate de su esperanza. ¿Habrá querido decir que sus desdichas acabarán por pasar? ¿Le sugerirá que para ser feliz es preciso vivir el momento presente, y es su verso inacabado una invitación a abrazarle sin pensar en mañana? En cualquier caso, es la frase que este hombre loco e inútil para la vida ha escrito pensando en ella.

¿Es necesario más?

El papel, por su peripecia de humedad y sudor en el zurrón de Gabriel y luego en la mano y en el regazo donde Leonor lo ocultó al llegar a casa, muestra la tinta desdibujada en algunos de los trazos, y le hace sentir urgencia por copiar el ininteligible verso para ponerlo a salvo. Tal vez así lo entienda algún día. Se acerca al escritorio, toma papel de carta y pluma y, con su letra mejor dibujada, se aplica en transcribir una por una, como si compusieran un reto contra el mundo, las palabras de Gabriel.

Todo es nada, todo es a lo sumo tiempo que fluye.

Luego, mientras deja reposar la tinta, contempla su obra, y lo hace tan fijamente que la frase, como si tomara confianza, parece relajarse ante sus ojos y comienza a mostrar su hasta ahora oculto sentimiento amoroso. Son palabras exclusivas para ella.

¿Es necesario más?

Dobla el papel y lo guarda bajo llave en su cofre favorito, pequeño y de madera de roble, con adornos de cuero repujado. Inexplicablemente, siente que esos trazos de tinta son un seguro de pervivencia, lo que quedará del abrazo de Gabriel y Leonor más allá de la muerte, un enigma seguramente indescifrable para quien, hallándolo en el futuro, se pregunte quién escribió esas palabras y por qué.

Se mira Leonor al espejo. La hermosa joven reflejada sonríe vagamente, y hace que ella se anime por dentro. Y fortalecida por la complicidad de la mujer del espejo, Leonor se acerca a la cuna, besa a Damián y lo arropa, y luego se acuesta mirando al dosel sobre ella antes de cerrar los ojos.

Pasado mañana al amanecer, en la playa.

¿Por qué no?

—Sí, te vi matar gente en esta plaza —repite Julián apenas se han acomodado en una de las mesas junto a la ventana del café.

Llueve otra vez, y el aire gris parece vibrar levemente por el viento humedecido. Al otro lado de la cristalera esmerilada, en el ángulo opuesto de la plaza, puede verse, desnuda y sin cobijo, la esquina al aire libre donde estuvo la mesa en la que Vera le habló de Humberto y pidió su colaboración en el robo. Hoy, piensa Bastian, no brilla como entonces el sol ni tiene él frente a sí a la mujer deseada. Vera, difusa y sostenida sólo por su recuerdo, podría ser un espectro aterido que busca refugio de la lluvia y el viento bajo los soportales. A pesar de la calefacción del café, a Bastian le desasosiega el frío. Tal vez es que desde la calle otro fantasma a la intemperie, el de Sebastián Díaz, le envía las vibraciones de su tiritona. Pero ahora la atención de Bastian pende de un hilo que sostiene Julián, cuya frase ha evocado escenas de muerte en la plaza sin citar a Amir o Amin, como quiera que finalmente se llamase el hombre ensangrentado de cuatro años atrás.

El ex policía le sostiene la mirada, inquisitivo pero a la vez con un punto mordaz, y su expresión resulta todavía más áspera cuando se esfuerza por agregarle una mueca cordial, la intentona de sonrisa de alguien que olvidó hace mucho cómo sonreír o nunca supo cómo hacerlo. El silencio se estira entre ambos, justificado por la discreción mantenida ante el camarero que acaba de llegar con las consumiciones: un café para Bastian y un vino para Julián. Luego, el ex policía parece buscar el lugar donde acomodar el bastón, que sostiene aún entre los dedos. Bastian piensa que podría agarrarlo sorpresivamente por la punta y descargarlo contra él, un golpe mortal de la empuñadura metálica contra la sien. Sólo se enteraría el camarero. Y los fantasmas que espían bajo la lluvia. Pero él no se encuentra indefenso, sigue llevando entre las ropas el revólver que nunca ha utilizado y sigue sin saber manejar, ese revólver que, según intuye sombríamente, ha viajado con él como un copiloto con ideas propias, tal vez para ser por fin utilizado aquí, en el escenario del siguiente capítulo de su vida. Bastian cree que llegado el momento no podrá disparar, pero le estremece la ocurrencia repentina de que será el propio destino quien apriete el gatillo. ¿Es Julián la víctima en la que está pensando el revólver?

—Jugabais a policías y ladrones —continúa el anciano.

La frase puede parecer una broma, pero Bastian, aunque desconcertado, sabe muy bien que Julián no ha venido a bromear.

—Tú disparabas con una metralleta. Rat-ta-ta-ta-tá... —el ex policía toma el bastón y lo mueve a derecha e izquierda, como un cadavérico niño viejo—. Erais seis o siete chicos, ¿recuerdas? Imitabais con la garganta el ruido de las ráfagas. Yo os veía desde este bar, puede que desde esta misma mesa, cuando salía del ayuntamiento, aquí al lado. Qué suerte, pensaba, se permiten jugar con esa alegría a cosas tan serias en el mundo adulto: disparos, muerte... venganza.

—¿Me veías de niño? ¿Sabías quién era? —se atreve a preguntar Bastian. La imagen evocada por Julián surge con facilidad de su memoria. Se ve tiroteándose con otros chavales infinito tiempo atrás, cuando era inmortal como cualquier niño y como a todos los niños le parecía ajena, inconcebible, la idea de la muerte. Le resulta imposible emparejar aquellos tiroteos inocentes con la imagen de Amir o Amin ensangrentado. La muerte auténtica, solemne, tan irreversible y tan seria, no es compatible con la evocación de aquellos niños que morían ametrallados pero se levantaban en el acto para seguir matándose entre chillidos eufóricos. Rat-ta-ta-ta-tá... No, no han nacido la realidad y la fantasía para casarse y permanecer unidas y felices. *¿Y el joven y poderoso policía Julián nos miraba tras el cristal?* Bastian siente una breve corriente de simpatía hacia el viejo. Los fantasmas son solidarios con otros fantasmas, igual que los alcohólicos no pueden evitar ponerse del lado de otros alcohólicos en su pugna contra el universo.

—No es que me fijara en ti por nada especial, entiéndeme, pero te situaba, sabía quién eras. Conocía de vista a tus padres, que en paz descansen. Es lo que tienen los pueblos pequeños, conoces a todo el mundo... En el fondo, todos los niños son muertos aplazados, ¿no crees? Cadáveres esperando turno... Dime una cosa —la mirada de Julián retorna de su leve ensimismamiento. Ha terminado la tregua—. Te fuiste con mucha precipitación de Padrós, ¿no? Hace cuatro años, me refiero.

Con un golpe seco de las comisuras de los labios, Julián estira el tajo que en su cara quiere parecer sonrisa afable sin lograrlo. Bastian lleva todo el tiempo removiendo el café sin parar, frágilmente escudado tras el leve susurro de la cucharilla al rozar la loza, mientras se pregunta cuándo va a irrumpir el viejo de lleno, sin circunloquios, en los sucesos del pasado, cuándo comenzará a hablar de Vera y si lo hará con la misma angustia que trató sin éxito de disimular en las viejas llamadas telefónicas que le hizo al comienzo de su huida. Aquella extraña angustia que a Bastian le pareció de hombre enamorado. Pero la otra presencia masculina en la pareja que formaban Vera y Sebastián, el nunca probado tercer vértice del tal vez inexistente triángulo, había sido siempre el fantasmal Humberto, con sus maquiavelismos planificados al milímetro y sus alfileres relucientes.

¿Dónde encaja Julián en mi pasado?

—Así que sabes con exactitud qué día me fui... —opta Bastian por plantear también directo a los ojos, repentinamente envalentonado por la conciencia de que no hay marcha atrás.

—A las doce de la mañana del día 13 de junio de hace cuatro años —precisa Julián, milimétrico como una estocada mortal—. Te vi aquí, en esta plaza, conduciendo tu coche camino de la salida del pueblo. No es difícil saber la fecha exacta. Dos días antes, el 11 de junio, pasaron unos hechos violentos difíciles de olvidar. Parte de ellos ahí afuera, en la plaza. Y aquel día, cuando te fuiste, ya no jugabas a policías y ladrones, ya la cosa iba en muy serio. Fue la última vez que te vi. Sin embargo, no fue la última vez que hablé contigo. —Julián, parsimonioso, aproxima sus dedos a la taza de café humeante que Bastian sigue removiendo, toma del platito el sobre de azúcar que por los nervios olvidó echar al café, lo abre y lo vuelca en el interior de la taza. Bastian detiene el movimiento de la cucharilla, como un colegial sorprendido en falta. Su inseguridad ha quedado en evidencia, mientras el gesto simple del ex policía acaba de demostrar quién lleva las riendas de la situación. Julián acerca el cuerpo a la mesa, clava los codos sobre la superficie de mármol y apoya la barbilla sobre las manos cruzadas. Sus ojos llamean y Bastian se pregunta si comenzarán a arder o van a echarse a llorar—. ¿Recuerdas que hablamos por teléfono, cuando estabas ya en Madrid? Por cierto, un inciso. Otra vez que huyas de alguien, deja que hable él, y tú ten cuidado de no dar ningún dato. ¿Sabes que yo no tenía ni puta idea de que estabas en Madrid?

Bastian, pasmado, tiene que hacer un esfuerzo para que la boca no se le abra estúpidamente por el asombro. Julián lo capta, y se encoge de hombros, casi cariñoso con su ingenuidad.

—Te pregunté dónde querías que nos citáramos, ¿recuerdas? Y tú sentiste que llevabas la voz cantante al elegir el sitio, el hotel Palace. Pensaste que eso te daba ventaja sobre mí. Pero en realidad, lo que hiciste fue informarme de que estabas en Madrid. Querías que quedáramos en ese momento, pero yo te cité tres días más tarde. Necesitaba ese tiempo para organizarme y llegar a Madrid. Fue la única razón. Si no, habría ido a verte en el acto. Pero no tenía ni puta idea de dónde estabas. Gracioso, ¿no?

Ya no hay suposiciones, sólo cartas boca arriba. Todas, excepto las que Julián haya, de momento, decidido ocultar bajo la manga.

—Estuve horas esperándote. ¿Puedo saber por qué no apareciste? Me lo he preguntado todos estos años. —Y un alivio inmenso le inunda, es una náusea de felicidad pura imponiéndose incluso sobre el mismísimo miedo: han sido cuatro años con esa pregunta mordiéndole las tripas, como una tenia insaciable que acaba por fin de expulsar.

Julián respira hondo. Hay en su inhalación furibunda agresividad contra Bastian, aunque tal vez no sólo contra él. Crispa la diestra alrededor del bastón, tal vez dispuesto ahora al ataque mortal, pero por último se limita a alzarlo por encima de la cabeza, mirándolo como si fuera el trofeo de alguna competición con inimaginables reglas siniestras.

—Por este bastón no fui al Palace —masculla con rabia digna, extrañamente teñida de inesperada solemnidad—. Y también por culpa vuestra. De Vera y tuya. Sí, en realidad por vuestra culpa. ¿Por qué echarle la culpa al pobre bastón? Ha sido muy buen compañero estos cuatro años... Gracias a él pude volver a caminar. Gracias a él y también a mis ganas de pillaros algún día. Mientras tú estabas en el Palace, supongo que cómodamente instalado delante de un café, yo me encontraba encadenado en un garaje de las afueras de Padrós, en manos de un tipo con un serrucho. Él me destrozó la rodilla. No hace falta decir que no estaba allí por mi voluntad, supongo. Yo habría querido estar en el Palace, manteniendo la conversación que vamos a tener ahora. Pero me interceptaron antes de que saliera hacia Madrid. Conocían de sobra mi relación con Vera, por supuesto, y vinieron directos a por mí. Querían que les dijera lo mismo que quería yo que tú me dijeras a mí: dónde estaba Vera y dónde estaba el dinero. A ellos les importaba más lo segundo. A mí, lo primero.

—Yo no lo sé... Yo...

—No me jodas, chico —dice con lentitud aplastante el viejo. La utilización de la palabra «chico» ha desbaratado la imagen de dos adultos hablando que Bastian había logrado componerse, trayendo otra versión más ajustada a la realidad: el viejo experimentado en la vida y en la violencia que todavía no quiere abofetear al niñato cobarde que tiene enfrente—. Te llevaste el diez por ciento del dinero. Como pago a tus servicios. No pretendas negarlo, porque entonces sí me voy a cabrear. Vera, antes de desaparecer, me dijo que te lo iba a dar, así que no me jodas. Yo protesté, le dije que darle tanta pasta a un gilipollas al que se follaba era un exceso.

Pero en realidad no era asunto mío. Entonces todavía no. Pero ella insistió, le caías bien. Y además, decía que habías sido esencial para que pudiera vengarse de Humberto. Te estaba muy agradecida por eso. ¡Cómo odiaba a ese cabrón! Creo que lo odiaba todavía más que yo.

—¿Yo, ayudarla a vengarse? —Bastian traga saliva, desvalido, ante el alud de realidad insospechada provocado por la convicción de Julián.

—Por partes, chico. Te llevaste la pasta, ¿verdad? El diez por ciento. Unos seiscientos mil euros. Reconócelo, vamos a hacer las cosas bien. Quiero oírtelo decir.

—Cogí la bolsa del suelo —balbucea Bastian—. La habían dejado allí, en mi casa...

—Así me gusta, oírtelo a ti. ¿Y qué pasaría si ahora yo te exijo que me lo devuelvas? Si no lo traes en veinticuatro horas, hasta el último céntimo, te ato a una cama y te corto en trozos con un serrucho por donde tú me vayas diciendo, te dejo elegir los sitios. ¿Sabes que un tío al que torturan se vuelve loco antes de morir? De dolor, pero también de ira, de pavor, de desesperación. De alguna de esas cosas. O de todas a la vez. Yo me salvé porque supe negociar, pero casi me vuelvo loco. No sabes lo que es que te corten la carne y el hueso con un serrucho, no tienes ni idea. Pero volviendo a lo nuestro, ¿qué pasaría si te diera veinticuatro horas para que me lo devuelvas?

Bastian siente que su cuerpo ha encogido, reducido por las caras nuevas de la realidad que mira ahora por primera vez. Pero la realidad es ésta, y está aquí en este instante, justo enfrente de él: un tipo amargado y violento dispuesto a todo para saciar su odio. ¿Le explica que una parte importante del dinero está a nombre de su novia Pepa, distribuido entre la entrada de un piso, un coche y el traspaso de un videoclub? ¿Cómo le dice que se gastó el dinero de la mafia adquiriendo una vida infeliz para esconderse en ella?

—¿Otro café? —cambia Julián de tercio inesperadamente, con una actitud que casi podría parecer simpática. Bastian niega con la cabeza gacha. El ex policía se vuelve hacia el camarero y mediante un gesto le indica que le rellene el vaso de vino. Desde que llegó a Padrós, siempre ha visto al viejo con un vaso delante—. Bueno, ya hablaremos luego de los seiscientos mil euros, ahora háblame de ti y de Vera, cuéntame qué te contó.

—¿Qué me contó sobre qué?

—Creí que estábamos yendo al grano, no me toques los cojones, chico. ¡Sobre qué va a ser! Qué te contó del botín, qué te contó de su plan para robarlo, qué te contó de Humberto. También, ya que estás, qué te contó de mí.

—De ti, nada —dice Bastian, resuelto de repente a la verdad completa. Se sabe un delincuente novato ante un policía veterano, y su intuición le recomienda no mentir.

—¡Nada...! —Julián titubea, inesperadamente desarmado por la precisión de la respuesta—. ¡Qué pedazo de cabrona...! Nada, ¿eh? A mí en cambio sí que me habló de ti.

Por cuatro frases cruzadas con Julián se ha solidificado en Bastian la sensación de que Vera ha regresado de la nada y se encuentra sentada entre ellos, escuchando y lista para intervenir. Pero es una Vera distinta a la que bajo el sol de verano acarició él la pierna bronceada en la mesa de afuera, aquella Vera, luminosa amante, que le mostró la vida desconocida y lo arrebató para acabar por traerlo hasta el punto en que se encuentra ahora. *Vera, la que recuerdo y añoro. Vera, la oscura que dice Julián. ¿Cuántas eres, Vera? ¿Cuál es la verdadera? ¿Y la que odiaba a Humberto, quién es?* Las preguntas surgen espontáneamente en tiempo verbal presente. Para él Vera siempre ha estado viva como obsesión, y desde que vio a la ciega podría estar también viva como realidad. Por todo ello, sólo una de las preguntas reclama el tiempo verbal pretérito: ¿cuál fue la relación de Vera con Julián?

—¿Y qué te dijo de mí? —se atreve a formular.

—Cosas que yo ya sabía, como que eras el dueño del caserón y que desde allí se veía perfectamente la torre de apartamentos. Y cosas que ignoraba, como que te volviste loco follando con ella y estabas dispuesto a cualquier cosa para que siguiera contigo. Con Vera suele pasar, en eso era una experta. Pero me estabas contando tú. Por ejemplo de Humberto, ¿qué te contó?

Parece una traición hacia la mujer que lo traicionó confesar a Julián sus conversaciones íntimas, y Bastian cambia de asiento para obtener un mayor ángulo de visión de la plaza. Tal vez busca también la complicidad del fantasma que aguarda fuera, bajo la lluvia. Su desplazamiento dispara un chispazo de alarma en Julián, que casi imperceptiblemente se yergue y extiende la diestra hacia el bastón, pero Bastian sólo quiere observar bien el lugar donde estuvo la mesa del pasado, rastrear su silueta en la cortina de lluvia, verse junto a Vera, escuchar su voz: «He venido para devolverle a Humberto todas las putadas que me hizo. Voy a robarle. Va a traer a Padrós una cantidad importante en los próximos días. Y yo voy a robársela».

—Me dijo que planeaba robar a Humberto.

—¿Te contó su plan?

Y ante la pregunta, Bastian, al igual que ha hecho en múltiples ocasiones a lo largo de estos años, constata que, así como siguen vivos todos y cada uno de los detalles de sexo y supuesto amor de las ciento ochenta y siete horas, el golpe contra Humberto que Vera le explicó se ha desdibujado como los entresijos argumentales de una película vista con desgana mucho tiempo atrás. Recuerda difusamente que se iba a realizar una entrega de dinero negro en los apartamentos que sólo desde el caserón se podían vigilar con precisión. Amir o Amin, porque ella lo llamaba cada vez de una manera distinta, era el encargado de custodiar el dinero. Y Vera lo iba a robar, eso era todo. Él no juzgó el plan. No le pareció osado, ni inverosímil, ni imposible, ni posible. Su desconocimiento del mundo del hampa era absoluto, ignoraba cómo se movía el dinero negro o qué tipo de escolta se asignaba a tales operaciones. «En realidad, yo me basto para llevarlo a cabo. Una mujer sola puede ser más efectiva que un grupo de hombres armados», zanjó ella la narración, sobre la que sin embargo pronto volvería a insistir, y se levantó tomando de la mano a Sebastián. «Vamos a la cama», pidió en voz baja. Y aunque no supo él si Vera sugería que fueran a dormir un rato tras la noche en vela o reclamaba empezar de nuevo la ronda de sexo, él se levantó y la siguió. Fueron caminando hacia el coche con las manos entrelazadas, mirándose sonrientes, felices y enamorados, al menos él. Bastian, desde el bar, casi ve sus siluetas alejarse, desaparecer tras la esquina, disolverse un poco más en su memoria desencantada.

—¿Te contó su plan sí o no? —lo trae de nuevo a la realidad Julián.

—Del todo no, nunca. Tampoco insistí mucho. No me tomé muy en serio todo aquello del robo.

—Pero sí te pidió que la ayudaras.

—Sí. Yo le dije que lo haría, pero no era del todo cierto.

—¿Ah, no...?

—No. Robar a la mafia, vengarse de Humberto, el monstruo sin entrañas... Me sonaba un poco a escena barata de gángsters. No lo tomé en serio, la verdad. Soy un hombre normal —alega para defenderse. La utilización de la palabra «normal» referida a sí mismo le estremece de pronto como nunca antes—, también cobarde. Pensé que todo era una fantasía, que Vera hablaba de eso pero nunca lo llevaría a cabo.

—En otras palabras, a ti mientras siguiese follando contigo te daba igual. ¿No?

Bastian no dice nada. Su silencio es un sí nunca admitido ni verbalizado antes, tampoco ahora.

—No lo tomé en serio hasta que supe que había muerto tiroteado un hombre aquí mismo, en la plaza.

—Amin, sí.

—Ella decía Amir.

—Amir, Amin, qué más da. El tío que murió en la plaza. Era el que custodiaba el dinero. Y entonces, con tiros y muerto de por medio, sí la creíste.

—Sí, claro. Y también cuando vi el dinero en aquella bolsa. Al principio pensé que estaban los seis millones de euros. Pero sobre todo...

—No —interrumpe Julián—. Sólo el diez por ciento. Lo que ella quería pagarte. Tus honorarios por ayudarla a vengarse de Humberto, recuérdalo.

A Bastian vuelve a dolerle por dentro esa palabra. Julián lo está machacando con sus frases cortas e inmisericordes, veloces como hachazos de leñador sobre el tronco de sus recuerdos. Él ha convivido siempre con la idea de la decepción, y luego, además, vino el odio contra la mujer que lo traicionó y abandonó a su suerte, una obsesión espesa a la que sin embargo su inconsciente de víctima dotaba de algún lirismo masoquista, como si a pesar de todo fuese una hermosa historia de amor la que él, sintiéndose de paso por primera vez un gran amante, había vivido y perdido. Pero Julián está desarmándolo todo con su versión sucia y seca, en la que una mujer sin escrúpulos, manipuladora y malvada, se aprovechó de un palurdo de pueblo para robar una fortuna en dinero negro y emprender lejos de todo una nueva vida. A la devastación de Julián, sin embargo, opone la razón de Bastian dos barreras tal vez insuficientes, pero firmemente asentados en su percepción. Una es antigua, y la ha pensado siempre a lo largo de estos cuatro años: revisados los hechos, resulta obvio que Vera no lo necesitaba para nada. ¿Habría pagado, como dice ofensivamente el ex policía, un diez por ciento del botín, nada menos que medio millón largo de euros, sólo por tener una atalaya desde la que mirar con los prismáticos hacia la torre de apartamentos? ¡Con ese dinero podría haber comprado el caserón! ¿Sólo por eso habría venido a dormir con él todas las noches salteadas que fue alargándose su idilio? *No. Estaba enamorada, seguro. Un poco enamorada.* Y la segunda, mucho más reciente, ha surgido tras su encuentro con la mujer ciega, en la que ha visto indicios de ternura que lo mueven a revisar, al menos una vez más, toda la vida de Vera que él conoce. Su pasado lo merece. El de ambos.

—¿Pero sobre todo qué? —ataca, otra vez sin tregua, el viejo.

—Sobre todo me lo tomé en serio al oír el disparo dos días después del tiroteo, el domingo por la mañana.

—¿El disparo? —el hacha se congela, alzada en el aire—. ¿Qué disparo?

Bastian percibe claramente que Julián desconocía este dato.

—Dos días después, cuando yo estaba todavía en casa, esperando a Vera…

—Claro, te habría prometido que se iba a fugar contigo... —lanza, socarrón, el ex policía. Bastian ignora el comentario.

—Entonces sonó el disparo. Pensé que tiraban contra mí y salí corriendo con el dinero. No he vuelto hasta ahora.

—¿Un disparo? ¿Dentro de tu casa?

—En alguna parte de la casa, no sé cuál. Es muy grande.

—¿Y después de lo que había pasado no fuiste a mirar quién había disparado? ¿Te largaste sin más, sin saberlo?

—Sin más. Sin saberlo. Tuve un ataque de pánico. Vera me había hablado de Humberto, de su crueldad. Pensé que venía a por mí un grupo de torturadores. Es lo que he pensado todo este tiempo.

—Un solo disparo, ¿eh?

—Uno solo.

Julián inspira con todas sus fuerzas, pensativo. Se acaricia la mejilla derecha con la yema del índice como si buscara despellejarse la cara, llegar hasta la calavera. Su repentino desconcierto denota que no tiene la menor idea de quién hizo ese disparo. Pero si este dato le ha sorprendido tanto, piensa Bastian, quiere decir que sabe perfectamente quién realizó los demás, los que mataron a Amir o Amin, los que pudieron dar muerte a Vera.

Una intuición atraviesa a Bastian como un estilete. *Fue Julián quien disparó contra Vera.* Y entonces, como un trazo rápido de dibujante experto, toma cuerpo ese pensamiento anterior según el cuál el revólver que nunca ha usado pero lleva encima podría haber viajado hasta Padrós para ser disparado, finalmente, contra Julián.

—Tienes las llaves del caserón, supongo... —pregunta el ex policía, repentinamente agitado. Bastian asiente—. Pues venga, vamos. ¿Tienes coche?

—Sí, aquí cerca. ¿Quieres decir ir a mi casa?

—El cadáver tiene que seguir allí donde quedó. ¿O crees que aquel tiro se disparó él solo, porque sí, y no iba dirigido contra nadie?

—¿El cadáver...? —musita Bastian pálido, enfrentado de repente a la idea de que el cadáver de Vera lleve cuatro años en la casa.

Quiere preguntar al ex policía a qué cadáver se refiere para que desmienta el desenlace terrible que su mente acaba de imaginar, pero Julián ya se ha puesto en pie y va hacia la puerta, inesperadamente ágil sobre su viejo compañero, el bastón que va con él desde que los sicarios de Humberto le destrozaron la rodilla con un serrucho.

La idea de la muerte de Vera resulta espeluznante, pero Bastian no puede evitar que su fijación patológica se adelante para apropiarse de ella en su mente.

Si es así, si está muerta en la casa, quiere decir que la mataron cuando venía a buscarme. Sí, venía a buscarme... Entonces, era verdad que me amaba.

Todo el amor y toda la muerte
Novela de Gabriel Ortueño Gil

El mar de este acantilado vive una maldición de amor... Todos hemos escuchado historias prodigiosas acontecidas a otras personas. Yo ahora os contaré una que me ocurrió a mí.

Puede que no deis crédito a mis palabras. Sin embargo, os aseguro que no miento. Cuanto voy a contar es rigurosamente cierto. *Todo el amor y toda la muerte* narra sin ocultamientos ni adornos mi odisea personal, mi tragedia, el dolor infinito que me atormenta y consume desde que protagonicé la más increíble de las aventuras.

Y narra, sobre todo, mi soledad.

Nada sospechaba sobre las espeluznantes sombras que me aguardaban cuando, alegremente invadido por esa euforia burda y engañosa con que en la ávida juventud nos tientan desde el horizonte los senderos de gloria, embarqué como soldado raso camino de la isla de Cuba, a bordo de un buque de guerra que zarpó del puerto de Palos el siete de enero del año del Señor de 1897.

El viento que henchía las velas era el mismo que inundaba mi pecho de fuerza viril y pasión marinera. Cuba me aguardaba. ¿Qué épicas empresas militares protagonizaría en la isla? ¡Cuánta ingenuidad! Porque si ancha es la mar océana, no lo es menos el abismo que media entre las intenciones que alientan el corazón de un hombre antes de comenzar su periplo y los logros verdaderos y por lo general escasos y ruines que suele coronar su cuerpo extenuado y vencido por la larga travesía de la vida. La épica de nuestra derrota cubana la han contado ya escritores, periodistas, políticos, veteranos mutilados, héroes... Por ello no me extenderé en su glosa. Sólo detengo mi relato para pedir un minuto de silencio por los amigos que yacen sin tumba ni misericordia en aquella tierra lejana donde jamás imaginaron que morirían. El segoviano Esteban, entrañable amigo que, embarcado conmigo, me pidió que le dibujara sobre cubierta, sirviéndome de la bayoneta a modo de tosca pluma, alguna referencia del lugar al que nos dirigíamos, pues al no haber acudido nunca a la escuela carecía de conocimientos sobre mapas, continentes y países. No imaginaba que un filo como el que yo blandía para representar la tierra que iba a ser su tumba lo degollaría en la primera refriega a la que fuimos arrojados. Rodrigo, andaluz intrépido, de palmas siempre dispuestas a la juerga y con un surtido interminable de coplillas cómicas en la boca que, al abandonar imprudentemente la posición donde unos pocos nos hallábamos sitiados, gritando fuera de sí que se volvía a su Sevilla natal, fue capturado, y durante toda la interminable noche, hasta que al amanecer fuimos rescatados, hubimos de oír los gritos de dolor, cada uno más espeluznante que el anterior y menos que el siguiente, que arrancaban de su garganta los suplicios de los mambises. Fui yo quien, mediada la mañana, lo hallé aún vivo, atado a un árbol frente a un fantoche hecho de ramas, hojas y hierbas que semejaban una forma humana, sobre la cual los verdugos de Rodrigo habían ido pegoteando cuidadosamente las tiras de piel que iban arrancando del cuerpo del desdichado. Mi amigo sevillano se me murió en los brazos, entre estas manos sostuve su cara transformada por el dolor y con estos ojos recogí su última mirada, y tal fue la impresión que padecí que allí mismo rogué a Dios Nuestro Señor, gracias a cuyos misteriosos designios nos hallábamos en Cuba disputando a los cubanos lo que por lógica geográfica parecía ser legítimamente suyo, que jamás me permitiera padecer muerte tan lenta y atroz. Muchas veces me pregunto qué pecado habré cometido para que no haya querido escucharme.

La tragedia comenzó una mañana de julio del año 1897. ¿Acaso importa todo lo anterior?

Seis hombres y un sargento habíamos sido enviados a una tarea de exploración cuyo objetivo y detalles he olvidado. Los muertos no suelen recordar qué bota se calzaron primero el día de su muerte.

El calor asfixiaba. Nos habían asegurado que no había mambises en la zona, pero los mambises nos atacaron a media mañana.

Desde la maleza, un fuego nutrido dio con dos de nosotros en tierra, el sargento uno de ellos, y nos arrinconó a los demás contra una pared cortada a pico sobre el mar. A veces me he preguntado si en realidad no serán todos los acantilados del mundo uno solo, puesto ahí por los dioses anteriores al nuestro para que los hombres sientan la tentación de arrojarse por él. ¿Estaba planeado desde el principio cercarnos así, bajo el yugo del sol enloquecedor y con la tentación de la masa líquida del mar a la vista, al alcance de un salto? Seguramente, porque al atardecer de ese día en que el aire fue fuego y la luz infierno, un soldado saltó al mar, incapaz de soportar más. Los demás, ansiosos por saber si se había matado o si el peligro que había asumido podía suponer una forma de escape, nos asomamos al abismo, despreciando el riesgo de quedar a tiro. Pero nadie nos disparó. Nuestros atacantes tenían otros planes para nosotros, ratones presos en una jaula invisible a merced de gatos endiablados. Lo comprendimos al mirar abajo.

El soldado, cuya caída había sido amortiguada por algunas ramas y finalmente por el colchón salvador del agua, chapoteaba torpemente en dirección a la playa, espantado por la visión de dos aletas triangulares siniestramente nítidas que cortaban el mar hacia él. Sin embargo, y debido a la maquiavélica ubicación de la pérfida trampa donde habíamos caído, tenía también una oportunidad de salvación, un siniestro dilema mortal: el agua, a merced de los escualos... o la orilla donde, machete en mano, feroces espectros humanos cubiertos de harapos le animaban entre chanzas obscenas a nadar hacia ellos. El instinto del soldado eligió la orilla. ¡Más le habrían valido los tiburones, portadores al fin y al cabo de la piadosa muerte instantánea en sus bocazas!

Los rebeldes de la orilla, sin contar a los que desde la maleza vigilaban fusil en mano que no huyéramos por tierra, debían de sumar veinte o veinticinco hombres, todos de piel oscura y bestialidad exultante. Quiero en honor a la verdad decir que durante mis meses de lucha, y aunque sea sabido que la guerra genera espantos y atrocidades, fui testigo de actos de nobleza con el enemigo en algunos guerrilleros mambises o en sus jefes. Pero estos que nos sitiaban no habían surgido de útero humano. No puedo, aunque debería en rigor hacerlo, relatar en estas páginas que leerán sensibilidades delicadas el descarnado aquelarre de violencia, sobre todo sexual, a que durante interminables horas fue sometido el infeliz. Basta reseñar que ni el alivio del desmayo le fue concedido, pues cuando perdía el conocimiento la hoja de algún machete experto sajaba su carne en brazo, muslo o espalda para traerlo de regreso, entre aullidos de clemencia, a su indescriptible realidad. Toda la noche duró su calvario, que concluiría sin embargo de forma aún más espeluznante. Al amanecer, los verdugos auparon a una barca su cuerpo quebrado y ya mutilado, pues su antebrazo izquierdo había sido amputado de un machetazo cuando con él intentó defenderse de los satánicos ritos sexuales. Adentrándose a remo unas decenas de metros en el mar, lo arrojaron al agua y aguardaron luego con inhumana frialdad a que la sangre derramada desde sus múltiples heridas atrajera a los tiburones. Casi exangüe y medio muerto, aún chilló y se revolvió el desdichado contra las fauces que desde la profundidad le arrancaban la vida a mordiscos. Me juré ante su imagen última, una suerte de sopa roja de carne, huesos y alaridos sobre la superficie calmosa del mar, que no sería ése mi destino, y en el acto comencé a buscar desesperadamente una jugada favorable sobre el penoso tapete de mi situación.

La encontré al mediodía del siguiente día. El sol llevaba horas atormentándonos de nuevo. Las fieras humanas del abismo, recuperadas de su orgía, nos animaban desde la playa a saltar, hambrientas otra vez de víctimas vírgenes. Mis compañeros, enloquecidos por la sed y tentados por el alivio del suicidio, extraviados e incapaces de razonar o de ver otra cosa que el destino que nos aguardaba, aceptaron mi liderazgo en el desesperado plan de fuga que les propuse.

La víspera, cuando la mancha roja de la sangre de nuestro compañero se había ido disolviendo, inevitablemente rendida a la superioridad salada del azul, y por último desapareció, musité para él una oración humilde, tan sentida como inútil, y me di luego a observar el promontorio de piedra que se erguía a cincuenta o sesenta metros del punto donde nuestro compañero, a cuyo sacrificio debíamos agradecer nuestra esperanza, había caído cuando se lanzó al espejismo de salvación del mar. Cincuenta o sesenta metros y luego, más allá del promontorio de roca, la cala de arena blanca en la que me había fijado cuando nos acercábamos sin saberlo hacia la emboscada. Si éramos capaces de nadar con velocidad y teníamos suerte para esquivar a los tiburones, expliqué a mis tres compañeros, podríamos alcanzarla y hallarnos lejos de los mambises, al menos lo suficiente para intentar el regreso. El mayor riesgo eran los tiburones, pues los de la orilla tardarían en reaccionar y cuando se lanzasen a la mar en las barcas podíamos ya estar lejos.

¿Qué posibilidades había? Seguramente ninguna, pero intentarlo era lo único que teníamos y estuvimos de acuerdo en hacerlo. Todos excepto un muchacho madrileño muy joven que no sabía nadar y al que aterrorizaba más la perspectiva de lanzarse al mar que la del suplicio. Trató de convencernos, primero con razones absurdas y luego con agresividad demente, cada vez más fuera de sí, para que nos quedáramos a resistir allí con él, bajo el sol, sin agua, comida ni apenas municiones. Llegó a amenazarnos, tal era su delirio. Pero en realidad, ¿quién puede calibrar los disfraces con que el destino disimula sus planes ocultos? De no haber sido por aquel muchacho y por su locura, yo no habría vivido la más extraordinaria aventura que fuera dado conocer a ser humano alguno, aunque también es cierto que la maldición que ahora me encadena y atormenta nunca se habría producido.

Sin más dilación, los otros dos hombres y yo nos lanzamos al vacío. Del salto recuerdo su insólita extensión temporal, que probablemente fue una figuración de mi cabeza en tan excepcional instante de tensión, y la sensación de que el acantilado me acogía, como un túnel de serenidad y paredes invisibles hacia la otra vida. Sin encomendarme a Dios, pues no me parecía de fiar si me había llevado hasta allí, ni al Diablo, que de todas formas me aguardaba ya en la hoja de los machetes o en los dientes de los tiburones, me esforcé por mantener el cuerpo rígido y la cabeza fría, no como mis compañeros, que manoteaban frenéticamente en el aire, como si se afanaran en escalarlo o quisieran mediante ese esfuerzo hacer brotar de sus espaldas milagrosas alas salvadoras. Uno de ellos, además, chillaba para contrarrestar la formidable sensación de vértigo, y su grito sólo sirvió para alertar a nuestros verdugos, que dormitaban en la playa inadvertidos de nuestra intentona y en el acto se pusieron en marcha para capturarnos.

Sonó de repente un disparo. No podían ser los rebeldes, cuyos fusiles habrían tenido que ser capaces de disparar balas en imposible trayectoria curvilínea para acertarnos. Entonces escuché, imprecisos en medio de la ensordecedora catarata de aire que me presionaba los oídos, los furibundos insultos en español que provenían desde arriba. El muchacho madrileño, perdida toda razón y piedad, nos insultaba salvajemente por haberlo abandonado y disparaba contra nosotros tildándonos de traidores al ejército, a la bandera y a la patria. Ese inesperado peligro desbarató la escasa sangre fría que tan trabajosamente había podido atesorar dentro de mí. Perdí la vertical, y mi cuerpo, como el de mis compañeros, se desmadejó en informe masa de carne que trataba de asirse al aire con pies y brazos crispados.

El segundo disparo me alcanzó de lleno. Me lo dijo antes que el dolor el calor denso y pegajoso que sentí extenderse como una siniestra mancha de aceite por mi espalda. ¡Acechado por tiburones y asesinos, venía a darme muerte el hombre con quien la víspera había entonado canciones de nuestra tierra!

Impacté contra el agua lanzando un patético grito de rabia y súplica, y aunque me sabía un apetitoso pedazo de carne entre los tiburones, cuyas aletas cortaban ya la superficie del mar en dirección hacia mí, el último hilo que me unía a la vida resolvió luchar. Desde niño fui un gran nadador, dotado de una capacidad pulmonar tan extraordinaria que algunos, bromeando, se preguntaban si no sería yo más pez que hombre, y encomendándome a ese recuerdo absorbí todo el aire de que fui capaz y me sumergí en las cristalinas aguas donde me aguardaba la muerte. De la herida en la espalda, que comenzaba ya a latir con dolor intenso y casi paralizante, manaba la sangre en estela rojiza que atrajo al más temerario de los tiburones. A pesar de la muerte atroz que nadaba veloz hacia mí, buceé en dirección al promontorio de piedra fijado como objetivo inicial. Pero no tenía posibilidad de alcanzarlo y, sabiendo que la ausencia de aire me reventaría de un momento a otro los pulmones, me revolví repentinamente en el agua para, al menos, morir de frente. Aquel gesto me concedió una tregua, porque el escualo, cuyas fauces se cernían ya, debió de desconcertarse ante la súbita sacudida del agua, y dudó un instante, lo que me concedió la décima de segundo necesaria para distinguir una oquedad en la piedra, ligeramente a la izquierda del rumbo que me había marcado. Hacia ella me lancé con el último impulso, y en ella me adentré justo cuando la boca del tiburón, en su nuevo ataque, chocaba a milímetros de mis pies contra los bordes de la angosta entrada de lo que resultó ser un túnel negro largo y estrecho. Si hubiera llegado a ser consciente de que iba a morir ahogado en un ataúd de piedra y oscuridad, la desesperación y la pena me habrían obligado a abandonar, pero el túnel negro largo y estrecho me transmitía, extrañamente, paz para confiar y ánimo para nadar. Me lancé a dar brazadas ciegas, ignorando los arañazos, limpios como cuchilladas profundas, de la piedra sobre mis brazos, piernas y manos. Al fondo latía la sombra remota de una claridad, y quise que el último acto de mi vida consistiera en alcanzar esa luz. Desemboqué con ese esfuerzo final en una caverna amplia de agua clara, al otro lado de cuya superficie inalcanzable reposaba, serena e indiferente, la gloriosa luz del día. Un esfuerzo más, ordenó mi irreductible cerebro, pero los brazos no respondieron ya, y, comprendiendo que era el fin, expulsé en una larga bocanada mi reserva mínima de aire para no alargar absurdamente mi agonía. Como imágenes de la vida que se me iba, burbujas incontables subieron bulliciosas, ellas sí libres, hacia la frontera con el aire hermoso y simple que afuera flotaba con desdén por mi fin.

Entonces una mano se apoyó en mi hombro. ¿Por qué supe que era una mano si en realidad no fue una mano? ¿Y cómo puedo decirlo si no llegué a verla, pues en realidad nada había que ver? Pero todo ello lo habría de saber después.

Con una finta velocísima de anguila serpenteante o águila dueña de las alturas celestiales, el ser, la cosa, lo que fuera, llamémoslo el aire que me había rozado, se materializó a medias ante mí. Vi, como dibujados con tinta invisible por ingenua mano infantil, unos enormes ojos de intensidad ajena a lo humano o terrestre que, aun así, se me figuraron los de una muchacha joven que nadaba, no encuentro forma más cercana a la verdad de describirla, envuelta en un manto de agua. Sí, no estoy loco: agua dentro del agua. Sí, no estoy loco: agua distinta al agua. Sí, no estoy loco: agua incolora, agua transparente, agua invisible en el agua cristalina azul. Vi entonces sus labios también invisibles, como invisible era el dedo esbeltísimo sin principio ni fin que se apoyó sobre ellos para reclamar mi sosiego. Y, a pesar del baile de turbulencias marinas que ejecutaba alrededor de mí la también intangible muchacha, me sentí relajado, inexplicablemente a salvo. Sus labios, entonces, se acercaron a los míos. Se posaron sobre los míos. Me besaron. ¿Así se lleva la muerte bajo el mar a los condenados, con un beso que parece de amor y vida y tal vez por ello resulta irrenunciable? Obedecí, ¿por qué no? Obedecí sin pensarlo y atreviéndome a mantener los ojos abiertos, incapaz de sustraerme al embrujo de aquella visión. Y en ese instante comenzó el milagro que he venido a narraros. Y en ese instante nacieron mi felicidad y mi desdicha.

La muchacha, pues debo decir que mi intuición adjudicó en el acto género femenino al ser invisible, fuese de la especie que fuese, abrió aquellos labios suyos sin carne y sin embargo vivos y su lengua, o lo que imaginé que debía de ser su lengua, buceó en mi paladar. ¿Por qué seguía vivo, si hacía ya interminables segundos que había expulsado la última partícula de aire? Con su boca hondamente adherida a la mía, las formas del inexistente cuerpo de la muchacha comenzaron prodigiosamente a alargarse, y alargarse, y alargarse hasta que se transformó en una serpiente inacabable que se lanzó frenética hacia la superficie y la hendió como un flechazo surgido desde las profundidades para hacer diana en el mismísimo corazón del aire. Un imposible estallido de felicidad y vida inundó en el acto mis pulmones. ¿Es necesario decir que no me detuve a estudiar el fenómeno, ni a dudar de su veracidad, ni a asombrarme ante él, sino que me limité a aprovecharlo? Porque, puesto a explicarlo, habría debido decirme a mí mismo que una maravillosa muchacha invisible había extendido de forma imposible su cuerpo hasta el cielo para tender un puente invisible entre mis pulmones y el exterior. No, no pensé. Sólo respiré, sólo bebí literalmente el aire que llegaba por tan prodigioso conducto, sólo lloré agradecido por aquella conmovedora, inmensa celebración de la vida que supuso el simple hecho de respirar, la idea del cielo hermosamente azul llenando de luminosidad mis pulmones. Y sólo deseé, con toda humildad, abrazar a mi increíble salvadora.

Y la muchacha, ni bajo la peor tortura sabría yo explicar cómo ni por qué, supo que ansiaba hacerlo. Asombrosamente, si a estas alturas puedo utilizar tal palabra en estas páginas, me oyó pensar bajo el agua, y al escuchar mi deseo vino a cumplirlo.

Un terremoto se desató sobre la superficie del agua, como si el mar y el cielo hubiesen buscado entrelazarse para desasirse de nuevo una vez saciados uno del otro. El terremoto bulló furioso, aunque yo sabía que también inofensivo, y se sumergió en picado sobre mí, tragándome de un solo bocado, ¡sí, tragándome!, como si fuera la boca de todos los tiburones de todos los océanos juntos. Una vez me hubo engullido, la boca, o el ser, o el terremoto, o la muchacha invisible, ejecutó una magia nueva y más deslumbrante. Comenzó a encogerse, se ajustó a mi cuerpo más y más, como la red alrededor de la presa, como el guante sobre la mano que en invierno busca cobijarse del frío que hace desapacible el mundo. Yo, sin embargo, ningún temor albergaba. La dejé hacer. La muchacha se pegó a mí casi completamente, quedando su piel elástica a cinco centímetros de la mía, lo que, si se me permite la torpe descripción, no era otra cosa que un traje hecho a medida relleno de aire en el hueco sobrante, a fin de que pudiese yo respirar. Puesto que la muchacha parecía conocer mis pensamientos, u oírlos, quise darle las gracias mentalmente, pero no fui capaz de más esfuerzos. El aire puro, limpio y salvador había resultado ser más poderoso que todos los enemigos y emociones contra los que había luchado en esas horas, incluso más que la todopoderosa muchacha, y él solo, sin más acción que la de inundar mis pulmones, logró que me rindiera al fin y entregara mis agotados sentidos a la tentación acogedora del desmayo. Antes de abandonarme a él, me sentí arrastrado por el impulso nadador de la muchacha que consigo me llevaba.

Boca arriba, inerte como el moribundo que yace quejumbroso pero lúcido en su lecho último, desvalido como el bebé surgido de las humedades protectoras de la cueva materna que ve, sin entenderla aún pero anhelándola ya, la primera luz del mundo que le aguarda, surqué las profundidades arrastrado a velocidad inimaginable y a la vez mimosa por la invisible muchacha del agua.

Respiraba en paz, y me era dado contemplar el silencioso corazón azul y transparente de los mares infinitos.

Si esto era la muerte, la amaba.

Si esto era la muerte, quería seguir amándola siempre.

Y debo decir que la muerte no está hecha de oscuridad, sino de agua clara tenuemente iluminada por una inalcanzable llamarada prendida muy a lo lejos, que no es sino la memoria de lo que fuimos, la esencia de lo que querríamos haber alcanzado, la sombra que antes o después vacilará hasta apagarse para no perdurar.

¿Qué otra cosa sino que estaba muerto pude pensar al principio, cuando tras recuperar el conocimiento, me hallé boca arriba sobre un lecho intangible, misteriosamente flotante cinco metros por debajo de la superficie del mar? Me mantenía sin esfuerzo, como un pez, y como un pez podía también respirar, lo que, unido al conocimiento de que había sido tiroteado en tierra y vapuleado y arañado bajo las aguas, sólo me permitió deducir que mi sereno levitar no era sino la incauta figuración de la muerte que se hacía mi necia mente temerosa. Sin embargo, tenía la facultad de sentir. Sentía la levedad de mi vuelo y la caricia de una imposible brisa marina en mi piel desnuda. ¿Y acaso sentir no es lo contrario de estar muerto? En ese lógico desconcierto, bendito a pesar de todo, continué instalado durante los segundos que aún me llevó recuperar la consciencia, y cuando lo hice hallé valor para extender la mano, única y exigua aventura que mi insólita situación me recomendaba emprender. Con la diestra me toqué, recorriéndolos, los hombros; reconocí el pecho y el vientre, los muslos. Percatado de mi desnudez, pretendí luego comprobar que seguía entero. Las rozaduras de la roca sobre mi carne, abiertas cuando me debatía intentando salir del negro túnel, estaban para mi asombro cerradas y cicatrizadas, y al atreverme a dar el siguiente paso de mi exploración, que consistió en elevar la cabeza para estudiarme con la vista, verifiqué que se habían convertido en pálidas estelas rosadas, desdibujadas como el recuerdo de un beso desganado. ¿Quién me había curado, y cómo y cuándo lo había hecho? Mi mano se animó entonces a tantear en busca del balazo. No fue fácil debido a la incómoda posición, y cuando llevaba algunos segundos buscando a ciegas por la espalda, retorcido con torpeza ineficaz, me estremecí al sentir que algo vivo me tomaba dulcemente de la muñeca y dirigía mis dedos hacia el lugar donde había entrado el tiro del soldado loco. Palpé y volví a palpar, confiado a la suavidad del guía que llevaba mi mano. No había sino piel limpia, inmaculada, sin rastro alguno de herida de bala. Supe de pronto, con esa claridad con que algunos sueños, mientras acontecen, nos explican y hacen aceptar sus imágenes más inverosímiles con apabullante sencillez, que la curación se había debido al ser invisible que me salvó de los tiburones, y que al parecer sumaba ahora a sus virtudes la capacidad de realizar milagros. Como si hubiera captado mi pensamiento, la presión que aún me ceñía la muñeca apretó dos veces, igual que si asintiera. Al parecer, tenía yo la capacidad de comunicarme con esa misteriosa vida mental que me envolvía, y comprenderlo fue el mayor de los muchos asombros que cada segundo bajo el mar me estaba deparando. Asintió de nuevo la fuerza sobre la muñeca, esta vez cinco o seis veces, apresuradas y tal vez alegres. Estaba, pues, allí, en comunión conmigo... Es más, debí aceptar que me encontraba dentro del ser, como un Jonás de carne y hueso absorbido por una ballena carente de cuerpo pero dotada, a cambio, de inteligencia y de capacidad de realizar prodigios. Todo se sumaba para ser aterrador y sin embargo todo era celestial, sedoso como el sueño apacible de un bebé arrullado por el aire limpio de lo hermoso de la vida. Con igual naturalidad que la de ese bebé en la cuna, probé a girarme sobre mi inexistente lecho, y el simple trazo del deseo en mi cabeza lo convirtió en realidad con mimo infinito. Me encontré boca abajo, respirando con igual naturalidad, sin angustia, deslumbrado por la cristalina inmensidad sin límites del mar submarino que se ofrecía a mi mirada. ¿Podría, me atreví a pensar, desplazarme nadando? Y en el acto, por arte de la magia ya venturosamente familiar, empecé a avanzar sin más motor que el de mi simple capricho. Quise ir más rápido, y el movimiento se aceleró. Surqué como un feliz halcón desconcertado el cielo de agua turquesa con sus nubes de roca en el horizonte del fondo y sus pájaros con forma de pez, que se apartaban a mi paso, a nuestro paso, como afables súbditos multicolores. ¿Fue ese vértigo indescriptible el que, al cabo de un buen rato de dominar el mar con mi deseo, dio protagonismo a la piel y a la carne? Tan relajado y en paz, y tan vigorosamente feliz a la vez llegué a sentirme, que el instinto no pudo sino preguntarse qué niveles de delirio y plenitud alcanzaría el eufórico vuelo si me acompañase en él una mujer hermosa, dueña como yo del mar. Y entonces, lo juro, percibí que una mujer sin carne ni cuerpo, constituida sólo de sensualidad y alma, se tendía junto a mí y, apretando su costado desnudo contra el mío, me rodeaba el cuello con un brazo intangible de levedad conmovedora: no estaba solo, tenía una compañera en el cielo submarino. Me besó, y comenzamos a flotar juntos en un éxtasis que, al venir dictado por mi mero pensamiento, no encontró fronteras ni se afligió por los absurdos pudores artificiosos que ensucian la belleza honda de la sensualidad. Bajo el mar se disuelven todas las órdenes perversamente ideadas para reprimir los afanes de expansión de nuestra felicidad, y el placer, que os aseguro inabarcable, muestra la puerta del amor eterno que en la superficie nos está vetada. Mi culminación fue un espasmo interminable que entre sacudidas violentas contra el mar entero expulsó de mi cuerpo, a la vez que el semen que inundó el agua, esos miedos a la vida que tanto nos disminuyen, las mezquindades del corazón y los fantasmas del espíritu, los sucios recuerdos aferrados a mi más fea memoria. Después, sin poder evitarlo, lloré lágrimas de felicidad, recogido mi agradecido sollozo contra el cuello cálido del ser inexistente que me acababa de regalar la posesión del universo. Tanto me había dado que sentí la necesidad apremiante de entregarle también algo, y fue lo único que estuvo a mi alcance: darle cariñoso nombre, pues me resultaba intolerable que mi mente, al besarla calladamente, no se refiriera a ella de alguna manera concreta y amorosa. Complicada tarea, dar nombre a quien no podía ser contenida en una palabra, pues era a la vez paz y terremoto, ola frágil y océano entero, inteligencia viva que me escuchaba sin que yo hablase y sexualidad animal que arrancaba la vida para volvérmela a dar. Opté por llamarla «muchacha transparente». Le gustó, lo sé porque, al oírlo en el silencio de mi pensamiento, se abrazó a mí. Y así enmarañados, flotando yo en ella y velando ella por mi mente y mi respiración, nos quedamos dormidos.

Opto por narrar el resto del idilio callando, pues no hay en mi talento palabras para describir lo que viví los meses siguientes con una amante sublime, salvaje y tierna como fue para mí la muchacha transparente. Pero también es verdad que no ha nacido el ser humano para saber retener los tesoros que en el camino de la vida encuentra, y esta aventura mía de amor tuvo fin, como tienen antes o después todas las aventuras de amor. O ingenuamente eso creí yo... ¡Ojalá hubiera sido así! Pero no quiero adelantar acontecimientos, ni cometer la injusticia de contar a medias la historia de quien tanto me dio al principio. Aunque luego se pudriera todo, aunque hubieran de ramificarse hasta hoy mismo, hasta ahora, mi oscuridad y el horror que de ella fluye para envolverme sin resquicio de salida.

Antes quiero confesar y declarar, porque entiendo que servirá a quien juzgue la muerte de inocentes que aconteció después, o la que tal vez haya de acontecer irremediablemente mañana, que fui dichoso con la muchacha transparente durante largas semanas, varios meses, puede que un año. No puedo precisarlo, pues si ya es difícil concebir o atender cualquier forma de medida temporal cuando nos inunda la felicidad y cada instante de nuestra vida es un río desbocado por el deslumbramiento, resulta imposible hacerlo en un lugar que, como el mío, era un universo nuevo y pleno donde se nutría de luz invisible incluso la oscuridad más profunda de los fondos marinos donde tantas veces nos amamos. Os preguntaréis qué comía y bebía, o cómo era la convalecencia de mis heridas... Yo respondo que no lo sé, ni necesitaba saberlo. Era suficiente percibir que la muchacha transparente permanecía siempre a mi alrededor, extendiendo su cuerpo invisible hasta la superficie cuando era necesario para alimentar nuestra burbuja de aire fresco, o capturaba para mí los peces que se detenían curiosos a observar nuestra permanente danza, o me subía desde el suelo del mar ofrendas de moluscos que mimosamente abría para mí. ¿Pide un bebé explicaciones científicas sobre el origen de la leche materna que le da vida y paz? Pues en la misma placidez contemplativa se mantenían mi cuerpo y mi espíritu.

Al haber sido incapaz de medir el tiempo de mi felicidad, tampoco puedo ubicar el día en que mi vida bajo el mar comenzó a enturbiarse y surgieron las ciénagas. Tal vez el ser humano está condenado a ver agitada su vulnerabilidad por turbulencias inevitables como los accidentes geográficos, los ríos y montañas que pueblan los mapas y los países, tal vez sea yo y sólo yo quien no puede hallar reposo si carece de tormentas en su horizonte. Sea como sea, desperté un día herido por el lanzazo inesperado de la melancolía por la vida en tierra. A estas alturas ya era infinita, sí, infinita, he dicho bien, la unión mental entre la muchacha transparente y yo, y noté cómo en el acto se revolvía también, inquieta por mi insólito desvelo. ¡Ah, esa primera sombra fugaz que antes o después aletea, aparentemente nimia, sobre todos los deslumbramientos de amor que en el mundo han sido y serán! Esa insignificancia, casi siempre carente de importancia en sí misma, contiene sin embargo la constatación irrevocable de que ese amor nuestro que creíamos perfecto, luminoso y para siempre contiene fisuras, carencias, grietas que podrían empezar a abrirse, resquebrajando la fragilidad de nuestros anhelos... Lo sublime se desmorona con puntualidad cuando lo humano recupera su esencia. Y la mía, ¿no estaba naturalmente concebida para desarrollarse y acontecer en tierra firme? La pálida sombra, lánguida y flaca, comenzó a rodar por las laderas de mi corazón, convertida pronto en alud de inquietudes y añoranzas. La muchacha transparente lo entendió a la vez que yo, y su felicidad se vio en el acto también enrarecida. La vi triste. La supe triste. La sentí triste. La convivencia submarina, obligatoriamente perpetua para que no pereciese yo, no permitía que respirasen aliviadas nuestras soledades individuales, y muy pronto, como si fuera el hijo surgido del amor que habíamos vivido, el negro peso del hastío nació y comenzó a crecer, fuerte y dolorosamente sano, y sumado a mi añoranza por la tierra fue el arponazo que hirió de muerte nuestra indefensa felicidad.

Un día inevitable fue el último. Emergimos, desgarradas las almas y mudos los pensamientos ante el desgajamiento inminente. Percibía la pena inmensa de la muchacha transparente en mi piel desnuda y en la desgana exhausta con que me llevaba hacia la orilla. La luz del sol recuperado, brillando intensa en el cielo azul, me resultó indiferente, ajena, y puedo asegurar que cuando llegamos a escasos metros de la orilla y la muchacha se separó de mí sentí el desmembramiento del alma más intenso que haya experimentado ser vivo sobre la tierra. ¡Abandonaba, adulto y lúcido, el útero materno de una felicidad que se había demostrado verdadera! Igual que les pasa a los bebés que vienen al mundo, sentí en los pulmones la cuchillada de la primera bocanada del aire sucio del mundo. Y también lloré. Lloré por la pérdida de mi paraíso de serenidad. Y lloré por la muchacha transparente. Una vez hube nadado hasta la playa me volví. Y la vi: un impulso salvaje e invisible surgido desde el fondo del mar que subió hacia los cielos como un tornado de espuma y agua furiosa milagrosamente sostenido en el aire y, tras alcanzar su altísimo techo de dolor y lágrimas, se dejó caer, desmoronado como el aliento último de un moribundo, para fundirse sin retorno con la inmensidad oculta bajo la apacible superficie turquesa.

Pensé, roto por la aflicción, que era la última vez que la veía. Me equivocaba. Por desgracia, me equivocaba.

En la playa, los sentidos retornaron a mí en orden azaroso.

Primero fue el olor simple y profundo del mar, que impregnó el aire entero a mi alrededor. Durante mi aventura había carecido de sensaciones olfativas, pero sólo me di cuenta entonces, por contraste con la intensidad del salitre en la nariz.

Luego, el tacto. Mi piel y mi carne desnudas eran mecidas por un vaivén de oleaje suave como la espuma de un beso, vestigio evanescente de la larga levedad submarina. Pero enseguida sentí contra el pecho y el vientre una realidad hostil, sólida: arena, una playa.

Alarmado, abrí los ojos y me fue dado contemplar ese paisaje que, quienes limitados porque no han amado libres y salvajes bajo los océanos, han dado en llamar paraíso en la tierra: la arena blanca, fresca, acogedora tal vez para otros, de una playa rodeada por una furiosa eclosión verde de árboles y plantas. Examiné mi cuerpo, mi posición. Yacía desnudo boca abajo sobre la orilla, verdadera frontera metafórica y literal entre los dos universos donde había transcurrido mi odisea: la tierra de la que partí y a la que retornaba y el sublime lecho de paz y pasión del mar que, no obstante, abandonaba como el ladrón en la noche. El sol me ardía en la espalda, y me vino a la cabeza que podía ser el primero de los castigos físicos que mi mundo se disponía a infligirme por haber desertado de él.

Resolví ponerme en pie, dispuesto a regresar de una vez al lugar donde, me gustase o no, pertenecía, pero antes cerré los ojos y, con toda la delicadeza de que fui capaz, bebí un sorbo de agua salada, y luego otro y otro. Fueron besos inútiles y acaso avergonzados de sí mismos con los que me despedía de la muchacha transparente. Quise creer que allí, en la espumeante orilla, su espíritu, antes de partir, recogió la huella de mis labios. Una ola más poderosa que las demás, viva y nerviosa, ascendió por mi cuerpo, acariciándolo, y luego resbaló sin remisión arena abajo, iniciando el camino que la llevaría de regreso a las profundidades. Fue su beso último, su adiós.

Y tras él vino de vuelta la vida impura, fea y real.

Como si hubiera sido una señal apremiante, recuperé de golpe el quinto sentido y oí el sonido del mundo: rumores de viento y olas, chillidos exultantes de aves, signos de vida por doquier que, tras largos meses, tal vez más de un año embelesado por la hermosura del silencio, se me antojó insoportable. Fue esa agresión de ruidos apacibles la que me puso en pie de un salto, prevenido y en guardia contra el lugar al que voluntariamente había querido regresar.

Entonces descubrí al hombre bajo el cocotero.

Asustado, calibré dónde ocultarme, qué posibilidades tenía de escapar sin ser visto. A pesar del tiempo transcurrido, la danza de los machetes sobre la carne de los prisioneros latía viva en mi recuerdo, igual que sigue haciéndolo hoy. Pero el hombre bajo el cocotero no se había percatado aún de mi presencia, lo que me animó a examinarlo un poco más de cerca. Ciertamente no parecía una amenaza, sentado en el suelo con la espalda apoyada contra el tronco y la cabeza caída a un lado en difícil ángulo, como si hubiera perdido el conocimiento. Incluso podía estar muerto. Se hallaba solo, y ello me animó a aproximarme.

Vi entonces que el tajo de un machetazo le había desgarrado el muslo izquierdo desde la cadera hasta la rodilla, y donde una vez hubo carne y sangre sólo se veía ahora un afanoso enjambre de insectos verdosos y negros. Era un soldado español, como yo. Los jirones de su uniforme me recordaron que una vez, muchísimo tiempo atrás, antes de mi fabulosa aventura, yo había vestido ropas como aquéllas. Prendido a lo que restaba de su camisa llevaba cosidos los galones de teniente, aunque la fiebre y el sufrimiento habían arrebatado al desdichado toda gallardía y honor. Así que el mundo no había cambiado en mi ausencia: allí seguía el ejército español, muriendo y matando en la isla. Ninguna gloria patriótica se percibía en aquel ser patético secado al sol, cuyo tormento a nadie reportaba beneficio. Pero precisamente por ello no podía abandonarlo allí. Cargué con él a hombros, sorprendido de la fuerza física que me permitió alzarlo como si no pesara más que un chaval raquítico, lo que, en definitiva, era de alguna forma, y eché a andar sin alejarme de la costa. Intuía que de toparme con algún peligro siempre podría correr al agua y pedir ayuda a la muchacha transparente, de la que quise imaginar que, por alargar un poco nuestra despedida, seguía avistándome desde mar adentro.

¿Cuánto caminé bajo el sol? ¿Y por qué no me agotaba? Una determinación ciega, motivada más por el afán de prestar auxilio al herido, del que por alguna causa me sentía responsable, que por regresar yo mismo a la civilización, me animaba a continuar dando un paso tras otro sin atender al cansancio o a la sed que, extrañamente, no comparecían para apoyar al verdadero tormento: el del sol y su fuego.

Había caído ya la noche cuando, de súbito, casi me di de bruces con una patrulla española. Primero me aterré ante las sombras en movimiento que se adivinaron en la nada negra, pero cuando se adentraron en el círculo de luz que dibujaba la luna sobre el camino reconocí que los espectros vestían nuestro uniforme. Y no pude por menos de echarme a reír con carcajadas histéricas cuando verifiqué que mucho mayor que mi susto fue el de ellos, espeluznados ante la aparición de un hombre desnudo, casi literalmente despellejado por el sol, que cargaba a una piltrafa humana todavía viva.

Algunas horas después, aseado y revitalizado por las dosis de agua que medidamente me iban suministrando, reposaba sobre una cama limpia. «Por fin a salvo», dijo el médico que me atendió antes de retirarse, pero en aquella mazmorra de higiene pegajosa y resecas sábanas blancas yo me sentía un inválido atrapado en un mundo mugriento... ¿Dónde estaba mi mar, dónde la muchacha transparente? Aquella primera noche de convalecencia la pasé acurrucado junto a la fantasía de que dormía con ella, amándonos sin límite en el océano de mi imaginación.

El amanecer convocó cacareos de gloria militar alrededor de mi lecho: dos o tres oficialotes de alta graduación me observaban en silencio, acompañados del médico y de un capellán que limpiaba continuamente el sudor de su frente. El teniente que había hallado bajo el cocotero, al que lamentablemente había sido preciso amputar la pierna y del que más valía no esperar que recuperara la cordura ni el habla, era hijo de un importante general, quien, feliz tras haber recuperado al primogénito perdido, recomendó que se me concediera una condecoración y se tramitara mi inmediato regreso a España. Esa noticia, que me habría hecho sentir júbilo antes de mi aventura, logró ensombrecer mi espíritu. Y sin embargo, ¿no era lo que había anhelado mi melancolía, acumulada a lo largo de tantas noches submarinas? Así de contradictorio es el ser humano, o así somos, al menos, algunos hombres. Cuando disfrutaba con la muchacha transparente pensaba en el retorno al hogar, y ahora que ese afán se veía cumplido mi mente volaba de nuevo buscando fundirse bajo las olas con su cuerpo intangible. Si contaba mi aventura de amor sería tomado por loco, así que callé y guardé para mí los detalles y el recuerdo de sus besos.

Convaleciente, mis días transcurrían tristes e infinitos, y cualquier incidente o suceso, por nimio que fuera, aliviaba mi tedio. Una mañana, trajeron a un soldado destrozado por los machetes enemigos. Debía de rondar los veinte, y era delgado y de corta estatura. Aunque en aquella jaula del infierno los rostros de todos los heridos eran el mismo rostro crispado, doliente y barbudo, aquel hombre desnudo y casi exangüe, con múltiples heridas de arma blanca en su carne, me resultó extrañamente familiar, y no supe, cuando lo depositaron sobre un catre vecino al mío, si estaba tan sólo desmayado o había muerto minutos antes. Reflexionaba sobre lo afortunado que a pesar de todo podía considerarme, cuando el hombre abrió los ojos y tras examinar muy despacio, creo que sin reconocer nada, el lugar donde había despertado, me miró. Traté de sonreírle pero no pude, tan impresionante era su faz de muerto que retornaba a la vida. Con gran asombro por mi parte, él sí me reconoció a mí, llamándome incluso por mi nombre de pila. Tenebrosamente, se refirió a una emboscada en la que había caído, y cuyas circunstancias y escenario resultaban tan parecidas a las de mi propia emboscada que ambas se dirían paralelas, si no idénticas. En su tenaz delirio, comenzó a desgranar detalles que yo había vivido y por supuesto recordaba: la hora del asalto, la misma en ambos casos; el mismo sol abrasador, el mismo desdichado que decidió saltar primero al mar y fue a caer en manos de los torturadores... También el mismo plan de fuga, que según el resucitado había planteado yo. ¿La locura me tendía una trampa? Ese soldado era, según él, uno de los siete que habíamos caído en la celada rebelde y en concreto, caí entonces en la cuenta, el madrileño que por miedo eligió no saltar al mar y, fuera de sí, disparó contra nosotros, alcanzándome en la espalda. Según contó, había caído en manos del enemigo a las pocas horas de quedar solo, cuando, rabioso y medio ciego por la luz del sol, agotó el último cartucho. Sufrió inimaginables tormentos y vejaciones, pero un pequeño contingente que había salido en nuestra busca apareció a tiempo de rescatarlo aún con vida. Escuché sin inmutarme, con esa afabilidad condescendiente con que recomiendan atender a los locos, y, quitándole importancia a la cuestión, le pregunté cuándo había ocurrido todo esto. Él respondió sin titubeos que la emboscada había tenido lugar sólo cuatro días antes. Me sobresaltó el imposible salto temporal, aunque ante él me limité a asentir con indiferencia, y al poco me giré, fingiendo que dormía. ¿Cuatro días? ¿Qué cuentas se hacía el desdichado? Yo había vivido el amor submarino durante intensas semanas que conformaron el paso de meses y más meses, no menos de un año antes de que la idea del regreso a casa comenzara a asfixiarme. ¿Cuatro días? Ridículo, me dije. ¡Imposible! Intenté dormir sin lograrlo. Pero la inquietud, subrayada por la respiración de silbidos entrecortados del resucitado loco, echó un pulso contra mi lucidez que se alargó toda la noche, y no fue hasta la primera luz del amanecer cuando el agotamiento, imponiéndose sobre los desasosiegos, me arrastró hasta el sueño.

Cuando desperté, el soldado ya no estaba, y esa ausencia que debería haber resultado tranquilizadora me preocupó aún más. Pregunté al doctor apenas entró, y él, que traía buenas nuevas sobre mi recuperación y el consiguiente retorno a España, corroboró con total naturalidad que el ataque había acontecido el lunes anterior; por tanto, siendo viernes el día en que hablábamos, habían pasado sólo cuatro días. Cuatro días, me repetí desconcertado. Entonces era cierto. Y comencé a temer por la salud de mi pobre mente vapuleada. ¿Habría perdido el juicio? Pregunté por el madrileño, que incluso en su extravío podía suministrarme alguna información añadida, pero el infeliz había muerto a primera hora de la mañana.

El mundo se convirtió de repente en una mentira por la que yo transitaba cauteloso, como si también se apoyaran mis sentidos y mi inteligencia en el bastón del que me servía para caminar. Cada paso que daba traía una pregunta nueva que requería su correspondiente constatación: ¿hoy es ciertamente viernes? ¿Esta enfermera es real? ¿Los disparos que resuenan a lo lejos son auténticos o ficticios?

¿Y la muchacha transparente?

Un anochecer me escabullí hasta la cercana playa. Bajo el cielo sin luna, el mar era una invisible masa de negrura que yo, en pie cerca de la orilla, identificaba por el callado rumor de la espuma a mis pies. Inspiré varias veces. Necesitaba valor y decisión para dar respuesta a la pregunta que habitaba en mí y me comía la vida:

¿Y la muchacha transparente?

Resueltamente, arrojé el bastón a un lado y me quité la camisola. Para hablar de tú a tú con el mar hay que estar desnudo, sin adornos ni apoyaturas. Me adentré un paso en el agua y luego otro. La masa salada me lamía las pantorrillas, tal vez era ella que retornaba... Otro paso y otro, al quinto resbalé sobre una leve irregularidad del terreno y la razón vino a recordarme que me hallaba aún muy débil, y que ese mar era hogar de tiburones que a veces se aventuraban cerca de la orilla. Al sexto paso, cuando una ola más vigorosa chocó contra mí y percibí cómo el leve impacto se transformaba en caricia de sal que ascendía por mi muslo, rodeándolo y ciñéndolo antes de aflojar y retirarse, creí que era ella, esta vez sin duda. Pero no hubo remolinos de felicidad presagiándose, ni se alzó entre las olas negras la reconocible algarabía de succiones que en el pasado me habían invitado a acompañarlas hasta el infinito fondo marino. ¿Dónde estaba? ¿Por qué no comparecía? En el séptimo paso resbalé, y al caer tragué agua. Se inundó mi garganta de sal, tosí y escupí por la náusea y el instinto me hizo ponerme en pie, aterido y tembloroso, repentinamente temeroso de la realidad del mar, que me forzó a exiliarme del idílico mundo de la muchacha y cambiarlo por el mío, para el cual yo había vivido cuatro días de alucinado extravío en el interior de la jungla en vez de un año de felicidad bajo el mar. Expulsado de la felicidad por mi propia razón, cargado el espíritu de miedos en lugar de respuestas, con la mente en pugna brutal contra los sentimientos, comencé a recular hacia la orilla, y cuando la alcancé gateé en busca del bastón como un amante desarbolado por la duda, ridículo en mi desnudez súbitamente indigna. Hui sin mirar atrás. ¿Qué habría visto de haberme vuelto? El mar negro, invisible. O lo que es lo mismo: nada.

Al día siguiente embarqué para España. Llevaba una medalla de héroe prendida sobre mi famélico pecho huérfano de amor.

El barco zarpó un amanecer. Me devolvía a casa, igual que en su día me había sustraído de ella. Viajábamos a bordo héroes, cadáveres y tullidos. A los primeros, los más escasos, nos habían dado una medalla; a los otros, un ataúd o unas muletas que otros mutilados habían usado previamente. Nos miraban con respeto paternal los mismos oficiales que, a gritos y pistola en mano para matarnos si retrocedíamos ante el enemigo, nos habían llevado al matadero. Una noche soñé que los héroes, los tullidos y los cadáveres, éstos milagrosamente resucitados, nos amotinábamos y lográbamos el control del buque, pero al llegar a puerto en busca de venganza contra los vivos, nos abatían los fusileros vestidos de gala que componían parte de la parada dispuesta en nuestro honor para recibirnos con banda de música y discursos de gloria; a nadie satisface que muertos putrefactos, con barbas descuidadas y ojos enloquecidos por la pena, vengan cuchillo en mano a exigir cuentas y cobrar en sangre su infortunio.

Al amanecer de otra noche de insomnio creí ver a la muchacha transparente bullendo tras la estela del barco. Fue un mazazo de alegría, aunque también de incertidumbre, que el destino propinó contra mi alma. Llevaba tiempo intentando convencerme de que mi aventura marina había sido un sueño, y casi lo había conseguido cuando, al surgir ante mis ojos el conocido revuelo de espuma, volvió a erguirse en mí el fantasma alto y febril del deseo. Por un instante me vi, eufórico e irresponsable, suicida sin retorno, descolgándome por la borda para retozar con la muchacha, pero la inoportuna, o quién sabe, acaso oportunísima, aparición de otro soldado madrugador vino a frustrar mi plan, y no alcancé a saber si la corriente que se deslizaba bajo la superficie era o no la muchacha. ¿Venía tras de de mí, me seguía amando? Dentro de mi corazón colisionaron de frente el anhelo por volver a sumergirme con ella contra la convicción de que su existencia constituía la mayor amenaza para mi pobre salud mental.

Al avistar tierra española, mi razón cautelosa ya había trazado un plan de supervivencia que, cabal pero dolorosamente, exigía la renuncia a ese amor capaz de volverme loco. Apenas desembarcamos, y una vez hubimos rendido todos nosotros, los vivos en posición de firmes y los muertos callados en sus féretros de madera, los honores e himnos debidos a la bandera por la que habían perecido nuestras almas y en algunos casos también nuestros cuerpos, me apresuré a recuperar mi vida de civil, guardándome en el bolsillo los duros que por salvar al teniente moribundo me entregaron, y tomé el primer tren cuyo destino fuera el corazón más seco de la seca Castilla, el lugar más alejado posible del mar, habitado por lugareños que ni lo hubieran visto ni soñaran con que fuera para ellos posible conocerlo algún día. Allí renacería yo, allí olvidaría. Allí, acaso, volvería a amar.

La lentitud del tren que se alejaba de la costa me sugería el ritmo adecuado para reflexionar sobre la vida, sobre el amor y la muerte, cuando, al enfilar un tramo recto, la locomotora aceleró y el azul del mar que en la lejanía aún se distinguía entre montañas desapareció de pronto tras una colina. En el mismo instante me atacó el infierno con todos sus fuegos. Me abrumó un bochorno repentino, que crecía y crecía portando la ansiedad más acuciante. Luego sentí escalofríos, convulsiones, y enseguida, nítida y abrumadora por segundos, la falta de aire que se solidificaba en mis pulmones y me ahogaba. Espoleado por un terror sin medida, pues no existe para el ser humano angustia más grande que la tenaza de la asfixia, intenté respirar violentamente, con desesperación, pero el aire no llegaba a mis pulmones. Me puse en pie, corrí sin saber hacia dónde, y si continúo hoy con vida es porque en vez de razonar qué pasos debía dar me limité a seguir las órdenes de mi instinto.

Salté del tren en marcha, intuí que era eso o morir. La ejecución del acto implicaba mi renuncia a separarme del mar, y eso me salvó. Mi claudicación, al ser verbalizada por la mente, debió de llegar también a la muchacha transparente, que, de una u otra forma, tenía que hallarse detrás de mis ahogos, y me fue concedida una tregua. Pude respirar algo, muy poco, lo suficiente para no morir. Era como si alguien tirara de una correa ceñida con fuerza a mi cuello. Boqueando grotescamente, como un pez fuera del agua, sin decir palabra y moviéndome muy despacio para no agotar mis reservas de aire, aguardé al siguiente tren de vuelta hacia la costa y subí a él. Una vez partió, avancé a través de los vagones hasta la locomotora, con objeto de restar esos metros insignificantes a la distancia que me separaba del mar: mi nuevo, tiránico e inmisericorde pulmón.

Un rato después me dejaba caer de rodillas, como el esclavo irremediable que ya era, sobre la orilla de una playa solitaria, y allí, junto al mar, sentí que me invadía el éxtasis de la plena respiración vivificante jubilosamente recuperada.

Pero ya no era un acto libre. Ante mis ojos se encabritaron las aguas en furiosa agitación, como una advertencia en forma de tornado de espuma, y esa misma noche, a la luz de una vela junto a la ventana abierta sobre el mar de una pensión portuaria, me entregué al único consuelo que en esos momentos sentía a mi alcance. Comencé a redactar la historia de mi vida y de este amor verdugo.

Como suele suceder en todos los amores humanos que se rompen, también en mi caso llegó el momento, fallido e insuficiente siempre, del desolador análisis racional, de los intentos de explicación sobre por qué no fue lo que tenía que haber podido ser. ¡Cuánto tiempo de la historia del mundo se ha dilapidado, para nada, en tratar de responder a esta cuestión! Había vivido y gozado bajo el mar sin hacerme preguntas, ni una sola, pero ahora mis recuerdos, al carecer de cualquier anclaje con la realidad, se negaban como Judas de sí mismos: no, no es posible respirar en el mar. No, no puede un hombre volar bajo aguas. No, no existe la muchacha transparente. Porque ella, ¿quién o qué era? Ante ésta, todas las demás dudas flaqueaban, y a la luz vacilante de la vela comparecía, retomando protagonismo, el espectro de otra posibilidad cada vez más verosímil, cada minuto más real: nada de lo que viví había existido, todo era una alucinación de mi mente perturbada por la fiebre y el terror a los machetes. Pero entonces, ¿mis ahogos en el tren? ¿Y la vida, hinchando mis pulmones cuando regresé sumiso al redil del mar? El ángulo de la ventana me permitía ver un rectángulo del puerto. Las barcas se mecían suaves y seguras, a salvo en el agua que las acogía y mantenía a flote, pero el plácido bamboleo tenía para mí otro significado que cuanto antes debía clarificar y ordenar.

A la mañana siguiente, muy de madrugada, intenté con ingenuo sigilo escapar otra vez de la muchacha transparente. ¿Acaso no sabía que ella estaba en mis pensamientos y podía por tanto adelantarse a cada uno de los pasos que para burlarla intentase dar? Amparado en las últimas sombras de la noche salí a la vereda y caminé a buen paso tierra adentro. Tenso y demudado, lleno de temores, dejé atrás varias curvas del sendero y una pequeña altura del terreno, pero si volvía la vista, cosa que hacía en cada curva, como un niño temeroso del castigo paterno, todavía podía divisar, perdiéndose en la lejanía, la perversa quietud azul. Fue al iniciar el ascenso de una larga cuesta de tierra amarillenta cuando, sin previo aviso, sentí el fortísimo trallazo de la correa que ceñía mis pulmones. Me lancé a correr despavorido, apostándolo todo a la idea de que la influencia de la muchacha tuviera un radio de acción limitado, pero la asfixia me obligó a frenarme en seco y deshacer con igual frenesí el camino recorrido hasta el punto donde, por verse de nuevo el mar, pude volver a respirar. Sin detenerme a pensar en la terrorífica cárcel donde me hallaba preso, intenté otras cinco veces, a cuál más desesperada y agónica, atravesar el cerco intangible. En los cinco casos hube de darme por vencido, literalmente al borde de la muerte en cada ocasión, y ya sin fuerzas, humillado y lleno de temor, regresé por propio pie a mi prisión sin barrotes: la entera extensión de la costa, a la que me hallaba encadenado por mis pulmones maldecidos, era mi celda de aire y luz. El mar inabarcable, mi juez y mi condena igualmente sin límites.

¿Por qué esa obsesión criminal de la muchacha transparente por mantenerme a su lado? Yo no era ya suyo, y de buen grado me había permitido partir cuando nada le habría sido más fácil, en la profundidad donde reinaba, que retenerme junto a ella. La cercanía del mar me daba vitalidad y valor, lo mismo que me debilitaba el alejamiento de él, y por ello salí resueltamente de la pensión y crucé el pueblo desierto hasta la playa bañada por la luna llena. Desnudo, me aventuré entre las olas, retando a la muchacha transparente, convocándola con el deseo.

La llamé con la imaginación e infaliblemente, nada más pensarla, la sentí llegar hendiendo la superficie del mar con su afilada invisibilidad. Los borbotones a mi alrededor podían expresar júbilo o ira, pero no me arredré. En el agua, junto a la muchacha, me sentía poderoso e invencible, reciamente dotado para surcar el océano dentro de ella y, de hecho, ansioso de repente por hacerlo. ¡Qué extraños pueden ser los resortes del deseo, qué hermosos pero también, a veces, qué incomprensibles y enfangados! Estaba solo en la oscuridad de aquel mar hostil, a merced de la muchacha que había intentado varias veces matarme y, sin embargo, todo se nubló ante mi vista excepto el ansia de sentirla. Me zambullí con la arrogancia de saberme también deseado, seguro y risueño, citándola mediante el eco submarino de los latidos de mi corazón, al que desbocaba el éxtasis inminente de sentir a mis pies los océanos enteros, de saberlos míos.

Nos amamos el resto de la noche y todo el amanecer, en las profundidades y entre la espuma donde sobre la arena se funden el mar y la tierra. Alguien que a primera hora de aquella mañana se hubiera asomado a la playa sin saber nada de nuestra pasión habría visto tan sólo mi cuerpo desnudo, plácidamente exhausto sobre la orilla, y sin duda no se habría percatado de que allí, envolviéndome, reposaba también ella, invisible y desnuda, lujuriosa de plenitud y poderío puros.

Sin encontrar mejor denominación para su afán por mí decidí que estaba enamorada, aun a sabiendas de que no podía sostenerse racionalmente ninguna forma de explicación sobre los actos de un ser invisible e intangible cuya esencia, ¡caso de que efectivamente la tuviera!, era, como mínimo, misteriosa e indescifrable. ¡Pero la palabra amor puede explicar y justificar tantas cosas que no tienen explicación ni pueden justificarse! Enamorada o no, la muchacha transparente se negaba a dejarme marchar, y poseía la capacidad de matarme si intentaba alejarme de ella. ¿Para qué, desagraciadamente, necesitaba saber más? Los escritores tendemos a explicarlo todo en nuestros libros, pero ésa es la mayor inverosimilitud de las novelas: querer atar todos los cabos, responder a todas las preguntas cuando la realidad, en ese sentido una verdadera novela inacabada, casi nunca lo hace, y se mueve ante nosotros llena de lagunas legítimas, de preguntas en el aire, de motivaciones inimaginables. ¿Mis infinitas preguntas sobre la muchacha transparente la convertían en irreal? No... Mis pulmones, para desgracia mía, demostraban que no. La muchacha existía, y reinaba en mí.

Bajo la losa terrible de esa conclusión innegable regresé a la pensión, donde, arropado por la serenidad extraña que concede el agotamiento moral llevado más allá de su propio límite, dormí todo el día y toda la noche. Al siguiente amanecer, titubeante y derrotado, literalmente temeroso de cada bocanada de aire y preso de mi propio aliento, inicié una nueva vida, forzándome a pensar que mi inaudita situación, al fin y al cabo, era similar a la de los tuberculosos que se ven obligados a residir en escenarios de alta montaña y aire libre. El mar era mi montaña, donde el aire libre me esclavizaba. Mi residencia podía ser el mundo entero siempre que la costa se hallase cerca.

Así probé a vivir. No me alejaba de la costa aunque tampoco me acercaba a ella, lo que me parecía una gran victoria. En esa balanza equilibrada transcurrieron algunas semanas, sin cánticos de deseo que me reclamaran desde el mar ni amenazadoras llamaradas de oleaje desencadenándose sobre su superficie. Reconstruí mi vida, volví a cantar poesías y cuentos por los pueblos y ciudades que tuviesen la costa cerca, y también, pues nada hay más humano que la incandescente tentación por los amores novedosos, cuyos primeros instantes de brillo son un tipo de fruta jugosa que no se halla en ningún otro árbol de la tierra, osé un día dejarme arrastrar por la mirada franca de una joven real, que pisaba con sencilla firmeza real la tierra real donde pastaban sus terneros, también reales.

Fue en una aldea vasca junto al mar, y aunque no importan a mi relato los detalles de su carnal y sincera entrega, sí diré que nos vimos tres o cuatro veces, obligadamente clandestinas por razones que tampoco viene al caso enumerar. Su cuerpo y el calor de su cariño me llenaron de alegría recuperada, pero sobre todo me hicieron ver que podía haber vida más allá de la muchacha transparente. Tal vez, pensaba, algún amor verdadero mío acabaría por espantarla, le haría volver a ese lugar inexplicable del que también inexplicablemente había surgido. Fue una pista que no pude explorar, porque una mañana supe que mi entrañable vaquera había muerto, extrañamente ahogada cuando nadaba en el apacible mar en marea baja de la playa de su aldea. No volví por allí, no tuve el valor de acercarme a mirarla por última vez, para posar sobre su mejilla el beso de una lágrima desde mi mirada emocionada. Hui. Abandoné la zona, la provincia, la costa vasca. Hui como si la hubiera matado yo, durmiendo durante el día, oculto igual que un prófugo, y caminando en la oscuridad porque la noche me reclamaba como un purgatorio merecido. Una playa desierta se cruzó en mi camino, y bajé hasta su orilla para desfogar mi ira. Llamé con gritos obscenos, furiosos, a la muchacha transparente, le chillé mi odio y lloré, patético ante ella, mi amor sencillo y limpio por la cálida joven vasca. Durante una hora, tal vez dos, escupí hacia el indiferente mar todos mis reproches, los sufrimientos contenidos y las esperanzas frustradas, y cuando el puro agotamiento físico me dobló las rodillas y caí, lloroso y roto, sobre la callada espuma, dejé que me arrastrara el recurso último de la súplica, que fue también la humillación final. Entonces se extendió sobre el mar del amanecer un silencio anómalo, y las gaviotas que hasta unos segundos antes habían ido punteando la arena con sus huellas alzaron el vuelo, súbitamente inquietas. Incluso el sol rojo pareció detener su salida, conteniendo el aliento. Algo inmenso a lo que mi ignorancia había dado en llamar muchacha transparente se movió bajo la superficie del agua y comenzó a alzarse, desplazando hacia el cielo la masa entera del mar hasta donde mi vista podía alcanzar. Se alzó y se alzó y se alzó como un gigante parsimonioso e interminable, y cuando hubo cubierto por completo el cielo y su luz, y las nubes, y cualquier vestigio del horizonte, se quedó quieto, mirándome en silencio desde su solemnidad sin ojos. Al poco, cuando quedó evidenciado que su volumen y su voluntad lo eran todo y yo era nada, comenzó a replegarse hacia el interior de su propia esencia todopoderosa, intangible y letal, y desapareció otra vez bajo las aguas. ¿Es posible contemplar espectáculo más grandioso y aterrador? Y sin embargo, cuando desapareció sentí también la desolación de haber perdido para siempre la belleza desnuda en su plenitud de verdad absoluta.

¿Qué puedo añadir sin acrecentar en vuestras mentes la idea de que escucháis a un pobre loco? Aquí me tenéis, juzgad a esta pobre alma derrotada por el amor, compadecedme pues así vivo, cerca todavía de la costa que me concede la limosna del aire, sin atreverme a huir, sin osar amar a una mujer de carne y hueso, pues la podría matar y quién sabe si morir yo.

Y sin embargo, aún me queda esa esperanza... Una mujer de carne y hueso que aparezca un día para romper con su sola presencia, con su amor sin límites, el terrible hechizo que me arrasa. Una mujer real que sea capaz de burlar a la muchacha transparente y sepa vencerla. Una mujer de generosidad humilde y verdadera que pueda, mediante sus besos hondos y sus palabras ciertas, insuflarme el aire que hoy me arrebata el mal del mar que vive, maldito, en este acantilado vuestro.

Ahí acaba el libro de Gabriel, que es también el libro de Eloy.

Clara, al terminar la lectura, lo ha girado a un lado y a otro esperando encontrar más texto, pero ése es el final.

Se ha demorado tanto en cada página, en cada párrafo, que la noche ha transcurrido y concluido, y ahora la luz del amanecer se cuela por los postigos entreabiertos.

Un canturreo leve se acerca desde alguna parte y Emilia aparece de pronto por la puerta, trayendo la misma bandeja, esta vez con café y pan y aceite. La coloca sobre la mesa y luego, reparando en el reloj detenido, mira cariñosamente a Clara:

—Curioso, Eloy también paró el reloj para leer. ¿Te importa que lo ponga en marcha?

Clara concede con un gesto y otra sonrisa. En efecto, no importa. El hilo imaginario que había logrado atravesar la muerte hasta Eloy era eso, imaginario.

—Esto es todo... —afirma Clara más que pregunta, claramente perturbada ya por un miedo que tiene nombre y apellidos. Emilia, por toda respuesta, abre las manos en señal de resignación—. Esperaba algo más. ¿Mi hijo hizo algún comentario a leerlo?

—Se puso muy contento, muy excitado —dice la estanquera mientras llena dos tazas de café.

—Contento... —vuelve a susurrar, desvalida, Clara.

—Decía que esto era una prueba de que era verdad lo que vio bajo el mar.

Clara respinga y se estira sobre la silla como sacudida por un choque eléctrico. Su miedo, ahora, tiene además rostro. Eloy no sólo estaba seguro de haber visto a un hombre sentado en el fondo el mar. Además daba credibilidad al demencial relato de Gabriel Ortueño Gil. Si su hijo defendía la existencia de la muchacha submarina, ¿no es ello una prueba incontestable de que había recaído en el delirio de la droga, de que rondaba la frontera de la locura justo antes de morir, y tal vez conducía en ese estado cuando se mató? *Se tomaba en serio la demencial historia de Gabriel,* se repite Clara, desolada. *¿Necesito más pruebas de que el horror había vuelto?* Sin embargo, estaba la euforia, tan sincera, de la carta. Estaba, y sigue estando, su intuición de madre. Y estaban, y seguirán estando siempre, las últimas palabras de Eloy, memorizadas y exprimidas por Clara como si contuvieran la fórmula mágica del antídoto contra su futuro de pena sin retorno... «Contigo sé que lograré demostrarlo, y por eso te lo pido: cree en mí. Ayúdame». Rememorándolas, calla sin saber muy bien qué decir, mientras la estanquera, con ese halo misterioso que parece conceder a su mirada la capacidad de saber lo que piensan los otros, la observa expectante mientras, una vez más, la mente angustiada repite la pregunta obsesiva:

¿Eloy me mintió y había vuelto a caer o me dijo la verdad y estaba ilusionado con su proyecto de vida?

—Es mentira que se pueda vivir sin la verdad —pronuncia entonces Clara con solemnidad de sentencia. Emilia no dice nada, sólo espera. Sabe que va a continuar—. Esa frase se me quedó desde mis tiempos de estudiante, solía repetirla en la facultad un profesor de estadística que teníamos. La decía como introducción a su asignatura, pero yo, desde que la escuché aquella primera vez, la entendí como una clave para vivir. ¿Contaste a Eloy más cosas?

—Una más. Le conté mi encuentro con Tomás Montaña, hace muchísimos años.

—Te escucho.

—Pero no se lo conté aquí. Fuimos hasta el sitio donde tuvo lugar el encuentro.

—¿Te importa que lo repitamos?

—No, me parece natural que lo pidas.

—¿Está muy lejos? Antes me gustaría pasar por el hotel, debo recoger algo.

—Será mejor que pidamos un taxi, por mis piernas.

—De acuerdo. —Clara saca el móvil y pulsa el número de los taxistas de Padrós que previsoramente anotó nada más llegar—. ¿Dónde le digo que vamos?

—Al acantilado.

«Un día de pronto han pasado los años y ya no eres el que eras y además sabes que nunca podrás volver a serlo», dice el personaje protagonista de la película, un anciano que brilló en su juventud y ahora, estupefacto ante la vida y temeroso de ella, mira desde los bancos del parque el paso de los otoños.

Bastian, trémulo en la sala oscura y casi vacía de la sesión nocturna, siente que la pantalla es un espejo.

Vislumbra en el sentido del monólogo su propio fin, su decadencia tal vez lejana pero silueteada ya en el horizonte, inexorable como una bruma calmosa que viene hacia él devorando tiempo a pequeños bocados.

Hoy es el segundo aniversario del tiroteo en Padrós. Por la mañana, sobre las once, cuando se debían de estar cumpliendo aproximadamente los dos años justos del momento en que Amir o Amin apareció en la plaza del pueblo chorreando sangre, estaba él comprando conservas de calidad en una tienda de alta gastronomía. Se ha acostumbrado a las latas selectas, al marisco fresco y al caviar, a los vinos buenos... Todo ello constituye su exquisita última voluntad de condenado a muerte, su carísimo e interminable cigarrillo ante el invisible pelotón de fusilamiento. A las tres de la tarde, más o menos a la misma hora en que hace dos años llevaba ya un buen rato sentado en el sofá del caserón y empezaba a devorarle la inquietud por la ausencia de Vera, ha comido solo en un restaurante de diseño recién inaugurado y después ha paseado por el centro de Madrid retando con la mirada a los transeúntes. ¿Será alguno de ellos uno de los sicarios de Humberto, que tenían que haberlo capturado, torturado y asesinado veinticuatro meses atrás, abortando así antes de que naciera esta congoja permanente de soledad sin remedio? ¡Ojalá lo fueran! Ojalá lo fuera, ha pensado, ese ejecutivo lechuguino que se sube muy nervioso a un taxi, como si en la oficina donde trabaja no fueran a renovarle el permiso de seguir viviendo; o esos maestros joviales que dirigen a un grupo de niños hacia algún museo cercano; o incluso ese jubilado sentado en un banco, o el adolescente sobre patines... Porque si dos años atrás, cuando había caído el anochecer, la angustia por la ya flagrante incomparecencia de Vera llevaba un rato largo royéndole el corazón y la moral, hoy, al rememorarlo, sólo ha podido sentir la enorme tristeza de esa soledad que existe en exclusiva para él, modelo único en el mundo, y que se extiende a su alrededor, cualquiera que sea la dirección hacia la que dirige la vista, como un mar muerto sin horizontes. A media tarde ha ido al casino y, como siempre, ha jugado con las reglas que inventó para perder pase lo que pase, duplicando o triplicando las apuestas cuando lamentablemente gana, hasta volver a perder el beneficio. Hace ya meses que decidió emprender una febril lucha a muerte contra el interminable caudal de liquidez que todavía oculta en el congelador como si fuera el diario de un obispo aficionado a las fotos de niños desnudos. Sin razón alguna, creyó intuir una noche de insomnio que su vida habría de cambiar el día en que se librase del último de los euros que el azar maldito le había deparado, y desde entonces dilapida y dilapida y dilapida. Pero a veces, como esta tarde, el destino se mofa de él con la complicidad de la ruleta. Los jugadores de la mesa han visto atónitos cómo apostaba con temeridad suicida al veintitrés rojo cantidades más altas cada vez, y se han desconcertado al verle maldecir en voz baja, mascullando como sólo lo hace un perdedor al que la fortuna vuelve la espalda, cuando, insólitamente, ese número ha salido seis veces seguidas y ha tenido que recoger un odioso beneficio de dieciocho mil euros que, sumados al tesoro oculto tras los langostinos y los polos de chocolate, retrasarán otro poco más su permanentemente pospuesto reencuentro con la esperanza de felicidad recuperada. La peculiar adversidad en la ruleta, sumada a la frase que el personaje del cine al que luego ha entrado a medianoche, al filo del comienzo de su tercer año de fuga de sí mismo, acaba de recitar en la pantalla como si hubiera sido escrita para él, le han señalado que el camino elegido es el equivocado, o al menos insuficiente. La normalidad de vecino de barrio mediocre y solitario en la que durante meses se ha camuflado no le ha reportado otro fruto que el de ser durante meses, ya demasiados, un vecino de barrio mediocre y solitario. ¿Será ésta la pena que le ha impuesto el sádico Humberto, abandonarlo a la incertidumbre de una condena nunca materializada que cada día lo aproxima más a la locura? A veces se dice que los asesinos del serrucho y el alfiler no existen ni han existido nunca, pero no encuentra valor para creérselo del todo y por tanto no puede bajar la guardia, ni exorcizar al insomnio, ni culminar en paz una simple sonrisa. Los sicarios pueden aparecer mañana, esta noche, ahora mismo. Pueden estar en el cine, una butaca detrás de él.

Entonces, justo entonces, llega hasta él un sonido humano proveniente de la fila de atrás. Se crispa en el acto, trasladando desde la pantalla a ese punto la atención de sus sentidos en carne viva. ¿Y si lo matan ahí mismo, con una cuchillada a través de la butaca, o un corte seco en la garganta, o un disparo con silenciador en la nuca? La náusea del miedo a morir viene a recordarle que pese a todo quiere, contradictoriamente, seguir pegado con uñas y dientes a su odiada existencia.

Pero nada ocurre, y en ese nuevo aplazamiento de la ejecución que su paranoia imagina halla valor para poner el oído, con toda cautela, en lo que acontece a su espalda. Es un sollozo mínimo, un sollozo femenino que trata pudorosamente de contenerse, aunque lo derrotan ocasionales recaídas que la nariz trata de atajar mediante respingos rotundos. Bastian escucha con todos los músculos del cuerpo en tensión. Pero poco a poco se relaja, embrujado por el lloro de la mujer a la que sin embargo no puede ver, porque siente que si se volviese a mirarla se azoraría ante su intrusión, intentaría recuperar el control, reacomodaría el cuerpo en la butaca, y entonces se habría roto el instante mágico. *Sí, magia, magia,*

magia... Bastian apoya la nuca en el respaldo, resuelto a abandonarse a ella. Cierra los ojos, desinteresado de repente del diálogo final que enfrenta cara a cara al viejo depresivo con su hija despreciada durante veinte años, y se centra en la otra película que la vida le ha regalado por razones que no se detiene a elucubrar: la hermosa y sencilla historia, narrada sólo con sonidos, de una mujer que llora de emoción en el cine. Se deja arrastrar, y ruega para que se alargue, y se alargue, y se alargue el largo monólogo en que el viejo explica por qué huyó del hogar y dejó a la deriva a su hija. ¿Cómo será la mujer que solloza? Intenta darle edad con la imaginación, intenta precisar su edad, corporeidad, rostro, el peinado determinado que pueda llevar, pero no lo logra, y es al no lograrlo cuando alcanza a entender que una mujer solitaria que solloza emocionada en el cine se define a sí misma, es completa, no precisa de adorno alguno sobre la desnudez, también conmovedora, de su esencia de mujer solitaria que solloza emocionada en el cine. En la pantalla toma entonces el testigo la hija, una muchacha de veintitantos años, puede que treinta, que al ir aceptando poco a poco las razones del viejo logra con sus diálogos y silencios que la mujer que solloza intensifique su sollozo, lo haga más hondo, permitiendo a Bastian deducir que, como la chica de la película, debe de ser ella una mujer joven que ha vivido o está viviendo una crisis en la relación con su padre similar a la que propone la ficción cinematográfica. El fin de la película se acerca, tras el abrazo de reconciliación, y sólo queda ya un breve epílogo que mediante un rótulo explica que nos hallamos un año después. Siempre que ve en el cine un rótulo similar, Bastian piensa que le gustaría aplicarlo a su propia vida, saltar de pronto cinco años, o tres, o aunque fuera uno, para hallarse en otro lugar sin mediar esfuerzo, simple y llanamente por la materialización de ese prodigio puro. Sin embargo, esta vez sólo piensa que la mujer va a dejar de sollozar cuando se enciendan las luces, y saldrá del cine, y luego saldrá de su vida para siempre. *¿Y si no ha venido sola?* La repentina duda lo llena de espanto incomprensible, también odio hacia el posible acompañante, sea quien sea. Romperá con su presencia maldita el único vínculo con la mujer sollozante que Bastian pensaba permitirse cuando se enciendan las luces: mirarla un instante, memorizarla para siempre, comenzar a añorarla. *Mirarla un instante... ¿Tan intensa es mi sed de sentimiento? ¿Tanto se me está secando la vida?* Pero los títulos de crédito finalizan ya. De un momento a otro las luces van a encenderse, y el corazón le arde en el pecho, desbocado por los nervios hasta el punto de que le estallará si no se levanta en el acto. Y así, espoleado por tantos y tan opuestos miedos, se agarra a la tabla de salvación de ponerse en pie. Y mira a la mujer solitaria que sollozaba, a la mujer que solloza aún con los ojos tan fijos en la pantalla ya blanca que ni siquiera ve a Bastian, a la mujer que venturosamente sigue sollozando sola. *¿Qué hago, quedarme aquí parado mirándola?* Sus titubeos no le impiden estudiarla con apresuramiento que podría parecer de perturbado mental. Es joven, más o menos como la chica de la pantalla, e incluso se le parece. Por un instante le horroriza que pueda ser la actriz de la película, que hubiera venido a regodearse vanidosamente en su interpretación, lo que destruiría todo el encanto previo. Pero no, no es ella, sólo tiene un aire. La mujer solitaria que sollozaba y solloza aún lo hace ahora sin pudor, extrañamente orgullosa de proclamar su llanto, como si las lágrimas le provocaran un placer físico que quisiera alargar retrasando al máximo el retorno a la realidad. Sentada en la butaca como continúa estando, Bastian apenas puede aventurar la noción de que es delgada, que viste vaqueros y camiseta blanca y que lleva el pelo recogido en un moño muy discreto. Sus rasgos son hermosos, mucho, pero es la valentía de su lloro alargado con premeditación la que los convierte en estremecedoramente bellos, únicos. Bastian siempre sale del cine antes de que se enciendan las luces, amparado en la oscuridad y con la cabeza cautelosamente baja por si los asesinos lo hubieran seguido hasta el cine, pero esta vez se mantiene en pie, firme, encarando al público de la sala iluminada con inusitada temeridad, y aunque nadie repara en él, se trata de una frontera de valentía que nada hasta hoy, hasta este momento, hasta la mujer solitaria que aún solloza, le había decidido a traspasar.

Entonces ella cobra vida. Suspira de repente, de retorno en la realidad, y por simple ubicación física lo primero que le dicta el instinto es volver los ojos enrojecidos hacia el hombre que la mira con atención tan torpemente disimulada. Bastian, impotente, sólo acierta a encogerse de hombros y dibujar en la boca un rictus que supone grotesco. Pero, por alguna cábala inescrutable del destino, la mujer, tras ponerse en pie, se encoge también de hombros e intenta una sonrisa igualmente desbaratada con la que trata de dar explicación a su eclosión de lágrimas.

—Es que la actriz es mi hermana —dice con una dulzura que noquea a Bastian—. Es su primer papel importante. Consiguió su sueño.

Y entonces, incapaz de contener la emoción de sus propias palabras, rompe a llorar otra vez. Son lágrimas incontroladas de alegría pura, de felicidad, no de envidia por el éxito de la hermana. Son lágrimas limpias, lágrimas sin oscuridades adheridas. Bastian nota cómo por el milagro de la contemplación de esa ternura simple, sencilla, auténtica, a él también se le humedecen los ojos. Súbitamente, le brotan dos lágrimas nítidas, densas e interminables como si contuvieran las lágrimas no lloradas en los dos últimos años. El sentimiento fraternal de la mujer le ha emocionado con intensidad inexplicable. De pronto, no puede parar de llorar. Podría parecer desconsolado, pero en realidad se siente irracionalmente contento, casi feliz.

—¿Qué pasa? —pregunta la joven, desconcertada.

Pero él no puede hablar. Sólo llora, de repente con abundancia desbordante, y tiene que sentarse sobre el respaldo de la butaca más próxima, como si temiera desmayarse. Ella, entre la preocupación y la curiosidad, le toma la mano y empieza a sorber sus propias lágrimas para intentar recuperar el control de la absurda situación. El contacto tibio de la mano femenina contiene para Bastian nutritiva sustancia emocional, es como la primera respiración calmosa y plena tras la opresión de la náusea acuciante.

—Perdona, que la hermana es mía... —La salida de la joven le divierte a ella misma, y las lágrimas remiten para ceder espacio a la risa.

Él sonríe a medias, y ella, para animarlo, repite su gracia mientras le aprieta la mano.

—Que llevo treinta años aguantándola. Aquí la única que llora soy yo. Venga, vámonos, que esos dos de ahí nos miran con muy mala cara.

Bastian alza la vista, con las lágrimas paralizadas repentinamente por el retorno del miedo. Al fondo de la sala hay dos figuras quietas, estáticas, mudas: los acomodadores, que esperan impacientes a que ellos, los últimos espectadores, abandonen la sala.

Es en la calle donde, caminando juntos sin rumbo, surgen de forma espontánea las presentaciones.

—Me llamo Juan. Juan Bastian.

—Yo Pepa.

—¡Qué nombre tan bonito! Tiene algo especial, único —exclama él, incapaz de controlar su alegría.

—¿Estás de broma? A mí me gusta, claro, pero hay miles de Pepas.

Pero Bastian habla muy en serio. Pepa es el nombre de la primera persona en los últimos dos años que le ha permitido sentir que no está muerto, o que no lo está del todo. Por eso se atreve a decirle:

—¿Te apetece tomar un café?

—¡Eh, tú, hijoputa! ¡Héroe cabrón…! —Las palabras resuenan con claridad, nítidas sobre el rumor del mar apaciguado, que presagiaba una jornada tranquila.

—¿Dónde vas, hijo de puta? —Los insultos rebotan contra las formaciones rocosas del acantilado y, al retornar confundidos entre sí, parecen uno solo, más soez y agresivo.

Gabriel está acostumbrado a ser el blanco de maridos celosos a los que no explica, para qué si no le creerían, que desde su regreso de Cuba le atemorizan los lances amorosos en alcobas y cobertizos, y los rehuye en vez de buscarlos. Pero esta vez las voces son varias, aguardentosas y obscenas, las de un grupo tan seguro de su propia impunidad que se permite asaltarlo a plena luz del día.

Van a matarme.

Si esta amenaza se hubiese producido sólo una semana antes lo habría agradecido… *La muerte, ¿por qué no?* Pero ahora necesita a Leonor, y quiere luchar con uñas y dientes por estar junto a ella.

Inspira, se vuelve. Lo que haya de venir, mejor enfrentarlo cara a cara. Los atacantes son tres, todavía distantes unas decenas de metros. Y en uno de ellos reconoce, vestido ahora de paisano, al guardia civil que no hace mucho les avisó a Rufino Matamoros y a él de que los indeseables no son bienvenidos en Padrós.

—Eres un hijo de la gran puta, poeta, ¿lo sabías? —dice el guardia disfrazado de civil. Es el que lleva la voz cantante. Hace un gesto de cabeza hacia los otros dos, que se despliegan y forman alrededor de Gabriel un arco que no llega a rodearlo por completo, pero lo encajona en un área limitada cuya única salida es el acantilado. Calculando sus posibilidades, vislumbra por encima del hombro la serena estampa de la bahía de Padrós, la playa desierta y el mar sin nubes de un día de verano tan malo como cualquier otro para irse de la vida, precisamente ahora que tiene una razón para no hacerlo. ¿Qué pensará Leonor cuando vea que no acude a su cita? *Creerá que le mentí...* Y Gabriel decide no consentirlo. Saldrá de ésta y volverá a reunirse con Leonor. *Verás que no miento. Verás que te dije la verdad.*

—Mira lo que tengo aquí, poeta —anuncia el guardia, socarrón desde su posición central en el arco; y echa mano a su espalda, a la altura del cinturón. *¿Va a sacar un arma?* Una navaja, una fusta, una pistola..., cualquiera de esas opciones habría alarmado más al poeta, acostumbrado a enfrentarse con la palabra a los maridos injustificadamente iracundos, o a lo sumo, alguna vez, con las manos desnudas. Pero lo que aparece en la recia mano velluda es un libro, un ejemplar de *Todo el amor y toda la muerte,* uno de esos que él mismo reimprime a medida que las mujeres lo van adquiriendo. Lleva seis o siete más como ese en el zurrón. El guardia lo eleva en el aire como un sacerdote a punto de citar a cualquier apóstol—. ¿Te suena, mariconazo? ¿Lo reconoces, verdad?

Gabriel rota discretamente la cabeza para no perder de vista los movimientos de ninguno de los tres hombres y lanza miradas al suelo en busca de algún arma. Ya vivió una situación mucho peor en Cuba, también encajonado contra el mar, como si los acantilados estuviesen obcecados en su perdición, y el paralelismo temporal y espacial, lejos de aumentar su angustia, le templa los nervios como si aquella celada que derivó en la tragedia que sigue viva hoy adquiriese de repente su condición de ensayo general de este momento. Gabriel fue soldado, luchó y mató, y los tres hombres parecen ignorarlo, como demuestra el hecho de que se hayan mofado de su condición de héroe. Probablemente piensan que es un poeta afeminado, incapaz de defenderse, y ello constituye una ventaja, la única junto a la evidencia de que el hombre de la derecha del guardia civil, un gañán de unos treinta años, muy corpulento pero fondón, torpe, parece bebido, y de hecho agarra por el cuello una botella de vino abierta mientras mira fijamente a su presa, hipando de tanto en tanto. Si está borracho de verdad, se dice Gabriel, él es el punto débil. Por la zona que cubre el gañán se toma la carretera del pueblo. *Si soy rápido...* Podría también pedir ayuda a la muchacha transparente, que al contrario de lo que hace ante sus amores, sí podría estar dispuesta a prestarle ayuda para preservar esa vida que considera de su propiedad. Pero Gabriel se ha jurado por Leonor que intentará apartarse de la muchacha transparente o sucumbirá en el intento. Esta pelea la hará solo. El tercer hombre, el de la izquierda del guardia, resulta una incógnita. Es pequeño y enclenque, de rostro moreno, muy mal encarado, debe de tener cincuenta años, puede que cincuenta y cinco, y lleva las manos extrañamente unidas delante del cuerpo, como un párroco que reprende a un feligrés. Algo parecido a una gruesa cadena brilla alrededor de sus muñecas. En sus manos, en las de cualquiera, esa cadena puede ser un alma mortal. Y sin embargo resulta el menos peligroso de los tres, incluso parece tener más miedo que el propio Gabriel. Tal vez quien sea que esté detrás de esta celada ha encargado al guardia que contrate a dos rufianes para atacarle, y el otro no encontró nada mejor por las tabernas de Padrós. Porque tiene que haber alguien detrás de todo esto, no van a atacarle estos tres palurdos porque sí. *El marido de Leonor. Él será, él es mi asesino.*

—Poeta... —retoma el hilo el guardia, ya mucho más cerca—. ¿Sabes a qué hemos venido, por qué llevamos toda la puta mañana esperándote? Alguien muy importante nos ha encargado que te llevemos hasta él. Quiere que le recites tu poesía de mierda, cabrón, a ver si con él tienes cojones. ¿Qué te parece? A solas tú y él. Bueno, nosotros estaremos cerca... No vaya a ser que te quieras escapar, ¿eh, maricón?

El borracho, al reír absurdamente el exabrupto último del guardia, confirma su embriaguez. *Por ahí, echar a correr por ahí cuando menos lo esperen...* Gabriel tensa los músculos de las piernas y asienta los pies en el suelo. Lo separan ocho o diez metros del borracho y, tras sortearlo, si lo logra, hay treinta más hasta el camino del pueblo. Todo dependerá luego de su resistencia y de la de los otros. Dos de ellos son más viejos que él, y el borracho, corriendo, no cuenta.

—Así que venga, vente para la playa. Y sin darnos sustos —termina el guardia, y Gabriel lo ve inspirar y erguirse, tal vez tensar como él los músculos al intuir que la presa puede intentar la fuga.

Gabriel flexiona las piernas, agachándose hasta recoger con la diestra un pedrusco al que ha echado el ojo. Es un gesto premeditadamente ostentoso, para que no quede duda a los otros de que está dispuesto a presentar batalla. El guardia y el malencarado de la cadena mueven sus pies sobre la tierra, inquietos. Al borracho ya ni siquiera le dedica otra mirada. Ha llegado el momento. Gabriel echa el brazo hacia atrás para tomar impulso. Lo hace muy despacio, para que los demás crean que le dominan los nervios, a la vista del amago absurdo de lanzar un pedrusco que se podrá esquivar con facilidad. No imaginan que su plan es correr hacia el borracho apenas lance la piedra.

Ahora, después de coger aire, cuento tres.

Entonces, un impacto brutal contra su sien izquierda le cercena el pensamiento en dos. Llamaradas blancas le nublan la vista, sus rodillas se vuelven líquidas, escucha en alguna parte un sonido amortiguado de vidrio roto. *Mi cabeza... Era de cristal y se ha hecho pedazos.*

Alguien, inesperadamente, le socorre sosteniéndolo por los sobacos, y poco a poco vuelven desde remotos confines el aire y la luz, el cielo y la tierra, y puede poner rostro difuso a los brazos de quienes tiran de él: el guardia y el hombre malencarado, que como un camillero esforzado se afana por impedir que su cuerpo se desplome.

—¡Mi botella, mi botella...! —se queja entre hipidos una voz gangosa y desconocida, compungida hasta lo ridículo—. ¡El hijoputa me ha roto la botella!

Las ideas se desordenan y luego se desordenan otro poco más. *¿Botella? ¿No era mi cabeza?* La única verdad es que el aire regresa a sus pulmones, y ante sus ojos adquieren consistencia cromática las cosas: el cielo es verde, y el mar está plagado de nubes blancas que lo surcan a gran velocidad. *El mar y el cielo han intercambiado sus colores.*

—Mira que te dije que no lo intentaras. ¿Te lo dije o no te lo dije? —es la voz del guardia, ahora en socarrona caricatura cariñosa a un centímetro de su oreja aturdida por el botellazo. Gabriel siente que alguien ha puesto su sien al fuego, y su corazón y su sangre corren hacia la cabeza rota para sofocar con sus latidos el incendio. De pronto, su cuerpo alza literalmente el vuelo, y los pensamientos vuelven a caerse rodando por las paredes de la mente volteada.

—¡Te voy a matar por romperme la botella! ¡Lo mato, Sixto, yo lo mato!

—Calla, coño, luego te compras todo el vino que quieras. Has estado muy atento, chaval, muy bien. Le has dado de lleno, el cabrón no lo esperaba.

Gabriel prueba de nuevo a abrir los ojos. El suelo corre frenético, un metro por delante de sus ojos. Todo él levita, paralelo a la tierra sobre la que galopa. ¿Es la muchacha transparente, que ha salido a tierra para rescatarlo y como tantas veces lo lleva en volandas? Pero no, eso fue siempre bajo las aguas. A ambos lados de él, trotan sobre la tierra y las rocas las botas de los hombres que lo llevan por el aire. La consciencia, al volver, resulta físicamente dolorosa. *Me llevan hacia la muerte. Corro hacia mi fin.* Inspira otra vez, intentándolo con furia y fuerza, pero una náusea lo devora y le devuelve al limbo del desmayo. Hay de pronto intenso olor a mar, y siente que choca contra una pared más dura que la piedra: toda su carne sufre aplastada por una gigantesca manaza invisible que tiene que ser el suelo, sobre el que sus alas lo han dejado caer de repente. Se atreve a mirar. *Arena.* Desliza la mano sobre el suelo de la playa. *Arena húmeda.* Repta hacia la fuente de humedad, que un interminable metro más allá resulta ser la orilla del mar sobre la que lo han arrojado. Por algún insólito mecanismo defensivo de la mente, el mar no huele a mar sino a Leonor y a las horas que se abrazaron. Leonor ha venido volando hasta su mente. Es ella la que, posando la mano sobre su brazo, le sugiere que sumerja la cabeza entre las olas. Obedece y, en efecto, el agua lo trae de vuelta a la vida. Tiene que seguir luchando, recuperar las fuerzas. Un salvaje puntapié contra su costado desmantela otra vez la voluntad que reunía. Leonor de repente ya no está.

—Venga, arriba, que ya has remoloneado bastante y ahora viene lo bueno.

Lo agarran por la camisa y tiran hacia arriba de su cuerpo, puro peso muerto, hasta dejarlo arrodillado, indefenso y roto, incapaz apenas de sostener sobre los hombros el peso de la ropa empapada en agua salada.

—Allí está el que te espera... —dice una voz, cree que la del guardia. ¿Alguien lo ha llamado Sixto?—. ¡Mira, coño!

Y una bofetada se estrella contra su rostro, y luego otra y otra, hasta que prueba a protegerse manoteando y ese esfuerzo le concede el control suficiente para lograr alzar la vista y ver, veinte metros más allá, a la muerte que le aguarda.

Es una figura alta y corpulenta vestida con traje claro de lino y sombrero de ala ancha a juego. Sostiene a la altura del pecho un bulto también blanco del tamaño de un cuerpo infantil. Parece acunarlo, o cantarle una nana.

La paliza no ha sido suficiente para anular la intuición de Gabriel.

La muerte ha raptado al hijo de Leonor y ahora lo va a devorar.

Gabriel comprende que no sólo él está a punto de morir. También corre peligro la vida del bebé, lo que ella más ama en este mundo.

No puede permitirlo. Por ella y para ella debe evitarlo. Y es entonces, al verificar su absoluta inferioridad de condiciones, su desvalidez e indefensión, cuando comprende que no tiene otro remedio: pedirá ayuda a la muchacha transparente.

El coche sale de la última curva cerrada y tras atravesar la verja desvencijada desemboca en la explanada frente al caserón. Bastian y Julián han realizado el trayecto desde Padrós en silencio, como viejos camaradas entristecidos tras el funeral de un amigo común, y con el mismo mutismo grave se apean del coche y van hacia la entrada principal. Arden de temor e impaciencia por verse cara a cara con el cadáver que podría llevar cuatro años abandonado en algún lugar de la casa, pero es la cojera de Julián la que impone el ritmo parsimonioso de los pasos de ambos. Bastian se fuerza a caminar despacio. Sabe que el ex policía tiene en mente recuperar el dinero que considera suyo, y no quiere adelantarse y darle la espalda. Esa desconfianza le vuelve a recordar que lleva consigo el revólver que no sabe disparar, aunque la intuición le repita una y otra vez que el arma ha viajado con él para ser utilizada en este lugar. El arma le da más miedo que valor. El sol de noviembre, que va y viene entre nubes veloces, tiñe intermitentemente de amarillo o gris la fachada del caserón, que parece una irreal fotografía coloreada por ordenador. Las ráfagas de aire frío sugieren a los dos hombres un pensamiento siniestro que ninguno de los dos comparte con el otro: la baja temperatura de cuatro años sin calefacción puede haber convertido la casa, a pesar de los intermedios veraniegos, en una especie de cámara frigorífica. ¿En qué estado se encontrará el cadáver, caso de efectivamente seguir ahí, si es que alguna vez lo estuvo? Bastian siente que esas paredes contienen un laberíntico cuestionario sobre su vida, lo que pudo haber sido y nunca fue y lo que llegó a ser sin tener que haber sido jamás. Es como un muerto retornado de la nada para visitar el lugar de la niñez. Abrumado por tantas casillas en blanco, casi agradece que sea Julián quien escupa a bocajarro la primera pregunta, tosca y obscena:

—¿Es aquí donde follabais Vera y tú?

Bastian tiene la sensación de que el ex policía está perdiendo peso en el breve trayecto por el jardín embarrado, cincuenta gramos por cada paso vacilante. *La idea de toparse con el cadáver le come masa muscular, debe de ser eso.* Julián se detiene a recuperar el resuello, y semeja un palo largo y enteco al que hubieran clavado en tierra y echado por encima una gabardina usada. Parece insensible al frío, como si fuera carne muerta bajo los faldones de tela sacudidos por el viento, pero sus ojos brillan consumidos por una llamarada de ira súbita, palpitante. Su más poderoso fantasma interior, que habita en él desde hace quién sabe cuánto, es quien ha elegido esta pregunta y no otra, tal vez porque le consta que resucitará dentro de sí adormecidas rabias. Podría ser precisamente eso lo que busca: echar leña al fuego de su propio infierno, arder todavía más, incendiar cuanto le rodea, morir entre las llamas a cambio de quemar vivo, por fin, al espectro cuyo corazón late con el suyo. Bastian, intimidado ante esas turbulencias presentidas, desvía instintivamente la vista, y en el acto es consciente de que su mutismo constituye una respuesta afirmativa. Pero también, y esto no puede sospecharlo Julián, es una respuesta literal. *Aquí mismo follábamos, sí. Donde estás parado, puede que justo donde has clavado el bastón.* Y viene como empujada por un golpe repentino de viento la noche de bochorno veraniego en que Vera y Sebastián contemplaron desnudos sobre la hierba las nítidas estrellas parpadeantes en el cielo negro. No, Julián no puede figurarse hasta qué punto es insuficiente su primitiva y dañina pregunta para definir aquella poderosa relación, ni concebir la intimidad irreversible, emocionante, que surgió, o así lo sintió Sebastián, durante aquella larga conversación que sólo languideció hacia el amanecer. En ese lugar, justo en ese lugar, metro arriba o metro abajo, mientras Vera y él permanecían acostados sobre la fresca hierba verde frente a la serena oscuridad, recuerda Bastian cómo estremeció a Sebastián una revelación repentina: podría vivir siempre junto a esa mujer, quería hacerlo, nada cambiaría esa convicción. Y ciertamente, nada la ha cambiado. Si el amor es una obsesión, él sigue enamorado; si es un sentimiento limpio y puro, está patológicamente enganchado a él. Se le ocurre que tal vez Julián sintió en algún momento algo parecido. *¿Está celoso? ¿Él también te amaba, Vera? No, no puede ser tan simple. Hay algo más. No puede ser tan simple.*

La mera evocación de aquellas horas felices, entrelazados los cuerpos en la caliente noche parada bajo las estrellas, ha suavizado sin que pueda evitarlo la tensión en su rostro, incluso dibujado lo que podría parecer una remota sonrisa. Así lo interpreta Julián, que para no ceder la superioridad conquistada a lo largo del rato que llevan juntos transforma su burda actitud airada en la arrogancia cínica que tan bien le ha funcionado hasta ahora. Suelta una malévola risita que, a ciegas, pretende ensuciar los recuerdos de Bastian, sean cuales sean, y echa a andar otra vez hacia la casa. Pero los celos le han delatado. Su aparente seguridad es el escudo tras el que se oculta. *¿De qué? ¿También es víctima de tu fantasma?*

—¿Y Humberto? —contraataca de repente Bastian. También el hombre del alfiler estuvo íntimamente unido a Vera. El hecho de que cuatro años atrás la torturara y la asesinara luego, como parece más que posible, no significa que hubiera estado a salvo de desearla, de amarla.

—¿Qué pasa con Humberto? —Julián, enfadado o repentinamente impaciente, acelera el ritmo de sus pasos sin esperar respuesta. En la parsimonia de movimientos el ex policía mantiene la dignidad e infunde respeto, hasta da miedo; pero cuando se mueve aprisa parece un insecto humano, bamboleándose lastimosamente sobre patas quebradas—. ¿También te contó mentiras sobre él? Qué te contó, dime. ¿Que lo odiaba y quería vengarse? ¿O que seguía con él aunque el muy cabrón llevara un año en silla de ruedas?

Bastian frena en seco. *¿Silla de ruedas?* El ex policía, tan experimentado en estos menesteres, ha cometido un desliz crucial, igual que cuando años atrás él, sin darse cuenta, picó el anzuelo y le dijo que estaba en Madrid. *Un año en silla de ruedas. ¿Enfermedad, accidente?* Así que Humberto, el hombre tan temido, era un inválido... ¿Cuántas cosas cambian ante este inesperado dato? ¿Tal vez por eso parecía tan fácil robarle? Pero no, debería ser justo al revés: lo lógico es que un inválido que transporte dinero lleve refuerzos, hombres armados, tal vez alguien más que Amir o Amin. Cada mentira de Vera provoca en Bastian dolor físico y ansiedad por saber más. Su enfermedad sólo tiene una cura: la verdad desnuda.

—Venga, vamos a entrar —reclama Julián, parado por fin ante la puerta principal de la casa—. Este frío me está poniendo malo.

Bastian introduce la llave en la cerradura y abre. Acceden al silencio interior. Contagiados de él, callan respetuosos con la densa atmósfera de soledad vieja y quieta que parece vibrar en el aire. Palpitan y se revuelven nerviosos los viejos espectros, desacostumbrados a la visita de seres vivos. El ex policía no tendría que estar aquí, se recrimina Bastian. *Haberlo traído es violar el espacio que era tuyo y mío. Cerrarlo para siempre. Volverlo pasado.*

—¿Dónde follabais? —repite Julián. Pero ahora no es el hombre celoso quien habla, sino el investigador experimentado que sabe bien lo que pregunta y por qué. Bastian lo capta y, en vez de irritarse, se limita a contestar con frialdad, como si le hubieran requerido una estadística, aunque no pueda imaginar qué relación puede haber entre el disparo que cambió su vida y los lugares del pasado perdido donde follaban Vera y Sebastián.

—Por todas partes —responde serio, aunque también con cierto regodeo orgulloso por esta significativa victoria, la única hasta ahora sobre el ex policía—. En los dormitorios. En todos. En los que estaban abiertos y en los clausurados. En la cocina, en el baño, en la bodega de piedra... Vera insistía. Quería follar conmigo en cada rincón de la casa.

—¿Como si buscara algo, eh? —replica Julián con bien medida indiferencia.

Bastian se encoge de hombros. ¿Buscar algo? ¿Quién sabe? A él, ese afán de ir probando la casa entera como escenario de encuentros sexuales que Vera, como una maga dedicada a reinventar el sexo, siempre se apañaba para volver imaginativos y gratificantes, le excitó lo suficiente para bastarle en sí mismo, sin necesidad de ensuciarlo con sospechas o elucubraciones. Incluso una de esas ocasiones adquirió trascendencia en su vida posterior, el día que hallaron el cofre con la máxima sobre el tiempo en su interior que Vera copió en el papelito que luego le dejaría junto al dinero. Medita sobre si debe contarle este detalle al policía, y cuando decide no hacerlo se catapulta de pronto hacia la luz una idea que debía de llevar cuatro años agazapada en su cerebro. *¡Pusiste el papelito en la bolsa para que yo supiera que seguías viva!* Ésa era, resuelve de pronto, la principal razón de dejarlo entre el dinero, un mensaje lanzado por Vera al mar incierto del futuro. Un mensaje que sólo él podía entender: «Sigo viva». El dinero, aun cuando se tratara efectivamente de un pago por servicios, como Julián insiste en repetir, era en realidad y era sobre todo el envoltorio con que Vera ocultó a las miradas ajenas las palabras secretas de amor encriptadas para él. Bastian inspira con fuerza nueva, eufórico por el súbito hallazgo. *¡Por eso nunca pude deshacerme de él! ¡Mi corazón lo sabía!*

—¿Dónde está esa bodega de piedra que dices? —Julián parece muy interesado en la gran chimenea del salón, que examina agachado hasta donde le permite la rodilla, torciendo el cuello para mirar por el hueco.

—En el sótano, al otro lado de la casa.

—¿Hay otras chimeneas en el edificio?

—Una en cada dormitorio principal, arriba. Y una más pequeña en la bodega. Mis padres la construyeron con idea de hacer un pequeño comedor, pero no llegó a terminarse.

—Bien. El cadáver está ahí, en la bodega —resuelve Julián con seguridad desconcertante. Bastian, incapaz de oponer argumentos a su dictamen de experto, sólo sabe escalofriarse ante la perspectiva de encontrar un cuerpo muerto y descompuesto que podría ser el de Vera.

—Se me ocurre —improvisa para retrasar la macabra perspectiva a la que, por otro lado, ansía enfrentarse— que podría ser el cadáver de Amir o Amin, ¿no crees? Pudo escapar de la plaza aunque estuviera herido, ¿no? Y vino a refugiarse en mi casa. No sé por qué ni cómo, digo que podría haberlo hecho.

El disparo lo hizo él, tal vez se suicidó —teoriza con lógica ilógica—. Ése fue el disparo que oí, ¿crees que puede ser?

—Amir, o Amin, o como coño se llamara, murió en la plaza, no te quepa duda. Con tres tiros en el pecho. Lo sé muy bien porque se los disparé yo, uno detrás de otro —suelta Julián con inesperada naturalidad, sin volver siquiera la cara hacia Bastian.

—¿Tú? —se asombra Bastian por la repentina confesión—. ¿Y por qué ibas a hacer eso?

Julián se planta ante él y lo mira en silencio, alargando la pausa. De repente, su expresión resulta grave pero sobre todo entristecida, como si sus pensamientos le resultaran físicamente dolorosos o estuviera sopesando si merece la pena confesar la verdad ante el hombre que tiene enfrente, un perfecto desconocido al que además desprecia. Su verdad hiere y quema, se le ve en los ojos. Nunca la ha contado antes y necesita hacerlo. Los secretos retenidos a la fuerza pueden rebelarse, crecer dentro de quien se empeña en ocultarlos, oprimir los pulmones y reventar el corazón. Llega un momento en que es imposible contenerlos. Explotan desde dentro, como un vómito o un estornudo, como una eyaculación. Antes o después, la verdad encadenada sólo deja dos opciones: o se expulsa o mata a quien la custodia. La mirada del ex policía busca el suelo como si quisiera hundirse en él, desaparecer y fugarse bajo tierra, no tener enfrente a ser vivo alguno cuando se decida a hablar. Por fin lo hace, pronunciando muy despacio las sílabas, y Bastian intuye que el hondo desgarro que se percibe tras su respiración trabajosa es auténtico.

—Para impedir que lo matara Vera. No podía consentir que cargara con un muerto a la espalda —calla un instante, y luego, tal vez para asegurarse de que su última frase es cierta, la repite en tono casi inaudible—. No, no podía consentir que matara a un hombre. Preferí cargar yo con ello.

Julián es de pronto un viejo desvalido, y parece consternado como un apacible amnésico que al recuperar de pronto la memoria se enfrenta al recuerdo de las inimaginables atrocidades que cometió. El ex policía suspira largamente. Parece haber concluido la liberación de secretos, pero a medio camino carraspea como si se atragantase o le hubiera sido arrebatado el aliento. Se ahoga por causa de los restos de verdad desnuda que todavía le quedan dentro, enganchados a las vísceras. Es su verdad, lanzándole un ultimátum: o me dejas libre en este instante o te reviento las tripas. Muy cerca, frente a él, Bastian intuye que Julián se dispone a contar algo importante, a juzgar por el temblor que de pronto le agita las flácidas mejillas, y se apoya sobre el respaldo del sofá para escuchar con toda atención. Sabe que, entreverada en el discurso de Julián, ha de hallarse necesariamente parte de su propia verdad desnuda, que acaso es sólo una gran mentira, y siente que Vera, la Vera espectral tantas veces convocada por su obsesión, comparece también para escuchar la confesión inminente, descendiendo etéreamente desde la nada para posarse sobre los cojines del sofá donde las tardes de verano gustaba de desperezarse antes de abordar, de nuevo febril, los planes de felicidad que muy pronto surgirían del dinero robado a Humberto. *Dos días estuve en este mismo sofá esperándote. Ahora me apoyo en él para oír por qué no viniste.*

—Vera estaba dispuesta a cualquier cosa por ese dinero —empieza Julián—. Matar a quien hiciera falta. Me lo dijo ella misma cuando apareció en Padrós. Vino a pedirme que la ayudara. Sí, no me mires así. A mí también me lo pidió. Sólo que a cambio no follaba conmigo, en eso tuviste tú más suerte. Pero si te sedujo fue sólo porque yo me negué a ayudarla, más vale que lo sepas. Por eso y también porque necesitaba esta casa para sus planes de venganza contra Humberto —concluye misteriosamente.

—Desde el jardín, sobre el borde del acantilado, se ven las torres de apartamentos donde estaban Humberto y el dinero. Por eso necesitaba la casa —explica Bastian con aire profesional. Exhibe datos que Julián ignora porque siente que se coloca a su nivel y recupera un poco de la dignidad que el ex policía continuamente vapulea con su versión de los hechos.

—Me asombras, chico. ¿De verdad has creído todo este tiempo que Vera montó la que montó, te lio y te enamoró como a un burro en celo sólo para mirar el paisaje con prismáticos? —Julián calla, observando con curiosidad y casi con cariño el expresivo silencio boquiabierto de Bastian—. Vaya, vaya, ya veo que sí... Eso es lo que has creído estos cuatro años... Pues muy mal. La verdadera razón era otra, y de ella no has tenido nunca, ni tienes ahora, la más remota idea. Ahora lo entenderás. En la bodega. Si no me equivoco, ahí está la razón de por qué te folló tanto y tan bien. Te estaba diciendo que me pidió ayuda para el robo, y me negué a ayudarla. Me jodió mucho que después de tantos años de ausencia apareciera con una propuesta...

—¿Tantos años de ausencia? ¿Es que estuvo aquí antes? —interrumpe Bastian, repentinamente aturdido. Vera siempre mantuvo que estaba en Padrós por primera vez. Otra falsedad, otra cuchillada de dolor.

—Pero, chico... Si Vera nació aquí.

Las uñas de Bastian buscan clavarse en el respaldo, y un sentimiento de pudor tan hondo como incongruente y ridículo le impide girar la vista hacia el sofá, como si efectivamente Vera estuviera ahí y no quisiera él ver su expresión tras haber sido pillada en la explícita mentira.

—Y aquí vivió hasta el día que se largó. Estuvo por ahí casi una década. Algo más de nueve años fuera de casa.

—Nueve años... nueve años... —recita Bastian, incrédulo. Cualquier dato temporal sobre Vera le fascina, porque nunca llegó a saber su edad. Le calculó treinta, o treinta y dos, pero ella no lo precisó ni él se lo preguntó, tampoco vio su carné u otro documento—. ¿Cuántos años tenía cuando el atraco?

—Treinta y tres.

—Treinta y tres años... Treinta y tres... —sigue repitiendo Bastian. El fantasma que ha regido su vida tiene de pronto edad concreta, lo que de alguna manera lo desconfigura en su recuerdo, lo descabalga del mito, lo hace real y puede que vulgar—. Entonces ahora tendría...

—Treinta y siete para cumplir treinta y ocho en noviembre. El 6 de noviembre. Pasado mañana.

—Sí, el 6 —Bastian siente ahora un alivio casi eufórico. Una vez que bromearon sobre sus respectivos signos del zodiaco, Vera dijo que nació ese día, el 6 de noviembre. Eso, al menos, es un punto a su favor en el marcador de su verdad—. Pasado mañana…

—Así que no sabías que había nacido aquí —aventura, socarrón, Julián—. Pues sí, ya ves. Ella también jugó de niña en esa plaza, como tú y los otros chavales. Quién te lo iba a decir, ¿eh? Cuando tú disparabas de broma entre los coches aparcados, a ella la paseaban en el cochecito de bebé. A lo mejor lo usaste alguna vez para parapetarte detrás, mientras apuntabas la metralleta.

—Su padre era aparejador, ¿no? —interrumpe Bastian, impaciente. Una mitad de su cerebro pide calma para escuchar todo cuanto el ex policía tenga que decir; la otra mitad trata desesperadamente de hallar pruebas de que Vera no le mintió.

—¿Aparejador? —la sorpresa de Julián parece auténtica, y surge matizada por cierta irritación.

—Me dijo que era aparejador, que trabajaba para Humberto, que por su padre conoció ella a Humberto.

—Qué hija de puta… Aparejador… ¿Eso te dijo? ¿Aparejador?

—Sí, un hombre muy serio, muy trabajador. También poco brillante, esa sensación me quedó. Murió hace años, eso me dijo.

—Pedazo de cabrona… —la sonrisa más generosa que han dado los labios de Julián asoma ahora, pero es una risa nerviosa, colérica, de dignidad herida que no encuentra otra forma de manifestarse.

—¿Por qué se fue de Padrós? —pregunta cautelosamente Bastian, atemorizado ante los trallazos que en la esquina más inesperada puedan descargar contra él las mentiras agazapadas.

—Quería conocer mundo, llegar lejos en todos los aspectos. La amamantaron con ambición en vez de con leche. Se fue por eso y también para escapar de mí.

Hace Julián una pausa. Es el punto crucial de su confesión, puede que de su vida. Y, sin embargo, a pesar de las ramificaciones trágicas que poco a poco se van perfilando, surgen en la mirada del ex policía brillos de energía que se concentran en las pupilas y parecen bullir. *Es ahora cuando me va a decir que fuisteis amantes, ¿no, Vera?* Bastian siente que es patética la pugna en la que está enredado: dos hombres maltrechos por el fracaso, exhibiendo sus logros en la posesión extinta mucho tiempo atrás de una mujer que casi con seguridad está muerta.

—Hubo un tiempo —dice muy despacio Julián— en que fui el padre de Vera. Supongo que por mucho que me joda lo sigo siendo.

Julián parece de pronto muy cansado, como si los recuerdos hubieran tomado al asalto, rebasándolas, las defensas de su frialdad, dejándole a la intemperie y sin energía. Busca dónde sentarse, y el asiento que elige lo define: una austera silla de madera recia y seca, sin cojines para recostarse, en la que se planta con la espalda muy derecha y ambas manos sobre la empuñadura del bastón asentado entre los pies, como un rey asmático camino del destierro.

—¿Su padre? ¿Tú?

Bastian también se sienta ahora en el sofá, fulminado por las palabras del ex policía. Son extrañas las fuerzas que se debaten en él: por una parte, la desoladora ristra de mentiras de Vera, unas explícitas y otras por omisión. ¿Hasta dónde habrán llegado las segundas? Pero por la otra, y frente al triste panorama, una certeza electrificada de excitación: hasta el momento nada demuestra que fuera falso el amor que Vera aseguraba sentir por él.

—En el sentido convencional en que uno es hijo de alguien, sí. Conocí a su madre, me uní a ella, nos casamos, quedó embarazada, tuvimos una hija, le pusimos el nombre de Vera y fuimos una familia. Hay fotos que lo prueban. Los tres en una cena de Navidad, su madre y yo en un crucero, haciendo el gilipollas. Vera de niña con la madre, en el cochecito. También alguna mía con Vera en brazos. En ese sentido convencional, fui el padre de Vera. Lo soy aún.

—¿Y en los demás sentidos? —demanda Bastian, un poco airado por la premeditada ambigüedad del ex policía.

—En ésos no. En esos sentidos que dices, los demás, fui muchas cosas más que sólo su padre. —Julián habla cada vez en tono más bajo y más pausado, estupefacto como si los pensamientos que llevaban años ocultos, minándole poco a poco la conciencia y tal vez la razón, estuvieran adquiriendo sentido nuevo, real e irreversible, al concretarse en las palabras pronunciadas por su voz al límite del aliento, repentinamente envejecida—. Muy benévolo habría que ser para seguir considerándome únicamente el padre de Vera después de lo que pasó.

—¿Vera era una niña feliz? —pregunta Bastian al azar, muy deprisa, más que nada para impedir que se alargue el silencio, para acallarlo. Este silencio se le antoja un narrador procaz que cuenta sin necesidad de palabras repulsivas detalles sobre la relación entre Vera y Julián que él no quiere oír.

—No sé lo suficiente de niños para responder —explica el ex policía—. A veces se reía mucho, lo pasaba bien con sus amigas. Otras, estaba muy callada, a lo suyo, o ensimismada delante de la tele. ¿Quién coño puede saber lo que piensa un niño callado? Tampoco me preocupaba mucho, si soy sincero. En ningún momento he dicho que yo fuera el padre modelo, ¿verdad? Podía ser muy simpática, encantadora, igual que de mayor. Y caprichosa, voluble, irritante. Igual que de mayor. Con su madre se llevaba mejor, aunque también tenían sus broncas.

—¿Qué pasa con la madre? ¿No tenía nombre? —Bastian sale al paso con una ligera afectación ofendida, como si considerara un desprecio inaceptable que el ex policía no llame a la madre de Vera por su nombre.

Julián suelta una risita sarcástica, y paladea un instante las dos sílabas con que se dispone a responder. Sabe que cerrarán la boca de Bastian.

—Vera —dice. Y como Bastian, confundido como si no hubiese entendido, no responde nada, lo repite de nuevo—: Se llamaba Vera, chico. Vera, igual que la hija, ¿entiendes? Y como en esta historia sólo hay para mí una Vera, y no puede haber otra, por eso digo «la madre». ¿Tú no harías igual en mi lugar?

El mutismo de Bastian es de nuevo una respuesta afirmativa. Cierto: él, como al parecer también Julián, no podría llamar Vera a ninguna otra mujer de su mundo pasado, presente o futuro. Ambos lo saben de sí mismos desde hace mucho. Ambos lo han intuido del otro con nitidez irreversible desde hace un rato.

—La madre —sonríe Julián, y subraya las dos palabras como si fueran una victoria sobre el otro. Tal vez complacido por ello, concede unas explicaciones someras que luego no admitirán preguntas— era una mujer hermosa de verdad, más que la hija. La magia de Vera nunca estuvo en la belleza física, supongo que estás de acuerdo. La madre me quería más a mí que yo a ella. Yo también la quería bastante, no vayas a creer que soy un monstruo. Nos llevábamos bien, era cómoda la relación. Eso sí, solía venirme con planes de futuro, irnos del pueblo con los ahorros que teníamos, empezar en otro sitio. Empezar qué, me preguntaba yo. Aunque por supuesto no se lo decía así. Cuando me salía con esas miraba al techo, o le daba largas, o la besaba para cambiar de tema. Yo estaba bien aquí, además en el trabajo me iba bien, me hablaban de ascensos, distinciones y esas cosas. La madre quería irse de Padrós, hacer más cosas en la vida. Puede que yo la forzara a quedarse. Sin mí se habría ido, estoy seguro. Luego fue su hija la que se largó. Tal vez el ansia de escapar de la mediocridad es hereditaria. Pero lo cierto es que ella, la madre, aquí se quedó. Aquí nació y aquí murió. Cuarenta años de vida, poquísimo, una mierda de años. Un cáncer fulminante, nadie se lo podía creer. Yo luego he pensado que si no hubiera muerto, si no le hubiera tocado esa lotería negra, no habría pasado nada de lo que pasó. Pero cuando nos dejó en 1989, alrededor de veinte años ya, Vera tenía diecisiete para cumplir dieciocho, la mayoría de edad. Y yo cincuenta. ¿Por qué le daré tantas vueltas a las fechas concretas? Se me meten en la cabeza y no paran, venga ir y venir. Pues aquellos meses, hasta que cumplió dieciocho, se desató entre nosotros la guerra que llevaba años preparándose. Su madre era el muro de contención, y desaparecida ella...

—¿Me vas a contar de una vez lo que pasó entre vosotros? —se atreve por fin Bastian a querer saber.

Julián alza la vista y surge en su rostro un lento y lejano amago de sonrisa, algo parecido a una mueca sinceramente esforzada en expresar ternura sin lograrlo. Su rostro es la versión siniestra del rostro de un anciano afable que evocase el día que conoció a la chica sana y bondadosa que habría de hacerle feliz toda la vida. *La misma cara, supongo, que se me pone a mí al pensar en aquellos días.*

—Eso —dice Julián, otra vez de regreso desde su viaje infinitesimal a la vieja felicidad perdida— queda para mí y para ella, donde quiera que esté. La agredí, creo que la agredí. No, estoy seguro. La agredí brutalmente, aunque de forma extraña. Pero en ningún momento dejé de amarla. Tampoco hoy. La plaza de Padrós, cuánto pienso en ella... A lo mejor hemos coincidido todos alguna vez: tú de niño con la metralleta y la madre de Vera y yo paseando con nuestra hija. ¿Quién me iba a decir que en el cochecito, dormida como un ángel, iba mi perdición en forma de bebé? —Julián inspira vigorosamente para abortar el asalto de la melancolía y se pone en pie—. Y ahora, llévame a la bodega.

—Un momento —Bastian se planta ante él, impidiéndole el paso con tal determinación que el ex policía piensa por un instante que va a atacarle. Pero su única, amilanada intención es retrasar otro poco la visita al cadáver. Sabe que es absurdo, pero no puede evitarlo—. A mí me contó que se casó con Humberto, que Humberto le hizo muchas putadas y que vino a Padrós para vengarse de él robándole. ¿Todo eso es cierto?

—Todo no —Julián capta las vibraciones acobardadas de Bastian, y sonríe con arrogancia que puede ser superioridad o defensa contra los mismos miedos—. Es verdad que se casó con Humberto a los dos años y pico de morir su madre. Fue su pasaporte al mundo exterior. Y también es verdad que Humberto le hizo muchas putadas, menudo hijo de puta resultó. Pero lo que no es verdad es que Vera viniera a Padrós para robarle a él. El dinero no era de Humberto. Vino a por el dinero, por supuesto. Pero los planes respecto a su ex marido eran otros, y bastante siniestros —Julián alza el bastón sosteniéndolo por su mitad y apoya con suavidad casi paternal la empuñadura sobre el pecho de Bastian—. Venganza contra él. Y en esos planes entrabas tú. Por eso te contó que a quien iba a robar era a Humberto. Le interesaba que lo creyeras. Eran planes muy sucios, muy cabrones, dignos de nuestra Vera querida. Venga, chico, vamos ya a la bodega. A mí también me da miedo, seguramente más que a ti. Pero hay que ir. Allí está la verdad. Lleva cuatro años muerta, esperándonos a los dos.

Las muñecas a la espalda, amarradas con alambres de púas apretados con alicates hasta la sangre. El cuerpo desnudo, desvalido. La sonriente indolencia del verdugo, el alfiler centelleando entre sus dedos bajo el mismo foco que te ciega a ti. Sudor y pánico, inutilidad del grito o de la súplica. La mano izquierda del verdugo te agarra con firmeza la cabeza y la inmoviliza. Tratas de liberarte pero es imposible. Ambos lo sabéis, y ello aumenta tu desesperación y su calma. Entonces el alfiler avanza sin prisa alguna hacia tu globo ocular. Lo ves venir, y sabes la devastación física y psicológica que trae consigo. Recurres al refugio ingenuo del párpado cerrado, pero la diminuta punta del alfiler penetra en él sin problema, lo atraviesa y se hunde en el ojo, y avanza y avanza y avanza. Sientes que el alfiler es de fuego o de líquido helado, y se solidifica dentro de tu ojo. No sirve de nada gritar, pero gritas. ¿Cómo no vas a gritar? Es inevitable hacerlo, y Bastian lo hace.

Grita en mitad de la noche, o cree haber gritado. La pesadilla del alfiler llevaba semanas sin comparecer, pero hoy, rebasado un razonable número de meses de esta nueva vida suya que según todos los indicios debería considerar feliz, ha regresado. Tiritando más allá de lo físico, intenta controlar primero la respiración y luego la realidad. Está en su casa y no hay monstruos en la habitación, no a primera vista. Intranquilo, aunque al menos el desasosiego ha topado con el obstáculo leve del filtro de la razón, mira a su izquierda y verifica que el cuerpo a su lado no se ha inquietado por las agitaciones de la pesadilla. Pepa duerme apaciblemente, acompasada su suave respiración silenciosa a las esencias de bondad e inocencia que la definen más que cualquier otra cualidad. Bastian, aun así, apoya con atemorizada delicadeza la mano sobre el hombro femenino, y se relaja del todo cuando Pepa no se inmuta. Está dormida, venturosamente dormida. Bastian se desvela todo el tiempo para que la ingenuidad de la mujer que desde hace bastante duerme cada noche a su lado permanezca intacta. Siente que ella es su escudo más seguro y también, se repite cada mañana, su tesoro más venerado, un patrimonio mucho mayor que los cientos de miles de euros que por fin se hallan convencionalmente guardados en la caja de seguridad de un banco que contrataron a nombre de ella, igual que hicieron con el piso que habitan o con el coche nuevo que, para sorpresa del concesionario, abonó en efectivo argumentando, con su consolidado desparpajo de maestro en la mentira, que le había tocado la lotería y ambos, él y su flamante novia, habían decidido invertir ese dinero en el vehículo que a ella le hacía ilusión. Fue un renacimiento, otro más, casi un lúgubre rito de melancolía extraer del congelador los plateados rollos de dinero, desempaquetarlos uno por uno y alisar los billetes a fin de que estuvieran presentables para su nueva morada, una caja de seguridad convencional de un banco convencional que una pareja convencional alquilaba convencionalmente: la normalidad, a temperatura normal. Pepa, con su bondad y sobre todo con su carné de identidad a salvo de cualquier sospecha, es y lleva tiempo siendo la máscara de rutinaria mediocridad que Bastian necesitaba para huir de los sicarios invisibles de Humberto, quienes, sin embargo, han logrado controlar la imprevisible puerta de las pesadillas para venir a perforarle los ojos. Vera, una tarde de sexo ya no tan relajada como las primeras porque insistía en explicarle los pormenores del plan criminal en el que quería involucrarle, le había contado los pasos del terrible suplicio del alfiler, que le daba más miedo que cualquier otra cosa del mundo. «Humberto pincha el primer ojo y luego, al cabo de las horas, cuando la víctima está agotada por el dolor o se ha desmayado, le pincha el segundo. Le encanta. Dice que es limpio y terrorífico, que no se suda al hacerlo». Paternal con el descanso de Pepa, Bastian sale de la cama sin hacer ruido, camina descalzo por el parqué del pasillo hasta su cuarto de trabajo, entra y cierra la puerta detrás de sí. Enciende la luz. Sobre la mesa reposan en desorden facturas y correspondencia a nombre de Pepa, titular también del negocio que regentan en el barrio, un videoclub de inesperado éxito gracias a los conocimientos cinéfilos de él y la simpatía y belleza de ella, que muchas veces cuenta a los clientes de confianza cómo ambos se conocieron en una sala de cine. Una foto enorme de la hermana actriz dedicada adorna el local y ayuda a extender su popularidad. En ocasiones, Bastian, cuando recomienda a sus clientes alguna película, piensa con melancolía masoquista por fortuna enseguida evaporada que, de alguna manera, al final ha logrado vivir en Madrid dedicado al mundo del espectáculo. Otras veces la melancolía se resiste a morir, se atrinchera y se hace fuerte, deriva en reflexiones sobre patetismo y fracaso. Bastian se protege de ella mirando a Pepa. Y piensa, y se dice, y se repite una y otra vez, que es un hombre con suerte. Pepa es espiritual y físicamente nítida, limpia de alma y piel, un corazón que nació vacunado contra oscuridades y turbulencias, o es genéticamente inmune a ellas. Todavía hoy, cuando la mira en esos amagos de crisis que le asaltan tras el mostrador del videoclub, o cuando hace el amor con ella sin furor ni locura, bien sin más en el mejor de los casos y añorando fantasmas en el peor, o cuando ambos comentan las noticias de la tele, como cualquier pareja de convivencia rutinaria razonablemente feliz o razonablemente infeliz, se pregunta cómo pudo derivar aquel encuentro del cine en esta relación de gelatina que acaba de entrar en su segundo año de convivencia. ¿De verdad han pasado casi cuatro años desde el tiroteo de Padrós? En menos de dos meses será el cuarto aniversario del día en que Amir o Amin apareció ensangrentado en la plaza, del día en que desapareció Vera, del momento en que empezó él a huir hasta hoy. A veces se recrimina su cinismo, su repulsiva inmoralidad: en Pepa buscó sólo un refugio seguro. Y ciertamente no pudo hallar otro mejor que esta mujer sencilla, alegre y de voluntad transparente, tan perfecta en sus medianas cualidades como en la ausencia de notorios agujeros negros, que se sintió atraída por él y hoy lo quiere de verdad. Eso es lo peor de todo, lo más cruel y desgarrador. No le hacen competencia en la cima del odioso escalafón de su normalidad impostada ni el día que le pidió él que llevaran más allá sus relaciones y comenzaran a vivir juntos, ni la tarde en que fue a tomar café a la casa familiar para conocer a los padres de Pepa, a la hermana actriz y a su hermano adolescente, y desde ese día comía con ellos cada dos domingos mientras iban desgranando planes de futuro, ni el aparte cariñoso, infame instante, en que la madre de Pepa, íntimamente conmovida, le dio las gracias por haber hecho feliz a su hija y también, lo que no era menor, por haberle dado una magnífica situación económica. No. Lo realmente atroz es que Pepa lo quiere de verdad. Lo quiere por ser él y no otro. Lo quiere por entender la vida como la entiende. Lo quiere por actuar como actúa. Lo quiere por quererla como la quiere. Te quiero, Juan, dice a veces, y abre más la herida de su culpa, por hacerla tan feliz... Todo eso podía ser verdad o llegar a serlo, había pensado honestamente él durante los días que siguieron a su encuentro fortuito en el cine, e incluso fantaseó con la idea del enamoramiento auténtico y recíproco, el más que merecido pasaporte a un futuro de amor verdadero. Pero la ilusión duró como un beso extremadamente largo. Pronto faltó el aire. Si Pepa supiera que hoy él alcanza apenas a tenerle cariño tibio, que su devoción, la verdadera, no va más allá de una valoración positiva de esas cualidades suyas que la convierten, sin duda, en la mujer ideal para cualquier hombre sin filos en el alma, si llegara a intuir que tan sólo exhibió entusiasmo amoroso por ella para agilizar los trámites de la convivencia, que sólo ansiaba levantar a su alrededor una fortificación segura, construida con aires de cotidianeidad y cocido los domingos en vez de sacos terreros y alambradas de alto voltaje... En ese búnker de indignidad se encerró y sigue encerrado. Bastian, renacido tres años y diez meses atrás de las cenizas de otro hombre condenado a muerte, se ha convertido a sí mismo en una sucia mentira viviente que duerme a diario con una mujer buena para quien él es el hombre más leal del mundo. La única decencia que le queda, piensa, es el tesón con que se obceca en evitar que Pepa conozca esa verdad que la destruiría. ¿O lo hace para que su refugio no se desmorone y quede él otra vez a merced de los asesinos de Humberto, que aunque parece haber perdido su pista tiene todavía la capacidad de colársele en los sueños? Se pregunta si hay algo más triste que amar de verdad a quien sólo siente por ti indiferencia cariñosa. Y resuelve que sí: es aún peor sentir indiferencia cariñosa hacia quien te ama de verdad. Saca del libro de cuentas del año anterior la llavecita que oculta sujeta a la tapa interior por una tira de cinta adhesiva y abre el cajón de su escritorio. En el interior hay tres objetos impecables, sin mota de polvo sobre ellos a pesar del tiempo que permanecen quietos sin que nadie altere su encierro. Puede decirse que son tres objetos vivos: el revólver, del que no se atreve a deshacerse aunque siga sin saber manejarlo; su antiguo teléfono móvil, el de su amor con Vera, y, por supuesto, el papelito doblado en cuatro y sucio de semen seco que él eyaculó años atrás. ¿Acaso no es cierto que todo es nada, que todo es a lo sumo tiempo que fluye? Conecta el móvil con mimo paternal. Siempre espera que no se encienda, al fin y al cabo lleva años sin ser usado, pero justo ahí, en su antigüedad, radica el secreto del buen funcionamiento de este aparato obsoleto pero recio, que él cuida de mantener con la batería cargada y los pagos al día. Por eso, por sus cuidados, el aparato se enciende sin incidencias, vuelve de su tumba como un obediente no muerto convocado por rituales digitales, y durante los primeros instantes le permite vivir unos segundos de expectación crispada, infantilmente mística, con la mirada atenta a la pantalla. *¿Y si entra un mensaje tuyo, Vera?* Una vez, súbitamente, le golpeó un martillazo seco en el corazón cuando al encender el aparato aleteó por la pantalla la cantarina animación que anunciaba los mensajes entrantes. Había uno, y no lo leyó en el acto como le pedía todo su ser. Esperó a que Pepa hubiera salido para encerrarse a solas con el teléfono, y aun entonces se regodeó en mantenerlo sobre la mesa, frente a sí, durante largos minutos en los que, obviamente, hubo también protagonismo para el miedo a Humberto. *¿Y si es él, que me ha encontrado?* Tragó saliva, cerró los ojos, se decidió. *¿Qué haré si* *has vuelto?* Pulsó la tecla, aguantó la respiración. En la pantalla apareció un simple y maldito mensaje publicitario de la empresa de telefonía móvil. Sintió odio, rabia, dolor y luego, por último, una incatalogable tristeza infinita que no fue capaz de disimular más que a medias ante Pepa. Esa noche no durmió, entregado en la cama a la renovada aflicción, mientras Pepa amorosamente lo abrazaba, de que Vera ya no estaba ni estaría, de que Vera ya no era ni sería, de que Vera ya no existía ni existiría. Y aun a riesgo de que ese desgarro se abra de nuevo, él, cada vez, también ésta, se queda unos segundos ante la pantalla del móvil recién encendido, apresado en el éxtasis del náufrago ante la línea del horizonte, hasta que de nuevo se hace evidente que ni hay ni habrá signo de vida en el teléfono. Lo apaga, lo deposita junto al revólver y centra su atención en el tercer objeto que habita en el cajón. Desde que vive con Pepa mantiene un duelo a muerte con el papelito, vestigio último de la mujer muerta que no ha sido capaz de dejar de desear, con intensidad intermitente, en todo este tiempo. Se propuso romperlo en mil pedazos y arrojarlo a la primera papelera, sin concederle siquiera la misericordia de una mirada, pero nunca tuvo coraje para hacerlo, y ahora, asumida hace mucho esa derrota, los términos del nuevo duelo se refieren tan sólo al tiempo que es capaz de dejar pasar entre visita y visita a los indelebles recuerdos que el papelito lleva adheridos, vivos y ciertos como los rastros del viejo semen muerto. Su récord es algo menos de mes y medio, y hoy está muy lejos de acercarse a él. Han transcurrido dos semanas desde la última vez que lo visitó, cinco desde la anterior... ¿Qué adversidad inminente quiere indicar esta cadencia que disminuye como las horas del reo al que espera la horca? ¿Dónde se refugia un alcohólico en rehabilitación cuando la sed ataca sin avisar? Logra cerrar el cajón sin engancharse unos minutos, como suele hacer siempre, a la veneración que sabe patológica e irrenunciable, y sin embargo en esta ocasión no puede evitar un desasosiego nunca experimentado antes. Algo inesperado y extraordinario ocurrirá al día siguiente. Se restriega los ojos para ahuyentar el espejismo, pero la revelación surge de nuevo: algo inesperado y extraordinario ocurrirá al día siguiente. Se acuesta de nuevo. La respiración de Pepa sigue siendo la de una mujer feliz, ajena a los peligros que podrían acecharla por culpa de él. Al menos tiene a su nombre, aunque ni remotamente podría llegar a sospechar su verdadero origen, la fortuna arrebatada a la mafia. Pero ¿y si Humberto llegara a saberlo? ¿Y si la torturaran a ella, o a sus padres? ¿Qué sentiría esta familia ejemplar si un grupo de energúmenos irrumpiera un día en su casa y bajara las persianas tras maniatarlos? ¿Dónde se refugiaría él de la culpa si Humberto, aristocrático y sonriente como siempre lo ha imaginado, se aproximara a Pepa con un alfiler en la mano? La intensidad de esos temores ha ido remitiendo con el paso de los meses, pero esta noche vuelven a hacerle sudar en la cama. Poco importa que el tiempo haya corrido y corra a su favor. *Tres años desde el tiroteo, casi cuatro. Tres años desde que te fuiste para siempre, casi cuatro...*

El día siguiente comienza como todos: desayuno en pareja, zumo de naranja y tostadas, algún plan esbozado para el fin de semana con unos amigos, el mar muerto de la felicidad rutinaria que han creado para sí: Pepa, plena; él, fingiendo plenitud. Pero en su segundo café se dispara la alarma. Una anomalía mínima de la intendencia familiar, carente de la menor importancia, le recuerda la premonición de la víspera, y no puede evitar excitarse. La moto del hermano de Pepa se ha estropeado, y ella le pregunta si le importaría llevarlo al trabajo y recogerlo luego, a mediodía. Es un trabajo que ha encontrado hace dos semanas, y le interesa cuidarlo... Su negativa sería una sorpresa para Pepa, pero en este día que se anuncia agitado por probables pesadumbres piensa que no le vendrá mal desaparecer del hogar perfecto, y cariñosamente pide a su novia que, a cambio, abra ella el negocio ese día. A él, miente, le apetece pasear y meditar.

Recoge al chaval y lo deja ante la puerta del almacén de embalaje sin que a lo largo del trayecto se hayan producido señales del suceso extraordinario. Tal vez la peculiaridad del día, piensa cuando se ve a las diez y media de la mañana en un polígono industrial de las afueras, consiste en que por primera vez en bastante tiempo tiene ante sí unas horas sin actividad programada de antemano. Mantenerse ocupado, febrilmente ocupado, es uno de sus antídotos contra la enfermedad de la melancolía desatada, y no pasa ni media hora cuando comienzan a manifestarse los síntomas, que tal vez él mismo convoca cuando aparca el coche y vagabundea por las calles rigurosamente desconocidas. Es un día frío de primavera, mire a donde mire ve personas normales y escaparates que no le interesan. Se pregunta si el resto de su vida será así, anodina, fingida y fea, y de pronto le asalta un miedo nuevo. En vez de intentar ahuyentarlo, se lanza a explorarlo con curiosidad inaudita y valentía insospechada. Es miedo a la muerte, pero no miedo a la muerte temida en los últimos tiempos, no miedo a la muerte a manos de Humberto, sino miedo a una muerte distinta, miedo a la muerte natural... *La muerte también puede ser normal...* Un frío de hielo parece concentrarse en el asfalto a sus pies, y subirle como una serpiente carne arriba, hasta agarrarle las tripas y el corazón. Se ve reflejado en un escaparate que anuncia viajes baratos a París y el Caribe. Dentro de veinticinco años, fantasea, le duele de pronto el estómago y acude al médico. Es cáncer y le quedan pocos meses de vida. Pepa le aferra la mano. Está a su lado hasta el final. Le llega la muerte sin poder decirle que no es quien ella cree, sin confesar que sólo fue feliz durante ciento ochenta y siete horas en las que primero fue engañado y luego arrojado a la sucia realidad. El miedo le marea, le debilita las rodillas, tiene que sentarse en la acera, contra la fachada de la agencia de viajes. Tan obsesionado ha estado con su muerte atroz, diseñada a medida con serruchos y alfileres por criminales invisibles, que no ha previsto la muerte mediocre que podría venir a cerrar su vida de mentira. *Y entonces, ¿quién habré sido?*

Una jovencísima empleada de la agencia sale a la calle para exigirle, parapetada tras la puerta entreabierta y con cierta desmesura de alarma en los ojos, que se apoye en otra fachada o llamará a la policía. Bastian se apresura a ponerse en pie, obediente como un malhechor verdadero, y se aleja impelido por el vicio aprehendido tras años de huida: nunca permitir que la policía le pida el carné. Podría derrumbarse toda su existencia falsa.

Poseído por la repentina conciencia de su mentira sin límites ni redención, vaga sin rumbo sintiendo que la acera es de agua y sus pisadas se hunden sin dejar huella. *¿Debo huir otra vez, ahora mismo?* Busca refugio en un bar, se acoda en la barra y pide un café, necesita algo caliente en el estómago. Huir otra vez, dejar atrás todo cuanto tiene. Se ve subir al coche como hace cuatro años, enfilar la primera carretera pero esta vez sin revólver ni bolsa de dinero, esta vez solo, como siempre debió estar al emprender la fuga o, tal vez, al haber buscado el valor para hacer lo que no hizo: enfrentarse a lo sucedido. No huir. El disparo que en la soledad del caserón constituyó su pistoletazo de salida resuena con renovado protagonismo, pero esta vez se le antoja el cierre de una etapa, y haya lo que haya al otro lado será mejor que la ciénaga actual. Pero ¿cómo sobrevivirá? Si parte ahora, sin mirar atrás, no tendrá más que el efectivo del bolsillo y la tarjeta de crédito. Se acabó la sucia comodidad, fin al terror financiado. Todo está a nombre de Pepa. ¿Le buscará tras unos días? *¿Me olvidará? ¿En cuánto tiempo?* El calor del café le escalofría, decide respirar hondo, reflexionar con un poco de calma, pedir otro café. Hace un gesto al camarero y cuando le atiende observa el anodino local, uno de esos lugares desangeladamente grandes donde resulta inconcebible que alguien se sienta a gusto, y sin embargo hay mesas con comensales, grupos, parejas, incluso dos o tres personas solas. Bastian termina la panorámica del local y sus ocupantes y posa la vista sobre su segundo café, que el camarero acaba de ponerle delante. Abre el sobre de azúcar, lo vuelca dentro de la taza y comienza a remover.

Y entonces ocurre. En ese instante, no en ningún otro, justo en ese instante en que comienza a remover, la información que los ojos acaban de captar sube hasta el cerebro, que la procesa. La piel se le eriza en la nuca. El presagio de la noche anterior se ha materializado y está a su espalda, en algún punto del local. Escucha al instinto que le ordena volverse, iniciar en sentido contrario la panorámica sobre el establecimiento que acaba de realizar, pasar de largo sobre los grupos, las parejas y casi todas las personas solitarias que toman el menú del día hasta fijar la vista en una mujer solitaria que almuerza junto al ventanal. Lo hace, se pone en pie, se acerca con disimulo hacia ella, que no puede verlo porque se halla de perfil, aparentemente enfrascada en la lectura de una revista que tiene junto al plato. Va hacia ella muy despacio. Su vida y su muerte, ambas a punto de desmoronarse dentro de él, anima cada uno de sus pasos. Todos los sentidos se concentran en los ojos que miran incrédulos. Piensa que va a sobrevenirle un desmayo, pero no se lo puede permitir. Si se desvanece, la mujer podría escabullirse. Y eso es lo último que piensa permitir, ya que los dioses inescrutables del azar lo han traído hasta aquí. Hasta ella.

¿Vera…?

Está seguro de la respuesta, lo ha estado desde el primer instante del escalofrío, pero aun así le lleva otra eternidad hallar el valor suficiente para responderse:

Vera…

La muerte vive dentro del hombretón vestido de lino blanco y tocado con un sombrero de ala ancha que mira desde la orilla el horizonte del mar. Mece entre los brazos el cuerpecillo de un bebé, y parece hablarle con dulzura infinita. Tal vez le está explicando al oído en qué consiste morir.

Gabriel, desde su extravío, ha reconocido a Tomás Montaña. El bebé sólo puede ser el hijo de Leonor.

—Venga, cabrón, tira para allá, que no tenemos todo el día —oye que chillan junto a su oreja. Es otra vez el guardia vestido de paisano. Su voz rasposa de alimaña sigue siendo el más sólido vínculo con la realidad de que dispone Gabriel. Al borde del desmayo, los ojos del poeta ven cómo su verdugo, medio acuclillado junto a él mientras le increpa, se desata el cinturón que le ciñe el cuerpo y con dos o tres ágiles giros de su muñeca en el aire lo convierte en un arma de cuyo extremo pende, obscena y mortal, la gruesa hebilla metálica—. ¿O quieres que te anime con esto?

Gabriel se obliga a obedecer y pugna por ponerse en pie. Obedecer. Eso es lo mejor, lo único, mientras retorna a él la capacidad de pensar. Se agarra trabajosamente a las piernas del guardia, que observa complacido el esfuerzo supremo de su víctima vencida. El segundo sicario, el borracho, está a unos metros, aparentemente desinteresado en la escena que tiene lugar en la orilla, y el otro, el malencarado, continúa manteniendo una desconcertante actitud de ausencia mientras juguetea con la cadena enrollada alrededor de las muñecas. ¿Se está apiadando del indefenso poeta? *¿Podría llegar a ayudarme?* Pero las fuerzas que le quedan a Gabriel son insuficientes para completar pensamientos lúcidos. Aferrado a la camisa del guardia a la altura de los riñones, le resulta imposible izarse un milímetro más.

—¡Tú! —Es el guardia otra vez. Disfruta dando órdenes que el otro no puede cumplir—. ¡Levanta la vista! ¡Mírame!

El poeta emplea sus últimas reservas en alzar los ojos, apenas entreabiertos. El rostro de su verdugo es una mueca lasciva de impunidad.

—¿Quién te ha mandado que te levantes? ¿No estabas tan cansado? —pregunta en una caricatura de cortesía. Y, antes de que Gabriel pueda reaccionar o siquiera comprender la contradictoria verborrea, el puño cerrado del guardia ejecuta otra finta veloz para ajustar la hebilla contra los nudillos, se alza hacia atrás para tomar impulso y cae con toda su potencia sobre la cara desprevenida del poeta. Hay un ruido de tabla partiéndose, Gabriel cae al suelo ahogándose en saliva sólida y la cabeza le abrasa como una fogata encendida en su cerebro. Traga uno, dos, tres guijarros puntiagudos que le acuchillan la garganta, pero el mayor desgarro es moral: sabe que se trata de sus dientes. Le asalta el impulso de llorar de pura desvalidez, ha entendido que no hay límites en el daño que los otros van a hacerle. *Estoy muerto, y no será fácil morir.*

Vuelve a llamar con la mente a Leonor, pero esta vez ella no acude. No hay nadie. En la playa están solos él y su muerte.

—¡A cuatro patas, como un perro! —le grita el guardia, y un instinto de supervivencia surgido no sabe de dónde le da fuerzas para obedecer otra vez, apoyarse en las palmas y las rodillas y manotear, torpe como un niño que aprende a nadar, hacia la gran silueta blanca que acuna al bebé—. ¡Vas muy despacio! ¡Me estás cabreando!

Y tras el grito siente Gabriel el impacto salvaje de un trallazo macizo contra la espalda. El cinturón y la hebilla han adoptado otra de las formas infinitas del sufrimiento que pueden contener para él, y se ensañan sobre su carne sin compasión, al ritmo de los gritos rabiosos del verdugo.

—¡Guau! ¡Guau! ¡Perrito! —chilla, bailoteando en alguna parte, la voz del borracho.

Desprovisto ya del lastre de cualquier dignidad, y casi jubiloso por exhibir su docilidad ante el amo del látigo, que tal vez detendrá así el castigo, corre a cuatro patas por la playa, esforzándose por ser veloz y sumiso como el perro que le han dicho que sea, aunque en realidad se arrastre titubeante como el hombre quebrado que es, hasta que consume el último aliento de resistencia y cae de nuevo exhausto. Los latigazos, iracundos por la desobediencia, arrecian dispuestos a matarlo allí mismo. Pero resuena en el aire una voz nueva, suave y a la vez poderosa.

—Basta. Lo quiero vivo —se limita a susurrar.

Tiene que ser la voz salvadora del mismísimo Dios, porque a su orden la paliza concluye en el acto, aunque entonces el dolor concreto por cada golpe concreto se ramifica en otro dolor, uno inabarcable, monolítico y total que invade cada recodo de la carne y el ser de Gabriel, y comienza desde ahí a intensificarse.

Hunde la nariz y la boca en la arena húmeda. Es su patético refugio, la fantasía inviable de que atraviesa la tierra entera para llegar al otro lado del planeta, a salvo de sus torturadores. Si lo abandonasen en ese momento, incluso en ese estado, podría sobrevivir, arrastrarse hasta la cueva que comparte secretamente con Leonor, esperarla allí en la seguridad de que ella acabaría por acudir a curarle. Pero ahora lo urgente no es el cuerpo tumefacto, ni los huesos reblandecidos, ni el alma apaleada y malherida, sino la imprevisible voluntad del verdugo, que en cualquier momento amasará de nuevo su carne para fabricar dolor.

—Levantadlo —dice Dios.

Y otra vez acontece un milagro. Gabriel siente cómo su cuerpo inanimado se alza y queda misteriosamente sostenido en el aire, en remedo de una marcial posición de firmes que no puede ser real, porque sus piernas le cuelgan del tronco como hilos muertos. Manos férreas se encajan con fiereza bajo sus axilas y se abandona a ese soporte, aun sabiendo que es el enemigo, para recuperar mínimamente el resuello. Alguien tira de su pelo hacia atrás. Y entonces ve frente a él, muy cerca, la cara de Dios bajo su sombrero blanco de ala ancha. Lleva bigotón negro, y una única ceja, alargada y muy poblada, sirve de frontera natural entre la frente, con su enorme espacio para albergar pensamientos oscuros, y los rasgos de loco todopoderoso. Y llora. ¿Dios llora? Dos rastros de humedad le resbalan desde los ojos enrojecidos y se pierden por el laberinto azaroso de arrugas profundas que surcan la piel. El llanto de Dios, aunque ahora se muestre apaciguado o esté tomando un respiro, parece antiguo e interminable, infinito como el mismo ser que lo padece. Sin embargo, las evidencias de su martirio sin fin no le restan crueldad a la mirada, tampoco inmisericordia. Dios, ya lo decían en Cuba los curas castrenses, tiene que ser malo para que los humanos no nos desmandemos.

—Gabriel Ortueño Gil... —silabea despacio, escrutándole inquisitivamente—. ¿Sabes quién soy?

Gabriel, trabajosamente, emite un vago susurro de asentimiento. Responder, y hacerlo deprisa, es un salvoconducto para la supervivencia inmediata.

—Siempre soñé con ser un hombre bueno —continúa, enigmático, Tomás Montaña. El aire suena denso al entrar y salir de sus pulmones, como si respirar fuera para él una operación meditada y doliente, una intervención quirúrgica repetida varias veces por minuto. El bulto blanco que acuna contra el pecho permanece inmóvil. Montaña sostiene en la diestra un pañuelo con el que mimosamente humedece los labios del bebé, que duerme con placidez, oculto entre los pliegues de la mantita. Para no despertarlo, el hombre se esfuerza por hablar trazando en el aire sílabas casi mudas—. Pero he sufrido infinitamente. Y sigo sufriendo. Soy un hombre que sufre infinitamente. ¿Te parece justo, poeta?

Sin esperar respuesta, Montaña desvía la vista hacia el mar. Parece buscar en la línea difusa del horizonte el coraje que le permita seguir conteniendo el llanto. Casi invitaría a su corpachón a compadecerse de él si no fuera por las vibraciones de muerte presentida que aletean sobre él como buitres falderos al acecho.

—Y tú has venido para traerme más sufrimiento. Todavía más. ¿Es que te parece que tenía poco? Me has querido volver loco, y casi lo consigues. Por ti he bajado al agujero donde ningún hombre debería bajar jamás. Por ti he viajado al infierno, poeta.

Los desbaratados sentidos de Gabriel están concentrados en dos únicos afanes: respirar y escuchar. Respira porque no puede evitarlo. Escucha porque tal vez, sólo tal vez, Montaña esté dispuesto a escucharle a él. Los hombres que han conocido el infierno se reconocen entre sí, suelen ser solidarios con sus iguales, a veces tienen misericordia.

—Pero no, no es correcto que diga que has venido. Debo decir que has regresado. Porque ya estuviste aquí, ¿verdad?

Y su mirada, tras esa pregunta, descarga contra el poeta un relámpago de odio sólido que fulmina toda esperanza. Montaña vuelve la vista hacia el mudo bebé, y el rostro de la mole humana adopta una tierna y desvalida, aunque también demente, expresión cariñosa que podría ser paternal. Se deja caer pesadamente junto a la orilla y sumerge el pañuelo en la débil espuma de las olas que vienen a morir a sus pies antes de continuar aplicándolo a la carita infantil. ¿Da de beber al niño agua salada?, se sorprende Gabriel. Pero su quebrada lucidez no capta los presagios negros del acto.

—Bajadlo —ordena Montaña, otra vez feroz en su suavidad. Y las manos que sostenían a Gabriel por las axilas saltan como felinos veloces hasta sus hombros y tiran hacia abajo de él. Cae sin resistencia, desencuadernado. Es, y sabe que lo es, un fardo aterrado ante la hebilla que pende del cinturón a centímetros de su cara.

Más allá, también junto a la orilla, el borracho lanza piedras hacia el mar como un adolescente airado. Cerca de él, recostada sobre la arena, reposa inclinada hacia su derecha una barquita de madera sobre cuya proa está apoyado el tercer sicario, ensimismado como si nada de lo que acontece sobre la playa fuera con él. En ese instante realiza el gesto rutinario de llevarse la mano a la cabeza para echar el pelo de la frente hacia atrás, y Gabriel ve entonces que la gruesa cadena que tanto miedo le dio ciñe las dos muñecas del hombre. No es un arma. El sicario es un preso, como el propio poeta. Esa circunstancia, por completo incomprensible, le devuelve parte de la esperanza. *Me salvará, ahora lo sé. No sé cómo, pero será mi salvador. Debo resistir, darle tiempo…*

—Has estado en mi casa, ¿no es verdad?

Gabriel se desconcierta ante la pregunta de Montaña, que sabe muy bien la respuesta. Él mismo ordenó que le llevaran en el carruaje al pueblo. ¿Qué pretende con esa pregunta? Otro hebillazo le explota sobre el hombro. Éste, por inesperado, le hace chillar.

—¡Contesta cuando te pregunten! —le grita el guardia tras golpear—. ¡Y rápido, mira que te mato a hostias!

—Sí —silba una voz aflautada por el miedo. Gabriel se asusta. La voz parece haber salido de su garganta, pero él no la ha reconocido. *Tengo más dientes rotos, toda la boca hecha astillas.* Aun así se esfuerza en seguir explicándose—. Cuando la velada literaria. ¡Sólo esa vez!

—Mentira —se limita a susurrar Montaña. Hace una pausa y el universo entero parece detenerse por su aliento contenido—. También has estado en la habitación de mi esposa. Y no una vez. Varias veces.

—¡No es cierto! —intenta articular Gabriel. Otro golpe, tan pegado a sus palabras que parece haber sido convocado por ellas, cae sobre la mitad de la espalda impactando contra la columna vertebral. El dolor es un escalofrío largo, interminable, que alcanza hasta la última terminal nerviosa de su cuerpo.

—¡El señor Montaña sólo dice la verdad, cabrón! —grita el guardia. Gabriel se fuerza a callar, hundido en la desesperación. ¿Para qué intentar exculparse? Tal vez alguien lo vio escabullirse con Leonor hacia la caverna. ¿Quién iba a creer que entre ellos no ocurrió nada sexual, excepto el abrazo interminable por el que sintieron que eran y querían ser uno para el otro?

—¿Te has fijado en la letra sobre la entrada de mi casa, la gran eñe de metal? Encima del portalón de hierro.

—Sí —se apresura Gabriel, y aunque tensa instintivamente el cuerpo para prevenir el nuevo latigazo, éste no llega. Dios no castiga siempre, sólo cuando le place.

—Es la letra de mi apellido, la eñe de Montaña. Con esa eñe marco todas mis propiedades. ¿Sabes por qué?

—No —casi monta Gabriel su monosílabo encima de la última palabra del otro. Alza el antebrazo con todo el cuerpo tensado para proteger la cara, pero también esta vez el castigo elige no venir.

—De muy joven emigré a América. Hace veinte... No, casi veintidós años, en mil ochocientos ochenta. A mis dieciséis, un crío. Fuimos José Sánchez, mi amigo de siempre, amigos desde niños, y yo. Trabajamos en cosas de todo tipo. Con ganado, trayendo y llevando manadas de reses de aquí para allá. Terrible. Mucho trabajo, poco salario. También fuimos vigilantes de diligencias. Y mineros, buscadores de oro. «Montana —me decían, porque a mí me llamaban así...—, Montana, todo el oro de este país ya lo han sacado otros». Pero nosotros acabamos por encontrarlo, mucho oro. Me llamaban Montana por el estado que tienen allá con ese nombre. Nadie sabía pronunciar la eñe de mi apellido. Por eso yo quise ponerla en mi casa, bien grande. Un hombre tiene que saber quién es y hacer que los demás lo sepan también. Vendimos la explotación, nos metimos en otros negocios, ganamos mucho más. Éramos muy jóvenes y muy ricos, y nos disponíamos a volver a casa cuando José murió asesinado. ¿Sabes quién lo asesinó? Lo asesinó el mar. Murió aquí —se interrumpe Montaña para señalar enigmáticamente el mar que le lame los botines—. En este mar. Porque todos los mares son un solo mar, ¿sabes? El mismo mar, uno solo. Yo lo odio. Es una trampa de agua que ha puesto el mundo para que se ahoguen los hombres. ¿No te parece, poeta?

—Sí —se atropella de nuevo Gabriel, tan presto para responder a ciegas, sea lo que sea, que no ve que el otro, sin reparar siquiera en la sumisión de su voluntad rota, habla para sí, a solas con sus espectros, a los que parece estar convocando.

—Los poetas deberíais hacer poemas contra el mar, desenmascararlo. ¿Por qué le escribís versos y novelas y os inventáis cualidades que no tiene? Os engaña a todos. Pero no a mí. Sólo vale para matar, créeme. Para hacer sufrir —y se interrumpe para mirar al bebé inmóvil y mudo, al que con todo amor sigue refrescando con agua salada. Los ojos rojos se le humedecen de nuevo. Montaña inspira despacio, largamente, como si sus diablos interiores necesitasen mucho oxígeno y se abasteciesen a través de sus pulmones. Gabriel no puede evitar entender a Montaña. ¿Acaso el mar no ha sido también una maldición para él, una maldición todavía viva y cercana?

Entonces, Montaña hace un gesto con la mano en el aire, ordenando al guardia que se aleje de ellos. Sólo continúa hablando cuando se hallan ambos a solas, con el bebé como testigo único de su conversación.

—El mar, este mar que es el mismo mar, un diablo único que se disfraza de muchos mares para confundirnos, para hacer que bajemos la guardia, fue el que mató a mi amigo. Ocurrió en California, en una playa solitaria por la que ni siquiera teníamos que pasar. Éramos ricos, ya no necesitábamos nada. No necesitábamos a California, no necesitábamos a América. José no necesitaba bañarse. Hablábamos de nuestro regreso a Padrós convertidos en millonarios. ¡Cuántas cosas grandes íbamos a hacer por nuestro pueblo! Él quería construir una escuela. Pero entró al mar a bañarse, aquel día. Yo le esperé fuera, sobre la arena. Nunca me gustó el agua. No sabía nadar, ni tampoco he aprendido. Con el sol sobre la piel, con toda la vida por delante para hacer cosas… Me sentía feliz. Quería ayudar a la gente. Ya te he dicho que soñaba con ser un hombre bueno. Todo era hermoso, plácido, todos nuestros esfuerzos habían merecido la pena. Como si estuviera dentro de mi cabeza, pensando lo mismo que yo, José me saludó desde el agua, levantando el brazo y agitándolo. Le respondí. José, el mejor amigo que un hombre puede desear, qué gran suerte haberlo tenido a mi lado en América. El mar estaba tranquilo como el agua de un barreño. Volvió a saludarme, esta vez con los dos brazos, agitándolos mucho, con una urgencia rara. Me alarmé, corrí hacia la orilla. José alzaba los brazos una y otra vez, todo lo alto que podía, y luego los volvía a hundir. De pronto desapareció de la vista, tragado por el agua, y volvió a aparecer al cabo de unos segundos. Chillaba. Pedía auxilio. Comprendí que se estaba ahogando. El mar lo asesinaba delante de mis ojos. Impunemente. Intenté entrar al agua no sé cuántas veces. Juro que lo hice, hasta que me cubría por encima del muslo, y José quedaba ahí mismo, a tres metros de mí, hundiéndose y volviendo a salir. Extendía el brazo hacia mí. Y lloraba como un niño. ¿Crees que un hombre no puede llorar mientras se ahoga? Pues puede, te lo digo yo. Pero no fui capaz de acercarme. Mi pánico al mar, ni de niño me bañé en esta playa. Me alejaba cuando los demás chavales se metían al agua. José asomaba de pronto, como si brincara desde el fondo, desesperado, y luego volvía a hundirse, pidiéndome ayuda. Yo veía que cada vez estaba más muerto. Sí, cada vez que asomaba había muerto un poco más. Al final, quien saltaba y pedía ayuda era ya su cadáver. Y no pude hacer nada. Sólo correr por la orilla, llamarle, pedir socorro a gritos, tratar de entrar una y otra vez al agua y echarme atrás a los cuatro pasos. Mi amigo se ahogó a dos metros de mí. Si le hubiera dado un ataque al corazón en tierra habría tardado un segundo en estar junto a él. Pero el miedo, sí, mi miedo, me obligó a contemplar cómo moría ante mis ojos. El mar conocía mi debilidad, ¿no crees? Y nos tendió esa trampa a los dos. Quiso matarme a mí también. Destruirme. Allí permanecí horas, llorando de rabia y pena por mi amigo, llorando de impotencia. Yo también quedé un poco muerto. El cuerpo de José se hundió, desapareció bajo el agua y al cabo de un rato muy largo lo volví a ver otra vez a lo lejos, su piel blanca brillando al sol como un pez grande panza arriba. Luego se hundió de nuevo. Y se acabó. No he vuelto a dormir desde entonces. Volví a España, y nunca conté nada a nadie de la muerte de José, ni en América ni aquí. Sólo a una persona, sólo a mi esposa. Ella escucha, ella es buena. Ella sabe escuchar. Tú eres el segundo en saberlo. Creo que es justo que lo sepas porque he leído tu libro, poeta. Y te he descubierto. Sé que eres un enviado del mar, un sicario de este enorme hijo de puta de agua. No intentes negarlo, no servirá de nada. Sé que has venido para quitarme lo mejor de mi vida. Me lo has quitado ya.

Gabriel ignora si es más prudente callar ante este peligroso perturbado o tratar de convencerle de su inocencia. Pero ¿cómo demostrar su inocencia cuando no ha sido acusado de nada? El borracho, unos metros más allá, se ha dormido junto a la orilla y ronca pesadamente, como un pedrusco con los pulmones irritados. Mientras, el hombre encadenado escucha con la cabeza gacha al guardia, que se ha acercado a él y le increpa con arrogancia autoritaria y en un momento, inesperadamente, levanta la mano y le suelta un bofetón que el otro acepta en silencio, sometido y humillado. *Pero en parte Montaña tiene razón. Estoy aquí por el mar. Sin el mar estaría muerto hace años.*

—Fue más o menos a los tres meses de llegar a España... Estaba construyendo mi caserón del acantilado, y también la escuela nueva del pueblo, que la pagué entera yo. ¿Sabes que se llama así, escuela José Sánchez, en homenaje a él? Pues te decía que llevaba yo más o menos tres meses en España cuando llegó José. Supongo que a un cadáver le puede llevar ese tiempo cruzar el océano nadando, ¿no? Tres meses. ¿Tú que crees?

Gabriel, estremecido, no responde. ¿Cómo no va a creer él, precisamente él, que en el fondo del mar todo lo imposible puede ser posible, y todo lo inimaginable real?

—Un pescador aseguró haber visto un cadáver flotando a unas millas de la costa. En Padrós no se había ahogado nadie por esos días, ni tampoco en los pueblos cercanos, y el rumor pronto se apagó. Pero yo sabía que era José. Es natural que quisiera volver a su pueblo. En América me lo repetía a menudo. «Tomás —me decía—, si me muero aquí júrame que me llevarás para que me entierren en Padrós». Quería mucho a este sitio, es lógico que volviera. Yo había sido muy honrado con su dinero. Lo primero que hice fue entregar la mitad de todo cuanto traía a la madre de José y a su hermana. Y no sólo eso. Conté las aventuras que habíamos vivido, exagerándolas. José me salvó la vida una vez, cuando asaltaron la diligencia que custodiábamos. Mató al forajido que estaba a punto de dispararme a mí. Yo conté que había matado a tres, que en América era un español muy conocido, una leyenda. Hice muchas cosas en su memoria. Pagué mucho de mi bolsillo para que el ayuntamiento le pusiera una plaza. La plaza Indiano Sánchez, la principal de Padrós, es para él. Y ahora estaba aquí... Había vuelto. Yo sabía que vendría a visitarme en cualquier momento. Y, en efecto, una noche vino a mí. Nos abrazamos largamente, lloramos los dos. Él tenía la carne y la piel muy frías, y ni junto a la chimenea entraba en calor. Tampoco con el coñac que le di. Aquella primera noche fue muy dura, muy dolorosa, muy triste. Me contó lo solo que se sentía en la muerte... También me dio las gracias por cuidar de su madre y de su hermana, y por todos los honores en su memoria. Hablamos toda la noche, y al amanecer se dispuso a marcharse. Yo le dije que podía quedarse en casa, que le construiría una habitación en la casa que me estaba haciendo, que le haría una planta entera, pero no podía ser. Me dijo que tenía que volver al mar, que ése es el lugar de los ahogados. ¿Sabías que allí están todos los ahogados que ha habido? Claro, dónde si no iban a estar... Además, José no quería que nadie lo viese muerto, tan frío y consumido, él, que había sido tan guapo. Pero prometió que volvería. Entonces, antes de salir, se volvió junto a la puerta. Me miró a los ojos y dijo... «Tomás, ¿por qué no me salvaste? Era dar un paso más, cogerme de la mano... ¿Por qué no me salvaste, Tomás?». Y se fue. Recuerdo cómo me estremecí y lloré, desesperado por la culpa, acorralado por mi cobardía, mi infamia. Los culpables debemos pagar, ¿no crees, poeta? Yo llevo años pagando, y todavía debo pagar más, para siempre. Porque entiendo a José, está solo en la muerte, y viene para sentirse acompañado. ¿A cuánto asciende la deuda que uno tiene con la persona a la que ha dejado morir? ¿Lo sabes tú? La deuda con la persona a la que uno ha asesinado. Porque asesiné por abandono, ¿no te parece? Es una deuda incalculable, infinita. José lo sabía tan bien como yo, y yo le recibía y atendía sabiendo que era mi deber. Venía a menudo, algunas épocas todos los días. Y me daba mucho a cambio de mi amistad. Me aconsejaba, me advertía de la gente que me quería mal... Dejó de venir hace tres años más o menos, cuando apareció mi amada Leonor, la mujer que has venido a robarme. Con Leonor me sentí limpio. Es tan hermosa, tan llena de amor y bondad. Me sinceré con ella, le hablé de José. Leonor fue mi consuelo, mi salvación. Me preguntaba, con ese inmenso cariño suyo, cosas sobre mi pasado y sobre mi culpa. Me intentaba curar de la culpa. Yo le contestaba con el corazón en la mano. Y hablando llegaba a respirar liberado, podía dormir, sentirme limpio... La amo, y con ella fui feliz el primer año. Todo el tiempo pensaba en verla contenta, le daba todo lo que tengo, vigilaba que no le faltara de nada, cuidaba de que nadie se atreviera a robármela. Porque había hombres en Padrós que la deseaban, y me aterraba que pudiera enamorarse de otro. Me asustaba tanto cuando iba sola a cualquier sitio... Le pedí que dejara de hacerlo, que fuera siempre conmigo o con alguien de mi confianza. Para protegerla, sólo para protegerla. Pero fue inútil. Cuando quedó embarazada se apartó aún más de mí, comenzó a eludirme, me esquivaba. Ya no era mi consuelo, ni mi sostén. ¿Qué había pasado? Cada noche la he visitado en su lecho para mostrarle mi amor. Y todo se derrumbó cuando nació su hijo, este bebé que yo creía que era de mi sangre, que yo creía hijo mío... Pero por suerte para mí, entonces volvió José. Y ahora, gracias a él, sé que todo es por tu culpa. Llevas meses viéndola, acostándote con Leonor a escondidas. Robándomela. Dónde os encontrabais, di. ¿De qué manera os ocultasteis, que ninguno de mis espías os ha podido pillar?

—Pero si yo acabo de conoceros a tu esposa y a ti... No hace ni una semana... Nunca había estado antes en Padrós... —susurra apenas Gabriel, sintiendo cada sílaba más débil, más desolada. Montaña es un demente, y él está a su merced. ¿Acaso importa otra cosa?

—Claro, claro... ¿Tú qué vas a decir? No vas a aceptar tu culpa... Es inútil que lo niegues. José me ha contado la verdad. Y gracias a él todo encaja. Sé muy bien, no lo niegues, que llevas dos años viéndote a mis espaldas con Leonor. Sé muy bien que su hijo, este bebé que creía mío y lleva mis apellidos, es tuyo.

—No... —comienza Gabriel a explicar. El miedo y la angustia le ponen lágrimas en los ojos. ¿Tiene algún sentido decirle a este demente que nunca se ha acostado con Leonor, que apenas la ha abrazado unas horas, que lo único que ha hecho con ella es leerle su novela? Va a intentarlo, pero antes de hablar calla, consciente de la inutilidad de cualquier intento para salvarse. Sólo le queda esperar un milagro. Y mira suplicante hacia el mar. Entonces ve una ola lejana, más grande y de espuma más blanca que las otras, y su mente, desde el delirio del dolor, comienza a imaginar un plan.

—Yo siempre soñé con ser un hombre bueno. Y tú me has hecho adentrarme en el infierno. Mira esta nueva desgracia, poeta. Mira cuánto daño has traído a mi vida.

Entonces Tomás Montaña se arrodilla junto al caído Gabriel, deposita sobre la orilla el cuerpo del bebé y aparta la ropa sucia de arena que lo cubre de forma que pueda verse el rostro. La carita, avejentada y envilecida por un rictus seco de muchas horas, es una máscara fea de boca deforme, torcida a un lado tras el último aliento, y ojos muy abiertos, aterradoramente obstinados en escrutar la nada. La piel es de color leche agria. Y si alguna vez hubo alma en este cuerpecillo debió de huir despavorida ante la llegada de la muerte.

Siente Gabriel la náusea del dolor como si efectivamente el hijo fuera de él, como si con toda su voluntad hubiera deseado concebirlo con Leonor y junto a ella verlo crecer y llegar a ser feliz. Grita sin fuerzas cuando imagina el sufrimiento de madre que espera a Leonor. Se volverá loca. Morirá de dolor. Ya no acunará más a su hijo, no volverá a verlo porque el hombre que lo ha matado, su propio padre, va a deshacerse de él como de un gato muerto. Por eso abraza Gabriel al pequeño cadáver y se deja ir en sollozos. Sus lágrimas son todo el escudo que puede oponer a la muerte, a la tragedia, a la larga oscuridad que se avecina. Montaña, al compás de su respiración frenética, estudia la quiebra emocional del poeta y con júbilo feroz la interpreta como prueba fehaciente de su culpabilidad. Son ciertas las sospechas sobre su esposa que llevan tiempo atormentándole, decide desde lo alto de su mente a la deriva. Son ciertas las que desde ahora se dará a inventar.

—¿Ves lo que has logrado, Gabriel Ortueño Gil? ¡Ahora vuestro hijo está muerto! Lo has matado tú. ¡Es tu culpa! Desde que te vi aparecer por mi casa no duermo un momento, siempre vigilante para atrapar la verdad. Por eso llevé conmigo al bebé en mi viaje a la ciudad. Quería estar a solas con él, hablarle sin su madre delante, que me hablase él a mí y me dijese la verdad aunque fuese en silencio, sólo con la voz del alma. Me aparté del camino, lo traje aquí, a solas pasamos la noche este pobre niño inocente y yo. Le hablé y le hablé, pero no respondía. Nada me dijo. Y cuando desperté al amanecer, maldito poeta, malditos tú y el infierno que trajiste para mí, lo hallé muerto. Quién sabe si fue el frío. Muerto a pesar de que a lo largo de toda la noche lo apreté contra el pecho para darle calor, para protegerlo. Él no tenía la culpa de lo que sois vosotros. Ni yo tampoco. Yo, aún menos que él. Siempre soñé con ser un hombre bueno, poeta. Y mira lo que ha pasado por tu lujuria y tu pecado.

Montaña calla de repente, y parece concentrarse en retomar el ritmo natural de la respiración. Poco a poco, recupera también cierto sosiego en la mirada, como si tras su explosión hubiera decidido que es tiempo de enterrar las desgracias y mirar adelante. Su cerebro, desasido del hilo irremediablemente roto de la razón, es ya capaz de encontrar lógico el peor dislate, natural la mayor aberración.

—¡Sixto! —llama al guardia mientras se incorpora dejando al bebé muerto junto a Gabriel. Y cuando su corpachón alcanza a ponerse en pie ya se ha desprendido de su corazón todo rastro de misericordia.

El guardia llega hasta ellos tirando del brazo del hombre encadenado, que lo sigue sumisamente. Sólo será necesario un gesto mudo de Montaña para que Sixto se ponga en marcha, pero el destino de Gabriel estaba sellado desde antes de que el poeta fuera emboscado. Sabiendo que va a morir, aún le sorprende cómo su mano atrapa el cadáver del bebé y lo atrae hacia sí, como si quisiera protegerlo con su último aliento, como si buscara preservar ese cadáver para Leonor, entregárselo para que al menos pueda enterrar a su hijo. Si la muchacha transparente le ayuda en su plan, podrá lograrlo.

Montaña no les dirige una sola mirada. Comienza a alejarse por la arena, camino del resto de su vida. Gabriel le ve mover los labios. Habla consigo mismo, o tal vez agradece a José que esté junto a él en tan tristes momentos.

—¡Tú, poeta, cabrón! ¡Prepárate, que vas de viaje!

Sixto y el hombre encadenado, dócil aunque sin resuello ya por tanto esfuerzo, lo agarran y tiran de él hacia la barquita varada en la arena. El cuerpo de Gabriel carece de sensaciones, no tiene dolor ni miedo. Toda su energía se concentra en abrazar al bebé, en luchar con lo poco que le queda para no dejarlo abandonado en la orilla, como un triste pez muerto a merced de las gaviotas. El borracho duerme aún, y Sixto lo despierta con un puntapié suave en el vientre. El otro se queja y abre los ojos, se sienta en la arena sin saber muy bien dónde está.

—Mira, poeta, te voy a presentar a mi amigo Fermín —dice el guardia señalando al hombre encadenado—. Daos la mano, venga.

El llamado Fermín duda, cada vez más claramente atemorizado, y Gabriel siente que su capacidad de sufrimiento físico ha sido rebasada, lo que de alguna manera le pone a salvo de los maltratos y le da una ventaja.

—Hijo de puta —se atreve a susurrar en dirección al guardia.

A Sixto parece complacerle la mínima rebelión, indica que todavía hay voluntad que domeñar por la fuerza. Alza el cinturón y comienza a descargar golpes sobre la espalda de Gabriel, al ritmo de las sílabas que se esmera en pronunciar muy despacio.

—Que... os... deis... la... ma... no.

A Gabriel lo trae de vuelta a la realidad el miedo a morir en tierra, sobre la arena. La barquita que el borracho empuja hacia el mar puede ser, aún, una esperanza de salvación. Por ello hace un esfuerzo sobrehumano y, sin dejar de proteger el cuerpecillo muerto, eleva la diestra hacia la mano que tiende a su vez Fermín.

—Así me gusta, que seáis educados. Mira, Fermín, éste es el poeta hijo de puta al que hay que matar. Y tú, poeta, aquí tienes a Fermín, que es el que te va a abrir en canal con esta faca. ¿A que sí, Fermín?

Y Sixto, dibujando una sonrisa, extrae desde algún punto de su espalda, bajo la camisa, una faca que abre y exhibe ante Gabriel como si fuera un juguete o un regalo precioso.

—¿Qué te parece? —pregunta socarrón—. Mira. Esta hoja se hunde aquí —explica mientras apoya la punta del arma sobre su propio estómago—, a la altura del vientre, bien hondo, y luego se tira con fuerza hasta arriba, para abrir bien las tripas y la carne y todo lo que se pille en el camino. Así, abierto y destripado, es como te va a tirar Fermín al mar, para que te vayas al fondo bien rápido y nunca más se vuelva a saber de ti. ¿A que sí, Fermín?

Fermín, sin poderlo evitar, palidece y vomita sobre la arena.

—Es que Fermín no ha matado nunca a nadie, poeta. Tú vas a ser el primero. Podría matarte yo, me encantaría hacerlo, pero no quiero ensuciarme, no vaya a ser que algún día se sepa y me vea en un lío. Por eso lo va a hacer Fermín. Lo teníamos en una celda por robo, para llevarlo al juez. Ya le hemos pillado varias veces, y esta vez le va a caer una buena, diez o doce añitos no te los quita nadie, ¿eh, Fermín? Y como no quiere ir a la cárcel, va a hacerme este favor a cambio de que lo deje ir.

El borracho, resoplando y entre maldiciones, ha logrado poner la barquita a flote tras perder el equilibrio varias veces. Sixto libera de las cadenas a Fermín, que logra tirar de Gabriel hasta encaramarlo por la borda. El guardia, al ver los esfuerzos de Gabriel por seguir agarrando el cadáver infantil, tiene una ocurrencia. Los encadena uno al otro, el cuello infantil a la muñeca adulta, y mira luego su obra, muy divertido, sin imaginar que acaba de favorecer el plan de Gabriel.

—Venga —insta a Fermín, poniéndole la empuñadura de la faca en la mano—. Acaba, que va siendo hora de comer.

Fermín y Gabriel, a bordo ambos de la barquita, se miran con impotencia que los paraliza.

—No tengo más remedio. Perdón, perdón —Fermín, con patética mirada, suplica al poeta, y parece la víctima él—. No puedo ir a presidio, tengo mujer y un niño pequeño. Perdón, perdón.

Se le escapan los ojos hacia el muñeco de gélida carne humana que yace entre ellos, enganchado del cuello por la cadena como un cachorro muerto, y tal vez reconoce en él a su hijo, o intuye oscuros presagios. Gabriel, en el delirio temerario que le otorga la proximidad de la muerte, no presta ya atención a lo que acontece sobre la barquita. Piensa en la muchacha transparente que lo arrebató una vez de las manos de la muerte, en Cuba. Piensa que podría volver a suceder. Y por ello apremia a Fermín:

—No dudes. Hazlo y arrójame cuanto antes al agua, todo lo mar adentro que puedas. Sólo te pido eso. Lo más adentro que puedas.

Sólo esa obsesión sostiene a Gabriel: volver a sanar, regresar de la muerte como ya hizo una vez y, aunque sea su último acto sobre la tierra, devolverle a Leonor el cadáver de su hijo y decirle la verdad.

No lo maté yo, amor. No lo maté yo.

—Fermín —acierta a pronunciar el poeta.

El infeliz asesino a la fuerza eleva la vista hacia Gabriel, sorbiendo las humedades que le resbalan de la nariz por el sollozo. Sixto, contrariado e impaciente, se adentra en el agua para abordar la bamboleante barquita.

Hiéreme, Fermín… Echa mi cuerpo al mar.

Gabriel intenta decirlo en voz alta pero la voz no le fluye.

Ya avanza Sixto dispuesto a rematar él mismo el trabajo, y el poeta, convencido de que su única oportunidad es llegar vivo, aunque sea en estado agónico, al mar profundo, no duda en lanzarse sobre la hoja que Fermín sostiene ante sí con las dos manos.

Siente Gabriel frío intenso en el vientre, un estilete de hielo puro que entra rasgando y rompiendo, y cuando el horrorizado Fermín se impulsa hacia atrás trastabillando como si el herido de muerte fuera él, sale velozmente de las tripas trayendo detrás un borbotón rojo. Al poeta le sube hasta la nariz el olor de su propia sangre y se le ciegan los ojos con lágrimas de pena infinita. *Así huele mi vida al irse…*

Pero en el acto aleja la tentación de abandonarse, y para hallar ánimos se dice que ha logrado la mínima tregua que deseaba. Está herido de muerte. Pero no está muerto. Entre ambos extremos pueden hallarse los minutos que necesita. Sixto, ante la vista de la sangre, sonríe satisfecho y se para con el agua hasta la cintura cuando estaba casi a punto de llegar hasta ellos. Luego, de un empujón que le hace perder pie y hundirse hasta el cuello soltando una imprecación, enfila hacia el mar la proa de la barquita de la muerte. Y grita a Fermín:

—Rema hasta que yo te diga, y entonces tiras al poeta al mar. Antes, le atas al tobillo el saco de piedras que tienes ahí al lado. ¿Me oyes? Te vigilo desde la playa. Más te vale obedecer.

A pesar de todo, la voz de Sixto es para Fermín el único faro que guía en la niebla a su desbaratada razón. El reo, llorando como un niño, comienza a remar al ritmo de la cantinela que entre hipidos le sale de los labios, inconcretamente dirigida hacia el poeta:

—Perdón... Perdón...

Gabriel se agacha hasta acomodarse sobre la proa. Teme desmayarse, y trata de no mirar hacia la fuente de sangre que le mana del vientre. Pero casi le marea más la sensación de calor húmedo empapando la mano que tapona la herida. No puede permitirse el miedo, y el dolor tardará todavía un poco en venir. Sin embargo, la tristeza de sentirse morir es tan intensa como amplio el horizonte del mar. Los primeros espasmos ya se anuncian entre escalofríos, y Gabriel se esfuerza por pegar el cuerpecillo muerto encadenado a su cuerpo y ceñirlo todavía más con el cinturón, que arrastra torpemente desde su cintura hacia el pecho. ¿Puede concebirse sostén más endeble para enfrentar la eternidad?

—Perdón... Perdón... Tengo un hijo pequeño, una mujer y un hijo pequeño... —repite Fermín sin dejar de remar, y es tan grande su ansiedad que se traduce en fuerza contagiada a los brazos. Pronto la playa queda atrás, lejana como una pesadilla irreal, y Gabriel, pensando que si hay alguna opción se halla en el fondo, se ata él mismo el saco de piedras al tobillo antes de que las fuerzas le abandonen por completo, y luego, sintiendo inminente el inevitable desmayo, emplea el último soplo de aire de su cuerpo en alzar la mano y decir, simplemente:

—Aquí...

Fermín entiende y obedece en el acto la orden, que en este caso le da el hombre al que acaba de matar. Tal vez no será ya capaz de tomar una sola decisión por sí mismo en lo que le quede de vida. Detiene la barca y se incorpora, va hacia Gabriel sujetándose con ambas manos a los lados de la borda y cuando llega hasta él y le ayuda a dejarse caer al mar aún susurra por última vez:

—Perdón… Perdón…

El saco de piedras arrastra a Gabriel y al cuerpecillo muerto pegado a su pecho directamente hasta el fondo. La imparable inmersión tiene algo de la velocidad euforizante que sintió bajo las aguas de Cuba cuando la muchacha transparente compareció para salvarlo, y gracias a ese recuerdo vivificador halla fuerzas para abrir los ojos y distinguir en la media oscuridad submarina un promontorio rocoso hacia el que logra dar dos, tal vez tres brazadas antes de desfallecer.

Por fin, es el saco de piedras el que decide el punto donde ha de morir, y su cuerpo desciende suavemente hasta posarse sobre una ancha roca que sobresale del fondo, como un milagroso asiento natural donde acomodarse para descansar por el resto de los tiempos.

Las últimas burbujas de aire, solitarias y espaciadas, abandonan su cuerpo y se disuelven en el agua, desprovistas ya de toda fuerza. Es el final. Gabriel llama a la muchacha transparente como tantas veces hizo antes, pero no siente su proximidad acudiendo a envolverlo.

También ella me ha abandonado.

Se ahoga, muere. Y tras aferrar cariñosamente el diminuto cadáver del bebé, fija su último pensamiento para que le quede adherido a la mente y al cuerpo por el resto del tiempo de la muerte.

Te amé. Y no fui el asesino de tu hijo.

Una luz blanca apacible ocupa el mar entero y lo rodea. La última chispa de su pensamiento, antes de rendirse a esa luminosidad que lo vuelve ciego, aún se aferra a la esperanza.

Esta luz…

La muchacha transparente…

Viene a protegerme.

Hasta que Leonor venga y vea cuál es la verdad.

«El vino también puede ser un cadáver», se le ocurre a Bastian mientras identifica entre las llaves del manojo la que abre la bodega; vinos muertos, en este caso por cuatro años a la intemperie de la desatención, sin discriminación de origen, edad o color: blancos, tintos y rosados; pueden llegar a ser decenas los litros picados en sus respectivos ataúdes de vidrio, botellas abandonadas a su suerte entre telarañas y castigadas cara a la pared de la bodega hasta que alguien quiera rescatarlas. En la nuca siente el resuello cavernoso de Julián, que le insta a apresurarse. La última vez que introdujo esta llave en la cerradura era Vera quien, restregándose desnuda contra su espalda también desnuda, le urgía a abrir. «El único sitio donde no hemos follado. ¿Cómo no me habías dicho que tenías una bodega?». Tras la pesada puerta surgen, desde el suelo hasta el techo, rejas que ocupan todo el ancho del acceso al interior abovedado. Las mandó instalar cien años atrás el dueño originario del caserón, y Bastian recuerda cómo de niño le inquietaba su apariencia de cárcel perpetuamente vacía, sin otros presos que las botellas mudas. «Parece un calabozo», dijo también Vera, y con risita malévola de niña traviesa se apartó de él para sacudir con todas sus fuerzas los barrotes ensamblados en el suelo de piedra y comprobar su solidez. «Sí, un auténtico calabozo», sentenció complacida. Las rejas siempre se mantenían cerradas, igual que se ven ahora, y Bastian repara de pronto en que nadie que no tuviera la llave pudo entrar a la bodega la mañana del fatídico disparo. Se vuelve hacia Julián para compartir el jubiloso dato, por él bastaría eso para descartar que al otro lado de la reja aguarde cadáver alguno, pero intuye a tiempo que el ex policía preguntará en el acto si Vera tenía copia de las llaves, y antes de que lo haga no tiene Bastian otro remedio que responderse a sí mismo que sí, que recuerda perfectamente cómo el entusiasta Sebastián insistió en entregarle una copia de las llaves para que pudiera entrar y salir como la dueña del caserón que a él tanto le habría gustado que llegara a ser. Y en aquel llavero se encontraban las llaves de la bodega. Sombrío de nuevo por causa del hallazgo traidor, que arteramente se ha vuelto contra él, se limita a abrir la reja en silencio y ceder el paso al ex policía. Julián cavila con las mandíbulas tensas como si quisiera quebrar entre los dientes sus pensamientos o sus temores.

—Chico —dice parándose en el umbral con gesto grave—, antes de que entremos tienes que saber cosas que yo sé y tú no. Los seis millones de euros no eran de Humberto, eso ya te lo he dicho. Pero Vera y Humberto vinieron juntos a Padrós, esto es nuevo para ti. El robo lo planearon entre los dos, como un matrimonio bien avenido, aunque la idea fuera de Humberto. Quería robar a sus antiguos jefes. Lo consideraba una indemnización. No sé si te he dicho que lo dejaron inválido de una paliza.

—¿Para qué tipo de gentuza trabajaba? O mejor. Dime de una vez quién era Humberto. Llevo años queriendo saberlo. —Bastian ha alzado inesperadamente la voz, pero no es un enfado repentino, sino un intento de apartar la mente de la idea que logra desasosegarle cada vez que se manifiesta: Vera y Humberto vinieron juntos.

—Humberto... —Julián se interrumpe, como si meditara por dónde empezar. Parece un juez severo e injusto—. Era un empresario joven que recorría la costa cantábrica en busca de lugares donde pudieran invertir los constructores para los que trabajaba, esos jefes que te acabo de decir. Cuando lo conocí aún vivía la madre de Vera. Apareció por aquí un par de años antes de su muerte, sobre 1987, puede que algo antes. Vera tenía catorce años, o quince. Enseguida congeniamos. Él necesitaba alguien con influencia en el ayuntamiento, y vi que echándole una mano podía sacarme un buen dinero extra. Hicimos bastantes negocios. Muy rentables, pocas veces limpios del todo.

—¿Entonces no era un mafioso, ni un asesino? ¿No era un torturador?

—Toda esta gente carece de escrúpulos. Es imprescindible para sus negocios inmobiliarios. Ganan mucha pasta, y cuando ya tienen demasiada prueban a ponerla en cestos todavía menos limpios. Mafiosos..., asesinos..., torturadores... Son palabras muy ampulosas. No es exactamente que ellos sean todo eso. Pero digamos que en un momento determinado pueden llegar a serlo. Ellos pueden serlo, yo podría serlo y lo cierto es que lo fui. Tú, por ejemplo, no podrías. A ti en cuanto abres el pico se te ve que tienes escrúpulos. Se te ve hasta en la forma de mirar. Pero ellos... Casi matan a Humberto. A mí me serraron la pierna. ¿Te parece suficiente?

—¿Y Vera?

—Vera también.

—¿También qué?

—También podría serlo. Por dinero y por venganza podría matar. Por eso vino, ya te lo he dicho. Para eso vino. Dinero y venganza. Los mismos motivos que Humberto. Venían buscando el mismo dinero, pero por venganzas distintas. Humberto quería vengarse de sus jefes. Se había pasado de listo con ellos, quiso hacer negocio por su cuenta y lo dejaron en silla de ruedas de una paliza. Vera me dijo que volvería a andar, pero cualquiera sabe si decía la verdad o era otra de sus mentiras.

—¿Y ella? ¿De quién quería vengarse?

—De Humberto. Se había enamorado de él en el pasado, de una manera enfermiza, nada más verlo. Al poco de morir su madre. Se casaron en cuanto ella cumplió los dieciocho. Un camino como cualquier otro para escaparse de Padrós y de mí. Pero tengo que reconocer que, a buenas o a malas, se ha pasado quince años con Humberto, quince nada menos. O sea que algo muy fuerte habría entre ellos. También pudo ser el odio. El odio une mucho. Él al principio estaba loco por ella, enamorado, igual que tú todavía. Os entiendo a los dos. ¿Cómo no os voy a entender? Los casó el alcalde, en el ayuntamiento. Yo, mientras, estaba en el bar de la plaza, tomando una copa tras otra, rabioso. Desde allí los vi pasar hacia su nueva vida, ella muy guapa de blanco, feliz de largarse, por fin camino del mundo de ahí afuera. Qué mal le salió. Porque aunque no sepa nada de ese matrimonio, conozco bien a Vera. Sé cuándo odia, no olvides que en una época me odió a mí. Por eso sé que odiaba a Humberto. Da igual que hubieran venido juntos a robar ese dinero. Lo odiaba. Y al final también se vengó de mí. No sé si estaba planeado, a lo mejor fue sin querer. Pero así salió. Me dejó convertido en lo que ves ahora, condenado a vivir como una caricatura de lo que fui.

—Entonces —Bastian alza la mano, pidiendo tiempo para recomponer en su cabeza la información—, Humberto estaba aquí cuando el atraco. En Padrós. ¿Todo el tiempo?

—Todo, según me contó ella. Pero no llegué a verlo. Precisamente me pedían ayuda porque él estaba impedido y necesitaban un hombre activo que pudiera hacer la parte física del trabajo. Y por lo mismo, porque Humberto estaba impedido, necesitaban de un lugar donde pudiera esconderse discretamente. En cualquiera de los hoteles del pueblo un hombre en silla de ruedas habría llamado la atención. Y ahí entras tú.

—¿Yo? —Bastian finge asombro ingenuamente, como si así pudiera esquivar la dura y obvia verdad.

—Sí, hombre, tú. Tú y esta casa. Y ahora dos cosas. Una: ¿diste a Vera las llaves de esta casa en algún momento?

—Sí —responde Bastian. Tampoco ha sido posible eludir esta pregunta que entrevió un momento antes.

—Bien. Y dos: ¿hubo algún momento de vuestra relación en que la dejaras sola en la casa? Me refiero a un rato, unas cuantas horas.

—Sí —confiesa Bastian.

Y recuerda que un día él tuvo que ir a la ciudad, y entre la ida y la vuelta se ausentó la tarde entera. A su regreso ocurrió inesperadamente un hecho nimio pero trascendente. Debía de ser la hora cuarenta y cinco o la hora cuarenta y seis. Cuando entró en la casa las luces estaban apagadas, y todo lo cubría el silencio del crepúsculo. La buscó en la oscuridad de las amplias dependencias sin encontrarla, hasta que lo guio la luz tibia que surgía de la cocina, al otro lado de la casa. A medida que se acercaba percibía con nitidez mayor el canturreo de una voz femenina que parecía dichosa. Él captó en el acto las metáforas que podía encerrar la escena y se permitió el lujo de regodearse en ellas: avanzaba en la solitaria oscuridad hacia una voz de mujer que surgía desde la luz leve intuida al fondo. Vera se hallaba desnuda en la cocina, preparando una tarta de chocolate a la que luego supo dar mejor utilidad erótica que gastronómica. Él permaneció unos instantes junto al quicio de la puerta, observándola sin delatarse mientras removía el chocolate puesto al fuego. Todavía hoy la recuerda medio de perfil, ensimismada y apacible, tan contenta que su voz alzaba el tono eufórico en el estribillo de la canción. A él le pareció entonces una niña feliz. Y hoy se lo parece igualmente, a pesar de las acusaciones de Julián. *Aunque fueran ciertas. ¿Es que las asesinas no pueden sentirse niñas felices?* La imagen de Vera resultaba coherente con la paz de la casa, era parte de ella o acaso la originaba. Otras veces, cuando exhibía con lujuria su cuerpo, siempre solía portar algún sabio elemento mínimo que ensalzaba su desnudez y la hacía más sexual: un larguísimo collar enrollado sin fin alrededor del cuello y el vientre, unos zapatos de tacón de altura inverosímil, una simple pulsera... Minucias, objetos inanimados sacados del cajón del mundo para tomar vida sobre su cuerpo. Sin embargo, aquella vez su desnudez surgía de la tierra y del aire, era esencial y profunda, contenía la verdad y la vida. Sintió el impulso de abrazarla más allá del afán sexual, inhibido e inimaginable en aquel instante iniciático, y casi le mareó la ternura desbocada que le inspiraron aquella piel pura y aquella desnudez limpia. Estupefacto de sí mismo y de su inaudito deseo súbito, quiso que esa mujer permaneciese en su vida para siempre. Aquel instante infinito terminó, como todos los instantes infinitos, muy aprisa y sin previo aviso. Ella se volvió de pronto, y sin sobresaltarse por su presencia le regaló una sonrisa de bienvenida que pareció pletórica y sincera. Bastian comprende de repente que pudo ser aquel instante la causa de que haya él penado a lo largo de estos interminables cuatro años.

—Pues aprovechó aquel rato para meter a Humberto en la casa —dice demoledoramente Julián—. Y para ser más exactos, aquí, en esta bodega.

—No puede ser —Bastian intenta salvaguardar sus recuerdos del ataque del cruel agresor. Julián quiere ensuciar su amor entero, negarlo y anularlo, volatilizarlo.

—¿Cuántas veces bajasteis a esta bodega? —insiste Julián.

—Una vez. Una sola.

—¿Lo ves? Mientras echabais el polvo de turno ella vio que era el escondite ideal. Y luego aprovechó aquella ausencia tuya para traer a Humberto. Le empujaría sin esfuerzo por esa rampa que he visto en la entrada. Llevará ahí cien años, pero parece hecha a medida para una silla de ruedas. Después tuvo buen cuidado de que tú no volvieras por aquí. ¿Puede ser como estoy diciendo?

Bastian calla para no admitirlo en voz alta, pero lo cierto es que su realidad, la que recuerda y quiere cierta, la que durante tanto tiempo ha alentado y recreado con la imaginación y el deseo, no se contradice en ningún punto importante con las elucubraciones del ex policía. Sí, todo podría coincidir.

—El escondite ideal, sí… —repite Julián—. Aunque a lo mejor no era sólo un escondite. A lo mejor era también una celda.

Y Bastian ve cómo el ex policía se acerca a las rejas y tras examinarlas las sacude con fuerza, verificando su solidez en un gesto muy parecido al que hizo Vera cuatro años atrás. ¿También ella pensó que podía ser una celda?

El ex policía, sin mirar siquiera a Bastian, se adentra de pronto en el estrecho pasillo que conduce a la estancia principal de la bodega. Bastian aguarda expectante. Le asalta la fantasía de que, transcurridos unos segundos, tendrá lugar un cruce de disparos entre Julián y el cadáver, que se revolverá furioso al ver invadido su hogar. Pero el silencio se alarga, y acaba por ser aún más inquietante. La fantasía del indeciso Bastian visualiza ahora la imagen del ex policía parado ante los restos de ceniza del cuerpo descompuesto que pudo pertenecer a Vera, y siente que incluso esos rescoldos apagados, polvo muerto y desperdigado por los aires vigorosos de cuatro inviernos, merecen ser protegidos frente al inmisericorde Julián. El impulso lo lanza a atravesar el pasillo, y tras un breve recodo curvado desemboca en la bodega. Su diestra, por el vicio adquirido de la memoria, recuerda el lugar de la pared donde se halla el interruptor de la luz y sus dedos lo buscan. Antes de encender, Bastian se paraliza por la escena que se siluetea al fondo, bajo la última luz crepuscular que se cuela en la bodega por los altos ventanucos enrejados. Julián se halla en pie, parado ante algo que Bastian no puede ver, aunque en el acto intuya que es la causa de su estremecimiento. Es el momento inaplazable de la verdad desnuda, y Bastian pulsa el interruptor.

Es posible, físicamente posible, que pueda producirse de súbito la quietud absoluta en los seres vivos.

Bastian lo comprueba en propia carne ante la mujer del restaurante. Quietud absoluta, brutal, electrificada. Parálisis de los músculos y del espíritu, silencio riguroso en las vísceras expectantes, también inmóviles. El alma y el corazón atrapados en su movimiento cero.

Vera, ha pensado nada más verla. Vera, vuelve a pensar al acercarse y verificar que el parecido es tan grande, inverosímil de puro exacto, que tiene que ser ella. Y, sin embargo, hay un elemento diferenciador, todavía impreciso, que abre la puerta de la duda.

Durante el primer instante, la magia del parecido físico la ha traído para él desde la muerte, y la excitación es tan similar a la felicidad que podría merecer ese nombre a pesar incluso de las rabias adormecidas y los reproches, que ya comienzan a agitarse.

Da otro paso. Aún ignora cómo actuará. No puede acercarse sin más y saludarla tranquilamente, tampoco agarrarla de la solapa y maldecirla por su traición. Así habla la mente. ¿Y el deseo? *Abrazarla. Permanecer unido a ella. Largo rato, largo rato, largo rato... Luego, lo que sea.* Toda lógica se desbarata. La alegría instintiva se desboca como una mortal crecida de río ante la que nada puede la muralla endeble del odio largamente meditado.

Es en el siguiente paso, a dos metros de la mesa, cuando vuelve a adquirir protagonismo el elemento diferenciador, esa anomalía a punto de explosionar que todavía no logra definir. ¿Por qué la mujer no alza la vista? A la fuerza ha debido de percibir que alguien se halla plantado ante ella, mirándola... *¿Por qué no me miras?*

Pero la mujer no parece verlo, y esa inexplicada invisibilidad le sirve para examinarla en detalle. La mujer pincha distraídamente con el tenedor brotes de ensalada mínimos que mordisquea con indiferencia, como si su boca fuera la boca de otra persona o comer fuera una molesta pero inevitable imposición de la vida. Igual que comía Vera, sólo porque hay que alimentarse.

Viste un jersey de cuello vuelto color ciruela bajo el traje de ejecutiva, pantalón y chaqueta oscuros. Bastian casi siempre vio a Vera desnuda o casi desnuda, bien a punto de desnudarse o bien a punto de vestirse, y de nada sirve cotejar el recuerdo indeleble de su pletórica piel bronceada con la palidez otoñal que se adivina en las manos y el rostro de la desconocida que come sin ganas. ¿Son sus manos las de Vera? ¿La zurda que desliza el dedo índice sobre la revista apoyada en la mesa, como si señalara algún dato especialmente importante, es la misma que lo masturbaba con avidez glotona para, de repente, parar y dejarlo al borde del éxtasis una vez y otra vez y otra vez? ¿Y esta diestra que agita nerviosamente el tenedor sostenido en el aire mientras los dientes mastican es la misma diestra que le aferraba la mano en los paseos por Padrós o le acariciaba el pecho y el vientre durante las largas conversaciones en el lecho? Han pasado cuatro años... ¿Quién es capaz de recordar durante tanto tiempo unas manos? Pueden haber adelgazado o engordado, la piel puede haberse ajado, segregado manchitas... Va a entrar en el examen del rostro cuando cree reconocer de pronto la anomalía, el elemento divergente entre la mujer del pasado y la del presente. Es el pelo, que muestra un corte distinto y también otro color. Vera llevaba el pelo muy corto y muy rubio, provocativamente amarillo; la mujer que sigue sin percatarse de su presencia luce melena hasta los hombros, y aunque su pelo es también rubio, aparece entreverado de tonos ceniza, como si el peluquero hubiera buscado apagar su color, desconectar el amarillo, o ella le hubiera pedido una ruptura radical de imagen. Tal vez ésa era la idea: cambiar de apariencia, ocultarse... Los ojos podrían suponer la prueba definitiva, *las personas son su mirada,* pero la mujer los oculta bajo unas grandes gafas opacas. ¿Otro disfraz? Porque lo cierto es que impiden a Bastian ver la cara en condiciones adecuadas para tener la certeza del sí o la certeza del no. Y es entonces cuando, proveniente del mundo real exterior a ellos, acontece el estallido.

El camarero trae el segundo plato y se dirige a la mujer con natural desparpajo, como si fuera cliente habitual, incluso de diario.

—Albóndigas con tomate. Cuidado, la cazuela quema.

Con gesto ágil, retira el plato con las sobras de ensalada y pone sobre la mesa las albóndigas humeantes y luego, con naturalidad que a Bastian le parece cariñosa y llena de respeto, toma la mano derecha de la mujer y la dirige hasta el plato. La desvalida diestra queda en el aire, suspendida un instante. Después se posa sobre el mantel y comienzan los dedos a deslizarse tanteando, hasta que topan con el borde de la loza. La zurda rastrea en busca del vaso de agua, y cuando llega a tocarlo los dedos escalan por el cuerpo cilíndrico de cristal hasta ceñirlo y elevarlo hacia la boca. Una vez ha bebido, la mujer lo devuelve a su sitio sobre el mantel, comprobando previamente con los dedos de la otra mano que no hay obstáculos en el camino, y toma el tenedor para seguir comiendo. En esos breves instantes, un mazazo invisible ha golpeado el pecho de Bastian. Siente dolor intenso, un repentino ahogo, retrocede con pasos titubeantes, sostenido a duras penas por sus piernas desfallecidas, hasta apoyarse en la mesa de otros comensales, metiendo casi la mano en el plato de uno de ellos. Le increpan en tono jocoso, pero él sólo es capaz de sentir terror. Corre, sale a la calle, la cruza y huye del restaurante a toda prisa, con la cabeza baja como un delincuente que temiera ser reconocido o supiera de repente que toda su vida minuciosamente erigida en los últimos años con ladrillos de mentira acaba de desmoronarse, aunque aún no sepa con exactitud cómo, ni debido a qué. Sólo corre, sólo puede correr. Sólo huye, sólo puede huir como hace cuatro años.

Está ciega. Humberto. El alfiler.

Y por encima de la ira siempre en llaga hacia Vera, más allá de su traición, más allá del odio que no pudo exterminar al deseo, mucho más allá de la pena, el dolor y la melancolía destructora, surge ante sus ojos una imagen jamás entrevista que lo desmorona todo y convierte en trizas la nada... Vera, cuatro años atrás, encadenada tras sufrir quién sabe cuántas atrocidades, Vera torturada hasta la extenuación o la locura mientras ve venir sin prisas hacia ella, hacia sus ojos, el puntiagudo alfiler tras el que sonríe Humberto. *¡La capturaron! ¡Por eso no vino a por mí!* Un vómito repentino le obliga a agacharse doblado entre dos coches, y esa reacción física le sirve de aval para esta nueva versión de su vida que, a pesar de todos los derrumbamientos que implica, ansía creer. *¡No pudo venir porque la atraparon!* Bastian comprende que todo fue distinto a como siempre lo imaginó. Pero ¿distinto de qué manera? Las preguntas se disuelven ante una urgencia mayor contra la que choca de frente. *No puedo perderla por segunda vez. ¿Cómo he podido irme del bar?* Podría extraviarse entre estas calles nunca recorridas antes, y se lanza a una enloquecida carrera de retorno. Si pierde a la ciega, después de haberla tenido literalmente al alcance de la mano, se volverá loco, podría matarlo la cólera contra sí mismo. Acelera sin dejar de buscar en cada escaparate y en cada esquina, al borde del colapso, detalles reconocibles del recorrido anterior, y cuando surge desbocado desde una bocacalle y se topa con el restaurante, casi llora de felicidad, como si constituyera una victoria titánica sobre el destino haber sabido regresar al local. Cruza, abre la puerta y sí, la ciega continúa allí donde la dejó, removiendo su café mientras guarda en el bolso el dinero de la vuelta. Al comprobarlo expulsa un bufido eufórico, y recuperada en parte la capacidad de pensar con frialdad, decide salir de nuevo para apostarse frente a la puerta.

Apenas un par de minutos después, la ciega sale a la calle y se detiene un instante para abrocharse un chaquetón de cuero que acaba de ponerse sobre el traje. Alza el cuello para protegerse la nuca, y este detalle nimio de desvalidez ante el aire frío desencadena en Bastian una inesperada oleada de ternura que es incapaz de explicar o controlar. Capturaron a Vera tras el ataque a Amir o Amin, está cada vez más seguro de que lo hicieron otros sicarios con los que nadie contó, cuando corría a reunirse con él para escapar juntos con el botín. *Me amaba. Todo era cierto. Y ahora voy a comprobarlo.* La estatura de la ciega es más o menos la misma que recuerda de Vera, pero la entidad física de los amantes también se desdibuja con el paso del tiempo. Por la altura podría ser Vera y también no serlo, y Bastian aguarda impaciente que se eche a andar para tener más datos. La ciega, como si buscara subrayar visualmente su condición de invidente, extrae del bolso un bastón blanco que despliega antes de enfilar la acera hacia la izquierda, pegada a la fachada con toda cautela. Bastian cruza a toda prisa, e instantes después se encuentra siguiéndola, dos metros por detrás de ella. ¿Qué leía en el restaurante?, se pregunta de pronto. Un texto en braille, obviamente. Pero ¿sobre qué tema? *¿Y eso qué importa?*

Un cuerpo camina, una persona camina. No importa si se dirige hacia o regresa de, si va o viene. No importa el origen ni la meta, sólo la esencia que portamos. ¿Y cuál es la de esta ciega que camina indefensa ante la vida sobre sus zapatos bajos? Ésa es otra negación de la memoria, de la posible verdad recién revelada. Vera, en Padrós, caminaba siempre apresurada sobre tacones altos, impaciente por llegar a donde fuera para arrasar y partir de nuevo, fuera su destino el sexo con él o el encuentro fatal con Amir o Amin.

¿En qué parte falló el plan que ella presentó como infalible? Él, un pobre fracasado de provincias sin proyecto vital, no sabía lo suficiente de tramas criminales como para valorar si era así o no, pero siempre creyó que Vera, aunque fuera por la influencia de Humberto, poseía la necesaria experiencia. Para ella, apostada con los prismáticos en la atalaya del acantilado desde donde se dominaban los apartamentos, todo era muy simple. El emisario de Humberto llegaría con el dinero aquel miércoles de junio y al día siguiente, jueves, ella recogería en la ciudad las armas que había adquirido en el mercado negro. Bastian recuerda cómo esa expresión, «recoger las armas», le estremeció. Por primera vez pensó que todo podía ir en serio, que debía apartarse de esa mujer lo antes posible, que la muerte podía estar ya hospedada en Padrós, esperando el momento de salir a las calles. Por ello se negó a llevarla en coche, y Vera, decepcionada por su cobardía, herida por lo que llamó su traición, hubo de tomar el autobús, aunque a su regreso al día siguiente él fue a esperarla y la tensión de las horas previas al atraco volvió a unirlos, a fundirlos en ese abrazo único e infinito que, durante los cuatro años posteriores hasta hoy, él ha considerado repugnante mentira. Ese abrazo falso es, en realidad, lo único que le ha importado siempre. Todo lo demás le parecen minucias de una disputa entre delincuentes. Fue el abrazo, y la traición que comportaba, lo que le lanzó al miedo, a la huida, a la desolación.

Sin embargo, la ciega podría traer ahora la negación de toda aquella oscuridad. Camina despacio, todos sus movimientos parecen hipotecados a las coordenadas de rumbo que le va suministrando el extremo del bastón blanco, y en esas circunstancias los datos que Bastian puede extraer resultan falsos, confusos como mínimo. Si es Vera, sus pasos titubeantes lo contradicen y niegan, y Bastian resuelve que tiene que ir un poco más allá. Cuando la mujer se detiene ante un semáforo es la oportunidad para tomarla del brazo, tocarla con la esperanza de que el contacto entre ambos responda con el chispazo de siempre. Se coloca a su lado y la mira de reojo, con el corazón presionándole la yugular en el cuello. Es un disimulo absurdo, ridículo, ya que ella no puede ver, y se permite entonces mirarla con impunidad que le resulta remotamente vergonzante, indigna de quien fue, de quienes fueron. ¿Son sus labios, su perfil, sus mejillas? Imposible saberlo; en un rostro, la expresión lo es casi todo, y la ciega, en las antípodas de la alegría vital que derrochaba Vera, muestra una crispación resuelta, perenne, que la hace diferente, opuesta. ¿Acaso no es cierto que si el rostro de la felicidad se entristeciese drásticamente dejaría de parecer feliz? Pues así ocurre en esta cara: es la de Vera pero no es la de Vera. Puede ser tan sólo, ¿por qué no?, una inocente mujer ciega que se parece mucho al fantasma de Bastian. Esta opción se vuelve veraz y le hace sentirse ridículo en su cabezona persecución. Cambia para los peatones el disco verde, y Bastian ciñe el antebrazo de la mujer, que asiente con un breve gesto seco de agradecimiento. Cruzan, él aprieta cada vez más, y desplaza arriba y abajo la mano por ese brazo que sólo emite señales mudas, del todo distorsionadas por el grosor del chaquetón y de la ropa debajo de él. Ya en la otra acera, todavía se niega a soltar la presa hasta que es la propia ciega la que, un poco extrañada y todavía irreconocible bajo las gafas que en la distancia corta parecen aún más anchas, se desembaraza de él con una levísima sonrisa, inimaginable hasta unos segundos antes, y una palabra musitada apenas entre dientes:

—Gracias...

La voz.

¿Ha sido la voz que hace cuatro años pronunció la misma palabra con similar brevedad cuando él, tras la tensión generada por no haberla llevado la víspera a la ciudad se ofreció para acompañarla al día siguiente hasta la entrada de la torre de apartamentos, y esperarla cuando saliese con el dinero? ¡Era tal el miedo a perderla que se impuso sobre el miedo a Humberto!

«Gracias...».

¿Ha sido la misma voz?

La ciega echa de nuevo a caminar y él la mira como miró aquel día a Vera cuando se dirigía hacia la puerta giratoria de la torre. *La última vez que te vi, ya no supe más.* Excepto unas horas más tarde, cuando angustiado por la inútil espera al volante regresó a la casa y se encontró con la bolsa del dinero, su pasaporte para la interminable escapada. Por fuerza hubo de ser en la torre de apartamentos, ha pensado siempre, donde se torcieron las cosas y Vera murió o, según podría interpretarse ahora, fue capturada y torturada.

Como si hubiera contado los pasos exactos desde el restaurante, la ciega empuja sin dudarlo la puerta de cristal de un café y pasa al interior. Bastian aprieta el paso para ir detrás, con un temor infantil de que haya una puerta trasera por la cual pueda la mujer escabullirse y burlarlo. Es un local moderno que recuerda a los viejos cafés, con impecables espejos nuevos artificialmente envejecidos y mesitas imitación madera. La ciega debe de ser una cliente habitual que viene todos los días a la misma hora y toma siempre lo mismo, porque la camarera la saluda sonriente, aunque sin pronunciar su nombre ni otra pista que a Bastian le pueda dar más datos, y sin que ella lo pida comienza a prepararle su consumición: un sofisticado café con nata y espuma que luego le lleva en una bandejita hasta la estrecha barra adosada a la pared del fondo, bajo uno de los enormes espejos falsos. Bastian le pide un café solo, espera a que se lo sirva, va con él hacia la pared del fondo y, como un cliente más, se sienta junto a la ciega. El espejo le devuelve el reflejo de ambos. Para cualquier observador externo podría ser la imagen de una pareja bien avenida, incluso feliz, que ha hecho un alto en el largo camino de la convivencia para tomar un café. La ciega sostiene la taza en el aire por el asa y sopla hacia la superficie del café, demasiado caliente. Ese detalle es el único que pinta con un toque de vida su gélida quietud. Estática, ensimismada e inexpresiva, parece mirarse fijamente al espejo, a solas con sus pensamientos. Bastian piensa qué frase podría atreverse a decirle de pronto…

Soy Sebastián Díaz, el tipo al que dejaste colgado en Padrós…

Tengo quinientos mil euros tuyos…

Por fin te he encontrado, ahora puedo vengarme…

¿Qué ha sido de ti estos años?...

Me ha dado un vuelco el corazón al verte…

Creo que te sigo amando…

Pero se limita a callar, mirando la imagen del espejo. Con cautela meditada, dejando de lado toda impulsividad, invierte el tiempo que le lleva a la ciega tomar su café en observarla con toda la proximidad impune que las circunstancias permiten. Luego expulsa muy despacio el aire de los pulmones, hasta dejarlos vacíos, y temerariamente inclina la cabeza hacia la mínima piel del cuello femenino que asoma bajo el jersey de cuello vuelto. Cuando se halla a escasos centímetros de la carne desnuda cierra los ojos a fin de no distraer sus sentidos y lentísimamente, en riguroso silencio exterior a pesar de que lo ensordecen sus propios latidos, la huele. Inspira con emoción contenida, como un catador al que le fuera la vida en la acertada catalogación de las esencias, y poco a poco logra aislar y apartar el aroma del café, aislar y apartar el perfume elegido por la ciega esa mañana, aislar y apartar los olores del mundo hasta quedarse solo, conmovido y aterrado, ante las sensaciones olfativas que le llegan desde la exigua zona de piel desnuda. ¿Es ella, puede ser ella? Si los olores tuvieran color y textura, éste que ahora le inunda los sentidos camino del corazón y de la memoria sería blanco y suave, así le parece. También resulta limpio, cargado con la nitidez de la pureza, y evoca un amanecer junto a Vera en que ella dormía profundamente, y él, como acaba de hacer ahora, se aproximó a su cuello y aspiró el perfume de su desnudez. Ella, al sentirlo entonces, se giró. Olía a serenidad, a ese bienestar de los cuerpos que en el amanecer se abrazan para desperezarse de cara al nuevo día, amparados uno en los brazos del otro. Fue uno de los momentos de mayor felicidad real de su vida: la hermosura absoluta existía y era así de simple. Bastian ha buscado en ese recuerdo la prueba definitiva de que la ciega y Vera son la misma mujer, pero el destino ha querido jugar con él, desconcertarlo. No es el olor de aquella felicidad vivida, sino otro. El olor de una posible felicidad presagiada. La piel de la mujer ciega huele a su propia serenidad, contiene su propia promesa de hermosura aguardando el amanecer. Bastian, con el aire retenido en los pulmones, osa abrir los ojos. Y ve la piel, tan cerca que podría aventurar la lengua para rozarla, humedecer con su saliva esa carne para adentrarse más hondamente en la verdad. Pero ahora debe renunciar, y al apartarse como un ladrón ve cómo ese rectángulo de desnudez abismal, lleno de preguntas, se aleja sin retorno. Nunca pudo despedirse de Vera. Le fue amputada con un hachazo seco tras empujar la puerta giratoria de la torre de apartamentos. Sin la concreción de un adiós, sin una sola palabra, sin miradas. Sólo océanos de incertidumbre, desesperación, melancolía... La ciega termina su café y se levanta. Bastian no puede aún ponerse en pie.

Es ella.

No es ella.

Viva o muerta, Vera lo sigue zarandeando con sensaciones extremas.

Extrañamente sereno tras la insólita intimidad que siente haber vivido con la ciega al oler su carne, la sigue más de cerca, apenas tres pasos por detrás de ella. Si la torturaron, piensa de repente, no me delató. Un escalofrío intenso lo recorre al decirse, explícito como nunca antes, que en esos casi cuatro años nunca, en ningún momento, ha sentido que nadie lo seguía realmente. *¿Habré estado a salvo siempre?* Pero entonces su vida, su permanente escapada, su noviazgo con Pepa, su rutina... *¿Maté a Sebastián por nada? ¿Para qué nació y ha vivido Bastian?*

Unos metros delante de la ciega, junto a la esquina por la que se dispone a cruzar, hay dos chavales apoyados en un coche. Uno de ellos ve a la mujer y mediante un codazo reclama al otro que la mire también. ¿Es un juego inocente o están sopesando lo fácil que sería pegar un tirón al bolso que lleva en bandolera? Bastian, sin saber por qué, acelera hasta ponerse entre la mujer y los chavales y camina unos metros junto a ella, hasta dejar atrás el peligro tal vez imaginado. Le late el corazón, pero no es por los chicos, sino por el inesperado valor que ha desplegado para pegarse a ella, por su decisión de ponerse a su lado para protegerla. En los siguientes metros la mujer gira imperceptiblemente la cabeza en dos o tres ocasiones, como si sus entrenadas sensibilidades hubieran detectado al intruso que continúa caminando a su lado. *Debo hablarle. Decirle quién soy. Aguantó la tortura por mí. ¿Y si era cierto su amor?* Bastian siente, cree, imagina que la ciega lo acepta, que lo quiere junto a ella, y es él quien se azora y angustia, quien siente el aire inmovilizado en los pulmones. *Tal vez me ha estado esperando todo este tiempo. Tal vez vive en la miseria.* Bastian sabe que en el momento más inesperado, en la primera esquina, en el siguiente portal, la ciega se irá. *¿Y si me añora?* Cuando llegue a su casa será el final. *¿Y si me ama?*

La ciega echa entonces mano al bolso. Bastian se alarma, se aterroriza cuando ve que extrae de él un manojo de llaves. *El fin.* Enmudecido por su propia excitación, extiende la mano para tocarla. Será un gesto irreversible. El roce más leve la alertará, le hará volverse, su voz alta y clara preguntará quién está ahí. Yo, resuelve Bastian que responderá. *Yo.* Ese vocablo, ese escueto golpe de voz, es la respuesta más sincera de todas, la única real.

Pero la ciega, con las llaves en la mano, se halla ya ante la puerta de cristal del portal de su vivienda, y los dedos de Bastian siguen congelados a dos milímetros de su antebrazo. Todo se precipita de forma vertiginosa, atrozmente veloz, devastadora. La ciega abre la puerta, entra al portal y vuelve a cerrar. Los dedos de Bastian no se han decidido, y cuando lo hacen es tarde. La ciega, tan ajena a su presencia como lo ha estado todo el tiempo, ha desaparecido ya en el interior.

Se ha ido. Bastian queda a la deriva en la incertidumbre. Sus dedos, ya inútilmente apresurados, se lanzan hacia delante pero sólo chocan contra su propio reflejo en el cristal de la puerta cerrada.

Es el fin, aunque la vea aún en el interior, detenida ante los buzones, que tantea en busca del suyo. Bastian piensa en aporrear la puerta. ¿Y luego? Encajonado en sus propias angustias, responde al impulso patético e infantil de sacar el móvil y hacer una foto de la mujer que, tras cerrar de nuevo el buzón, se gira hacia la derecha camino del ascensor.

Es la foto de un fantasma: inmersa en la penumbra del portal, se ve una silueta humana que gira a un lado, nítidamente desenfocada por el movimiento del cuerpo y las bajas condiciones de luz. Tenerla es mejor que nada, y Bastian, temiendo de pronto que su móvil pueda estropearse, decide protegerla enviándosela a sí mismo al teléfono que permanece oculto en el cajón de sus espectros, a salvo de la bondad de Pepa.

Mentalmente memoriza la dirección de la ciega. Es el portal número dieciséis de la calle Curvatura.

Volveré. Encontraré las palabras precisas que decirte y volveré.

La decisión lo tranquiliza, y comienza a alejarse, de retorno al hogar normal que tan brutalmente acaba de ver sacudidos sus cimientos.

Piensa en el papelito con semen seco, en el revólver y en el propio teléfono móvil donde ha enviado la foto. Si fueran seres vivos, esos objetos estarían alborozados: Vera, en forma de foto espectral, ha vuelto de entre los muertos para reunirse con todos ellos, en la oscuridad inmóvil del cajón bajo llave del despacho de Bastian.

A lomos del penco de color desvaído que considera símbolo de su reciente prosperidad, Rufino Matamoros escruta la noche sin estrellas mientras deja atrás Padrós, de regreso a la ciudad en la que hace semanas vive. Barrunta que acecha una tormenta oculta tras el cielo negro, tanto huelen a lluvia inminente la tierra del camino y las hojas de los árboles que lo bordean. Pero al nuevo Matamoros no le irritan las inclemencias del tiempo, casi podría decirse que siente alegría ante ellas. Y es que están definitivamente enterrados los tiempos vagabundos en que maldecía cuando comenzaba el aguacero y no tenía otro remedio que refugiarse bajo el árbol más cercano. Ahora, la proximidad de la lluvia casi lo llena de orgullo, como si las nubes hinchadas de agua fueran una más de las humildes propiedades que está atesorando gracias al periodismo, ese hermoso oficio nuevo que tanto le está dando. Se arrebuja ante las primeras gotas en el gabán de segunda mano que adquirió pagando sin trapacerías, con dinero contante y sonante, y desenrolla de la silla la gran manta que lleva siempre consigo desde que viaja por las localidades próximas en busca de noticias. Con presteza ya muchas veces ensayada, coloca una de las puntas de la manta sobre su cabeza, la ciñe encajándose el sombrero con las dos manos y despliega el resto sobre sus hombros, cruzándola luego sobre las piernas de forma que algo abrigue también los lomos y cuello de su querido penco. Ciertamente, se dice, qué hermosos pueden llegar a ser el bienestar y la buena vida. Y piensa, como siempre en las noches desapacibles, en su antiguo amigo Gabriel, tan misteriosamente desaparecido sin dejar rastro semanas atrás. Matamoros, poeta al fin además de supersticioso sin remedio, se pregunta a veces si no será cierta la historia relatada en *Todo el amor y toda la muerte*, el manuscrito que su amigo le legó y que él espera editar algún día a modo de homenaje. ¿Se lo habrán tragado el mar o esa amante invisible que él creía bajo las aguas? ¿O vagará su alma en pena por estos parajes de acantilados y tormentas? Varias veces lo ha buscado para agasajarle con una buena comida, o para decirle que en cuanto quiera podría tener trabajo en el periódico, pero Gabriel no debe de estar ya por la comarca. Levemente desazonado por el recuerdo del amigo desaparecido, a cuya evocación contribuye esta noche que parece hecha para que se animen a danzar en ella los difuntos, Matamoros comienza a canturrear una cancioncilla picante de cosecha propia, recuerdo de sus tiempos de trovador, con la que espera entonar el espíritu. Entonces, al enfilar la siguiente curva, la voz se le hiela dentro de la garganta.

Plantada en mitad del camino, una alta y recia silueta masculina le da el alto. ¿El fantasma de Gabriel, al que ha convocado con sus imprudentes pensamientos? Pero no, este intruso es más alto que Gabriel. ¿Será un simple salteador? Aunque avaro, Matamoros es poco amigo de codearse con los muertos, aunque fueran en vida buenos amigos, y reza en silencio para que se trate de la segunda opción. El aparecido, cubierto de negro de pies a cabeza y tocado por un sombrero de ala ancha que lo protege de la lluvia, extiende su brazo derecho con la palma extendida, en un gesto que tiene menos de amistoso que de hostil, y cuando Matamoros, y a su orden el penco, se detienen mansamente, habla con voz rasposa que muy bien podría salir del nicho más oscuro del infierno:

—Eres Matamoros, el escritor… —y la evidencia de que no es pregunta, sino afirmación, desata los temblores en el cuerpo del jinete cubierto por la manta—. Desmonta. He de hablarte.

El embozado, abriendo en arco la diestra, hace un gesto en dirección a un claro junto al camino donde, a resguardo bajo los árboles, aguarda una carroza negra a la que están enganchados dos corceles también negros extrañamente estáticos y silenciosos, como si hubieran sido aleccionados por su dueño para no alertar a la víctima de la emboscada. No hay mayoral a la vista, y Matamoros deduce que ha debido de ser el propio diablo quien ha guiado el carruaje hasta aquí.

Sin otra opción, el periodista obedece y desciende del penco. Al quedar frente al embozado resulta patente que éste lo duplica en tamaño a lo alto y casi también a lo ancho, y comprende el enclenque Matamoros que, si fuera la intención del otro matarlo con sus propias manos, ya puede irse dando por estrangulado y descuartizado. Se ve, exangüe pero todavía vivo, a merced de los lobos que un rato antes aullaban en la oscuridad. En su época de miseria temía morirse solo, pero nunca llegó a verse entre fauces voraces que se disputasen sus trozos.

—Tú eras amigo del tal Ortueño Gil, ¿verdad? Se os vio juntos más de una vez y más de dos...

—Amigo es mucho decir... —recula el atemorizado periodista, sintiéndose hermano gemelo de Judas.

—Sí, se os vio juntos —reitera el otro, tajante, como si no hubiera captado su cobarde requiebro—. Dime, ¿sospechaste en tus meses de convivencia con él que pudiera ser un asesino?

—¡Oh, no, señor! Gabriel era un pedazo de pan, incapaz de hacer daño a nadie. Estaba un poco loco, por algo era poeta, pero fuera de eso...

—¿Sabes que hace unos días mi hijo fue secuestrado? Fue raptado de mi casa, sobre el acantilado, en mitad de la noche. Un bebé de poco más de un año... Mi esposa está destrozada, y yo...

Matamoros identifica entonces al diablo. Es Tomás Montaña, el todopoderoso señor de Padrós. Y entonces, recordando los rumores que lo representan como un hombre tiránico, acostumbrado a ser obedecido sin rechistar, se pone en guardia, incapaz de imaginar si este encuentro tendrá final feliz o desdichado.

Montaña hace una pausa, repentinamente emocionado, y rebusca un pañuelo por los bolsillos interiores de su atuendo. Al abrir el abrigo ha quedado al aire la culata de un revólver encajado en su cintura, y Matamoros se pregunta si no será mostrarle el arma su verdadero objetivo al hacer el gesto de extraer el pañuelo como un padre compungido, cuando carece de sentido y lógica secarse la cara bajo el chaparrón. ¿Por qué no se protegen de la lluvia en el interior del carruaje? ¿Es que piensa matarlo en mitad del camino?

—Me consta —continúa el hombre—, óyeme bien, he dicho que me consta, que Ortueño lo secuestró. Y también que lo ha asesinado.

—Señor, eso es imposible —salta esta vez Matamoros—. Gabriel...

Pero el otro le corta, posándole sobre el hombro una manaza que vuelve a poner de manifiesto la desigualdad de fuerzas.

—Dime una cosa, Matamoros. ¿Estás interesado en el dinero?

El brusco cambio sorprende felizmente al periodista. Un asesino no ofrece dinero a su víctima, y por ello, a pesar del miedo, la avaricia de Matamoros se apresura, casi antes que él mismo, a asentir con la cabeza.

—Magnífico, Matamoros, no esperaba menos. Y dime otra cosa. ¿En la justicia estás también interesado? La justicia con mayúsculas, me refiero.

—¡Por eso me hice periodista! —osa mentir el antiguo trovador. El hambre le acostumbró a ser rápido en sus respuestas, y aquí ha visto el resquicio para colarse en el aprecio de quien ya comienza a ver como un posible nuevo amigo.

—Bien, Matamoros, bien... —Montaña sonríe por primera vez, pero ante la frialdad cruel que sugiere esa rendija alargada abierta entre sus labios, casi habría preferido el periodista que no lo hiciera—. Porque no es posible vivir sin la justicia, la justicia con mayúsculas, esa que debe imponerse por encima de la voluntad de los hombres. Verás, hace años viví en América.

—Lo sé, señor.

—¿Es que me conoces?

—Todo el mundo conoce al señor de Padrós.

—Tanto mejor, amigo, tanto mejor. Pues en América la justicia está más cerca de la justicia con mayúsculas que la justicia que tenemos aquí.

Y entonces, repentinamente aunque muy despacio, seguro de la fuerza que detenta, Montaña saca el revólver. Es plateado, de caño largo, y brilla en la oscuridad como si fuera más poderoso que la noche.

—Si tú y yo riñéramos, Matamoros, yo podría matarte.

—¡Pero por qué habríamos de reñir, señor!

—Y si te matase, tú quedarías aquí muerto, sin más. Éste sería tu final. ¿Habría sido justo matarte? ¿Habría sido injusto? ¡Sólo Dios y nosotros lo sabríamos! Pero tú aquí te quedarías. Muerto. Muerto sin reparación posible. ¿Es así?

—Así es, señor —musita Matamoros con alguna serenidad, como si la evidencia de que está en manos del otro fuera, en vez de inquietante, placentera.

—¡Los actos malvados deben ser reparados! Fíjate en esto, Matamoros.

Y entonces, ahora sí veloz, levanta el revólver y lo amartilla ante la misma cara de Matamoros. El infeliz apenas tiene tiempo de sentir pavor cuando Montaña aprieta el gatillo y el mismísimo infierno estalla en la cara de Matamoros. Grita por el espanto de la muerte.

Grita y sigue gritando hasta que entiende que, si está muerto, no puede gritar, y entonces, poco a poco, se atreve a abrir los ojos que instintivamente había protegido con las dos manos.

La sonrisa muerta del rostro de Montaña es lo primero que ve el periodista, luego los ojos brillantes, enloquecidos, del señor de Padrós, luego el caño humeante del revólver... Montaña ha disparado junto a su cara, pero apuntando a algún punto situado a su espalda. Se gira Matamoros, estremecido por un presentimiento súbito, y ve al penco en el suelo, su penco querido, su compañero de fatigas, convertido en un bulto oscuro todavía palpitante que parece infinitamente desvalido bajo la lluvia.

—Matar a tu caballo sería un acto injusto, ¿no es así, Matamoros?

—Sí, señor, lo sería —responde el periodista, sumiso y acobardado. El miedo físico le ha guiado siempre, y se odia a sí mismo por no haber corrido a socorrer al penco, por no estar junto a él, dándole cariño en sus últimos segundos. Pero el miedo lo tiene clavado ante Montaña, y su único duelo por la bestia herida son las lágrimas sinceras, también rabiosas, que le anegan los ojos.

—Pero yo soy un hombre justo. Todo el mundo te lo dirá en Padrós. Por eso, si yo matara a tu caballo, y no quiera Dios que tal cosa ocurra, te recompensaría dándote otro caballo, y además una buena suma por tus lágrimas. Yo sé muy bien lo que valen las lágrimas, me encoleriza que la gente no les dé valor. Yo te las pagaría a precio de oro. Una onza por cada lágrima. ¿Qué te parecería? ¡Una onza de oro por lágrima!

—No sé qué decir, señor, no entiendo, estoy aturdido.

—¡Tu amigo ha matado a mi hijo! —grita Montaña, ahora fuera de sí. Matamoros opta por callar—. ¡Lo ha matado y se ha deshecho del cadáver! ¡Nadie ha vuelto a ver al bebé! ¿Entiendes? Y desde entonces, mi amada esposa llora desconsoladamente cada día, todos los días y todas las noches, cada minuto. Si tuviera que dar una onza de oro por cada lágrima suya, estaría arruinado, endeudado de por vida. ¿Crees que es justo? Si mi hijo apareciera, Leonor podría volver a vivir. Y es aquí donde entras tú.

—¿Yo, señor?

—Tú, sí. Eres periodista, ¿no? Y fuiste amigo de Ortueño Gil, no me digas que no, sé que os vieron juntos. Y por eso, porque eres periodista, vas a hacer justicia. ¡Justicia con mayúsculas! Vas a escribir en tu periódico quién era Ortueño Gil. Un artículo diario.

—Pero, señor, eso lo decide el director, yo no puedo…

—El director es un buen amigo mío. Le he sacado de algún apuro. Pero sobre todo, es un hombre justo. No dudes que sacará tus artículos. En primera plana, Matamoros. Contarás quién era Gabriel y luego, óyeme bien, contarás cómo secuestró y mató a mi hijo. Investigarás testimonios, el sargento de la guardia civil te ayudará, él es también un hombre justo. Quiero que todo el mundo sepa que Gabriel Ortueño Gil fue un secuestrador y un asesino. Quiero que nadie tenga duda de ello en los próximos cien años, ¿comprendes? Mi esposa podrá descansar. Es mejor la muerte de un hijo que su desaparición de por vida. Y a cambio yo, abre bien los oídos, te convertiré en un hombre rico. Sólo tienes que contar la verdad.

El horror deja mudo a Matamoros.

—Un hombre rico… —logra susurrar entre dientes. Es lo que ha soñado siempre. Pero mentir de esta forma, y publicarlo… ¡Difamar a su amigo! ¿Y si Gabriel viene un día a reclamárselo?—. ¿Y qué pasará si Gabriel está vivo, y lo lee, y viene un día a reclamármelo?

Montaña se acerca tanto a él que Matamoros piensa que va a engullirlo de un bocado.

—Gabriel no vendrá jamás, te lo aseguro.

Entonces Matamoros, ante esa mirada colérica de Montaña, ve como si los ojos fueran ventanas al pasado. Y entiende. Entiende que Montaña mató a su propio hijo y luego mató a Gabriel. ¿Qué importan el por qué y el cómo? ¿No es acaso un loco peligroso?

—Dios… —musita, vencido, Matamoros. ¿Es que acaso le queda alguna duda de que si no obedece lo matará a él también?

—Dios, por supuesto. Dios estará también con nosotros. El cura también te ayudará en tu investigación, declarará que ese cabrón de Gabriel era un ladrón de mujeres, el peor canalla imaginable. Sí, amigo mío, Dios también está con nosotros.

Y Montaña rodea a Matamoros por el cuello y tira de él hacia el carruaje.

—Ven conmigo, amigo Matamoros, hablaremos de los detalles en el carruaje, al calor.

Matamoros se deja llevar mansamente. Su única resistencia a la justicia con mayúsculas y a Dios, su única resistencia al señor de Padrós, es volver un poco la mirada, apenas lo justo para contemplar por última vez, con la tristeza del corazón roto y el desánimo por el futuro podrido, a su penco querido, todavía agonizante.

Va a morir de la forma que siempre temió él, solo y desnudo bajo la lluvia, en una desapacible noche solitaria.

Y luego, al amanecer, vendrán los lobos.

Cuando Bastian pulsa el interruptor en la bodega, los tubos fluorescentes del techo parpadean con insistencia, como si se desperezaran tras un largo sueño, y acaban por bañarlo todo con un zumbido sordo de abejas encerradas que adquiere protagonismo sobre la propia luz blanca, fría y fea. Alguien le explicó una vez que esa luz es inadecuada para el vino, lo maltrata en vez de mimarlo. Si hubiera escuchado, sustituyendo los tubos por una penumbra más adecuadamente cálida, no estaría viendo ahora con tanta claridad la espalda del ex policía, los hombros caídos, derrotados, y todo el peso del cuerpo ladeado sobre el bastón. La ancha gabardina, como un telón teatral, le impide ver lo que su cuerpo oculta, pero en el suelo, junto al extremo del bastón, reconoce Bastian huesos que podrían ser humanos y tener la forma de un pie sobre el que se estira hacia arriba el hueso largo de la pantorrilla, tibia o peroné, sugiriendo que al otro lado del cuerpo de Julián se halla un esqueleto sentado, o al menos una de sus piernas.

El ex policía no se ha girado al sentir el fogonazo de luz, y Bastian, sin osar interrumpir su enigmática concentración en el silencio, avanza tímidamente por las baldosas del suelo y se adentra en el hogar del cadáver, esforzándose por hallar detalles que le permitan fijar su atención sobre ellos para distraer la mente, para no pensar que ese esqueleto puede ser el de Vera. En el suelo, junto a la pared de la izquierda, la reservada a los caldos más caros y antiguos, aún se ven restos de botellas rotas. Vera y él, la última vez, las estrellaron contra la piedra agarrándolas por el cuello, una tras otra, mientras jugaban al despilfarro orgiástico de echarse el vino sobre el cuerpo para que la lengua del otro lo lamiera. *De nosotros sólo quedan esos vidrios rotos. Y, seguramente, tu esqueleto.*

A la derecha de él, la vieja y pesada mesa de roble sigue estando en el lugar de siempre, aunque la diferencian ahora los elementos desconocidos que reposan sobre su superficie, abandonados allí mucho tiempo atrás. Son los objetos personales del muerto, y Bastian no puede evitar que su mente evoque la imagen cinematográfica de los reos que vacían sus bolsillos antes de ingresar en prisión. Hay lápices y cuadernos, un ordenador, papeles, también cigarrillos de la marca que fumaba Vera. El detalle es inquietante, pero queda eclipsado por el impacto que supone para Bastian reconocer sobre la mesa el teléfono móvil de Vera, de un color rojo inconfundible, gemelo del que Bastian guarda en el fondo del cajón más secreto de su refugio en Madrid. Ya tenía asumido que ella le mintió en varias ocasiones y también que su interés por la bodega era ajeno a su supuesto amor por él. Pero el móvil certifica que ella estuvo allí en alguna otra ocasión, tal vez en varias ocasiones, presumiblemente con Humberto, al que sin embargo tanto odiaba, según Julián. Peor aún, todo parece indicar que olvidó el teléfono el día del disparo, y que por tanto estuvo aquí oculta mientras él la aguardaba arriba, desesperándose por momentos. ¿Por qué? Si su teléfono está ahí, y esto es aún peor, quiere decir que el cuerpo sobre el jergón puede ser, muy probablemente, el de ella. Sobre la mesa está también el cargador del móvil, todavía enchufado a la corriente eléctrica. Es más prudente ocultar el hallazgo y examinar el móvil a solas, más tarde, de lo contrario corre el peligro de que Julián quiera quedárselo, pero la impaciencia es demasiado poderosa, y no puede evitar conectar el teléfono a su cargador. Una lucecita comienza a parpadear débilmente en la parte superior de la carcasa. La energía comienza a reanimar el móvil, y con él resucitarán las verdades desnudas contenidas en su interior. Algunas de esas verdades resultarán ser mentiras, Bastian lo sabe. Sólo se pregunta cuántas. Y cuáles.

—Chico... Ven aquí.

Julián se ha hecho a un lado, y ahora resulta brutalmente rotundo el espectáculo arácnido del esqueleto desbaratado. Carece de calavera, como si la cabeza hubiera sido arrancada de golpe por el estertor último de la muerte, que además quebró el resto del cuerpo en una postura grotesca de piernas estiradas y brazos retorcidos.

¿Y estos huesos tristemente solos es todo lo que queda de ti?

—Justo lo que imaginaba —dice Julián en tono otra vez vigoroso, incluso exultante—. Es el cabrón de Humberto. Terrible final, ¿eh? ¡Me encanta verlo así!

—¿Humberto? —Bastian, todavía aturdido, no es capaz de asimilar y procesar la buena noticia, pero su intuición le alegra instintivamente al captar el rejuvenecimiento casi literal, físicamente perceptible, del ex policía, que sólo puede deberse a su convicción de que el cadáver no es el de Vera. Bastian siente también que la vida retorna a él.

—Sí. Es Humberto. Como yo pensaba.

—¿Por qué estás seguro? Es un esqueleto. Sin cabeza.

—Chico —Julián sonríe hacia Bastian con cierta conmiseración irónica—, ¿te has fijado dónde está sentado?

El desmadejamiento de huesos muertos yace sentado en una silla de ruedas. Bastian no puede evitar sonreír abiertamente. Julián le imita. Vera podría seguir viva, no hay nada en la bodega que certifique lo contrario, y esa expectativa es suficiente para unir por un instante a los dos hombres que de alguna manera rivalizan por su recuerdo.

—Ahí tienes el arma —añade Julián señalando hacia la zona del suelo situada a la derecha del esqueleto.

Hay un revólver a medio metro de la rueda de la silla. Es idéntico al que Bastian lleva consigo. *Cierto, Vera fue a la ciudad a por las armas, siempre habló en plural.* Uno de los revólveres lo dejó en el bolsillo de la americana de Sebastián. El otro, al parecer, era para Humberto.

El ex policía une los dedos índice y corazón de su mano derecha, simulando el caño de un revólver, y lo hunde bajo la barbilla de Bastian:

—Apoyó aquí el cañón y apretó el gatillo. Es la mejor forma de matarse, la más segura. Se voló la cabeza, ya lo has visto. Y aquí al lado tienes la cabeza, lo que queda de ella.

La calavera, azarosamente caída sobre el suelo, parece un trozo quebradizo y gris de cáscara de huevo, con huecos donde debieron de estar los ojos y restos de dientes sujetos aún al recuerdo carcomido de lo que fue la mandíbula. El disparo desintegró toda la parte trasera del cráneo, y el resto que permanece, la frente y los pómulos, casi tiene la forma de una máscara de carnaval vieja y cubierta de polvo.

—Humberto se suicidó... —el susurro que surge de los labios de Bastian no es una pregunta, sino la verificación estupefacta de que si eso es cierto, y obviamente lo es, él lleva cuatro años ocultándose de un muerto.

—Así parece. No soportó el juego de Vera. Ignoro qué pasó entre ellos dos, pero cuando Vera tuvo a su marido en silla de ruedas, a su merced, pensó que había llegado el momento de hacerle pagar.

—¿No pudo haber sido ella quien disparase?

—No podemos estar seguros de nada, ni lo estaremos nunca. Pero mi versión es que el tiro que oíste aquella mañana, antes de salir pitando como un conejo, lo disparó Humberto contra sí mismo, en este mismo sitio donde sigue desde entonces. Lo entendió todo y enloqueció. Se desesperó. Habían pasado dos días desde el golpe y se encontró aquí encerrado, acuérdate de la reja echada, y abandonado para morir de hambre. Pero lo peor sería su duda: ¿Vera vivía y era ella quien lo había dejado aquí atrapado, huyendo con el dinero? ¿O Vera estaba muerta y no podía venir a rescatarle? Bonito panorama, ¿eh? Yo voto por la primera opción. Vera, en cuanto tuvo el botín en sus manos, vino aquí, te dejó tu parte mientras tú seguías como un gilipollas esperándola en la puerta del edificio de apartamentos, y antes de largarse con todo lo demás debió de bajar para despedirse de Humberto y dejarle bien claro que lo abandonaba aquí, inválido, encerrado y condenado a muerte lenta. Ésta es mi versión. Seguro que hay otras, pero ésta es la mía. ¿Has visto esos surcos en el suelo?

Julián señala los círculos blancuzcos que aquí y allá, al lado de la rampa de salida y junto a las botellas, cerca de la mesa y del camastro, destacan sobre las baldosas de pizarra negra como rayas de tiza trazadas por un niño enfadado. Relatan los giros y más giros de la silla de ruedas y el progresivo enloquecimiento de Humberto, su conciencia del abandono y su rebelión contra la muerte encerrada a solas con él en la bodega. Puede que gritase, aunque sus gritos no se oyesen. *Tal vez gritó durante los dos días que pasé en el sofá, ante la puerta.* O tal vez, como hizo Sebastián, se entregó a un enmudecimiento depresivo y resignado, una revisión lúcida del daño que pudo haber hecho a Vera y que acabó por llevarle a esta condena y ejecución. Bastian comprende que puede haber más versiones de lo que ocurrió en la bodega, y surgirá una nueva cada vez que su mente lo evoque.

—¿Cuál fue tu papel el día del asalto? —se decide por fin a preguntar a Julián.

También esta pregunta parece suponer en sí misma un juicio contra el ex policía, que la escucha como si fuera una sentencia junto al esqueleto de la silla de ruedas, y luego se deja caer sobre el jergón instalado contra la pared que nunca antes había estado allí. Vera debió de traerlo para que su marido durmiera en él. Julián inspira con melancolía, el cansancio parece estar adueñándose otra vez de su espíritu. Sentados uno junto al otro, el esqueleto y el ex policía parecen obscenamente hermanados por la muerte. El primero es un cadáver ya viejo, experimentado y veterano; el segundo, ensaya para llegar a serlo algún día no demasiado lejano.

—Mi papel fue uno que no había hecho antes en toda mi vida. El papel de padre. Cuando Vera vino a proponerme su plan me quedaron claras dos cosas: que quería mi ayuda y que deseaba ver muerto a Humberto, por lo menos bien jodido. Dijo que ayudarla era una deuda que tenía con ella, y puede que en parte tuviera razón. Lo del odio a Humberto no llegó a decirlo, pero me di cuenta yo. Y ya ves, no me equivoqué.

—Llevaba diez años sin verte, aparece y te pide que la ayudes a cometer un atraco. Así, sin más. ¿No te pareció raro?

—Al contrario, era un círculo que se cerraba. Ese dinero negro, en realidad, llevaba diez años siendo el único vínculo entre Vera y yo. Ten en cuenta que yo ya había trabajado, por mediación de Humberto, para sus jefes, y cuando la parejita se fue seguí trabajando para ellos. Sin ir más lejos, si yo sabía que en ese apartamento pasaban la noche los recaderos del dinero es porque ese apartamento lo buscamos juntos Humberto y yo. Estábamos todos en el mismo ajo. No me pareció raro que volviéramos a unirnos justo por eso. Fue natural, justo, Vera y yo. En alguna parte al otro lado de ese dinero, al otro lado de esos negocios, yo sabía que se encontraba ella. Y de pronto, un día, fue ese dinero el que me la trajo de vuelta. Quedamos a las afueras de Padrós, en una playita a la que solía llevarla de pequeña. Yo para entonces había ascendido, era muy conocido en el pueblo. Me convenía el sitio discreto que propuso. Fui de paisano, no me apetecía exhibirme con el uniforme. Y allí nos vimos, en la misma arena, tantos años después, frente a frente. El tiempo que todo lo jode. No me abrazó, no me dio un beso, no me dijo ni hola. ¿Por qué iba a hacerlo? Yo tampoco lo intenté. Me pidió ayuda para el día del atraco y un escondite para Humberto. A cambio, me ofrecía el treinta por ciento, un diez por el escondite y otro veinte por ayudarla contra Amir, o como se llamase. El diez por ciento que te llevaste tú era lo que tenía presupuestado para el escondite desde el principio, supongo que te das cuenta. Sabía que el golpe era el viernes siguiente por la mañana, pero no volví a tener noticias de ella, incluso pensé que había desistido. Pero ese viernes algo me llevó a la torre de apartamentos. Antes os había visto remolonear por el pueblo, y me di cuenta de que te estaba liando para que fueras tú quien la ayudase. Ya te dije que me sonabas de vista, y pedí informes sobre ti. Un mindundi, un tipo normal, mediocre. Con escrúpulos. Imposible que sirvieras para el atraco. En cambio deduje que el escondite para Humberto tenía que ser tu propia casa sin que tú lo sospecharas. Intuí que todo seguía su curso, y me preocupé. Aquel viernes me aposté a primera hora cerca de los apartamentos, como un padre responsable. No es broma, fue la preocupación por Vera lo que me llevó hasta allí.

Y Julián, tras confesar este sentimiento, se detiene esperando acaso algún aplauso moral de Bastian, la constatación, aunque sea mínima, de que hubo en ese gesto algún grado de reivindicación de su esencia y dignidad paternas. Antes de continuar alza la mano para echar el flequillo de pelo cano que le cae desde la frente a la ceja, pero apenas lo ha colocado en su lugar vuelve el flequillo a descolgarse e inicia a la altura de los ojos un suave aleteo, como si estuviera vivo y flotara en el aire. Bastian repara en ello sin darle importancia.

—Al poco —continúa el ex policía—, llegasteis en tu coche. ¿Lo recuerdas, verdad?

—Como si fuera ahora. Para mí era el fin. Había llegado el momento de la realidad, y la realidad traía el fin. Tú acabas de decirlo: no sirvo para vuestro mundo. A mí, eso de robar a unos criminales, primero me pareció una broma, luego, cuando Vera insistía, la broma se volvió de mal gusto y pesada. Y después, cuando entendí que hablaba en serio, supe que nunca sería capaz de mezclarme en ello. Tú dices que es cobardía, a mí me parece sentido común. Puedes hasta llamarlo rutina de vivir tranquilo y dentro de la ley, lo que quieras. Pero en mis planes jamás entró meterme en algo que luego pudiera traerme lo que precisamente me trajo. La víspera del golpe, el jueves por la noche, todo fue para mí una despedida. Follar con Vera, abrazar a Vera, dormir con Vera, despertar junto a Vera. De todo eso llegaba el fin. Nos levantamos para ir hacia el edificio, yo había prometido llevarla hasta allí. Luego pensaba marcharme, verla bajar del coche y alejarse e irme. Cuando paré, a una distancia discreta del edificio, sacó el arma que había traído de la ciudad. Por el arma supe que todo era cierto, que no iba a despertarme de ninguna pesadilla, que ella y yo nos encontrábamos en la realidad. La agarré de la mano, fue mi momento de mayor valor. Le dije que se quedara conmigo, que volviéramos a casa, le dije que lo que yo tenía era suyo, que no se metiera en esa aventura que sólo podía acabar mal. Se me quedó mirando, creo que valoró mi propuesta y creo que hasta se emocionó. Tú te reirás, pero yo estoy seguro de que por un momento logré emocionarla.

—Pero bajó del coche.

—Sí, bajó del coche. La vi alejarse, esperé a que entrara en el edificio y eché mano a la llave para encender el motor y marcharme. Pero no pude. No podía ayudarla, ni quería hacerlo. Pero tampoco podía abandonarla. Ni quería hacerlo.

Me quedé esperando. No sabía qué esperaba. Tal vez que reapareciera y aceptara mi propuesta. O que saliera corriendo con el dinero y me necesitase. Sólo sé que me quedé. Horas, hasta que me comieron los nervios y decidí esperar en mi casa. Y hasta hoy.

—Tú no habrías sido de ninguna ayuda, pero cuando vi que te quedabas en el coche comprendí que Vera pretendía enfrentarse sola a un pistolero profesional. Entré al edificio por la puerta de atrás. Ella subió en el ascensor, y se me adelantó unos pocos minutos. No sé con exactitud qué pasó dentro del apartamento, pero cuando abrí la puerta de la escalera de servicio salían ella y Amir, él encañonándola. Era un profesional, lo que pretendía era matarla en otro sitio para no quemar el escondite del apartamento con una muerte. Intervine entonces. Por supuesto, había llevado mi arma, y pude sorprender a Amin y desarmarlo. Pero ahí mi suerte ya estaba echada. Él entendió que yo, el policía municipal de Padrós que colaboraba con su gente, era el cómplice del robo, tal vez incluso quien lo había planeado. Ya no había marcha atrás. Vera se me quedó mirando. No me atrevo a estar tan seguro como tú de que se emocionase. Pero al menos vi sorpresa en su rostro. Y creo que le dio todo su valor al hecho de que la salvara. Pero enseguida volvió a lo suyo. Volvió al apartamento a por el dinero y salimos, de nuevo por la puerta de servicio. Vera insistió. Parece que te conocía un poco y no le apetecía que siguieras allí esperando, como en efecto estabas, y nos vieras salir. Subimos al coche de Amir, él y yo detrás y Vera conduciendo. Cuando nos alejamos te vimos al tomar la calle principal, ahí seguías como un pardillo. Amir trató de convencerme de que lo dejara libre, incluso se ofreció a olvidarlo todo si lo dejábamos libre y devolvíamos el dinero. Yo lo habría hecho. Vera, por supuesto, no. Lo tenía en el asiento, a su lado, todo para ella. Y fue entonces cuando dijo que había que matar al pistolero. Supe que hablaba en serio, se notaba en la voz, en la mirada. En su sangre fría. Iba a hacerlo, y yo me dejé llevar por el impulso. Cuando estábamos cerca de la plaza ordené a Amir que bajara, le arrojé al suelo el arma que le había quitado y le pegué tres tiros en el pecho. Nos alejamos a toda velocidad, pero él aún tuvo fuerzas para dispararnos hasta vaciar el cargador, fueron todos esos tiros los que aquella mañana alteraron la paz de Padrós, aunque fue poco revuelo en comparación con la llegada de Amir a la plaza, desangrándose. Maté a un hombre, el primero y único de mi vida, para proteger a Vera. Ese impulso me perdía para siempre, pero no pude evitarlo. No sé si ella reparó en lo que acababa de hacer para salvarla, ni sé si lo pensó más tarde. No tenía tiempo que perder. Me miró, sería la última vez que lo hiciese, y me dijo: «Gracias por salvarme. Lo mejor es que te bajes». Sólo eso, ni media palabra más. Tenía sus planes bien pensados, vaya si los tenía. Y en ellos no entraba yo, ni tú, ni por supuesto éste, que estaría mordiéndose las uñas en su silla de ruedas, pensando que su mujercita venía a recogerlo para cuidar de él el resto de su vida. «¡Bájate!», repitió, esta vez gritando. Había terminado su décima de segundo de ternura. Lo hice, me bajé en la primera esquina. Tenía una extraña paz, ganas de dormir. Había matado a un hombre y me había buscado la ruina. Y no lograba sentir remordimiento, ni ansiedad, ni siquiera excitación. Sólo aquella paz, aquellas ganas de dormir. Vera pisó el acelerador. Nunca he vuelto a verla. Regresé a casa, pensando cómo esquivar el terremoto que se me venía encima. No era fácil, pero tenía que intentarlo. Me puse el uniforme, fui a la plaza diciendo que había oído los tiros, ayudé a levantar el cadáver… Allí te vi por casualidad dos días después, cuando huías en coche hacia Madrid. Tenías cara de fugitivo, ¿sabes? De acojonado. Tal vez sabías algo más, y por eso busqué informes sobre ti. Entre otras cosas, supe que habías comprado tres móviles unos días antes, todos de prepago, para no asociarlos a ninguna cuenta y dejar rastros. Pensé que Vera estaba contigo, que se habría quedado uno de ellos. Fue fácil conseguir que me dieran los números, y probé a llamar a los tres. En uno acabaste por contestar tú.

—Pensando que eras Humberto. Me he pasado cuatro años pensando que él y sus hombres me perseguían para torturarme, para cegarme con ese alfiler al que tanto miedo tenía Vera —y Bastian vuelve a pensar en la ciega del restaurante. También en el móvil cuya batería se carga a unos metros de él. Nunca supo para qué quería Vera ese tercer móvil, y ahora acaba de entenderlo. Era un teléfono para que Humberto y ella estuvieran siempre comunicados.

—Pues gracias a que comprasteis esos móviles pude encontrarte. Te llamé, y fuiste tan tonto de decirme que estabas en Madrid. Iba a por ti, supongo que ya lo sabes, porque imaginaba que podías decirme algo más de Vera. No quería el dinero, ni lo quiero ahora, eso siempre me ha dado igual. Quería hablar con ella. Creo que quería recuperarla, aunque fuera un poco. La había salvado, me lo merecía. Merecía volver a estar en su vida. Iba a coger el coche para ir a Madrid y plantarme en el Palace, y fue entonces cuando me pillaron. No conté con que el tal Amin, mientras se moría, tuviera la serenidad de llamar por el móvil a sus jefes para contarles qué había pasado. Me llevaron a un garaje. Un tipo al que nunca había visto me serró la pierna por tres sitios para que le dijera dónde estaban mi cómplice y el dinero. Aguanté el dolor por Vera. Sólo un rato, hasta que sacaron el alfiler, ahí me desmoroné. Veo que Vera te habló de ello. Era su terror desde niña. Quedarse ciega. El alfiler era la marca de fábrica de esta gente, cegaban así a sus víctimas antes de continuar con la tortura. Sabía que no iba a aguantarlo y pedí hablar con alguno de los jefes. Vino y le propuse un trato, ciertamente con mucha osadía. Había dos opciones, le dije. Una, que yo sabía dónde estaban mi cómplice y los seis millones. La otra, que no lo sabía. Si lo sabía, podía acabar por confesar pero también morir sin hablar, eso habría que verlo para saberlo. Cincuenta por ciento de posibilidades de que ellos no recuperaran el dinero. Y si no lo sabía, lo cual era la verdad, le recalqué, no podría decirlo por mucho que me torturasen. Cien por cien de posibilidades de no volver a ver los seis millones. Además, se encontrarían con un policía muerto. Aunque se deshicieran del cadáver habría investigación, podría llegar a husmearse en sus negocios sucios. Mi muerte no era conveniente. Por eso, les propuse devolverles parte del dinero, entregándoles los inmuebles que en esos años, como pago de diversos trabajos sucios y comisiones que ellos mismos me habían hecho, había ido acumulando. No alcanzaba la cifra de seis millones, pero pasaba de cuatro. La condición era que un médico me viese cuanto antes la pierna y luego que me dejasen libre y en paz. Y aceptó, para mi sorpresa aceptó. Se definió como un hombre de negocios. Seguiría buscando a Vera y acabaría por encontrarla, dijo, pero de momento aceptaba mi trato. Y se sorprendió mucho cuando le dije que esa cómplice era mi hija y, por tanto, la esposa del hombre que ya antes había intentado engañarles. También prometió buscar a Humberto y vengarse de él. Puede que a la fecha de hoy sigan buscándolo. Y aquí estoy yo, vivo, cojo y malviviendo de mi pensión de policía municipal después de haber sido un hombre rico.

—¿Sabían que yo existía?

—Lo que sabían es que su hombre de confianza en la policía municipal, su hija y su yerno inválido planearon y ejecutaron el robo. Un asunto de familia claro y evidente. Nunca han ido a por ti, no tienen ni puta idea de que existes, ni mucho menos de que te llevaste el diez por ciento de la pasta sólo por haber facilitado un escondite a este esqueleto, cuando todavía estaba vivo.

El relato de Julián ha ido acumulando peso sobre los hombros de Bastian como si las palabras fueran de hierro, pero es la constatación de que nunca ha estado en el punto de mira, la gota que colma el vaso y supera su resistencia. Se sienta sobre el camastro, junto al ex policía, como si estuviera agotado, y echa la cabeza hacia atrás hasta apoyarla sobre la pared de la bodega. También a él le pide el cuerpo dormir como se lo pidió a Julián tras matar a Amir o Amin, dormir a salvo del mundo como parece dormir el esqueleto. Ha invertido cuatro años de su vida en ser un fugitivo sin perseguidor, una víctima sometida al capricho de torturadores inexistentes, un muerto al que nadie llegó a matar. Una sensación de frescor casi húmedo le recorre la nuca, y por un momento sospecha que su mente suda cuello abajo, febril de incertidumbre ante los propios pensamientos. Pero la cuchilla de frío es una simple corriente de aire, la misma que todo el tiempo ha reclamado su atención meciendo el flequillo de Julián, dando así cierta apariencia de vida a la máscara pétrea en que se había transformado el rostro del ex policía mientras evocaba sus recuerdos. Casi por simple curiosidad, Bastian vuelve la vista hacia arriba en busca de la fuente de aire, y descubre que ésta se cuela por el cristal roto del ventanuco situado un metro por encima del jergón donde acaba él de sentarse. Nadie que no hubiera sido el dueño de la casa habría dado la menor importancia al detalle. Pero Bastian sí. Algunos años atrás esa pared, carcomida por la humedad y el tiempo, hubo de ser restaurada, y él aún recuerda cómo insistió en que los ventanucos fueran sólidos, de gruesos cristales dobles esmerilados que impedían ver a través de ellos. Las inclemencias del exterior no han podido romper esos cristales, y se le ocurre que pudo hacerlo el esqueleto cuando aún vivía. Bastian se alza sobre el colchón, persuadido de que el examen del estropicio podría arrojar algún dato nuevo, otra pizca de luz borrosa sobre el rastro de Vera. Los dos cristales están rotos con meticulosidad y limpieza, sin dejar en el marco una sola esquirla de vidrio, pero es evidente que Humberto sólo pudo romper la capa interior. La otra habría quedado fuera de su alcance por centímetros. ¿Entonces fue Vera quien hizo el trabajo para dejar diáfana la vista del exterior? ¿Por qué? Bastian, agachado sobre el colchón, a la altura aproximada que sería accesible para un inválido, ve desde el ventanuco lo mismo que veía Humberto arrodillado encima de la cama. Y se estremece.

¿De verdad fuiste tan perversa con él? ¿Tanto lo detestabas?

Como si se hallase en el mejor palco de un teatro, tiene ante él la vieja pérgola herrumbrosa y con la pintura descascarillada que en el pasado fue uno de los lugares más hermosos del jardín. Era el espacio favorito de Vera para el sexo. Siempre insistía en llevarlo hasta allí para desbocar sus obscenidades más indómitas con tesón mayor que en ningún otro rincón de la casa. Y mientras, comprende Bastian ahora, el posesivo y celoso Humberto, el Humberto acaso violento y maltratador con el que según Julián tantas justificadas cuentas pendientes tenía Vera, miraba y miraba y miraba, impotente y consumido de rabia, ese espectáculo representado en exclusiva para él por una mujer que sabía que observaría fascinado y sin poderlo remediar, que iba a aguantar ese martirio moral en silencio riguroso para no delatarse. Los huecos de los ojos de la calavera parecen mirar a Bastian, parecen asentir. Cuatro años atrás la máscara ósea quedó cara al ventanuco, como si el destino hubiera condenado a Humberto a seguir mirando, más allá de la muerte, la ventana demasiado alta tras la cual la mujer por la que en vida estuvo obsesionado se regodeaba en exhibir impunemente sus para él ya inalcanzables orgasmos.

—Escucha... —dice Julián a su espalda. Bastian ha sentido por la variación de pesos en el colchón que el ex policía se ponía en pie un momento antes. Lo busca con la mirada. Está al otro lado de la estancia, junto a la mesa de roble, y sostiene junto a la oreja el móvil que Bastian puso a cargar—. Mensajes de Vera...

Esas tres palabras resultan suficientes para que Bastian salte al suelo a toda prisa. Su movimiento sacude levemente al esqueleto, que también parece azogarse ante la perspectiva de los mensajes. Julián, con la respiración contenida, escucha con los ojos muy abiertos, como si pudiera ver las palabras antes que oírlas. Uno de los mensajes le golpea con fuerza invisible y le hace temblar, tambalearse un instante. Otro le acierta todavía más de lleno, y debe apoyarse en la mesa de roble. Bastian se planta ante él, muy cerca, no para auxiliarle sino para reclamar su ración de los mensajes. Él también quiere oír la voz de ultratumba contenida en el móvil. Buscando intimidad, el ex policía se dirige hacia la salida calmosamente, muy despacio, para no arriesgarse a perder por culpa del sonido de su propio movimiento ni una sola sílaba. Bastian lo sigue a corta distancia, observa su caminar mecánico, la veloz merma de sus energías, que le escapan por las heridas que va abriendo el móvil. Cuando atraviesa el estrecho pasillo, ya casi en penumbra, sus pasos parecen sostenerse en el apoyo único del bastón, como si la vida y la carne del cuerpo se estuvieran disolviendo en el aire. Bastian piensa que, para cuando llegue al jardín, Julián será también un esqueleto, paupérrimamente guarecido bajo la gabardina que el viento sacudirá de aquí para allá.

En el exterior, el ex policía da todavía unos pasos vacilantes antes de soltar el móvil sin rabia, con la indiferencia con que dejaría caer el corazón de una fruta tras devorar la pulpa y exprimir el jugo. Bastian se lanza sobre el móvil y lo rescata del suelo embarrado con voracidad de perro hambriento. Todavía parpadea en el indicador de batería un resto de vida, y se apresura a pegarse el móvil al oído para escuchar. Surge la voz de Vera dirigiéndose a Humberto, y oírla supone ante todo un impacto emocional intenso e informe. Igual que hizo Julián al apartarse de él un minuto antes, ahora es Bastian quien, como si ello tuviera el menor sentido, se gira poniéndose de espaldas con los hombros encogidos para proteger del mundo exterior la voz del espectro. Para él, que durante años ha escuchado hasta memorizarlos los mensajes que atesora en el móvil oculto en un cajón de su casa, estos que brotan ahora le resultan totalmente nuevos, vivos y jóvenes como la voz que los pronuncia, y por ello logran el milagro de que Bastian, en vez de pensar que son palabras dichas cuatro años atrás y recuperadas desde ese pasado para ser escuchadas hoy, prefiera sentir que es él quien ha viajado en el tiempo, y se encuentra horas antes de que aconteciera el fatídico viernes del robo. Son sólo tres mensajes que Vera debió de dejar cuando Humberto dormía o estaba distraído, pues la imagen que resulta más lógica es la del inválido permanentemente pegado al móvil para tener noticias del exterior. Casi en el acto identifica Bastian las dos frases que han golpeado a Julián. En ambas se refiere Vera al ex policía con desprecio inmisericorde. «El muy cabrón de mi padre dice que no lo hará, pero verás como al final nos ayuda». «Me encantaría ver su cara cuando sepa que le echamos la culpa del robo». Bastian, hipnotizado por la pletórica voz de Vera, tiene que escuchar dos veces los mensajes para comprender su contenido, y una tercera para verificarlo. Sobre él sólo se dice una frase, y la ansiedad de su obsesión le impide definir si es buena o mala. «A éste, al de la casa, mejor no hacerle daño, ¿no?». Sólo esas palabras, que apenas tiene tiempo de encerrar en la memoria antes de que la batería del móvil muera. Lo guarda mimosamente en el bolsillo, imaginando que si

Humberto, una vez encerrado, no usó el teléfono para pedir ayuda es porque Vera debió de tener la previsión de dejar el aparato sin saldo. Terrible agonía añadida: contar con un teléfono al que tu verdugo puede llamarte para regodearse en tu sufrimiento pero que tú no puedes utilizar para pedir socorro.

Ahora ha entendido también que cuando vino a dejarle la bolsa con el diez por ciento fue cuando aprovechó para deslizar el revólver en el bolsillo de la americana donde lo encontró. ¿Con qué intención? Como todo con la meticulosa Vera, resulta ambiguo: tal vez para que se matase y no pudiese dar pistas sobre ella, tal vez para que tuviese un arma con que defenderse de sus perseguidores. ¿Quién puede saberlo, aunque en uno de los mensajes hable de no hacerle ningún daño?

El ex policía se ha alejado a cierta distancia mientras él escuchaba una y otra vez los mensajes, y ahora es una figura progresivamente pequeña y lejana, cada vez más cerca del borde del acantilado, al otro lado de la casa.

Bastian intuye que se va a arrojar al mar y se apresura hacia él. No sabe si por impedirlo o para ser feliz testigo de su muerte.

—Me topé de repente con Tomás Montaña. Yo era niña, debía de tener catorce años o quince. O sea, que sería más o menos 1950 o 51 —calcula Emilia.

—Cincuenta años después de la muerte del bebé y de la desaparición de Gabriel —precisa Clara. Cada vez que pronuncia el nombre del poeta le asalta una indignación que sabe absurda, pero no puede evitar pensar que sin la existencia de aquel personaje por siempre maldito Eloy nunca habría venido al encuentro de su propia muerte.

—Ahora, además, había que sumar otra desaparición. La de Leonor la de la Eñe, la esposa de Montaña.

Emilia, que se había detenido a recuperar el aliento, reanuda otra vez la senda que conduce hacia el acantilado. Clara va detrás, respetando pacientemente cada una de las paradas que han tenido que efectuar desde el punto donde el taxi ha quedado aguardando su regreso. Emilia y Clara podrían parecer madre e hija, dos mujeres que hubieran vivido toda su vida en el pueblo, sin sobresaltos en sus días ni dramas en sus vidas, y se regalaran esta tarde otoñal un apacible paseo por el paisaje costero donde ambas nacieron.

—Montaña me pareció el hombre más viejo del mundo. Yo recogía esas hierbas que probaste ayer. Para la infusión de mi padre. De él heredé la afición a tomarla. Iba sola, tranquilamente, feliz en aquel día precioso, con el cielo azul, los colores de la primavera por todas partes. Y entonces me pegué el susto de mi vida. ¿Ves? Aquí, en esta misma roca estaba.

Han llegado a la frontera del abismo sobre el mar. Emilia señala una roca grande y redonda que parece clavada allí por el destino desde tiempo inmemorial para servir de atalaya a los viajeros, reposo de caminantes o plataforma para que los suicidas se lancen al vacío. La estanquera se sienta con un bufido e invita a Clara a imitarla, golpeando suavemente con la palma sobre la zona plana de roca a su lado.

—De pie. Con un pie apoyado aquí, en la piedra, todo vestido de negro. Llevaba un sombrero de ala ancha, lo recuerdo porque el viento lo sacudía y pensé que se lo iba a arrancar de la cabeza de un momento a otro. Supe que era él por la barba blanca muy larga, que le tapaba hasta debajo del cuello. Tomás Montaña era muy conocido en Padrós, toda una leyenda viva, aunque jamás se dejaba ver. A lo mejor por eso era una leyenda. Había hecho fortuna en América, y la verdad es que favorecía mucho al pueblo. Y ahí estaba, mirando al mar como si pensara saltar.

Clara permanece en pie, hipnotizada por las palabras de Emilia. La estanquera, calcula con fascinación, era una niña cuando se encontró con Montaña alrededor de 1950, cinco décadas después de la tragedia de principios de siglo. Y hoy, transcurridos cincuenta años más, que sumados a los otros forman un siglo, es una anciana que lo recuerda y lo relata. Emilia es el eje de este círculo de tiempo. *Y a mí me va a tocar cerrarlo.* Como si fuera parte de ese protocolo que su imaginación va improvisando, Clara apoya el pie sobre la roca y observa la zapatilla deportiva que protege su pie mientras lo desplaza sobre la superficie plana hasta encontrar acomodo. *¿Pondría aquí, justo aquí, Tomás Montaña su bota?*

—El indiano vivía en un caserón alejado del pueblo. Se llega por ahí, a media hora caminando. Eloy fue a visitarlo cuando le conté todo esto. Pero lo encontró cerrado, no pudo pasar del jardín.

Clara procesa la información a medida que, trabajosamente, la va asimilando. Le asombra verificar que la víspera, apenas unas pocas horas antes, menos que una gota en el mar centenario de esta tragedia, el azar la llevó hasta el caserón que había pertenecido a Tomás Montaña. Eloy había llegado hasta ahí, hasta esa puerta que después acabaría por traspasar ella. La cama con dosel donde se recuperó de su desmayo puede ser la misma, se dice, en la que la esposa de Montaña se encontraba con Gabriel, si es cierto que llegaron a ser amantes. *Dormí en la cama donde cien años antes durmió el asesino de mi hijo. Sus actos sexuales engendraron la muerte de Eloy un siglo después.*

—Llegaba corriendo, con el capazo de las hierbas al hombro, y me encontré de pronto a dos metros de Montaña. Si pensé en salir corriendo, no fui capaz de hacerlo. Él se giró muy despacio, clavándome aquellos ojos terribles de loco. Pensé que podía ser Dios, que había bajado a mirar el mar. Pero también pensé que a Dios el viento no le agitaría el sombrero, y eso me tranquilizó, fíjate qué tontería.

—¿Te dijo algo?

Emilia tarda un instante en responder, tal vez ensimismada en el recuerdo de su propia juventud perdida, y cuando habla lo hace con infinita dulzura y sonrisa suave, como si quisiera amortiguar con cariño las sacudidas que sus palabras podrían provocar en el despellejado corazón de Clara.

—Siempre he pensado que si Montaña hubiera dicho muchas cosas se me habrían borrado la mayoría. Pero dijo sólo una. Y naturalmente, nunca se me ha olvidado. Sigo recordándola como si fuera hoy. Tuve muchas pesadillas. A veces me vienen todavía Me miró un rato muy largo sin hablar, como preguntándose si la niña que tenía delante iba a ser capaz de entender lo que le afligía. Porque debo decir que parecía muy apenado, triste, a punto de echarse a llorar como un niño desconsolado. O quién sabe, a lo mejor le daba igual que yo estuviese allí. Dijo: «Todos mis muertos se han venido al caserón. Viven conmigo». Y después volvió a mirar al mar y repitió: «Todos mis muertos».

Años después pensé que se refería a su hijo, al que Gabriel asesinó cincuenta años atrás. Y también a Leonor, su esposa. Se volvió loca por la muerte del niño. Lo sé porque es una leyenda que contaban los mayores, y todavía hay quien a veces la repite hoy. Hubo que encerrarla en un manicomio que existió hasta hace poco, no muy lejos de aquí. Pero se escapó, y nunca se volvió a saber de ella. ¿Y sabes qué? Desapareció alrededor de 1950, lo investigó Eloy cuando le conté todo esto. Según Eloy, cuando yo me encontré en esta roca con Tomás

Montaña, acababan de darle la noticia de que su mujer loca se había fugado del manicomio. Podría ser, ¿no?

Clara no responde, anclada la imaginación en esa mujer del pasado, loca errante por la muerte de su hijo de la que nunca más se supo. *La entiendo. ¿Cómo no? A veces creo que me va a pasar lo mismo.*

—¿Montaña dijo algo más?

—«Todos mis muertos», repitió. Luego añadió: «Pero estoy preparado para recibirlos». Abrió su levita negra y mostró dos pistolones que llevaba colgados al cinto. Enormes, con el cañón muy largo, como los de las películas del Oeste que yo había visto tantas veces en el cine los domingos. Imaginé que se los había traído de América. Entonces sí que eché a correr. Ya no lo vi más, pero esa noche y muchas noches después no pude dormir. Lo imaginaba solo en su caserón, disparando contra fantasmas a los que los tiros no hacen nada, a los que no se puede matar porque ya están muertos. Por aquella época se oían tiros de vez en cuando en el caserón. Recuerdo que lo comentaban los mayores a escondidas de nosotros, los más jóvenes. Como si Tomás Montaña quisiera matar con los pistolones a los muertos que lo visitaban. Al final —sentencia Emilia—, a él también le atacó. La verdad, que acaba por atacarnos a todos. La verdad desnuda. Por todo eso aumentó la leyenda de Leonor. Había gente que creía verla con las ropas blancas del manicomio, rotas y manchadas de barro. Vagando sin descanso, en busca de su hijo muerto.

Las últimas palabras de Emilia hacen sólido el silencio entre las dos mujeres. Ambas saben que Clara se ha visto reflejada en ellas. Y es la misma Clara quien, para rebelarse contra las arenas movedizas de la autocompasión, reacciona:

—¿Se sabe por qué Gabriel mató al hijo de Leonor, se supo alguna vez?

—Cómo va a saberse una cosa así... Fue la leyenda que corrió. Gabriel, el poeta asesino... No, nunca hubo pruebas. Ya ves, sólo Rufino Matamoros lo defiende ahora. Menudo aval, un periodista borrachín.

—Y Eloy. Eloy también creía en la inocencia de Gabriel.

Clara observa a Emilia, tratando de interpretar su mirada. Tal vez la estanquera, sin poderlo evitar, ha dedicado mentalmente a Eloy una calificación similar a la verbalizada para Matamoros... Un joven que pudo haber recaído en las drogas, menudo aval... Ciertamente, nada podría objetar Clara a ese pensamiento, tampoco si se expresase en voz alta. Ella misma, ¿cómo puede dar crédito a Eloy, que afirmó haber visto a un hombre acunando a un bebé bajo el mar? Ante tal disparate sólo se pueden adoptar dos actitudes. Una, pensar que Eloy había recaído y vio visiones. Aceptar como todos que Gabriel asesinó al hijo de Leonor la de la Eñe. Aceptarlo contra Eloy.

Pero hay una segunda opción, y es la que adopta:

—Yo también creo que Gabriel fue inocente.

—Es lo que yo pensaría en tu lugar —dice delicadamente Emilia.

Las dos mujeres se miran. Ya no hay más que añadir, piensa Clara. Ya está todo dicho.

Emilia se pone en pie, apoyándose en el brazo que ella le tiende, y ambas emprenden el camino de regreso. Las paradas son ahora más frecuentes y largas, a pesar de lo cual ninguna de las dos habla. Sólo cuando llegan hasta el taxi vuelven a ponerse frente a frente, mientras el conductor descarga del maletero el equipo de buceo que Clara recogió del hotel.

—Te he traído esto —Emilia echa mano al bolsillo lateral de su abrigo y extrae el sobre azul que la víspera se deslizó desde el ejemplar de *Todo el amor y toda la muerte*—. Si te hubieses vuelto a Madrid sin más, si no hubieses subido hasta aquí conmigo, no te lo hubiese dado. Pero veo tu empeño, tu necesidad de saber. Veo tu fe en Eloy.

—¿Qué es? —pregunta Clara abriendo el sobre. Cuando lo vio caer del libro pensó que serían papeles sin importancia, nada relacionado con Eloy.

—Mi sobrina y tu hijo hicieron buenas migas. Emilia quiere estudiar medicina, no sé si te lo dije. Eloy le contó también la historia del hombre sentado bajo el agua, y fue muy curioso.

—¿Qué?

—Que Emilia, para algo es una niña, se lo creyó como él. Le pareció un cuento bonito, no le puso ningún pero. Eso sí, cuando Eloy se fue se puso a investigar, y encontró esto. No pudo llegar a dárselo, claro. Ahora es tuyo. Dentro del sobre hay dos hojas. Una es un resumen médico que Emilia sacó de aquí y de allá. Por lo visto es imposible que un cuerpo humano se conserve bajo el agua cien años, ni el esqueleto ni mucho menos la carne. Imposible.

Clara se desconcierta ante este repentino revés propinado por la estanquera, hasta ahora tan solidaria y optimista con su búsqueda. Intrigada e impaciente, saca del sobre las hojas. La primera contiene, en efecto, una serie de textos en diferentes formatos y tipos de letra sacados de Internet. La segunda es una página web impresa. Emilia la detiene con un gesto.

—Léelo mejor cuando me vaya —dice con su sonrisa más dulce mientras se sienta en el taxi—. Ya verás, Clara, ya verás... Las cosas imposibles tienen siempre otra cara.

El coche arranca y se aleja, elevando alrededor de Clara una suave nube de polvo. Es breve, inofensiva, le basta guiñar los ojos para defenderse de ella. Y sin embargo, esa ingravidez que pronto regresa a su reposo sobre el camino le hace sentirse inesperadamente desvalida. Tal vez se debe a la partida de Emilia, a la evidencia de que se queda a solas con sus respuestas. El mundo, de pronto, lo componen su equipo de buceo y el mar maldito de amor bajo el acantilado. También, y sobre todo, la pregunta crucial sobre quién fue Eloy en sus horas finales.

—Pasó una mañana de hace veinte años. Yo empezaba a ser un viejo. Vera tenía diecisiete años para cumplir dieciocho.

La voz de Julián, como el penúltimo aliento de un desahuciado, resuena rasposa al atravesar la tráquea hacia el aire frío, y se desmenuza en sílabas apenas audibles al contactar con él. Su cuerpo, escorado hacia la derecha, fía todo el peso al bastón, que contagiado de su quiebra moral podría partirse. Alrededor de sus piernas aletean sin brío los faldones de la gabardina, como banderas de un ejército aniquilado. El viento, casi quieto, parece haber demorado su paso sobre el acantilado para escuchar al ex policía, que sin embargo se empeña en hablar al vacío sobre el mar de tú a tú, con ensimismamiento solemne. Tal vez ve levitar entre las sombras del crepúsculo que se apaga el espíritu de algún confesor dispuesto a absolver su pasado.

—Fue en nuestra playa, esa misma en la que años después nos encontramos para hablar de robos y crímenes, de matar y morir. Casi no tiene arena, nunca la ha tenido. El oleaje es fuerte, por eso suele estar desierta. Yo iba allí para pensar a solas. La madre de Vera había muerto semanas antes y me sentía descolocado, sin saber qué hacer, esperar un ascenso o probar suerte en la ciudad, aunque suerte de qué... Todavía no había aparecido Humberto en mi vida, en nuestra vida. Todavía era un policía municipal del montón. Honesto, aunque tampoco tenía opción de no serlo. Mi sueldo y poco más. Eso, y ganas de tener otras cosas. Aquel día había en la playa una mujer bañándose a lo lejos. Parecía desnuda. Me acerqué.

Bastian permanece atento, un metro por detrás de él, listo para evitar su caída accidental o premeditada. No le importa que Julián viva o muera, pero quiere oír lo que se ha lanzado a contar. La masa del mar se desdibuja ante ellos, fundida con la primera oscuridad de la noche. Sólo el susurro del oleaje recuerda que ahí mismo, a un paso, está el abismo.

—¿Has pensado que una mujer desnuda, desnuda en el mar, es una de las cosas más fuera del tiempo que existen? En una playa llena no, eso es distinto, ahí una mujer, que además no suele estar desnuda, pasa más inadvertida. Se oye gritar a los niños, la gente lee o pasea... Piensa un momento. La playa, normalmente, está llena de las cosas que hemos creado en este mundo nuestro: los periódicos y los libros que leen los veraneantes, sus bañadores, sus toallas, las sombrillas, los móviles sonando, las latas de refresco, hasta las risas parecen embotelladas, todas iguales... Pero una mujer que se baña desnuda entre la espuma, entre las olas, sin signos de civilización a la vista... Eso es otro asunto. Eso está fuera del tiempo. Ves la escena y comprendes que puede ser de ayer mismo, de hace veinte años o de hace quinientos, también de dentro de mil. Una mujer desnuda en el mar. Con ella no hay reglas, no hay leyes, ahí no entran Dios ni los curas.

La voz de Julián, al evocarlo, parece haber hallado aliento nuevo. Bastian también se extasió siempre ante el indómito paisaje que se domina desde este punto del jardín sobre el acantilado, sin otro vestigio de la mano humana que las lejanas torres de apartamentos. Aquí mismo sorprendió a Vera vigilándolos con los prismáticos, aquí empezó ella a contarle su plan falso, su premeditada mentira primera: «Quiero robar a Humberto, necesito que me ayudes»; aquí mismo podría Humberto haberlos espiado a ellos sólo con estirar un poco el cuello.

—Yo también me desnudé, ¿por qué no? Fue un impulso, seguramente también una osadía. ¿Y qué? La playa era tan mía como suya. Y al desnudarme fue como si la mujer se hubiera desnudado más todavía. Saltaba y jugaba con las olas, enérgica, incansable, hermosa... No me había visto aún. Sentí que me había quitado todos los lastres. De pronto no era un viudo aburrido, no llevaba uniforme, no tenía una hija adolescente y pesada. No era honrado, ni era bueno... ¡Qué magnífico instante! Nunca he sabido qué pretendí. No era follar, ni provocar a la mujer, tampoco molestarla. Creo que sólo quería eso, exactamente eso: sentirme libre de todo. Cuando comenzó a acercarse a la orilla, yo también fui hacia el agua. Enseguida dejó de nadar y saltar, puso el pie en el fondo y echó a andar hacia la arena, con las olas estallándole detrás. Y entonces vi que era Vera. ¿Te imaginas? Jamás me había visto desnudo. Ni yo a ella desde que cumplió los doce o trece años. No supe cómo reaccionar, me quedé callado, esperando. Ella se enfadó mucho. No es que estuviera avergonzada, o crispada. Estaba enfadada, muchísimo. Y retadora, lo vi en cómo cogía la toalla y se frotaba, gestos secos que cortaban el aire, parecía que quería despellejarse a sí misma. Se vistió y se fue sin decir una palabra, clavándome los ojos cada poco, cada vez más indignada.

Abajo, el agua invisible a causa de la noche debe de estar helada. La piel de Bastian se escalofría al imaginar la zambullida. De niño se figuraba que la soledad del náufrago en el mar debía de ser aún peor cuando moría el día y venía la oscuridad. Y piensa en la mujer ciega, en su noche continua. Si es efectivamente Vera, ¿qué tristeza la invadirá al añorar los días en que su cuerpo pletórico y joven reinaba sobre este mar y esta tierra, sobre él? *Tu espíritu libre, encerrado en un cuerpo sin ojos…* De pronto, una oleada de ternura hacia la ciega lo arrasa por dentro, y se vuelve sentimiento definido, con formas propias. Si estuviese en Madrid iría en este mismo instante a buscarla para preguntárselo sin adornos ni miedos... *Vera, ¿eres tú?* La verdad, la verdad desnuda. Y entonces, estupefacto, siente surgir en su interior el afán inesperado y desinteresado de abrazar a esa desconocida y de hacerlo con independencia de que sea Vera o no, estrecharla junto a sí como mínimo consuelo inútil contra su oscuridad sin retorno.

—Y yo me quedé allí, pasmado ante el mar. No dije nada, dejé que se fuera sin decir nada. No hablé, ni pensé. Me quedé quieto como un imbécil, hasta que el frío me hizo reaccionar y volví a casa. Hará alrededor de veinte años. Pues fíjate qué te digo: siempre he pensado que Amir o Amin, o como coño se llamase, murió aquella mañana. Todavía no nos conocía, seguramente entonces era un chaval y estudiaba en el instituto. Pero aquella mañana quedó escrito que yo acabaría matándolo. ¿Te gustan las mujeres muy jóvenes, chico?

Julián gira el cuello con pesadez rígida de hombre agotado o lobo viejo. Sin embargo, sus ojos entrecerrados todavía emiten chispas enrojecidas y húmedas, lágrimas por el pasado perdido o por el presente interminable que destacan en mitad del rostro desdibujado por la proximidad de la noche. De no ser por la iluminación tenue que les da la luna, en cuestión de minutos los dos hombres dejarían de verse, serían uno para el otro bultos informes, sostenidos frente a frente por el afán de saber de Vera. Bastian comprende que el ex policía no aguarda su respuesta. Al volverse hacia él, Julián sólo ha querido constatar que continúa a su espalda, vigilante pero también escuchándole con el oído bien atento. Por primera vez en tantos años está relatando su historia a un ser vivo. Quién sabe cuántas veces la habrá contado al acantilado, a la playa o a las paredes de su casa, al espíritu de su hija desaparecida o simplemente a la noche.

—A mí no de manera especial, las mujeres muy jóvenes nunca me llamaron. Ni cuando yo mismo era joven ni ahora que soy un viejo. Pero con Vera fue otra cosa. Tardé días en darme cuenta de lo que me había pasado en la playa, y mira que era bien simple: sentía por mi hija un deseo salvaje, ¿qué te parece? Mayor del que había sentido por ninguna mujer en toda mi vida. Deseo feroz, deseo sin amor ni ternura. Por culpa de este mar, por culpa de encontrarnos desnudos en la playa sin ley. En una piscina con gente no habría pasado, ni en la ducha, lo puedo asegurar. Es un pecado que se sale del catecismo, ¿verdad? La Biblia se me queda pequeña. No bastarían todos los curas del mundo poniéndome penitencias en fila. Deseo por mi hija, qué simple suena... Me asusté, claro que me asusté. Me asusté mucho. Puedo parecerte un canalla, seguro que lo soy. Pero aquello... Porque lo peor es que no era sólo deseo por su cuerpo. Era también mental, enfermizo.

—¿Follaste con ella? —pregunta Bastian con repentina fiereza. Un impulso irrefrenable, afán de vengar a Vera o cólera pura, lleva la mano de Bastian hacia el revólver dormido que sigue sin saber disparar.

El instinto de Julián capta amenazas indefinidas en el tono, puede que incluso odio repentino, en la voz del otro. Y no se equivoca. El instinto de Bastian ha crispado su mano en el aire, a centímetros del bolsillo donde guarda el arma. Aunque no sepa disparar piensa que podría aporrear la cabeza de este viejo maldito, reventarlo y arrojarlo al mar a patadas con la complicidad del acantilado. Pero Julián intuye que la indignación percibida en Bastian es de todas formas insuficiente para resolverlo a golpear, y esboza una sonrisa oblicua de victoria. El ex policía vuelve a ser el hombre que ya una vez fue capaz de matar, y es ese hombre el que se planta ante Bastian, retador y otra vez poderoso.

—Jamás le puse un dedo encima. Pero lo soñé muchas veces, y no todas me arrepentí de haberlo soñado. ¿Es que no viene a ser lo mismo? El deseo y la culpa me volvieron loco. Vera lo notó, y me castigaba. Se paseaba con poca ropa en verano. Su naturalidad fingida me sacaba de quicio, como cuando se encerraba en el cuarto con algún niñato de su pandilla. Quería joderme, ver hasta dónde aguantaba. ¿Por qué? Al principio no lo supe. También le entró fiebre amorosa por su madre. Puso fotos suyas por toda la casa, y una con marquito de plata en mi mesilla de noche. No me atreví a quitarla. Por las noches, al acostarme, la guardaba en el cajón, y a la mañana siguiente la sacaba de nuevo para que Vera no la echara en falta. Y una noche, mirando la foto antes de guardarla, comprendí que todo era una venganza. Siempre traté mal a la madre de Vera. La despreciaba, la puse en segundo plano dentro de su propia vida, me era indiferente lo que sintiera y pensara, y lo demostraba todo el tiempo. No la maltrataba físicamente, pero tampoco la quería. Me daba igual que estuviera a mi lado o no, y me dio más o menos igual que se muriera, para qué voy a engañarme a estas alturas. Vera se dio cuenta de todo, y quiso hacérmelo pagar. A ella también le tocó, fui cualquier cosa menos un buen padre. Estaba, sí, pero a la vez no estaba, ¿entiendes? ¿Por qué iba Vera a quererme, si no hice nada para merecerlo? La madre había sido mi delito, y la hija fue mi juez y mi verdugo. Vera se daba cuenta de que la deseaba, ésa es mi teoría, estoy seguro de ello. Su asco hacia mí debía de ser enorme, insoportable. Lógico, ¿no? Con la mayoría de edad tuvo todas las armas que necesitaba. Por esa época vino Humberto, y acabó por irse con él. Y cuando volvió diez años después, maté a un hombre para que ella no se pringara en un crimen. Maté por ella. Por ella casi me cortan la pierna. Por ella lo perdí todo, hasta el último euro. Por ella soy un cojo y malvivo de mi pensión. Por ella soy este viejo.

El fiero rostro de Julián se ha vuelto una pura aflicción atemorizada que refulge en la noche, suplicando un veredicto de inocencia sin atreverse siquiera a verbalizarlo; un certificado, aunque sea falsificado, de culpa redimida, la mentira de una mirada compasiva. Bastian, por primera vez superior y fuerte ante él, le sostiene la mirada y calla, firme en un silencio que nada otorga hasta que es el otro, derrotado en esta batalla tras la que no habrá otra, quien tiene que rebajarse a preguntar:

—¿Sabes si está viva? Cada noche sueño que la encontró el hombre del alfiler. ¿Sabes algo de ella?

Imaginario o real, el hombre del alfiler, igual que el propio Julián, es lo más oscuro que Bastian ha conocido; ambos representan lo más repulsivo y violento de la vida. También lo era para Vera. La fijación por saber de ella, por encontrarla, casi le ha llevado un rato antes a proponerle a Julián una suma de fuerzas en la búsqueda, pero ahora entiende hasta qué punto habría sido siniestra y obscena esa alianza, enfermiza y sucia como el mundo del que Vera luchó por escapar. Bastian, que ha venido acosando al espectro de la mujer que amó más allá de la muerte durante cuatro años que también a él le quitaron la vida, siente ahora que debe preservar su paz al otro lado de esa misma muerte. Ésta es, de pronto, su responsabilidad mayor, nítida e irrenunciable. Se sabe el único escudo entre el obsesionado Julián y esa mujer real, la ciega, sea Vera o no lo sea, con la que tiene pendiente su encuentro crucial. Por eso, y porque no puede ni quiere tener lástima del ex policía, elige libremente la mentira como forma de salvar la verdad.

—No. No sé nada de Vera. No.

Y calla de nuevo, renovadamente firme e inmisericorde, más doloroso por causa de esta resuelta palabra suya casi mortífera que por la utilización del revólver inútil, cuyo verdadero sentido y destino le es inesperadamente revelado apenas ha fulminado a Julián con su seca sílaba. El ex policía tarda en asimilarla, a su rostro le lleva unos segundos expresar la magnitud del impacto de esa negación contra su alma. Es un No rabioso, un No con colmillos que le ha entrado por el oído para morder el cerebro y bajar luego a masticarle las tripas. El gran No de su vida, el No final que, sin dejar de roerle por dentro, habitará en él durante el tiempo que le reste. Los rasgos de Julián, envejecidos de repente, adquieren una repentina y probablemente involuntaria expresión amarga, y se solidifican en ella. A Bastian le parece, como esa mañana cuando lo vio, una máscara modelada por la culpa. Tal vez lo lleva siendo todos estos años, y hoy se le ha concedido una tregua de ablandamiento, la recuperación de la movilidad facial para relatar su historia en un puñado de horas, antes del retorno a la condena de endurecimiento perpetuo.

—Una mujer desnuda en el mar... —acierta a pronunciar Julián. Y su boca se congela, abierta a medias sobre los puntos suspensivos. Julián es otra vez de piedra, su barba sin rasurar es de nuevo el signo más visible de vida en esta cara que lucha, ya inútilmente, contra la expresión resignada de la vejez irreversible.

Se gira muy despacio, con languidez de cadáver derrotado, y comienza a alejarse hacia el camino del pueblo. Iluminada por la luna, todavía se alarga un poco la pervivencia de la silueta cada vez más difusa que renquea sobre el bastón hacia su fusión con la oscuridad. La noche, como un gran pez, abre la boca para tragarse a Julián, y en cuanto tiene a su presa entre los dientes aletea veloz para sumergirse en la profundidad. Bastian busca durante unos segundos cualquier rastro físico del ex policía, una prueba visual que poder oponer a la repentina sospecha de que nunca ha estado ahí, junto a él, pero no la encuentra.

De noche y a solas, ¿quién no es un espectro?

Dios está en el espejo... Dios está en el espejo... Dios está en el espejo...

Como cada mañana de las últimas décadas, estas precisas palabras surgen resueltas de los labios de Leonor. Pronunciarlas constituye el único acto premeditado de su dispersa e interminable jornada, su última voluntad de condenada en vida, la oración diariamente clamada hacia los cielos que desde su mazmorra no puede ver.

Hace mucho que el todopoderoso espejo la salva de los suplicios del mundo. Cuando la afligen sus viejas penas, crueles y hondas como el dolor de huesos al que aún no ha logrado acostumbrarse, se coloca ante él y, apenas ve su rostro reflejado, se oficia el milagro. Porque la mujer que habita dentro del espejo es la auténtica Leonor, libre, etérea y real, mientras que la pobre anciana que a duras penas, casi contra su voluntad, sobrevive a este lado es un espectro lánguido, reo de cadena perpetua. Las celdas han ido variando a lo largo de los lustros, igual que sus carceleros, pero ella comprendió hace mucho que en realidad se trata de la misma celda, diabólicamente diseñada para alterar cada tantos años la forma de sus paredes y la apariencia de sus sombras, y también del mismo verdugo, un hechicero impasible capaz de cambiar su rostro, su corpulencia y hasta su sexo para confundirla y someterla mejor. Tomás Montaña lo contrató para volverla loca y lograr así que dejara de preguntar día y noche por el pequeño Damián, al que tan inhumanamente el indiano arrebató de su regazo aquella fatídica mañana. Pero a pesar de su astucia, el hechicero cambiante no se ha percatado de que ella posee esta ventana abierta a la libertad en el interior del espejo. Dios, más listo que el hechicero de las mil caras, siempre supo adaptar su forma y tamaño a las necesidades de cada nuevo encierro. El primer espejo en el que se encarnó fue uno de cuerpo entero, engarzado en recio y bien pulido marco de madera noble, cuando ella se vio confinada, hace innumerables años, en su propio dormitorio del caserón. Locura transitoria, diagnosticaron médicos infames pagados por su esposo. ¿Locura su lucidez, locura la revelación que le permitía visualizar cada noche, con el realismo incontestable de la intuición ciega, cómo Montaña dejaba morir de frío al pequeño y asesinaba después al desdichado Gabriel para cargarle con las culpas del atroz crimen? Nadie la escuchó, maldito mundo inmisericorde, maldito Padrós vendido al oro del indiano. Y cuanto más contaba su visión aquí y allá, más cargaban los médicos traidores la ponzoña de las pócimas que la adormecían y debilitaban. Habría muerto si un amanecer, tras pasar la noche desmayada sobre el suelo del dormitorio, no se le hubiese aparecido el buen Dios. Al despertar y alzar la cabeza hacia el espejo se produjo el comienzo del milagro. Vio en el espejo a una joven vigorosa y llena de ternura, asombrosamente parecida al recuerdo que tenía de sí misma cuando aún soñaba que podría llegar a ser feliz. Ven, invitó la joven del espejo extendiendo una mano amiga, ven… Y así pasó Leonor al otro lado por primera vez. Sentada ante el espejo surgía cada día el milagro. Después de mucho mirarse en él veía cómo adquiría juventud y lozanía la mujer sentada que la miraba desde el reflejo, y pronto era capaz, cogida de su mano, de atravesar la puerta para verse erguida al otro lado del cristal, donde apacible y prodigiosamente le era dado reunirse con Damián y con Gabriel, que la esperaban sobre la arena de la playa, jugando, tomando el sol o bañándose. Leonor disfrutaba de ellos durante unas horas, y luego, a fin de no despertar las sospechas de sus captores, regresaba a la celda para recomenzar con renovada energía, tras el hermoso asueto de dicha y risas, su guerra de aullidos y maldiciones. Ese mismo espejo, lleno de libertad clandestina y de vida, viajó con ella cuando meses o años después otros médicos también sobornados recomendaron llevarla a un lugar más discreto, a una celda todavía más cruel y profunda, donde sus espasmos de loca rabiosa y ya irrecuperable no alteraran durante el día y durante la noche la paz del caserón. Nadie entendió que esa supuesta demencia suya era en realidad fingimiento con el que buscaba vengarse del tiránico esposo que mató a su propio hijo y luego asesinó al hombre bueno que podía haberla ayudado a huir de la vida resignada. Leonor sabía que cada uno de sus gritos era una cuchillada en la conciencia de Montaña, y ante tan efectiva revancha la culpabilidad del indiano acabó por dictar que trasladaran a la repudiada esposa hasta la bodega, entre cuyas paredes quedaron sus alaridos encerrados a solas con los silenciosos vinos. Suplicó que le permitieran llevar consigo su espejo de tantos años, y ningún médico se opuso a ello. Tampoco observaron los enfermeros que la mudaron de celda que ocultaba entre sus ropas *Todo el amor y toda la muerte*. Sin embargo, no hubo tanta suerte con el cofre donde había escondido el comienzo del poema de Gabriel. Fue imposible camuflarlo entre sus cosas durante el repentino traslado, y jamás se atrevió a pedir que se lo entregaran, pues Tomás Montaña habría inspeccionado ese objeto que con tanto ahínco reclamaba su esposa, y al hallar aquellas palabras de Gabriel las habría considerado prueba concluyente de los amores que, en la realidad, nunca mantuvieron ella y el poeta. Así que allí quedaron, huérfanas de toda mirada amorosa en el interior del cofre, esperando que algún día alguien las halle y trate de descifrar su enigmático contenido... *Todo es nada, todo es a lo sumo tiempo que fluye...* En su patético abandono entre botellas, no tardó en comparecer de nuevo Dios. Por su mediación sublime, la amiga reflejada en el espejo la invitó de nuevo a viajar con ella hacia la libertad. Fue tras uno de esos retornos, desesperados y dolorosos porque no podía reunirse de una vez y para siempre con los suyos, cuando una de las botellas de la bodega, repentinamente dotada de habla, le sugirió que buscase en el vino nuevos vigores con los que ampliar sus ofensivas coléricas. Leonor extrajo de su hueco individual en la pared una de las botellas de la bodega y rompió de un golpe seco el cuello de vidrio. Luego bebió, y merced al calor del alcohol fue aquel día más intenso y dichoso su etéreo paseo por la vida exterior, a la que ya no pertenecía, y también más profunda y balsámica la larga somnolencia que por la noche le dio cobijo. Cada mañana, desde ese día, abrazó el consuelo de una botella nueva. Tras vaciarla, tenía buen cuidado en retornarla de nuevo a su hueco con el cuello quebrado colocado hacia el interior, de manera que pasaba inadvertido el estropicio y podía ella continuar volando tranquila. Muchos de esos días renunciaba a escapar por el espejo salvador, aunque se sentaba igualmente ante él tras recitarle con fervor su oración diaria, y allí sentada leía y releía *Todo el amor y toda la muerte.* Mil veces releídas a lo largo del tiempo que pronto perdió definición, las palabras de Gabriel quedaron primero memorizadas en la mente febril de Leonor, y luego fue su corazón agonizante, enloquecido por la sed de ternura y sacudido por los efluvios etílicos, el que acabó por decidir que a pesar de todo y de todos, a pesar de la lógica y la ciencia, era cierta la aventura de la muchacha transparente del mar, y ciertos también por tanto los desvelos y sufrimientos del poeta cuando suplicaba ayuda para escapar de ella. ¡Pobre Gabriel!, se recriminaba Leonor, y los reproches enardecían su impotencia, su rabia y su sed. ¡Pensar que ella había sido la primera en creerlo loco, en negarle la ayuda de la fe en él! Gracias al vino, se fue mitificando Gabriel dentro de la mente de Leonor, y una noche acabó por aparecérsele en la bodega para decirle que no estaba muerto, sino que Damián y él la esperaban en el fondo del mar, protegidos de la carcoma de la muerte por la muchacha transparente, que, arrepentida del daño que había hecho al poeta, quería ahora concederle esta segunda oportunidad de amor. Poseída por la fiebre desde que lo supo, Leonor decidió que debía escapar de su encierro. Pero aún hubo de esperar otros dos cambios de prisión que aguardaban a su existencia. En ambos pudo conseguir un espejo. Había uno en el comedor común del hospital donde la llevaron desde la bodega, y en él se reflejaba tras la hora del desayuno para huir al exterior y decirles a Gabriel y a Damián que se aproximaba el día y debían ser aún pacientes. El segundo encierro, al que fue llevada años después, resultó mucho más sombrío y solitario, un manicomio donde se encerraba en vida a los locos para que no molestaran al mundo exterior, pero a cambio, y tal vez por la propia esencia de los internos, la vigilancia era más relajada. Lógico, pensó Leonor, el hechicero también envejece. En esta última etapa de su encarcelamiento salía al exterior con la ayuda mínima de un espejito de mano que heredó de una compañera que se cortó con él las venas una calurosa tarde de verano. Por ese trozo de espejo, picudo y cortante, salió Leonor para decirle a Gabriel que el día del reencuentro era inminente, pues ya nadie prestaba atención al cuerpo de anciana callada y mustia, en apariencia siempre adormilada, donde se ocultaban, tan vivas como el primer día, las obsesivas ansias de libertad de Leonor. Y así llegó el día. Aprovechando un descuido, salió por la puerta de la cocina donde llevaba años ganándose la confianza de la religiosa que supervisaba los trabajos diarios y se encontró en la calle.

Y así ha llegado el día en que, tras encontrarse en la calle, ha podido pronunciar las palabras que lleva larguísimo tiempo prometiéndose que serían las primeras que pronunciaría:

—Soy libre.

Y así, libre, se orienta como puede para regresar a Padrós, donde todo comenzó y donde todo ha de terminar.

Y así, de regreso a Padrós, se encuentra una mañana, la segunda o la tercera desde que huyó, en un camino donde avista a un ser humano vivo, el primero que se cruza en su deambular entre las sombras de la noche para eludir el riesgo de que la descubran y la vuelvan a encerrar. Es un joven campesino que tira de un par de bueyes uncidos a un carro, y que respinga al ver ante sí a la espectral anciana cubierta con un vestido blanco manchado de barro. Él no puede saber que surge de años de encierro, de envejecer en la soledad, la pena y el desconocimiento de los sucesos del mundo, nutrida únicamente por el recuerdo a la deriva de su olvidada esperanza de felicidad arrancada de cuajo. Tampoco imagina que la anima y sostiene una resolución firme e indestructible.

—¿Está muy lejos Padrós? —pregunta Leonor, temerosa del atemorizado muchacho.

—Por ahí, a dos kilómetros andando, está el pueblo —responde el joven a toda prisa para no irritar al fantasma, a la bruja, al súcubo, al diablo disfrazado de anciana.

—¿Y el caserón del acantilado, sigue allí donde siempre estuvo?

—Allí sigue. A muy poco del pueblo, tirando por una carreterita nada más pasar Padrós.

Los ojos de Leonor se anegan entonces en lágrimas traidoras que no ha sentido venir. Le ha emocionado comprobar que sigue existiendo la facultad humana de preguntar y ser respondido. Y tanto se conmueve ante ese simple milagro de la vida que, aunque tiene prisa y no quiere pararse, se deja llevar por la tentación de volver a experimentar esta mínima y enorme aventura de preguntar y ser respondido.

—¿Qué día es hoy?

—Miércoles —el joven, cada vez más nervioso por lo que podría ser un inminente interrogatorio de esta poderosa bruja, tal vez un demonio venido del más allá, eleva la voz con cierto aire marcial.

—Miércoles... —se conmueve de nuevo Leonor. Miércoles, los días no son uno único e interminable, extendido durante años y años con soplos de noche negra en medio. Los días siguen teniendo nombre. Hay lunes y sábados. Hay miércoles—. Miércoles... Miércoles...

El joven campesino, ignorando qué fuerzas oscuras puede convocar esta maga salida del infierno, recuerda cómo su padre le tiene dicho que no conviene irritar a la gente poderosa y por eso, para congraciarse con la misteriosa mujer que acaso ya no le escucha, se esfuerza por ser amable y condescendiente.

—Sí, señora, miércoles 4 de septiembre de 1951.

Será por haber pronunciado esta fecha que el joven, al contar en los días y semanas y meses siguientes su encuentro con la mujer arrebatada que buscaba la casa del acantilado, podrá recordarla. Dos días antes, se pudo cotejar luego, había huido la pobre loca del manicomio, y por esa significativa coincidencia fijaron las habladurías comarcales en ese 4 de septiembre el inicio de la leyenda de Leonor la de la

Eñe, con su arrebato de amor y su vestido blanco manchado de barro.

Pero ella será ya ajena a toda esa especulación. Ha oído la fecha, 4 de septiembre de 1951, y un rescoldo de lucidez le permite hacer el cálculo mientras recorre los cientos de metros que la separan de Padrós, que atraviesa después impunemente, amparada por la temprana hora del amanecer: han pasado casi cincuenta años desde el día en que su bebé le fue arrebatado, desde el día en que desapareció Gabriel... Hoy, ahora toma sentido el poema que él comenzó a escribir. Ciertamente, todo ha sido tiempo fluyendo. Cuarenta y nueve años, dos meses y tres semanas, se deleita en precisar todavía un poco más cuando avista el caserón del acantilado. Sonríe por primera vez en todo ese tiempo, y le sorprende ver que sigue recordando cómo se hace. Sonríe orgullosa, porque nadie ha sido capaz de doblegar su voluntad ni la fuerza de su afán. Y al fin aquí está, decidida y valiente, tan ansiosa por abrazarse a su destino durante largo tiempo arrebatado que no se demora un solo segundo en contemplar el escenario donde se desencadenó y tuvo lugar la tragedia, sino que llega a la cima sobre el acantilado, inspira con toda la fuerza de que son capaces sus viejos pulmones ansiosos de libertad, busca por última vez apoyo en el rostro del espejo y se arroja pletórica y feliz al mar donde Gabriel y Damián llevan cuarenta y nueve años, dos meses y tres semanas aguardando que vaya a reunirse con ellos.

Apenas ha visto a Julián confundirse con la noche, Bastian, solo y perdido también en la inmensidad oscura como aquel náufrago con el que, asustado, soñaba de niño, avanza poco a poco, pisando con cautela porque apenas ve sus propios pies, y llega hasta la entrada del caserón. El instinto ante la oscuridad impulsa su mano hacia el interruptor de la luz una vez se encuentra en el salón principal, pero no llega a encenderla. Sin saber muy bien por qué, opta por buscar el sofá a ciegas, tanteando entre la quietud de los muebles amarilleados por la luna. Se planta ante él y, acaso porque entiende la trascendencia del acto mínimo que se dispone a emprender o quiere provocarla, toma aire hasta el fondo de sus pulmones. Sólo entonces se sienta en el sofá.

Sabe de pronto que acaba de cerrarse el círculo abierto cuatro años atrás, cuando se levantó de este mismo sofá, espoleado por el pistoletazo de salida de su carrera hacia ninguna parte.

Los círculos vitales se cierran con un vértigo intenso; de lo contrario, o no son círculos o no son realmente vitales, y Bastian siente moral y físicamente el que ahora le corresponde experimentar, como un erizamiento extrañamente sereno de la piel producido más allá del punto donde los científicos, los filósofos o los embaucadores encuentran explicación a las cosas. Y cuando el escalofrío concluye, él se encuentra ya en otro lugar nuevo. Es un hombre distinto al de un segundo antes. Con repentino buen humor, inimaginable un minuto atrás, se pregunta si deberá cambiar otra vez de identidad y de nombre, y decide posponer la cuestión. Una lucidez repentina le permite verse a sí mismo y ver también, sin revancha alguna, a los fantasmas del pasado. Le parecen de pronto frágiles y melancólicos, como solitarios viajeros esperando en el andén, cualquier frío anochecer de lluvia, al tren que se los llevará para siempre. Es más largo el adiós de los fantasmas que el adiós de los muertos, e infinitamente más peligroso. El tiempo de los fantasmas es de goma. Las agujas de su reloj están hechas de sentimientos, el engranaje que las mueve es un corazón muerto tiempo antes que todavía sufre y las horas que marca van hacia atrás, a veces a saltos... La mano de Vera, trazando letra a letra las once palabras sobre su vientre, sobre su sexo. *Todo es nada, todo es a lo sumo tiempo que fluye.* Fue en la hora ciento seis cuando Vera, juguetona y manipuladora, impregnó el papelito con los rastros del semen de Sebastián en los labios. ¿No equivalió aquel gesto a fundir el lacre que sellaba su destino?

Ésta es la hora ciento ochenta y ocho de las ciento ochenta y siete horas, y siente cansancio físico, el sofá casi lo invita a estirarse sobre él, a permitir al cuerpo que duerma. *Normal que tenga sueño, llevo ciento ochenta y siete horas sin dormir.* Otro destello de humor, el segundo en poco tiempo. Bastian lo celebra con una sonrisa mínima pero larga, que se adhiere a sus labios y permanece ahí. El primer minuto de la hora ciento ochenta y ocho, su primer segundo, la frontera física con el futuro inmediato, una orden de libertad condicional para la obsesión y el delirio, que desde hoy tendrán que buscar dónde dormir. El entierro del semen seco, para el que Bastian decide oficiar un funeral significativo sin miramientos con la solemnidad. Saca el papelito de la cartera, lo palpa. En la oscuridad parece inofensivo, podría ser el envoltorio de un caramelo o un recibo de la tarjeta de crédito olvidado en el bolsillo. No se sospecha por su tacto que contiene muerte, dolor y miedos múltiples, tampoco que resume cuatro años de inexistencia.

Se incorpora en el sofá para arrodillarse en el suelo ante la chimenea. Ha sido un movimiento veloz ejecutado en dos movimientos precisos, de intención nítida. ¿Cuánto tiempo llevará la chimenea apagada? La última vez que la encendió tuvo que ser en el invierno previo a la irrupción de Vera, pero no logra verse amontonando las astillas para prender el fuego. Coloca el papelito sobre la reja metálica de la base de la chimenea y al caer en la cuenta de que no lleva encendedor prueba suerte con la caja de cerillas que debe de llevar ahí desde la última y lejana vez, esperando quizá este instante. Toma una e intenta prenderla sin demasiadas esperanzas, pero inesperadamente surge una efusión amarilla y azul que chisporrotea hasta quedar convertida en una serena llamita, de algún modo milagrosa. Las cosas más simples pueden vivir más que un ser humano: un trozo de papel, una cerilla, esta llama... La aplica sobre el papelito sin odio, como el jardinero primoroso que fumiga contra las plagas su flor favorita. El papelito, acaso correspondiéndole, arde sin sentimentalismos, y no le da tiempo a desarrollar metáforas sobre el hombre que vuelve a sentir calor ante la hoguera de la vida: en el soplo de dos o tres instantes, el papelito se ha convertido en ceniza que una corriente invisible absorbe por el tiro de la chimenea hacia la noche exterior. La llamita, cumplida su función, muere también. ¿Tan fácil era?, piensa Bastian mientras, ahora sí, se tumba a lo largo del cuerpo del sofá. Meticulosamente, evita convocar pensamiento alguno. Quiere que fluyan las sensaciones, los instintos. Pero una somnolencia cálida que le parece hecha de aceite le masajea el cuerpo y, sin poder ni querer evitarlo, se queda dormido.

No sueña con espectros de vaginas jugosas ni con alfileres puntiagudos esgrimidos por hombres sin rostro, sólo duerme. Duerme y, cuando despierta, se ve rodeado por la luz del día. Alguien, a lo largo de la noche, le ha arropado con la gruesa gabardina. Algún fantasma cariñoso o él mismo, en gesto inconsciente.

La clarividencia de sus pensamientos es tan grande e intensa que va por delante de los miembros adormilados, y tiene que retenerla un momento mientras acaba de sacudirse el sopor. Hay un orden mental sin lugar para las dudas que mágicamente se ha establecido dentro de su cabeza. Los primeros pasos de su nueva vida han de darse en Madrid; todos, excepto uno.

Se pone en pie y sale al exterior. El jardín muerto contiene más vida, con todos sus hierbajos y barrizales secos, que el escenario etéreo y negro donde la víspera escuchó la confesión de Julián. Ese fantasma se fue de su vida la noche anterior, y él no le va a dejar opción de regresar. ¿Y Humberto, muerto prácticamente desde que por primera vez oyó hablar de él y durante tanto tiempo sustento de sus pesadillas? Sus huesos son reales, y esa calavera en silla de ruedas difícilmente va a sustentar a espectro alguno. Murió viendo cómo follaba la mujer amada y odiada, y ahí se tornó esqueleto. Cuando Sebastián Díaz, dueño de la casa y otra vez de su vida, regrese al caserón en las próximas semanas llamará a la policía como tenía que haber hecho cuatro años atrás. No, ese fantasma tampoco va a volver a molestar.

Sólo queda Vera.

Bajo el acantilado yace la playa, lejana e indiferente a él. Estaría también desierta de no ser por una silueta negra que se halla plantada ante el mar. Bastian, a pesar de la distancia, cree reconocer el traje de buceo que la víspera vio agitarse colgado de la terraza del hotel como si lo habitara un ser invisible.

Clara.

Al entender que es ella le asalta una emoción intensa surgida de la realidad, sin espacio para vuelos fantasmales: Clara, la resuelta y triste y valiente Clara va a sumergirse en busca de los vestigios de su hijo a pesar de su dolencia cardiaca. Contra todo y contra todos. La víspera, cuando Bastian la recogió de la misma arena sobre la que ahora se prepara ella para su reto, pensó que esa desconocida irrumpía en su vida para que él le contara su historia. Lo cierto es que apenas han cruzado unas palabras, y él sabe que no va a verla más. Sin embargo, Clara fue la primera mujer, la primera persona, en llamarle por su nombre verdadero tras cuatro años de clandestinidad de sí mismo. Le devolvió su identidad con una sola palabra. ¿Qué otro diálogo es necesario?

Le parece justo dedicarle su siguiente gesto. Saca el revólver, introduce el dedo en el hueco del gatillo y vuelve el cañón hacia sí. ¿Cuántas veces, aunque le faltara el valor, pensó que matarse era la mejor opción para huir de la pesadilla que ahora se ha revelado inexistente? Sonríe por tercera vez en pocas horas al pensar en aquella vieja regla del cine según la cual todo revólver que aparece en una película será utilizado antes o después. Y en efecto, Bastian usa por fin el suyo ahora, y le da la función que siempre debió de tener en su vida. Agarra el revólver por el cañón, lleva el brazo hacia atrás para tomar impulso y lo lanza al mar. Un punto negro que desciende veloz hacia el abismo y desaparece de la vista antes de hundirse en el agua sin hacer ruido ni levantar espuma. Bastian lo despide con la vista, y luego, al mirar de nuevo hacia Clara, tiene la sensación de que ella, todavía en la orilla, se ha vuelto hacia él y lo mira.

Bastian, espontáneamente, alza el brazo y lo mueve sobre su cabeza a modo de saludo. Siente un escalofrío hermoso cuando ve que Clara le responde.

—Suerte, Clara —susurra Bastian.

Luego se da la vuelta y se aleja. Entiende que preferirá estar sola para comenzar la tarea enorme que le aguarda en el mar.

Suerte, Clara.

Y sabe que estas dos palabras serán las últimas que pronuncie Juan Bastian antes de volver a ser Sebastián Díaz.

Es mentira que se pueda vivir sin la verdad.

Clara escuchó esa frase más de treinta años atrás. Merced a la extraña tranquilidad que le otorga el mar casi quieto, mucho más paciente que ella, que tiene ante sí, se ha demorado en recordar aquel primer curso en la facultad de Económicas, el aula desangelada con sillas tan incómodas y endebles que eran la broma preferida de los estudiantes, y aquel profesor que al comenzar su curso dijo aquella frase que, inexplicablemente, se pegó a su vida. Es curioso, reflexiona desde su lucidez desnuda, cómo ha podido permanecer dentro de ella para ser recordada ahora y surgir viva, joven y fuerte mientras todo lo que un tiempo pareció esencial se ha ido. El estudiante encantador y brillante del que se enamoró en tercero de carrera y con el que se fue a vivir, ¿dónde se ha ido? Quedó embarazada de él cuando su relación era ya una muerta en vida, ocho años que comenzaron intensos y parecieron para siempre, pero se fueron deshilachando hasta desaparecer. Él le parecía a ella un mediocre resignado y receloso, y ella a él una mujer confundida y frustrada. Hoy es incapaz de recordar con precisión los detalles de su rostro y figura. Le cuesta evocar la voz o la risa del hombre que puso el semen para que Eloy existiera y viviera sus años insultantemente cortos. Cuando se fue, Clara no le habló del hijo que llevaba dentro. Fue una decisión largamente meditada. La hizo su apuesta de vida. Y la perdió, la perdió varias veces. Por la adicción a las drogas de Eloy, por su maltrato, por su muerte. Ahora también Eloy se ha ido. Sólo queda la última apuesta. Y es imposible de ganar. Pero sigue siendo mentira que se pueda vivir sin la verdad, y debe jugar. Jugar en un campo situado al otro lado de la muerte. ¿Mintió Eloy? ¿Alucinaba por la recaída? ¿O es cierto que tras el horror del cumpleaños puso su empeño en recuperarse? Ella, para averiguarlo, va a sumergirse en el mar donde su hijo afirmó ver al hombre sentado. Por su salud es muy arriesgada la inmersión, pero mayores riesgos tiene permanecer en la ignorancia. La ignorancia, lo sabe muy bien, será su fin lento e interminable, la agotadora podredumbre de quien fue y quiso ser, una transformación lineal en caricatura vieja y seca de sí misma.

Pero Eloy la va a ayudar, y eso no es una fantasía ni una metáfora. Clara sabe muy bien por dónde y cómo le gustaba bucear a su hijo, por algo fue ella quien le enseñó. No será una inmersión al azar. Será una exploración lógica y sin prisa. Puede volver a Madrid mañana o dentro de un año. Puede no apartarse nunca de este mar que fue la causa de que Eloy muriera. Puede dedicar el resto de su vida a encontrar al hombre sentado que acuna a un bebé. Sabe bien que en el mejor de los casos será una roca de forma ambigua, sabe bien que los fondos marinos alteran la percepción del ojo humano. Sabe bien que no hay ningún hombre sentado en el fondo del mar. Pero por Eloy va a bajar a buscarlo.

Y en su empeño absurdo, muerto antes de nacer, cuenta también con la inesperada ayuda de la sobrina de la estanquera. ¿Habría llegado a imaginar la joven Emilia, futura estudiante de medicina aficionada a Internet, que tendría tanta importancia la página web que buscó para Eloy?

Clara saca de la mochila el sobre azul cuyo contenido sabe ya de memoria y, tras pasar a toda prisa la vista por el incontestable informe científico que demuestra que los cuerpos no pueden conservarse bajo el agua, lee otra vez la página web que Emilia halló para Eloy, donde se detalla el hallazgo de un esqueleto en buen estado de conservación, incluso con su dentadura completa, en aguas argentinas. Viajaba en la fragata inglesa *Swift*, que se hundió por causa de un temporal en 1770, casi doscientos cuarenta años atrás. Es el único caso registrado, pero su mera existencia abre de par en par la puerta para que pueda haber más. ¿Por qué no? *Esta hoja de papel, con su información verdadera o falsa, da igual, es mi pasaporte a la verdad.*

Es hora. Se pone en pie y ciñe a su espalda las bombonas de oxígeno. Tiene cuanto necesita: los restos de la carta de Eloy al cuello y la voluntad resuelta en el corazón y el pensamiento, el mar enfrente y a su espalda el acantilado, quién sabe si a pesar de todo verdaderamente maldito, quién sabe si testigo de las apariciones de esa muchacha transparente en la que creyeron Gabriel Ortueño Gil y, cien años después, su hijo Eloy.

Sobre la cima del acantilado, en las inmediaciones del caserón donde estuvo ella la víspera, se ve la silueta de un hombre, diminuta a causa de la lejanía. Clara piensa que la observa. Será, probablemente, el dueño de la casa que la acogió la víspera. También le pareció acosado, como ella misma, por fantasmas irreductibles. Pero igualmente podría ser, juega a pensar liberando la imaginación, el demenciado Tomás Montaña el día que Emilia se lo encontró. O Gabriel. Todos se asomaron a esta pared de piedra. Todos podrían estar mirándola ahora a ella. También Eloy.

Sea quien sea, el hombre sobre el acantilado arroja con todas sus fuerzas un objeto pequeño hacia el mar, Clara ve un puntito negro trazando una curva en el aire y precipitándose luego hacia el agua veloz como un halcón de plomo. Luego, tras unos segundos, el hombre se queda quieto y, por fin, lanza hacia ella un saludo lejano pero nítido, elevando el brazo derecho por encima de la cabeza y moviéndolo a derecha e izquierda media docena de veces. El gesto logra emocionarla. Es el saludo de un ser humano a otro anónimo y desconocido, una invocación de ánimo para el camino, el simple y sincero deseo de que la buena suerte, y la paz, acompañen la travesía. Clara, agradecida, devuelve el gesto con la misma intención.

Suerte, seas quien seas.

El hombre del acantilado da la vuelta y se aleja. A los cuatro pasos, su silueta ha desaparecido. Podría pensarse que nunca ha estado allí. Clara piensa que si se hubiera quedado unos pocos minutos la habría visto sumergirse y desaparecer.

Entonces, desde lo alto del acantilado, ella habría parecido el espectro. No puede evitar sonreír al pensarlo. ¿Acaso hay quien pueda eludir su futuro de espectro?

Clara va hacia la orilla y se adentra despacio en el mar. Las olas, suavemente, se apartan para dejarle paso.

Cuando enfila la calle Curvatura camino del portal número dieciséis siente que el mundo entero va a cambiar en una metamorfosis de la que él es alma y motor.

Es la primera vez en cuatro años que se ha arreglado antes de salir, la única que recuerda haberse demorado en elegir la ropa que viste. Un fugitivo repudia esas vanidades, que pueden traicionar su estratagema de camuflaje, resquebrajar su coraza o conducir hasta la guarida donde quiere pasar inadvertido. Un fugitivo huele como huele el lugar último donde ha dormido. Un fugitivo viste mono de peón o exclusivo traje de etiqueta sin otro motivo que el desconcierto de sus perseguidores. Un fugitivo sólo se afeita cuidadosamente cuando el acto implica un significativo cambio de apariencia del rostro barbudo. Pero hoy no. Hoy él, tras la larga noche insomne y a la vez serena junto al cuerpo plácidamente dormido de Pepa, se ha acicalado con mimo y detalle. Tiene una cita con la verdad desnuda, y eso merece sentirse limpio y bien perfumado, lucir una camisa impecable aunque la verdad, con sus ojos de mujer ciega, no vaya a poder apreciarlo. Tampoco en todo ese tiempo había programado el despertador a las cuatro y media de la madrugada, pero es la hora que le han recomendado sus pesquisas de los días anteriores apostarse alrededor de Curvatura dieciséis. Varias veces en los últimos días, siempre a distintas horas, recorrió el barrio para definir las costumbres del movimiento que lo animaba, estableciendo que la actividad languidecía sobre las once de la noche, como naturalmente puede corresponder a un barrio de trabajadores, y se reanudaba sobre las cinco y media o seis menos cuarto de la madrugada, con la aparición de los repartidores de pan. En ningún momento de su espionaje, que acabó por cubrir todas las horas de la esfera del reloj, volvió a cruzarse con la mujer ciega, y por supuesto ha sido mejor así. La fórmula elegida para abordarla, que ensaya a cada momento como un frágil actor primerizo ante su primer estreno teatral, es muy precisa, y haberse vuelto a topar accidentalmente con ella podría haberle arrebatado la entereza y la concentración, y por tanto también el rigor. Puntual a las cuatro y media, el timbre del despertador lo ha sacudido sin miramientos, con la mano impaciente y vigorosa de la vida nueva que viene hacia él. Se ha deslizado fuera de la comodidad del lecho caliente, desvalido como el amante que en mitad de la noche abandona una cama desconocida. Camino del baño, las losetas del pasillo le han evocado la infancia, aquel frío hostil en los pies, premonitorio del desapacible mundo exterior, que le desasosegaba mientras se vestía para ir al colegio. Con el castigo de la ducha a toda presión, premeditadamente muy caliente, ha querido imaginar que el agua le arrancaba de la piel los recuerdos del pasado y los arrastraba por el desagüe, pero no lo ha conseguido. Sin embargo, al secarse frente al espejo le ha asaltado una inesperada convicción, euforizante o aterradora, ¿por qué no ambas cosas? *No tengo identidad. Tampoco miedo.* Más sorprendido que emocionado, más curioso que solemne, ha dejado a un lado la toalla para tratar de asir con la razón esa infinitesimal revelación que ha dejado estupefacto al rostro del espejo. *¿Es cierto? ¿Ni identidad ni miedo?* Y se palpa el cuerpo desnudo como si ambos conceptos fueran cuchilladas que pudieran haber herido su cuerpo.

Es cierto. Ni identidad ni miedo. Curvatura dieciséis, al fin.

Cuando se ha detenido frente al portal, abrigado con guantes, bufanda precintando alrededor del cuello el grueso anorak y gorro con orejeras, como un explorador urbano de los hielos, ha sentido que la espera habrá de parecerle necesariamente corta tras tantos años de vigilia.

¿Serás Vera?

Da igual cuál sea la respuesta, con tal de que sea cierta. Sólo eso importa, y lo sabe. Está ahí plantado, valiente y humilde, ante el portal donde antes o después surgirá la mujer ciega. Y con ella vendrá al fin, libre y desbocada como un torrente subterráneo obligado durante años a permanecer enclaustrado e inmóvil, la impredecible verdad desnuda.